人文传统经典

李白诗全集新注

{下}

管士光 注

人民文学出版社

卷十四

秋日鲁郡尧祠亭上宴别杜补阙范侍御[1]

我觉秋兴逸,谁云秋兴悲?山将落日去[2],水与晴空宜。鲁酒白玉壶,送行驻金羁[3]。歇鞍憩古木[4],解带挂横枝。歌鼓川上亭,曲度神飙吹[5]。云归碧海夕,雁没青天时。相失各万里,茫然空尔思[6]。

【注释】

〔1〕诗作于天宝五载(746)秋,时李白寄居东鲁。鲁郡:即兖州,天宝元年改为鲁郡。治所在今山东兖州市。尧祠:故址在今兖州南。

〔2〕将:带。

〔3〕金羁:饰金的马络头,此代指马。

〔4〕憩(qì)古木:在古树下休息。

〔5〕曲度:曲调。飙(biāo):疾风,暴风。神飙吹:形容乐声激荡有力。以上二句王琦校:一本无此二句,"其下增入'南歌忆郢客,东啭见齐姬。清波忽淡荡,白雪纷逶迤。一隔范杜游,此欢忽弃遗'三韵。"

〔6〕空尔思:徒然思念你。

别鲁颂

谁道太山高,下却鲁连节[1]。谁云秦军众,摧却鲁连舌[2]。独立天地间,清风洒兰雪。夫子还倜傥,攻文继前烈[3]。错落石上松[4],无为秋霜折。赠言镂宝刀,千岁庶不灭。

【注释】

〔1〕下却:低于。鲁连:即鲁仲连,曾助赵解邯郸之围,平原君赠以千金,笑而不受。见《史记·鲁仲连邹阳列传》。

〔2〕摧却:挫败于。

〔3〕前烈:指鲁仲连。

〔4〕错落:交错缤纷。

别中都明府兄[1]

吾兄诗酒继陶君[2],试宰中都天下闻。东楼喜奉连枝会[3],南陌愁为落叶分。城隅渌水明秋日,海上青山隔暮云。取醉不辞留夜月,雁行中断惜离群[4]。

【注释】

〔1〕诗作于天宝五载(746)秋,李白将离鲁南游。中都:唐县名,属兖州。本称平陆,天宝元年更名。在今山东汶上县。

〔2〕陶君:即陶渊明。
〔3〕连枝:树木枝条连生,常用以比喻兄弟。
〔4〕雁行:喻兄弟之序。《礼记·王制》:"父之齿随行,兄之齿雁行。"

梦游天姥吟留别[1]

海客谈瀛洲,烟涛微茫信难求[2]。越人语天姥,云霞明灭或可睹[3]。天姥连天向天横,势拔五岳掩赤城[4]。天台四万八千丈[5],对此欲倒东南倾。我欲因之梦吴越,一夜飞度镜湖月[6]。湖月照我影,送我至剡溪[7]。谢公宿处今尚在[8],渌水荡漾清猿啼。脚著谢公屐,身登青云梯[9]。半壁见海日,空中闻天鸡[10]。千岩万转路不定,迷花倚石忽已暝[11]。熊咆龙吟殷岩泉,慄深林兮惊层巅[12]。云青青兮欲雨,水澹澹兮生烟[13]。列缺霹雳[14],丘峦崩摧。洞天石扇,訇然中开[15]。青冥浩荡不见底,日月照耀金银台[16]。霓为衣兮风为马,云之君兮纷纷而来下[17]。虎鼓瑟兮鸾回车,仙之人兮列如麻[18]。忽魂悸以魄动,怳惊起而长嗟[19]。惟觉时之枕席,失向来之烟霞[20]。世间行乐亦如此,古来万事东流水[21]。别君去兮何时还,且放白鹿青崖间[22],须行即骑访名山。安能摧眉折腰事权贵[23],使我不得开心颜。

【注释】

〔1〕诗题:一作"别东鲁诸公"。诗作于天宝五载(746),时李白将离兖州而南游吴越等地。天姥(mǔ):山名,在今浙江新昌县东,"其峰孤峭,下临嵊县,仰望如在天表"(《明一统志》)。

〔2〕瀛洲:古代传说海上三座仙山之一。微茫:模糊不清的样子。信难求:确实难以寻访。

〔3〕"云霞"句:指天姥山在云霞中时隐时现。

〔4〕拔:超拔。掩:盖过。赤城:山名,在今浙江天台县北。

〔5〕天台(tāi):山名,在今浙江天台县北,天姥山东南。

〔6〕镜湖:在今浙江绍兴市南。

〔7〕剡(shàn)溪:在今浙江嵊(shèng)州市南。曹娥江上游诸水,古通称剡溪。

〔8〕谢公:指谢灵运。其《登临海峤初发强中作与从弟惠连见羊何共和之》云:"暝投剡中宿,明登天姥岑。"

〔9〕谢公屐:谢灵运特制的一种木鞋,专供登山用。上山时去掉前齿,下山时去掉后齿。见《宋书·谢灵运传》。青云梯:指山路高峻陡峭,如登攀青天的梯子。

〔10〕半壁:半山腰。海日:从海面上升起的太阳。天鸡:《述异记》卷下:"东南有桃都山,上有大树,名曰桃都;枝相去三千里,上有天鸡。日初出照此木,天鸡则鸣,天下鸡皆随之鸣。"

〔11〕暝:天色昏暗。

〔12〕殷:雷声,形容声音宏大。层巅:重叠的山峰。

〔13〕澹(dàn)澹:水波荡漾貌。

〔14〕列缺:闪电。

〔15〕洞天:道教称神仙居住的地方为"洞天",意谓洞中别有天地。石扉:石门。扉:一作"扇"。訇(hōng)然:声音大。

〔16〕青冥:青天。金银台:指仙宫楼台。郭璞《游仙诗》:"神仙排云出,但见金银台。"

〔17〕霓(ní):虹。云之君:云神,此处泛指神仙。

〔18〕鸾:传说中凤凰一类的鸟。列如麻:极言其众。

〔19〕恍(huǎng):同"恍",心神不定的样子。

〔20〕向来:原来。烟霞:指梦中所见景象。

〔21〕亦如此:同梦境一样。东流水:喻世间万事一去而不复返。

〔22〕白鹿:传说中的神兽,为神仙之坐骑。

〔23〕摧眉折腰:低眉弯腰。事:侍奉。

留别曹南群官之江南〔1〕

我昔钓白龙〔2〕,放龙溪水傍。道成本欲去,挥手凌苍苍。时来不关人,谈笑游轩皇〔3〕。献纳少成事,归休辞建章〔4〕。十年罢西笑〔5〕,揽镜如秋霜。闭剑琉璃匣,炼丹紫翠房〔6〕。身佩豁落图〔7〕,腰垂虎盘囊〔8〕。仙人借彩凤〔9〕,志在穷遐荒。恋子四五人,徘徊未翱翔。东流送白日,骤歌兰蕙芳。仙宫两无从,人间久摧藏〔10〕。范蠡脱勾践〔11〕,屈平去怀王〔12〕。飘飘紫霞心〔13〕,流浪忆江乡。愁为万里别,复此一衔觞。淮水帝王州,金陵绕丹阳〔14〕。楼台照海色,衣马摇川光。及此北望君,相思泪成行。朝云落梦渚,瑶草空高唐〔15〕。帝子隔洞庭〔16〕,青枫满潇湘。怀归路绵邈,览古情凄凉。登岳眺百川,杳然万恨长。却恋峨眉去〔17〕,弄景偶骑羊〔18〕。

【注释】

〔1〕诗作于天宝十二载(753),时作者在曹南。曹南:即曹州,治曹县(今山东曹县)。

〔2〕钓白龙:用窦子明事,《列仙传》卷下:"陵阳子明者,铚乡人也,好钓鱼。于旋溪钓得白龙,子明惧,解钩拜而放之。后得白鱼,腹中有书,教子明服食之法。子明遂上黄山,采五石脂,沸水而服之。三年,龙来迎去。"

〔3〕时:时运。不关人:不由人。轩皇:即黄帝,此代指天子所居之地。

〔4〕献纳:指向朝廷上书言事。建章:汉长安宫殿名,此代指朝廷。

〔5〕西笑:桓谭《新论》:"人闻长安乐,则出门西向而笑。"

〔6〕紫翠房:炼丹之所。《十洲记》谓西王母之所治,有"紫翠丹房"。

〔7〕身佩豁落图:道教徒的装束。

〔8〕虎盘囊:亦道教徒所佩。

〔9〕借:一作"驾"。

〔10〕仙:求仙。宫:指入朝为官。无从:没有着落。摧藏:忧伤。

〔11〕"范蠡"句:越大夫范蠡辅佐勾践灭吴称霸后,易名隐遁,泛舟五湖。事见《史记·越王勾践世家》。

〔12〕"屈平"句:战国时楚国大夫屈原被楚王放逐江南,曾长期流浪于湘水流域,后自沉汨罗江而死。

〔13〕飘飘:一作"飘飖"。

〔14〕淮水:此指秦淮河。金陵:山名,即钟山。丹阳:润州,天宝元年改为丹阳郡。

〔15〕朝云:宋玉《高唐赋》描写楚王梦与巫山神女欢会,神女去而辞曰:"妾在巫山之阳,高丘之阻。旦为朝云,暮为行雨。朝朝暮暮,阳台之下。"梦渚(zhǔ):云梦泽之渚。瑶草:指灵芝,《水经注·江水二》载巫山神女未嫁而亡,"封于巫山之阳,精魂为草,实为灵芝"。高唐:高唐观,故址当在今湖北荆州地区。宋玉《高唐赋序》:"昔者楚襄王与宋玉游于云梦之台,望高唐之观。"

434

〔16〕帝子:指尧女娥皇、女英。《九歌·湘夫人》:"帝子降兮北渚。"

〔17〕却:一作"知"。

〔18〕骑羊:用葛由事,《列仙传》卷上:"葛由者,羌人也。周成王时,好刻木羊卖之。一旦骑羊而入西蜀,蜀中王侯贵人追之,上绥山。绥山在峨眉山西南,高无极也。随之者不复还,皆得仙道。"

留别于十一兄逖裴十三游塞垣

太公渭川水[1],李斯上蔡门[2]。钓周猎秦安黎元[3],小鱼狝兔何足言[4]!天张云卷有时节,吾徒莫叹羝触藩[5]。于公白首大梁野[6],使人怅望何可论!既知朱亥为壮士[7],且愿束心秋毫里[8]。秦赵虎争血中原,当去抱关救公子[9]。裴生览千古,龙鸾炳天章[10]。悲吟雨雪动林木,放书辍剑思高堂[11]。劝尔一杯酒,拂尔裘上霜。尔为我楚舞,吾为尔楚歌[12]。且探虎穴向沙漠[13],鸣鞭走马凌黄河[14]。耻作易水别,临歧泪滂沱[15]。

【注释】

〔1〕"太公"句:《史记·齐太公世家》载,姜太公吕尚年老穷困,垂钓于渭川水滨。周文王出猎,遇之,与语,大悦,立为师。后佐武王兴周灭殷。

〔2〕"李斯"句:《史记·李斯列传》:"斯出狱,与其中子俱执。顾谓其中子曰:'吾欲与若复牵黄犬,俱出上蔡东门,逐狡兔,岂可得乎?'遂父子相哭,而夷三族。"

〔3〕钓周:谓吕尚垂钓意不在鱼,而在于辅周。猎秦:指秦相李斯而言。

〔4〕魏(jùn):狡兔。

〔5〕天张云卷:天开云收。羝(dī)触藩:喻所至碰壁,进退两难。《易·大壮》:"羝羊触藩,羸其角。"

〔6〕大梁:今河南开封市。

〔7〕朱亥:战国时信陵君的门客,为信陵君救赵立下大功,事见《史记·魏公子列传》。

〔8〕束心:约束心思。秋毫:指笔墨。

〔9〕抱关:指守城门。关,门栓。此二句用侯嬴事,见《史记·魏公子列传》。

〔10〕龙鸾:喻有文采。炳:光彩焕发。天:一作"文"。

〔11〕高堂:指父母。

〔12〕"尔为我"二句:《史记·留侯世家》载,吕后用张良计迎四皓入朝辅佐太子后,高祖谓戚夫人曰:"我欲易之,彼四人辅之,羽翼已成,难动矣,吕后真而主矣。"戚夫人泣,上曰:"为我楚舞,吾为若楚歌!"歌数阕,戚夫人嘘唏流涕。

〔13〕探虎穴:语本《三国志·吴书·吕蒙传》:"不探虎穴,安得虎子?"

〔14〕凌:渡过。

〔15〕"耻作"二句:《史记·刺客列传》载,战国时,燕太子丹遣荆轲入秦谋刺秦王,众皆白衣冠以送之。至易水上,高渐离击筑,荆轲和而歌曰:"风萧萧兮易水寒,壮士一去兮不复还!"复为慷慨羽声,"士皆瞋目,发尽上指冠"。

留别王司马嵩[1]

鲁连卖谈笑,岂是顾千金[2]?陶朱虽相越[3],本有五湖心。余亦南阳子,时为《梁甫吟》[4]。苍山容偃蹇,白日惜颓侵[5]。愿一佐明主,功成还旧林[6]。西来何所为,孤剑托知音。鸟爱碧山远,鱼游沧海深。呼鹰过上蔡[7],卖畚向嵩岑[8]。他日闲相访,丘中有素琴[9]。

【注释】

〔1〕王司马嵩:坊州司马王嵩。

〔2〕鲁连:《史记·鲁仲连邹阳列传》载,战国时,鲁仲连助赵解邯郸之围,平原君赠以千金,笑而不受。

〔3〕陶朱:陶朱公,即范蠡,他辅佐勾践灭吴称霸后,易名隐遁,泛舟五湖,后又去陶地经商,"自谓陶朱公……居无何,则致赀累巨万"。事见《史记·越王勾践世家》。

〔4〕南阳子:指诸葛亮。

〔5〕偃蹇(yǎn jiǎn):偃卧不为事之意。颓侵:指太阳西落。

〔6〕还旧林:指隐居。

〔7〕"呼鹰"句:用李斯事,见《史记·李斯列传》。

〔8〕卖畚:畚(běn),盛土之具。据《十六国春秋》载,王猛少贫贱,以卖畚为业。尝卖畚于洛阳,有一人贵买其畚,猛因随之入山取钱,见一老翁踞胡床而坐。有一人引王猛进拜,老翁曰:"王公何缘拜也?"乃十倍偿其畚值,遣人送之。既出,猛回视,乃嵩山也。嵩岑,嵩山。

〔9〕"丘中"句:左思《招隐诗》:"岩穴无结构,丘中有鸣琴。"

夜别张五[1]

吾多张公子[2],别酌酣高堂。听歌舞银烛,把酒轻罗霜。横笛弄秋月,琵琶弹《陌桑》[3]。龙泉解锦带[4],

437

为尔倾千觞。

【注释】

〔1〕诗约作于开元十八年(730),时作者从长安往游邠州。张五:岑仲勉《唐人行第录》谓即张垍,张说之子,张均之弟。

〔2〕多:重,赞许。

〔3〕陌桑:即古乐府《陌上桑》曲。

〔4〕龙泉:宝剑名。

魏郡别苏明府因北游[1]

魏都接燕赵,美女夸芙蓉。淇水流碧玉,舟车日奔冲。青楼夹两岸,万室喧歌钟。天下称豪贵,游此每相逢[2]。洛阳苏季子,剑戟森词锋。六印虽未佩,轩车若飞龙。黄金数百镒,白璧有几双[3]?散尽空掉臂,高歌赋还邛[4]。落魄乃如此[5],何人不相从?远别隔两河,云山杳千重[6]。何时更杯酒,再得论心胸。

【注释】

〔1〕魏郡:即魏州,天宝元年改为魏郡,治所在今河北大名县东北。明府:县令。一作"少府"。

〔2〕"天下"二句:一作"天下豪贵游,此中每相逢"。

〔3〕"洛阳"六句:苏季子,苏秦,字季子,东周洛阳人,曾说赵肃侯,"赵王……乃饰车百乘,黄金千镒,白璧百双,锦绣千纯,以约诸侯……于是六国从合而并力焉。苏秦为从约长,并相六国"。见《史记·苏秦列传》。此以苏秦喻苏明府。

〔4〕还邛(qióng)：《史记·司马相如列传》载，卓文君奔司马相如，同赴成都，相如家徒四壁立，后复与文君俱归临邛，谢朓《休沐重还丹阳道中诗》："还邛歌赋似。"

〔5〕落魄：放浪不羁。

〔6〕"云山"句：一作"云天满愁容"。

留别西河刘少府[1]

秋发已种种[2]，所为竟无成。闲倾鲁壶酒，笑对刘公荣[3]。谓我是方朔，人间落岁星[4]。白衣干万乘，何事去天庭？君亦不得意，高歌羡鸿冥[5]。世人若醯鸡，安可识梅生[6]？虽为刀笔吏，缅怀在赤城[7]。余亦如流萍，随波乐休明[8]。自有两少妾，双骑骏马行。东山春酒绿，归隐谢浮名。

【注释】

〔1〕西河：即汾州，天宝元年改为西河郡。

〔2〕秋：一作"我"。种种：发短貌。《左传·昭公三年》："余发如此种种，余奚能为？"

〔3〕刘公荣：晋人，为人通达。阮籍与王戎共饮，公荣在座，而不得一杯，然"言语谈戏，三人无异"。见《世说新语·简傲》。

〔4〕方朔、岁星：传说东方朔本是岁星。

〔5〕鸿冥：《法言·问明》："鸿飞冥冥，弋人何篡焉？"冥冥，高远的天空。

〔6〕醯(xī)鸡：《庄子·田子方》："丘之于道也，其犹醯鸡与？"郭象注："醯鸡者，瓮中之蠛蠓。"梅生：指梅福，《汉书·梅福传》载，西汉末，梅

福为南昌县尉,后弃官,得道成仙。

〔7〕刀笔吏:主办公文案卷的官吏。古时用简札,书有错谬,以刀削之,故谓之刀笔吏。赤城:道教名山,在今浙江天台县北。

〔8〕休明:天下太平。

颍阳别元丹丘之淮阳[1]

吾将元夫子,异姓为天伦[2]。本无轩裳契[3],素以烟霞亲[4]。尝恨迫世网[5],铭意俱未伸[6]。松柏虽寒苦,羞逐桃李春。悠悠市朝间[7],玉颜日缁磷[8]。所共重山岳,所得轻埃尘。精魄渐芜秽,衰老相凭因。我有锦囊诀[9],可以持君身。当餐黄金药,去为紫阳宾[10]。万事难并立,百年犹崇晨[11]。别尔东南去,悠悠多悲辛。前志庶不易[12],远途期所遵。已矣归去来,白云飞天津[13]。

【注释】

〔1〕颍阳:唐县名,在今河南登封西南。淮阳:即陈州,治所在今河南淮阳。

〔2〕将:与。天伦:指父子、兄弟等关系。

〔3〕轩裳:古代卿大夫的轩车与裳服。借指官位。

〔4〕烟霞:指游仙生活。

〔5〕世网:尘世的束缚。

〔6〕铭意:念念不忘之心意,指归隐的志向。

〔7〕市朝:市场与朝廷,喻指争名逐利之所。

〔8〕缁磷:指瑕疵。《论语·阳货》:"不曰坚乎?磨而不磷。不曰白

乎？涅而不缁。"缁,黑。磷,薄。

〔9〕锦囊诀:指仙灵秘方。

〔10〕黄金药:指仙药。江淹《从建平王游纪南城》:"丹砂信难学,黄金不可成。"紫阳:即紫阳真人。道教传说,汉代周义山,入蒙山遇羡门子,得长生要诀,白日升天。参见《云笈七签》卷一〇六《紫阳真人周君内传》。

〔11〕崇晨:即崇朝,一个早晨。

〔12〕庶:希冀之词。

〔13〕天津:银河的别称。

留别广陵诸公^[1]

忆昔作少年,结交赵与燕。金羁络骏马,锦带横龙泉^[2]。寸心无疑事,所向非徒然。晚节觉此疏,猎精草《太玄》^[3]。空名束壮士,薄俗弃高贤。中回圣明顾,挥翰凌云烟。骑虎不敢下,攀龙忽堕天^[4]。还家守清真,孤洁励秋蝉^[5]。炼丹费火石,采药穷山川。卧海不关人,租税辽东田^[6]。乘兴忽复起,棹歌溪中船^[7]。临醉谢葛强,山公欲倒鞭^[8]。狂歌自此别,垂钓沧浪前。

【注释】

〔1〕诗题:一作"留别邯郸故人"。广陵:即扬州。

〔2〕龙泉:宝剑名。

〔3〕草太玄:《汉书·扬雄传》:"哀帝时,丁、傅、董贤用事,诸附离之者,或起家至二千石。时雄方草《太玄》,有以自守,泊如也。"

〔4〕"中回"四句:概述李白供奉翰林及去朝之情状。攀龙,依附帝王以建功立业。《易·乾》:"九五,飞龙在天。"《法言·渊骞》:"攀龙鳞,

附凤翼。"

〔5〕秋蝉:古人认为蝉出自土壤,升于高木之上,吟风饮露,不见其食,所以往往用它来象征高洁的品格。

〔6〕"卧海"二句:用管宁事,管宁字幼安,东汉末避乱辽东,累征不起。见《三国志·魏书·管宁传》。不关人,谓不与人事。谢朓《郡内登望》:"言税辽东田。"

〔7〕棹歌:船歌。

〔8〕"临醉"二句:用山简事,《世说新语·任诞》载,山简常酣醉,时人为之歌曰:"山公时一醉,径造高阳池……举手问葛强,何如并州儿?"葛强,山简的爱将。

广陵赠别[1]

玉瓶沽美酒,数里送君还。系马垂杨下,衔杯大道间[2]。天边看绿水,海上见青山。兴罢各分袂[3],何须醉别颜?

【注释】

〔1〕诗约作于开元十四年(726),时作者出蜀后初游江南。
〔2〕衔杯:谓饮酒。
〔3〕分袂(mèi):离别,分手。

感时留别从兄徐王延年从弟延陵[1]

天籁何参差,噫然大块吹[2]。玄元包橐籥[3],紫气何逶迤[4]！七叶运皇化[5]，千龄光本支[6]。仙风生指树，大雅歌螽斯[7]。诸王若鸾虬，肃穆列藩维[8]。哲兄锡茅土，圣代罗荣滋[9]。九卿领徐方[10]，七步继陈思[11]。伊昔全盛日，雄豪动京师。冠剑朝凤阙[12]，楼船侍龙池[13]。鼓钟出朱邸，金翠照丹墀[14]。君王一顾盼，选色献蛾眉[15]。列戟十八年[16]，未曾辄迁移。大臣小喑呜，谪窜天南垂[17]。长沙不足舞[18]，贝锦且成诗[19]。佐郡浙江西[20]，病闲绝趋驰。阶轩日苔藓，鸟雀噪檐帷。时乘平肩舆[21]，出入畏人知。北宅聊偃憩[22]，欢愉恤茕嫠[23]。羞言梁苑地，烜赫耀旌旗[24]。兄弟八九人，吴秦各分离[25]。大贤达机兆[26]，岂独虑安危？小子谢麟阁，雁行忝肩随[27]。令弟字延陵，凤毛出天姿[28]。清英神仙骨，芬馥苣兰蕤[29]。梦得春草句，将非惠连谁[30]？深心紫河车[31]，与我特相宜。金膏犹罔象，玉液尚磷缁[32]。伏枕寄宾馆，宛同清漳湄[33]。药物多见馈，珍羞亦兼之。谁道溟渤深[34]？犹言浅恩慈。鸣蝉游子意，促织念归期[35]。骄阳何火赫[36]，海水烁龙龟。百川尽凋枯，舟楫阁中逵[37]。策马摇凉月，通宵出郊圻[38]。泣别目眷眷[39]，伤心步迟迟。愿言保明德，王室伫清夷[40]。掺袂何所道[41]，援毫投此辞。

【注释】

〔1〕徐王延年：唐宗室，高祖第十子徐王元礼曾孙，开元二十六年封嗣徐王，天宝时多次被贬官，至德初，为余杭郡司马，不久卒。延陵为其

弟。见《旧唐书·徐王元礼传》。据诗中"列戟十八年"一句推断,此诗当作于至德元载(756)。

〔2〕天籁:自然界的声响。大块:大地。《庄子·齐物论》:"夫大块噫气,其名为风。"

〔3〕玄元:指老子,唐乾封元年,追号老子为太上玄元皇帝。橐籥(tuó yuè):冶炼时用于鼓风的器具。

〔4〕紫气:老子西游,关令尹望见紫气东来,果见老子乘青牛过关。见《艺文类聚》卷七八引《关令内传》。

〔5〕七叶:七世。唐朝从高祖至肃宗共七帝。

〔6〕本支:指嫡系子孙和旁支子孙。

〔7〕"仙风"二句:《太平广记》卷一:"老子之母适至李树下而生老子,生而能言,指李树曰:'以此为我姓。'""大雅"句:《诗·周南·螽斯》:"螽斯羽,诜诜兮。宜尔子孙,振振兮。"朱熹注:"(螽斯)一生九十九子。"后用以形容子孙众多。

〔8〕鸾:凤凰一类的鸟。虬(qiú):有角的龙。藩维:屏障。

〔9〕哲兄:指李延年。锡茅土:指延年封嗣徐王。罗:一作"含"。

〔10〕九卿:延年父璀,"开元中为宗正员外卿"。徐方:徐州。

〔11〕"七步"句:魏文帝令曹植七步中作诗,不成者行大法,植应声吟曰:"煮豆持作羹,漉菽以为汁。其在釜下燃,豆在釜中泣。本自同根生,相煎何太急。"见《世说新语·文学》。

〔12〕凤阙(què):汉宫阙名,在建章宫之东,高二十余丈,上有铜凤凰,故名。

〔13〕龙池:《唐会要》:"祭龙池乐章十。开元元年,内出编入杂乐,十六年筑坛于兴庆宫,以仲春月祭之。"

〔14〕朱邸(dǐ):王侯在京师的宅第。

〔15〕蛾眉:美女,喻指美才。

〔16〕列戟:唐制,嗣王、郡王皆列戟于门。

〔17〕"大臣"二句:谓徐王被右相李林甫所奏而贬谪彭城长史。彭城在南方,故云"天南垂"。

〔18〕"长沙"句：言徐王为长史不足以展其才。汉景帝时，诸王来朝。长沙定王张袖小举手而舞，帝怪问之，对曰："臣国小地狭，不足回旋。"帝乃以武陵、零陵、桂阳益焉。事见《汉书·长沙定王发传》。

〔19〕贝锦：《诗·小雅·巷伯》："萋兮斐兮，成是贝锦。彼谮人者，亦已太甚。"

〔20〕佐郡：指徐王为余杭郡司马。司马为郡守之辅佐，故曰佐郡。浙江西：指余杭郡，即杭州。

〔21〕平肩舆：轿子，亦称肩舆。

〔22〕偃憩（yǎn qì）：休养。

〔23〕茕（qióng）：孤单，无兄弟。嫠（lí）：寡妇。

〔24〕梁苑：汉梁孝王在睢阳所建的园林，故址在今河南商丘东南。耀旌旗：《史记·梁孝王世家》记梁孝王建梁园，"得赐天子旌旗，出从千乘万骑"，拟于天子。

〔25〕吴：指杭州。秦：指长安。

〔26〕大贤：指徐王。机兆：福祸的征兆。

〔27〕麟阁：即麒麟阁，为汉宫中阁名，是宫廷藏秘书、处贤才之所，此喻指翰林院。雁行：指兄弟之序。肩随：与人并行而略后，以表敬意。

〔28〕"凤毛"句：谓承继了先辈所遗风采。晋王敬伦（王导子劭）风姿似父，桓公（桓温）望之曰："大奴（王劭）固自有凤毛。"见《世说新语·容止》。

〔29〕茝（chǎi）：香草。蕤（ruí）：繁盛貌。

〔30〕"梦得"二句：用谢灵运梦见惠连而得佳句的典故，事见钟嵘《诗品》卷中引《谢氏家录》。

〔31〕紫河车：谓丹药。

〔32〕金膏、玉液：皆指仙药。罔象：仿佛。

〔33〕伏枕：指卧病。清漳湄：刘桢《赠五官中郎将》："余婴沉痼疾，窜身清漳滨。"

〔34〕溟渤：泛指大海。

〔35〕促织：蟋蟀的别名。

〔36〕火:一作"太"。

〔37〕阁:同搁,搁浅。

〔38〕"策马"二句:王琦注:"因天旱水涸,舟楫阻阁,故策马于凉月之下,乘夜而留别也。"郊圻(qí):指封邑的疆界。圻:一作"歧"。

〔39〕眷眷:依依不舍貌。

〔40〕清夷:清平。

〔41〕掺(shǎn)袂:揽持其袂,表示不忍分别。

别储邕之剡中[1]

借问剡中道,东南指越乡。舟从广陵去,水入会稽长[2]。竹色溪下绿,荷花镜里香。辞君向天姥[3],拂石卧秋霜。

【注释】

〔1〕诗作于开元十四年(726)夏,时作者由广陵前往越州。剡中:指剡县,在今浙江嵊州市与新昌县。

〔2〕会稽:在今浙江绍兴市。

〔3〕天姥(mǔ):山名,在今浙江新昌县东。

留别金陵诸公

海水昔飞动,三龙纷战争[1]。钟山危波澜[2],倾侧骇奔鲸。黄旗一扫荡,割壤开吴京[3]。六代更霸王,遗迹见都城[4]。至今秦淮间[5],礼乐秀群英。地扇邹鲁学[6],诗腾颜谢名[7]。五月金陵西,祖余白下亭[8]。欲寻庐峰顶,先绕汉水行[9]。香炉紫烟灭,瀑布落太清[10]。若攀星辰去,挥手缅含情。

【注释】

〔1〕海水:喻指百姓。《文选》扬雄《剧秦美新》:"海水群飞。"李善注:"海水,喻万民。群飞,言乱。"三龙:指魏、蜀、吴三国。

〔2〕钟山:即紫金山,在江苏南京市东。

〔3〕黄旗:《宋书·符瑞志上》:"汉世术士言:黄旗紫盖见于斗、牛之间,江东有天子气。"吴京:指金陵,即今南京市。三国时吴帝孙权建都金陵。

〔4〕六代:指吴、东晋、宋、齐、梁、陈。都城:指金陵,六代均建都于此。"遗迹"句一作"遗都见空城"。

〔5〕秦淮:秦淮河,流经金陵城入长江。

〔6〕扇:炽盛。邹鲁学:指孔孟儒学。孟子为邹人,孔子为鲁人。

〔7〕颜谢:指刘宋诗人颜延之、谢灵运。

〔8〕祖:祖饯,饯别。白下亭:驿亭名,金陵城东西各有一白下亭,此指城西的新亭。

〔9〕汉水:此指长江。

〔10〕"香炉"二句:慧远《庐山记》:"东南有香炉山,孤峰秀起,游气笼其上,则气若香烟。""西有石门,其前似双阙,壁立千余仞,而瀑布流焉。"太清,指天空。

口　号[1]

食出野田美,酒临远水倾。东流若未尽,应见别离情。

447

【注释】

〔1〕诗题:一作"口号留别金陵诸公"。口号:即口占,随口吟成的诗。

金陵酒肆留别[1]

风吹柳花满店香[2],吴姬压酒唤客尝[3]。金陵子弟来相送,欲行不行各尽觞。请君试问东流水[4],别意与之谁短长?

【注释】

〔1〕诗作于开元十四年(726),时作者初游金陵后即将离开。
〔2〕风吹:一作"白门"。
〔3〕吴姬:吴地酒馆侍女。金陵古属吴国。压酒:新酒初熟,压糟取汁。唤:一作"劝",一作"使"。
〔4〕试问:一作"问取"。

金陵白下亭留别[1]

驿亭三杨树,正当白下门。吴烟暝长条,汉水啮古根。向来送行处,回首阻笑言。别后若见之,为余一攀翻[2]。

【注释】

〔1〕诗约作于天宝八载(749),时诗人正游历江南。白下亭:驿亭名。

〔2〕攀翻:指折杨以寄托相思之情。

别东林寺僧[1]

东林送客处,月出白猿啼。笑别庐山远,何烦过虎溪[2]?

【注释】

〔1〕东林寺:在庐山之麓,晋太元九年慧远所建。

〔2〕"笑别"二句:晋时高僧慧远居东林寺,每送客至一溪辄有虎鸣,故名其溪为虎溪。后送客未尝过此。一日,与陶潜等共话,不觉过溪,众人大笑而别。见《莲社高贤传》。

窜夜郎于乌江留别宗十六璟[1]

君家全盛日,台鼎何陆离[2]!斩鳌翼娲皇,炼石补天维[3]。一回日月顾,三入凤凰池[4]。失势青门傍,种瓜复几时[5]?犹会众宾客,三千光路歧。皇恩雪愤懑,松柏含荣滋[6]。我非东床人[7],令姊忝齐眉[8]。浪迹未出世,空名动京师[9]。适遭云罗解[10],翻谪夜郎悲。拙妻莫邪剑,及此二龙随[11]。惭君湍波苦,千里远从之〔12〕。白帝晓猿断,黄牛过客迟〔13〕。遥瞻明月峡〔14〕,西去益相思。

【注释】

〔1〕诗作于乾元元年(758)。乌江:指浔阳江,在今江西九江市北。宗璟:李白妻宗氏之弟。

〔2〕台鼎:古代称三公或宰相为台鼎,言其职位显要,犹星有三台,鼎足而立。陆离:美盛貌。宗璟的祖父宗楚客在武则天和中宗时,曾三次拜相。

〔3〕翼:辅佐。娲皇:女娲,喻指武则天。《淮南子·览冥》:"往古之时,四极废,九州裂,天不兼覆,地不周载……于是女娲炼五色石以补苍天,断鳌足以立四极。"

〔4〕日月:喻指武则天和中宗。凤凰池:中书省的美称。"三入"句:谓三次为相。唐中书省长官,即宰相。

〔5〕"失势"二句:借秦末邵平事写宗氏之失势。邵平为秦故东陵侯,秦破,为布衣,种瓜于长安城东,事见《史记·萧相国世家》。

〔6〕"皇恩"二句:谓宗氏失势后复被起用。

〔7〕东床人:《晋书·王羲之传》载,晋太尉郗鉴命人至王家选婿,诸子侄咸自矜持,唯王羲之坦腹东床,若无其事。郗鉴即以女妻之。

〔8〕齐眉:喻夫妇和合。《后汉书·梁鸿传》:"(鸿)每归,妻为具食,不敢于鸿前仰视,举案齐眉。"

〔9〕"浪迹"二句:指李白天宝初应诏入京,供奉翰林事。

〔10〕云罗:谓罗网严密。

〔11〕"拙妻"二句:《晋书·张华传》载,雷焕在丰城县狱掘得宝剑两把,雄曰干将,雌曰莫邪,送干将与张华,留莫邪以自佩。张华被杀,失剑所在。雷焕卒后,其子持莫邪剑经延平津,剑忽跃入水中。使人没水取之,不得,但见双龙光彩照水,波浪惊沸。

〔12〕从:安旗等注:"诗题既曰留别,宗璟断不会相送千里。从疑为送,以音近而误,是宗璟远道来乌江相送也。"

〔13〕白帝:白帝城,在今重庆奉节县东。黄牛:黄牛山,在今湖北宜昌市西北八十里,亦称黄牛峡。

〔14〕明月峡:在今四川省广元市以北。因峡前南岸峭壁上有圆孔,形若满月,故名。

留别龚处士

龚子栖闲地,都无人世喧。柳深陶令宅[1],竹暗辟疆园[2]。我去黄牛峡,遥愁白帝猿。赠君卷施草[3],心断竟何言。

【注释】

〔1〕"柳深"句:陶渊明曾任彭泽令,宅边有五柳树。

〔2〕"竹暗"句:东晋人顾辟疆,有名园,池馆林泉之胜,号吴中第一。见《世说新语·简傲》。

〔3〕卷施草:一名宿莽,相传此草拔心不死。

赠别郑判官

窜逐勿复哀[1],惭君问寒灰[2]。浮云本无意,吹落章华台[3]。远别泪空尽,长愁心已摧。二年吟泽畔,憔悴几时回[4]?

【注释】

〔1〕诗作于乾元元年(758),时诗人在长流夜郎的途中。窜逐:指流放夜郎。

〔2〕寒灰:喻自己凄苦的心境与困厄的处境。

〔3〕章华台:楚灵王所筑,旧址在今湖北监利市西北。

〔4〕"二年"二句:以屈原自喻,《楚辞·渔父》:"屈原既放,游于江潭,行吟泽畔。颜色憔悴,形容枯槁。"二,一作"三"。

黄鹤楼送孟浩然之广陵[1]

故人西辞黄鹤楼,烟花三月下扬州[2]。孤帆远影碧空尽[3],唯见长江天际流。

【注释】

〔1〕诗约作于开元十六年(728)。黄鹤楼:故址在今湖北武汉市蛇山黄鹄矶头。广陵:在今江苏扬州市,唐时为扬州广陵郡治所。

〔2〕烟花:春天花开繁盛,远望如烟。

〔3〕空:底本作"山",据他本改。

将游衡岳过汉阳双松亭留别族弟浮屠谈皓[1]

秦欺赵氏璧,却入邯郸宫[2]。本是楚家玉,还来荆山中[3]。符彩照沧溟[4],清辉凌白虹。青蝇一相点[5],

流落此时同。卓绝道门秀[6],谈玄乃支公[7]。延萝结幽居,剪竹绕芳丛。凉花拂户牖,天籁鸣虚空。忆我初来时,蒲萄开景风[8]。今兹大火落[9],秋叶黄梧桐。水色梦沅湘,长沙去何穷[10]?寄书访衡峤[11],但与南飞鸿。

【注释】

〔1〕浮屠:即佛陀,为梵语音译。此指僧人。

〔2〕"秦欺"二句:赵有和氏璧,秦昭王遗赵王书,诈言愿以十五城易璧。蔺相如使秦,献璧,见秦王无诚意,不肯交出城池,乃设计取回宝璧,派人送回赵国。事见《史记·廉颇蔺相如列传》。

〔3〕楚家玉:和氏璧出于楚。荆山:楚山。

〔4〕符彩:指玉的纹理光泽。照:一作"泻"。

〔5〕"青蝇"句:《埤雅·释虫》:"青蝇粪尤能败物,虽玉犹不免,所谓蝇粪点玉是也。"诗人以青蝇乱色刺谗。

〔6〕道门:此指佛门。

〔7〕支公:指支遁,东晋高僧,善谈玄理,与谢安、王羲之、许询等过从甚密。

〔8〕景风:夏至后暖和之风。

〔9〕大火:即心宿二,夏夜星空中主要亮星之一。

〔10〕沅湘:沅水和湘水,二水皆流入洞庭湖。长沙:古郡名,治所在今湖南长沙。

〔11〕衡峤(qiáo):衡山。

渡荆门送别[1]

渡远荆门外,来从楚国游[2]。山随平野尽,江入大荒流[3]。月下飞天镜[4],云生结海楼[5]。仍怜故乡水,万里送行舟。

【注释】

〔1〕诗作于开元十三年(725),时作者出三峡初至江陵。荆门:山名,在今湖北宜都市西北长江南岸。

〔2〕楚国:今湖北一带地区。

〔3〕大荒:辽阔无边的原野。

〔4〕飞天镜:谓如飞过天空的镜子。

〔5〕结海楼:指结成海市蜃(shèn)楼。

闻李太尉大举秦兵百万出征东南懦夫请缨冀申一割之用半道病还留别金陵崔侍御十九韵[1]

秦出天下兵,蹴踏燕赵倾[2]。黄河饮马竭,赤羽连天明[3]。太尉杖旄钺,云骑绕彭城[4]。三军受号令,千里肃雷霆[5]。函谷绝飞鸟,武关拥连营[6]。意在斩巨鳌,何论鲙长鲸[7]?恨无左车略,多愧鲁连生[8]。拂剑照严霜,雕戈鬘胡缨[9]。愿雪会稽耻,将期报恩荣[10]。半道谢病还[11],无因东南征。亚夫未见顾,剧孟阳先行[12]。天夺壮士心,长吁别吴京[13]。金陵遇太守,倒屣欣逢迎[14]。群公咸祖饯,四座罗朝英[15]。初发临沧观,醉栖征房亭[16]。旧国见秋月[17],长江流寒声。帝车信回转[18],河汉复纵横[19]。孤凤向西海,飞鸿辞北溟[20]。因之出寥廓,挥手谢公卿[21]。

【注释】

〔1〕李太尉:即李光弼。太尉,正一品,唐时为三公之一,位尊而无具体职守。上元二年(761)五月,光弼为河南副元帅、太尉兼侍中,都统河南、淮南、山南东道等五道行营节度,出镇临淮。本诗即作于此年。东南:指临淮郡,即泗州,治所在今安徽泗县。请缨:自请从军。一割之用:《后汉书·班超传》载,班超曾说:"况臣奉大汉之威,而无铅刀一割之用乎?"意谓铅刀虽钝,但仍能一割。李白引此语意在说明,自己虽已衰老,但仍可为国出力。

〔2〕秦:长安,此处指唐朝廷。蹴(cù)踏:踩踏。燕赵:古燕国、赵国一带,时为安史叛军所据。

〔3〕赤羽:指饰以红色羽毛的旗。

〔4〕旄钺(máo yuè):旄节和斧钺。二者均为皇帝授与军事统帅,表示赐给其征讨生杀之权的信物。云骑:言兵马之多如云。彭城:即徐州。当时史朝义围宋州,光弼率兵至徐州,史朝义退走。

〔5〕"三军"二句:言李光弼治军极严。《旧唐书·李光弼传》谓李光弼"御军严肃,天下服其威名。每申号令,诸将不敢仰视"。

〔6〕函谷:函谷关。在今河南灵宝市境。武关:在今陕西丹凤县东南。

〔7〕巨鳌:喻指叛军首领。鲙(kuài):细切鱼肉。长鲸:喻一般的叛将。鲙长鲸,一作"鲵与鲸"。

〔8〕左车:指李左车,秦末汉初人。据《史记·淮阴侯列传》载,李左车有谋略,曾向赵王、成安君献计,成安君不听,而导致井陉之败。后左车为韩信所擒,韩信师事之。鲁连生:即鲁仲连。

〔9〕雕戈:镂刻花纹的平头戟。鏖(mán):装饰。胡缨:粗缨,没有纹理的缨带。

〔10〕恩荣:言皇帝给自己的恩惠荣耀。

455

〔11〕谢病还:因病辞谢而还。

〔12〕"亚夫"二句:以亚夫喻李光弼而自比剧孟,因阻于行未能见顾深以为憾。亚夫,周亚夫,西汉名将。剧孟,西汉时洛阳人,以任侠显诸侯。

〔13〕长吁(xū):长叹。吴京:即金陵,今南京市。

〔14〕倒屣(xǐ):《三国志·魏书·王粲传》:"闻粲在门,倒屣迎之。"

〔15〕祖饯:饯行。朝英:当朝的杰出人物。

〔16〕临沧观:即新亭,在今南京市南劳山上。征虏亭:东晋征虏将军谢石所建,在今南京玄武湖北。

〔17〕旧国:故都,指金陵。

〔18〕帝车:星名,即斗宿。

〔19〕河汉:指银河。

〔20〕北溟:北方的大海。以上二句谓自己如孤凤和飞鸿一样将飞向远方。

〔21〕寥廓:指广阔的天空。谢:辞别。公卿:指崔侍御等人。

别韦少府[1]

西出苍龙门[2],南登白鹿原[3]。欲寻商山皓[4],犹恋汉皇恩。水国远行迈,仙经深讨论。洗心句溪月[5],清耳敬亭猿[6]。筑室在人境,闭关无世喧[7]。多君枉高驾,赠我以微言[8]。交乃意气合,道因风雅存。别离有相思,瑶瑟与金樽。

【注释】

〔1〕诗作于天宝十二载(753),时作者在宣城。

〔2〕苍龙门:汉长安未央宫东有苍龙阙。

〔3〕白鹿原:亦称灞上,在长安东南。

〔4〕商山皓:商山四皓。

〔5〕句溪:在安徽宣城东五里,溪流回曲,形如句字,源出笼丛、天目诸山,东北流二百余里,合众流入长江。

〔6〕清耳:洁其心耳。敬亭:山名,在宣城。

〔7〕闭关:闭门。

〔8〕多:赞美。枉:屈尊。微言:精微的言论。

南陵别儿童入京[1]

白酒新熟山中归,黄鸡啄黍秋正肥。呼童烹鸡酌白酒,儿女嬉笑牵人衣。高歌取醉欲自慰,起舞落日争光辉[2]。游说万乘苦不早[3],著鞭跨马涉远道。会稽愚妇轻买臣[4],余亦辞家西入秦[5]。仰天大笑出门去,我辈岂是蓬蒿人[6]!

【注释】

〔1〕南陵:在今安徽南陵县。天宝元年(742),唐玄宗下诏征李白入京,此为李白在南陵与家人告别时所作。

〔2〕"起舞"句:酒酣后兴致极浓,翩翩起舞,似与落日争辉。

〔3〕万乘:古代制度,天子有兵车万辆,后用作皇帝的代称。苦不早:当时李白已四十余岁,故云。

〔4〕"会稽"句:《汉书·朱买臣传》:"朱买臣……家贫,好读书,不治产业,常艾薪樵,卖以给食,担束薪,行且诵书。其妻亦负戴相随,数止买臣毋歌讴道中。买臣愈益疾歌,妻羞之,求去。买臣笑曰:'我年五十当

富贵,今已四十余矣。女苦日久,待我富贵报女功。'妻恚怒曰:'如公等,终饿死沟中耳,何能富贵?'买臣不能留,即听去。"后数年,买臣往长安求仕成功,曾一度任会稽太守。

〔5〕秦:指长安。

〔6〕蓬蒿人:生活在草野间的人,指平民百姓。

别　山　僧

何处名僧到水西?乘舟弄月宿泾溪[1]。平明别我上山去,手携金策踏云梯[2]。腾身转觉三天近[3],举足回看万岭低。谑浪肯居支遁下,风流还与远公齐[4]。此度别离何日见?相思一夜暝猿啼。

【注释】

〔1〕水西:即水西山,在安徽泾县西五里。泾溪:水西山下临泾溪。舟:一作"杯"。

〔2〕金策:即锡杖,杖高与眉齐,头有锡环,又叫声杖、鸣杖。

〔3〕三天:泛指高空。

〔4〕支遁:东晋高僧,善谈玄理。远公:慧远,二十一岁出家,师事道安。后入庐山,居东林寺,为净土宗初祖,事见慧皎《高僧传》。

赠别王山人归布山[1]

王子析道论,微言破秋毫[2]。还归布山隐,兴入天云高。尔去安可迟?瑶草恐衰歇。我心亦怀归,屡梦松上月。傲然遂独往[3],长啸开岩扉。林壑久已芜,石道生蔷薇。愿言弄笙鹤[4],岁晚来相依。

【注释】

〔1〕布山:汉县名,唐曰桂平,在今广西桂平市。

〔2〕秋毫:喻事理之微细者。

〔3〕独往:指归隐。《文选》谢灵运《入华子岗是麻源第三谷》李善注:"淮南王《庄子略要》曰:'江海之士,山谷之人,轻天下细万物而独往者也。'司马彪曰:'独往,任自然不复顾世也。'"

〔4〕弄笙鹤:王子乔为周灵王太子,好吹笙,作凤凰鸣,道士浮丘公接以上嵩山。事见《列仙传》卷上。

江夏别宋之悌[1]

楚水清若空[2],遥将碧海通。人分千里外,兴在一杯中。谷鸟吟晴日,江猿啸晚风。平生不下泪,于此泣无穷。

【注释】

〔1〕江夏:在今湖北武汉市。宋之悌:宋之问弟。开元二十二年(734)自太原尹流朱鸢,诗即是时作。

〔2〕楚水:指流经今湖北一带的江水。

卷十五

南阳送客[1]

斗酒勿为薄[2],寸心贵不忘。坐惜故人去[3],偏令游子伤。离颜怨芳草,春思结垂杨。挥手再三别,临岐空断肠。

【注释】

〔1〕诗作于开元后期游南阳时。南阳:在今河南南阳市。
〔2〕薄:少。《古诗十九首》:"斗酒相娱乐,聊厚不为薄。"
〔3〕坐:犹深。

送张舍人之江东[1]

张翰江东去,正值秋风时[2]。天清一雁远,海阔孤帆迟。白日行欲暮,沧波杳难期。吴洲如见月[3],千里幸相思。

【注释】

〔1〕此首《又玄集》卷上作孟浩然诗。

〔2〕"张翰"二句:《晋书·张翰传》载,张翰仕于洛阳,因秋风起,思念家乡,遂辞职而归。

〔3〕吴洲:即今苏州市。这里泛指江东地区。

送王屋山人魏万还王屋[1]并序

王屋山人魏万,云自嵩宋沿吴相访[2],数千里不遇,乘兴游台越,经永嘉[3],观谢公石门[4],后于广陵相见。美其爱文好古,浪迹方外[5],因述其行而赠是诗[6]。

仙人东方生,浩荡弄云海。沛然乘天游,独往失所在[7]。魏侯继大名[8],本家聊摄城[9]。卷舒入元化[10],迹与古贤并[11]。十三弄文史,挥笔如振绮[12]。辩折田巴生,心齐鲁连子[13]。西涉清洛源[14],颇惊人世喧。采秀卧王屋,因窥洞天门[15]。揭来游嵩峰,羽客何双双[16]!朝携月光子,暮宿玉女窗[17]。鬼谷上窈窕,龙潭下奔潈[18]。东浮汴河水[19],访我三千里。逸兴满吴云,飘飘浙江汜[20]。挥手杭越间,樟亭望潮还[21]。涛卷海门石[22],云横天际山。白马走素车,雷奔骇心颜[23]。遥闻会稽美,一弄耶溪水[24]。万壑与千岩,峥嵘镜湖里[25]。秀色不可名[26],清辉满江城。人游月边去,舟在空中行。此中久延伫,入剡寻王许[27]。笑读曹娥碑,沉吟黄绢语[28]。天台连四明,日入向国清[29]。五峰转月色[30],百里行松声。灵溪恣沿越,华顶殊超忽[31]。石梁横青天,侧足履半月[32]。眷然思永嘉,不惮海路赊[33]。挂席历海峤,回瞻赤城霞[34]。赤城渐微没,孤屿前嶢兀[35]。水续万古流,亭空千霜月。缙云川谷难,石门最可观[36]。瀑布挂北斗[37],莫穷此水端。喷壁洒素雪,空濛生昼寒[38]。却思恶溪去[39],宁惧恶溪恶。咆哮七十滩,水石相喷薄[40]。路创李北海,岩开谢康乐[41]。松风和猿声,搜索连洞壑[42]。径出梅花桥,双溪纳归潮[43]。落帆金华岸,赤松若可招[44]。沈约八咏楼,城西孤岩峣[45]。岩峣四荒外,旷望群川会[46]。云卷天地开,波连浙西大[47]。乱流新安口,北指严光濑[48]。钓台碧云中,邈与苍岭对[49]。稍稍来吴都,徘徊上姑苏[50]。烟绵横九疑,漭荡见五湖[51]。目极心更远,悲歌但长吁。回桡楚江滨,挥策扬子津[52]。身著日本裘,昂藏出风尘[53]。五月造我语,知非佁儗人[54]。相逢乐无限,水石日在眼。徒干五诸侯[55],不致百金产。吾友扬子云,弦歌播清芬[56]。虽为江宁宰,好与山公群[57]。乘兴但一行[58],且知我爱君。君来几何时?仙台应有期[59]。东窗绿玉树[60],定长三五枝。至今天坛人[61],当笑尔归迟。我苦惜远别,茫然使心悲。黄河若不断,白首长相思[62]。

【注释】

〔1〕诗作于天宝十三载(754),时作者在金陵。王屋:山名,在山西

462

阳城、垣曲之间。王屋山人:魏万的别名。魏万,后改名颢。

〔2〕嵩:指嵩山。宋:宋州,治所在今河南商丘市南。

〔3〕台:台州,治所在今浙江临海市。越:越州,治所在今浙江绍兴市。永嘉:郡名,治所在今浙江温州市。

〔4〕谢公:南朝宋谢灵运,曾为永嘉太守。石门:永嘉名山,谢灵运曾在此游览咏诗,故谓之曰"谢公石门"。

〔5〕浪迹:放浪远游,没有定所。方外:世俗之外。

〔6〕序文王琦校:"一作见王屋山人魏万,云自嵩历兖,游梁入吴,计程三千里,相访不遇,因下江东,寻诸名山。往复百越,后于广陵一面,遂乘兴共过金陵。此公爱奇好古,独往物表。因述其行李,遂有此作。"

〔7〕东方生:即东方朔。《汉武内传》载:东方朔一日乘龙飞去,同时众人见其从西北冉冉上升,后大雾遮蔽,不知所往。沛然:迅疾。以上四句一作"东方不辞家,独访紫泥海。时人少相逢,往往失所在"。

〔8〕"魏侯"句:春秋时晋献公赐毕万为魏大夫,卜偃说:"毕万之后必大。万,盈数也;魏,大名也。以是始赏,天启之矣。"事见《左传·闵公元年》。李白用此典,是说魏万姓魏名万,继承了毕万得魏地的大名。

〔9〕聊摄城:聊城即今山东聊城市,摄城即今山东茌平县。两地相邻,古称聊摄。

〔10〕卷舒:犹屈伸。元化:造化。

〔11〕迹:指魏万的行为。并:合。

〔12〕振绮:形容文章写得富有文采。

〔13〕"辩折"二句:齐之辩士田巴,"一日而服千人"。鲁仲连折之曰:"国亡在旦暮耳,先生将奈何?"田巴曰:"无奈何。"鲁仲连曰:"夫危不能为安,亡不能为存……先生之言,有似枭鸣,出声而人恶之,愿先生之勿复谈也。"事见《太平御览》卷四六四引《鲁连子》。此言魏万能言善辩,有鲁仲连扶危济困之志。

〔14〕清洛:即洛水,源出陕西洛南县西北。

〔15〕秀:草木之花。洞天门:相传王屋山上有仙宫洞天,号"小有清虚洞天"。

463

〔16〕偈(qiè)来:即来。"偈"为发语词。羽客:即羽人,指道士。

〔17〕月光子:神仙名,即月光童子,传说常至嵩山。玉女窗:传说嵩山有玉女窗,汉武帝曾在窗中窥见天上玉女。

〔18〕鬼谷:在今河南登封市北,相传战国时鬼谷先生曾居此。窈窕:幽深貌。龙潭:在登封县东,九潭相接,其深莫测,又称九龙潭。潨(cōng):水汇聚称潨。

〔19〕汴水:即通济渠东段,经宋州东南流。

〔20〕汜(sì):水边。

〔21〕杭越:杭州、越州。樟亭:地名,在今杭州市南。

〔22〕海门:浙江夹岸有山,南曰龛,北曰赭,两山相对,谓之海门。

〔23〕"白马"二句:形容钱塘江潮来势凶猛,使人惊心动魄。语本枚乘《七发》:"其始起也,洪淋淋焉,若白鹭之下翔。其少进也,浩浩溰溰,如素车白马帷盖之张……凌赤岸,篲扶桑,横奔似雷行。"

〔24〕会稽:今浙江绍兴市。一弄:一作"且度"。耶溪:即若耶溪,在今浙江绍兴市南。

〔25〕镜湖:在今绍兴市。

〔26〕不可名:无法形容。

〔27〕剡:县名,在今浙江嵊州市、新昌县一带。王许:指王羲之、许询,二人均为东晋名士,曾隐居剡中沃洲山(在今浙江新昌县)。

〔28〕"笑读"二句:《世说新语·捷悟》载,曹操与杨修过曹娥碑下,见碑阴题"黄绢幼妇外孙齑臼"八字。修解曰:"黄绢,色丝也,于字为绝;幼妇,少女也,于字为妙;外孙,女子也,于字为好;齑臼,受辛也,于字为辞。所谓'绝妙好辞'也。"

〔29〕天台:山名,在今浙江天台县北。四明:山名,在今浙江宁波西南。国清:古代著名佛寺,在天台山南麓。

〔30〕五峰:国清寺旁有八桂、灵禽、祥云、灵芝、映霞等五座山峰。

〔31〕灵溪:在天台县北十五里。沿越:顺流而渡。华顶:天台山最高峰。天台有九峰,形如莲花,华顶居九峰之中,如花心之顶,故名。超忽:远貌。

〔32〕石梁:石桥。《文选》孙绰《游天台山赋》李善注引顾恺之《启蒙记》:"天台山石桥,路径不盈尺,长数十步,步至滑,下临绝冥之涧。"侧足:形容石桥险狭,仅能侧足而行。半月:形容石桥的形状。

〔33〕赊:遥远。

〔34〕峤(qiáo):尖峭之山。赤城:山名,在浙江天台县北。山土皆赤色,状似云霞。

〔35〕孤屿(yǔ):山名,在今浙江温州市北江中,有东西二峰相对峙。峣(yáo)兀:高峻貌。

〔36〕缙(jìn)云:山名,在今浙江缙云县。石门:山名,在今浙江青田县西。两峰壁立,相对如门,故名。上有瀑布,高七百尺。

〔37〕挂北斗:极言瀑布之高。

〔38〕空濛:烟雨迷茫貌。

〔39〕思:一作"寻"。恶溪:即丽水,今名好溪,源出浙江丽水市东北大瓮山。其水湍急,多险滩。

〔40〕喷薄:水流激荡,发出巨大声响。

〔41〕李北海:指曾作过北海太守的唐人李邕,他作括州刺史时,曾在此开路。诸本于此句下有李白自注:"李公邕昔为括州,开此岭路。"谢康乐:谢灵运,袭爵康乐公。灵运曾在恶溪游览题诗,其上有康乐岩。诸本于此句下有李白自注:"恶溪有谢康乐题诗处。"

〔42〕搜索:往来貌。

〔43〕径出:路出。梅花桥:浙江金华东有梅花溪,桥当在其上。双溪:一曰东港,一曰南港,两水流至金华会合。

〔44〕金华:山名,在今浙江金华北。赤松:赤松子,古代仙人。

〔45〕八咏楼:南齐沈约任东阳太守时建。原名玄畅楼,沈约于此楼题《登台望秋月》等八首诗,后因称"八咏楼"。故址在今浙江金华市。岧峣(tiáo yáo):高貌。

〔46〕旷望:远望。

〔47〕浙西:指今浙江省浙江以西地区。

〔48〕新安口:新安江入浙江之口。新安江是浙江上游的一支,源出

江西省婺源县西北率山,东南流至浙江建德市梅城入浙江。严光濑:为汉严子陵垂钓处,在浙江桐庐县西五十里。

〔49〕钓台:严子陵钓台。苍岭:即括苍山,在今浙江东南部。

〔50〕稍稍:随即。吴都:今江苏苏州市,春秋时为吴国都城。姑苏:相传为吴王阖庐或夫差所筑,故址在今江苏吴江区西南姑苏山上。

〔51〕烟绵:长远而不断之意。九疑:山名,在湖南宁远县南。漭(mǎng)荡:水广阔貌。五湖:即太湖。

〔52〕桡(ráo):船桨,此指船。策:马鞭。扬子津:古渡口名,在今江苏扬州市邗江区南长江边,即瓜洲渡。

〔53〕日本裘:李白自注:"裘则朝卿所赠,日本布为之。"朝卿,即晁衡,日本国人,原名阿倍仲麻吕。昂藏:气概不凡。

〔54〕造我语:前来与我谈话。佁儗(chì yì):痴呆、固滞貌。

〔55〕干:干谒。五诸侯:即五侯,河平二年,汉成帝同日封其舅王谭等五人为侯,世称五侯。后泛指权贵之家。

〔56〕扬子云:扬雄,字子云,西汉辞赋家。此借指李白友人杨利物,时杨为江宁县令。李白有《江宁宰杨利物画赞》。弦歌:指礼乐教化。

〔57〕山公:即山简,《晋书·山简传》载,山简出镇襄阳,唯酒是耽。

〔58〕但一行:指与自己一同前往江宁。

〔59〕仙台:神仙居住的地方。

〔60〕东窗:指魏万王屋山旧居。

〔61〕天坛:山名,在今河南省济源市西,为王屋山诸峰之一。

〔62〕"黄河"二句:王琦注:"此是倒装句法,谓白首相思,若黄河之水,终无断绝时耳。"

送当涂赵少府赴长芦[1]

我来扬都市,送客回轻舠[2]。因夸楚太子,便睹广陵涛[3]。仙尉赵家玉,英风凌四豪[4]。维舟至长芦,目送烟云高。摇扇对酒楼,持袂把蟹螯。前途倪相思,登岳一长谣。

【注释】

〔1〕赵少府:赵炎,善画山水,李白又有《当涂赵炎少府粉图山水歌》。长芦:长芦镇,在唐扬州六合县南。

〔2〕扬都:即扬州。舠(dāo):小船。

〔3〕"因夸"二句:语本枚乘《七发》:"楚太子有疾,而吴客往问之……客曰:将以八月之望,与诸侯远方交游兄弟,并往观涛乎广陵之曲江。"

〔4〕仙尉:西汉末年,梅福为南昌尉,后弃官,得道成仙。事见《汉书·梅福传》。此指赵炎。四豪:指战国四公子,即魏信陵君、赵平原君、齐孟尝君、楚春申君。

送友人寻越中山水[1]

闻道稽山去,偏宜谢客才[2]。千岩泉洒落,万壑树萦回。东海横秦望,西陵绕越台[3]。湖清霜镜晓,涛白雪山来。八月枚乘笔[4],三吴张翰杯[5]。此中多逸兴,早晚向天台。

【注释】

〔1〕越中:指越州会稽郡治(今浙江绍兴市),古代越国的都城。

〔2〕稽山:即会稽山,在今浙江绍兴市东南。谢客:指谢灵运,小名客儿。

〔3〕秦望:山名,在今绍兴市东南。西陵:在今浙江萧山西,又称固陵。越台:即越王台,勾践所建,在会稽山上。

〔4〕"八月"句:用枚乘《七发》中所写八月观涛事。

〔5〕张翰杯:张翰纵酒任诞,自言"使我有身后名,不如即时一杯酒"。见《世说新语·任诞》。

送族弟凝之滁求婚崔氏[1]

与尔情不浅,忘筌已得鱼[2]。玉台挂宝镜[3],持此意何如?坦腹东床下[4],由来志气疏[5]。遥知向前路,掷果定盈车[6]。

【注释】

〔1〕滁(chú):滁州,治所在今安徽滁州市。

〔2〕忘筌(quán):《庄子·外物》:"筌者所以在鱼,得鱼而忘筌。蹄者所以在兔,得兔而忘蹄。言者所以在意,得意而忘言。"筌,捕鱼之竹器。

〔3〕玉台:用温峤事,温峤为刘琨长史。北征刘聪,得玉镜台一枚。后丧妇,从姑刘氏有一女,甚有姿慧,属温觅婚。温密有自婚意,乃报姑云:"已觅得婚处,门地粗可,婿身名宦,尽不减峤。"因以玉镜台为聘礼,姑大喜。既婚,交礼,女笑曰:"我固疑是老奴,果如所卜。"见《世说新语·假谲》。

〔4〕坦腹:用王羲之坦腹东床,终被郗鉴选中为婿的故事。

〔5〕疏:放浪无拘束。

〔6〕"掷果"句:潘岳貌美,少时常挟弹出洛阳道,"妇人遇之者,皆连手萦绕,投之以果,遂满车而归"。见《晋书·潘岳传》。

送友人游梅湖[1]

送君游梅湖,应见梅花发。有使寄我来[2],无令红芳歇。暂行新林浦[3],定醉金陵月。莫惜一雁书,音尘坐胡越[4]。

【注释】

〔1〕诗作于天宝八载(749),时作者在金陵。梅湖:当在今南京市附近。

〔2〕"有使"句:南朝宋时,陆凯从江南寄梅花一枝,给在长安的范晔,并赠诗曰:"折花逢驿使,寄与陇头人。江南无所有,聊赠一枝春。"见《太平御览》卷九七〇引盛弘之《荆州记》。

〔3〕新林浦:在今南京市西南。

〔4〕音尘:音讯。坐:犹"致"。胡越:胡在北,越在南,比喻间隔遥远。

送崔十二游天竺寺[1]

还闻天竺寺,梦想怀东越[2]。每年海树霜,桂子落秋月[3]。送君游此地,已属流芳歇。待我来岁行,相随浮溟渤[4]。

【注释】

〔1〕天竺寺:在浙江杭州天竺山上,有上、中、下三寺,唐之天竺寺即下天竺寺。

〔2〕东越:指杭州。春秋时为越地而在东方,故曰东越。

〔3〕"桂子"句:王琦注:"《咸淳临安志》:旧俗所传月坠桂子,惟天竺素有之……刺史白居易诗云:'宿因月桂落,醉为海榴开。'注云:'天竺尝有月中桂子落。'"

〔4〕溟渤:泛指大海。

送杨山人归天台[1]

客有思天台,东行路超忽[2]。涛落浙江秋,沙明浦阳月[3]。今游方厌楚,昨梦先归越。且尽秉烛欢,无辞凌晨发。我家小阮贤,剖竹赤城边[4]。诗人多见重,官烛未曾然[5]。兴引登山屐[6],情催泛海船。石桥如可度,携手弄云烟。

【注释】

〔1〕天台:山名,在浙江天台县北。

〔2〕超忽:遥远貌。

〔3〕浦阳:水名,源出浙江浦江县西,北流入钱塘江。

〔4〕小阮:指阮籍之侄阮咸,后人谓侄曰小阮本此。这里借指李白从侄、时任杭州刺史的李良。剖竹:即分符,指出任州郡长官。赤城:山名,在今浙江天台县北。

〔5〕官烛:《太平御览》卷二五六引谢承《后汉书》:"巴祇字敬祖,为扬州刺史,在官不迎妻子……夜与士对坐暗中,不燃官烛。"

〔6〕登山屐：即谢公屐，谢灵运特制的一种木鞋，专供登山用。上山时去掉前齿，下山时去掉后齿。

送温处士归黄山白鹅峰旧居[1]

黄山四千仞，三十二莲峰[2]。丹崖夹石柱，菡萏金芙蓉[3]。伊昔升绝顶，下窥天目松[4]。仙人炼玉处，羽化留余踪[5]。亦闻温伯雪，独往今相逢[6]。采秀辞五岳[7]，攀岩历万重。归休白鹅岭，渴饮丹砂井[8]。凤吹我时来，云车尔当整[9]。去去陵阳东[10]，行行芳桂丛。回溪十六度，碧嶂尽晴空。他日还相访，乘桥蹑彩虹[11]。

【注释】

〔1〕黄山：古称黟（yī）山，唐改黄山。在安徽省南部。白鹅峰：黄山群峰之一。

〔2〕三十二莲峰：王琦注："诸书皆言黄山之峰三十有六，而白诗只言三十有二，盖四峰唐以前未有名也。"

〔3〕菡萏（hàn dàn）：即荷花。王琦注："谓黄山三十二峰，皆如莲花，丹崖夹峙中，植立若柱。然其顶之圆平者，如菡萏之未舒，其顶之开敷者，如芙蓉之已秀。"

〔4〕天目：山名，在浙江杭州市西北，上有两湖若左右目，故名天目。

〔5〕炼玉：指炼仙丹。羽化：指成仙而去。黄山有炼丹峰，高八百七十仞，相传浮丘公炼丹于峰顶，经八甲子，丹始成。

〔6〕温伯雪：名伯，字雪子。《庄子·田子方》载：孔子见温伯雪子而不言，子路不解，孔子说："若夫人者，目击而道存矣，亦不可以容声矣。"李

471

白此处借其名以喻温处士。独往:谓离群而隐居。

〔7〕采秀:采花。植物开花为秀。此指灵芝。

〔8〕丹砂井:黄山东峰下有朱砂汤泉,热可点茗,春时即色微红。

〔9〕凤吹:用仙人王子乔吹笙作凤鸣事。云车:仙人所乘之车。

〔10〕陵阳:即陵阳山,在安徽泾县西南。相传为陵阳子明成仙处。

〔11〕桥:指仙人桥,又名天桥、仙石桥,在炼丹台,为黄山最险之处。王琦注引《山志》:"两峰绝处,各出峭石,彼此相抵,有若笋接,接而不合,似续若断,登者莫不叹为奇绝。"

送方士赵叟之东平〔1〕

长桑晚洞视,五藏无全牛〔2〕。赵叟得秘诀,还从方士游。西过获麟台〔3〕,为我吊孔丘。念别复怀古,潸然空泪流〔4〕。

【注释】

〔1〕方士:方术之士。东平:郡名,即郓(yùn)州,治所在今山东东平县西北。

〔2〕长桑:长桑君,传说中的神医,曾出其怀中药与扁鹊,又悉取其禁方书与扁鹊。"扁鹊以其言饮药三十日,视见垣一方人。以此视病,尽见五藏(脏)症结。"见《史记·扁鹊仓公列传》。无全牛:语出《庄子·养生主》:"始臣解牛之时,所见无非牛者。三年之后,未尝见全牛也。方今之时,臣以神遇,而不以目视。"

〔3〕获麟台:在今山东巨野县东南。即西狩获麟之所,后人于此筑台。

〔4〕潸(shān)然:泪流貌。

送韩准裴政孔巢父还山[1]

猎客张兔罝[2],不能挂龙虎。所以青云人,高歌在岩户[3]。韩生信英彦,裴子含清真。孔侯复秀出,俱与云霞亲。峻节凌远松,同衾卧盘石。斧冰漱寒泉,三子同二屐[4]。时时或乘兴,往往云无心。出山揖牧伯[5],长啸轻衣簪。昨宵梦里还,云弄竹溪月。今晨鲁东门,帐饮与君别[6]。雪崖滑去马,萝径迷归人。相思若烟草,历乱无冬春[7]。

【注释】

〔1〕孔巢父:冀州人,字弱翁。早勤文史,少时与韩准、裴政、李白、张叔明、陶沔隐于徂徕山,时号"竹溪六逸"。见《旧唐书·孔巢父传》。

〔2〕罝(jū):捕兽的网。

〔3〕高:一作"浩"。岩户:指山中隐居之处。

〔4〕屐:指登山之木屐。

〔5〕揖(yī):谓揖而不拜。牧伯:指州郡长官。

〔6〕鲁东门:指兖州城的东门。帐饮:在郊野张设帷帐,置酒送别。

〔7〕历乱:杂乱无章。

送杨少府赴选

大国置衡镜[1],准平天地心。群贤无邪人,朗鉴穷清深。吾君咏《南风》，衮冕弹鸣琴[2]。时泰多美士，京国会缨簪[3]。山苗落涧底，幽松出高岑[4]。夫子有盛才，主司得球琳[5]。流水非郑曲，前行遇知音[6]。衣工剪绮绣[7]，一误伤千金。何惜刀尺余，不裁寒女衾？我非弹冠者[8]，感别但开襟。空谷无白驹[9]，贤人岂悲吟？大道安弃物，时来或招寻。尔见山吏部[10]，当应无陆沉[11]。

【注释】

〔1〕置衡镜：指铨选人才。衡可以量轻重，镜可以照美丑，衡镜指甄辨评量人才的准则。

〔2〕南风：古诗名。相传舜作五弦琴，唱《南风》歌，其词曰："南风之薰兮，可以解吾民之愠兮。"衮冕(gǔn miǎn)：君主之衮衣及冠冕。

〔3〕缨簪：官员之服饰。亦指官员。

〔4〕"山苗"二句：左思《咏史》："郁郁涧底松，离离山上苗。以彼径寸茎，荫此百尺条。"王琦注："太白反而用之，以喻因才器使高下各得其宜也。"

〔5〕主司：主考官。球琳：美玉，喻有才德的人。

〔6〕流水：《列子·汤问》："伯牙善鼓琴，钟子期善听。伯牙鼓琴，志在登高山，钟子期曰：'善哉，峨峨兮若泰山！'志在流水，钟子期曰：'善哉，洋洋兮若江河！'"后世因以喻高雅的乐曲或知音难得。郑曲：本指春秋、战国时郑地的音乐，音调与雅乐不同。前行：指吏部。《通典》卷二三："尚书六曹，吏部、兵部为前行。"唐时文官的铨选，由吏部负责。

〔7〕衣工：喻主持铨选之人。剪绮绣：喻裁鉴人才。

〔8〕弹冠：指入仕。《汉书·王吉传》："吉与贡禹为友，世称'王阳在位，贡公弹冠。'言其取舍同也。"

〔9〕"空谷"句：《诗·小雅·白驹》："皎皎白驹，食我场苗。"

〔10〕山吏部：即山涛，"竹林七贤"之一，晋武帝时曾任吏部尚书，官

至司徒。此喻指吏部主持铨选之人。

〔11〕陆沉:谓无水而沉,喻人中隐者。引申指埋没。

对雪奉饯任城六父秩满归京〔1〕

龙虎谢鞭策,鹓鸾不司晨〔2〕。君看海上鹤,何似笼中鹑?独用天地心,浮云乃吾身〔3〕。虽将簪组狎,若与烟霞亲。季父有英风,白眉超常伦〔4〕。一官即梦寐,脱屣归西秦〔5〕。窦公敞华筵,墨客尽来臻。燕歌落胡雁,郢曲回阳春〔6〕。征马百度嘶,游车动行尘。踌躇未忍去,恋此四座人。饯离驻高驾,惜别空殷勤。何时竹林下,更与步兵邻〔7〕?

【注释】

〔1〕任城:唐县名,在今山东济宁市。

〔2〕鹓(yuān)鸾:凤凰一类鸟。

〔3〕"浮云"句:《维摩诘经》卷上:"是身如浮云,须臾变灭。"

〔4〕白眉:马良字季常,眉中有白毛。兄弟五人,皆有才名,乡里为之语曰:"马氏五常,白眉最良。"见《三国志·蜀书·马良传》。此喻指六父(六叔)。

〔5〕脱屣:脱鞋,喻看得很轻,无所留恋,多用于鄙弃名利富贵。西秦:指长安。

〔6〕燕歌:指北方之乐。郢(yǐng)曲:指南方之乐。王琦注:"落胡雁,谓其声之精妙,能令飞鸟感之而下集;回阳春,谓其音之美善,能令阳气应之而潜动。"

〔7〕"何时"二句:《晋书·阮咸传》:"咸任达不拘,与叔父籍为竹林

之游。"步兵,指阮籍,此借喻六父。

鲁郡尧祠送吴五之琅琊[1]

尧没三千岁,青松古庙存。送行奠桂酒[2],拜舞清心魂。日色促归人,连歌倒芳樽。马嘶俱醉起,分手更何言。

【注释】

〔1〕鲁郡:兖(yǎn)州,天宝元年改为鲁郡,治所在今山东兖州。尧祠:在兖州治所东南。琅琊:即沂(yí)州,治所在今山东临沂。

〔2〕奠:以酒洒地祭神。桂酒:用桂泡渍的酒。《楚辞·九歌·东皇太一》:"奠桂酒兮椒浆。"

鲁郡尧祠送窦明府薄华还西京[1] 时久病初起作

朝策犁眉骒,举鞭力不堪[2]。强扶愁疾向何处?角巾微服尧祠南[3]。长杨扫地不见日,石门喷作金沙潭[4]。笑夸故人指绝境[5],山光水色青于蓝。庙中往往来击鼓,尧本无心尔何苦[6]?门前长跪双石人,有女如花日歌舞。银鞍绣毂往复回,簸林蹶石鸣风雷[7]。远烟空翠时明灭,白鸥历乱长飞雪[8]。红泥亭子赤栏干,碧流环转青锦湍[9]。深沉百丈洞海底[10],那知不有蛟龙蟠[11]?君不见绿珠潭水流东海[12],绿珠红粉沉光彩。绿珠楼下花满园,今日曾无一枝在。昨夜秋声闻阊来,洞庭木落骚人哀[13]。遂将三五少年辈,登高远望形神开[14]。生前一笑轻九鼎[15],魏武何悲铜雀台[16]?我歌《白云》倚窗牖[17],尔闻其声但挥手。长风吹月渡海来,遥劝仙人一杯酒。酒中乐酣宵向分[18],举觞酹尧尧可闻[19]。何不令皋繇拥篲横八极,直上青天扫浮云[20]。高阳小饮真琐琐,山公酩酊何如我[21]!竹林七子去道赊[22],兰亭雄笔安足夸[23]?尧祠笑杀五湖水[24],至今憔悴空荷花。尔向西秦我东越,暂向瀛洲访金阙[25]。蓝田太白若可期[26],为余扫洒石上月。

【注释】

〔1〕诗约作于天宝五载(746)秋,时作者寓居兖州。明府:县令别称。西京:指长安。

〔2〕犁眉騧(guā):黑眉的黄马。犁,通黧,黑色。騧,黑嘴的黄马。力不堪:力不胜任。

〔3〕角巾:隐者所戴的一种有角的头巾。微服:指家居便服。服:一作"步"。

〔4〕石门:山名,在兖州。

〔5〕绝境:风景优美之地。

〔6〕尧本无心:指尧本无意让人祭祀。

〔7〕毂(gǔ):车轮中心插轴的部分。这里指车。簸(bǒ)、蹶(jué):皆动摇之意。

〔8〕历乱:杂乱貌。

〔9〕青锦湍:似青锦之急流。

〔10〕洞:穿通。此句谓金沙潭水极深,可贯通海底。

〔11〕蟠(pán):盘伏。

〔12〕绿珠:晋石崇爱妾,《晋书·石崇传》载:崇有妓曰绿珠,美而艳。孙秀使人求之,崇不予。秀遂矫诏收崇,绿珠跳楼而死。绿珠潭:指洛阳石崇家池,池南有绿珠楼。

〔13〕阊阖:风名。《史记·律书》:"阊阖风居西方。"洞庭木落:屈原《九歌·湘夫人》:"袅袅兮秋风,洞庭波兮木叶下。"

〔14〕将:带领。形神开:身心舒畅。

〔15〕九鼎:古代传说,夏禹铸九鼎,刻九州方物于鼎上,夏、商、周三代皆奉之为传国宝,以为国家政权的象征。

〔16〕铜雀台:或称铜爵台,曹操建于建安十五年冬,故址在今河北临漳县西南。

〔17〕白云:歌名。窗牖:窗户。

〔18〕酒中:饮酒至中半。乐酣:奏乐酣畅和洽。宵向分:夜将半。

〔19〕酹(lèi):以酒沃地以祭神。

〔20〕皋繇(yáo):即皋陶,舜时掌刑狱之臣。拥篲:持帚。篲,扫帚。横八极:横扫八方极远之地。扫:一作"挥"。

〔21〕高阳:高阳池,山简常往饮酒之处。琐琐:琐细,不足道。山公:山简,以饮酒闻名。

〔22〕竹林七子:阮籍、嵇康、山涛、刘伶、阮咸、向秀、王戎"七人常集于竹林之下,肆意酣畅,故世谓竹林七贤"(《世说新语·任诞》)。赊(shē):远。

〔23〕兰亭雄笔:指王羲之所撰并书之《兰亭集序》。《晋书·王羲之传》:"尝与同志宴集于会稽山阴之兰亭,羲之自为之序以申其志。"

〔24〕五湖:即指太湖。

〔25〕瀛洲:传说东海中三神山之一。金阙:《史记·封禅书》:"此三神山者……黄金银为宫阙。"

〔26〕蓝田:山名,在今陕西蓝田县东。太白:山名,在今陕西西安南

部,是秦岭的主峰。期:约会。

金乡送韦八之西京[1]

客自长安来,还归长安去。狂风吹我心,西挂咸阳树[2]。此情不可道,此别何时遇？望望不见君,连山起烟雾。

【注释】

〔1〕诗作于天宝四载(745),时作者在兖州。金乡:唐县名,在今山东金乡。

〔2〕咸阳:借指长安。

送薛九被谗去鲁

宋人不辨玉[1],鲁贱东家丘[2]。我笑薛夫子,胡为两地游？黄金消众口[3],白璧竟难投[4]。梧桐生蒺藜,绿竹乏佳实。凤凰宿谁家,遂与群鸡匹[5]。田家养老马,穷士归其门[6]。蛾眉笑躄者,宾客去平原。却斩美人首,三千还骏奔[7]。毛公一挺剑,楚赵两相存[8]。孟尝习狡兔,三窟赖冯谖[9]。信陵夺兵符,为用侯生言[10]。春申一何愚,刎首为李园[11]。贤哉四公子[12],抚掌黄泉里。借问笑何人,笑人不好士。尔去且勿喧,桃李竟何言[13]。沙丘无漂母,谁肯饭王孙[14]?

【注释】

〔1〕"宋人"句:宋之愚人得燕石于梧台之东,归而藏之,以为宝。周客见之,掩口而笑曰:"此特燕石也,其与瓦甓不殊。"见《艺文类聚》卷六引《阚子》。

〔2〕"鲁贱"句:《文选》陈琳《为曹洪与魏文帝书》:"怪乃轻其家丘,谓为倩人。"张铣注:"鲁人不识孔丘圣人,乃云:'我东家丘者,吾知之矣。'言轻孔丘也。"

〔3〕"黄金"句:《国语·周语下》:"谚曰:众心成城,众口铄金。"谓众口谗毁,虽金亦可销熔。

〔4〕"白璧"句:邹阳《狱中上书自明》:"臣闻明月之珠,夜光之璧,以暗投人于道,众莫不按剑相眄者,何则? 无因而至前也。"

〔5〕"凤凰"二句:相传凤凰非梧桐不栖,非竹实不食。

〔6〕"田家"二句:《韩诗外传》载,战国时,田子方出见老马于道,以问御者,答曰:"故公家畜也,罢而不为用,故出放也。"子方曰:"少尽其力,而老去其身,仁者不为也。"乃束帛以赎之。穷士闻之,皆归其门。

〔7〕"蛾眉"四句:《史记·平原君虞卿列传》载,平原君虞卿府第旁有一躄者,平原君美人见之大笑。躄者求见平原君曰:"臣愿得笑臣者头。"平原君笑着答应了,却并未杀那美人。门下宾客知道此事后,纷纷离去。平原君十分不解,门下一人对曰:"以君之不杀笑躄者,以君为爱色而贱士,士即去耳。"后来平原君杀了那个美人,门客才又渐渐多了起来。蛾眉,指美女。躄(bì),瘸腿。骏奔,来得又多又快。

〔8〕毛公:平原君之门客毛遂。《史记·平原君虞卿列传》载:秦围邯郸,赵使平原君求救,合纵于楚,毛遂自请随行。至楚,与楚合纵,久谈而不决,毛遂持剑而前,对楚王说:"白起,小竖子耳,率数万之众,兴师以与楚战,一战而举鄢郢,再战而烧夷陵……而王弗知恶焉。合从者为楚,非为赵也。"楚王点头称是,遂定合纵于殿上,出兵救赵。

〔9〕"孟尝"二句:《战国策·齐策四》载:冯谖为孟尝君收债于薛,烧其债券而归。后孟尝君被废黜,归薛,民扶老携幼迎君道中。孟尝君顾谓冯谖曰:"先生所为文市义者,乃今日见之。"冯谖曰:"狡兔有三窟,仅得免其死耳!今君有一窟,未得高枕而卧也。请为君复凿二窟。"遂西游梁,说梁王遣使往聘孟尝君。梁使三返,齐王闻之,遣太傅赍孟尝君归国执政。冯谖戒孟尝君曰:"愿请先王之祭器,立宗庙于薛。"庙成,还报孟尝君曰:"三窟已就,君姑高枕为乐矣。"后孟尝君为相数十年,无纤介之祸者,冯谖之计也。

〔10〕"信陵"二句:用信陵君发兵救赵的故事,见《史记·魏公子列传》。侯生,信陵君门客侯嬴,他为信陵君出谋划策,用计获得兵权,最后解了邯郸之围。

〔11〕"春申"二句:李园阴养死士,欲杀春申君。有人劝春申君早做准备,先发制人,春申君不听。后十七日,考烈王卒,李园果然埋伏死士于棘门之内,刺杀了春申君。见《史记·春申君列传》。

〔12〕四公子:即平原君、信陵君、春申君、孟尝君。

〔13〕"尔去"二句:古谚曰:"桃李不言,下自成蹊。"见《史记·李将军列传》。

〔14〕沙丘:在兖州治所瑕丘县东门外。漂母饭王孙:用韩信事,韩信家贫,尝钓于城下,有一漂母见其饥,哀怜而饭之。韩信封楚王后,"召所从食漂母,赐千金"。

单父东楼秋夜送族弟沈之秦[1]时凝弟在席

尔从咸阳来[2],问我何劳苦。沐猴而冠不足言[3],身骑土牛滞东鲁[4]。沈弟欲行凝弟留,孤飞一雁秦云秋[5]。坐来黄叶落四五[6],北斗已挂西城楼。丝桐感人弦亦绝[7],满堂送客皆惜别。卷帘见月清兴来,疑是山阴夜中雪[8]。明日斗酒别,惆怅清路尘[9]。遥望长安日,不见长安人。长安宫阙九天上,此地曾经为近臣[10]。一朝复一朝,发白心不改。屈原憔悴滞江潭[11],亭伯流离放辽海[12]。折翮翻飞随转蓬[13],闻弦虚坠下霜空[14]。圣朝久弃青云士,他日谁怜张长公[15]?

【注释】

〔1〕诗约作于天宝四载(745),时李白离开长安正在东鲁一带漫游。单父:唐县名,在今山东单县。秦指长安。沈:一作"况"。

〔2〕咸阳:指长安。

〔3〕沐猴而冠:《汉书·伍被传》:"(蓼太子)以为汉廷公卿列侯皆如沐猴而冠耳。"言猴子戴上人的帽子,徒似人形。沐猴,猕猴。

〔4〕身骑土牛:三国时,州泰对钟繇说:"君名公之子,少有文采,故守吏职,猕猴骑土牛,又何迟也。"事见《三国志·魏书·邓艾传》注引《世说》。此指在政治上不得意。东鲁:指今山东曲阜一带。

〔5〕一雁:指李沈(况)。

〔6〕坐来:正当其时。

〔7〕丝桐:指琴。弦:琴弦。绝:中断。

〔8〕山阴夜中雪:用王子猷雪夜访友的典故。

〔9〕清路尘:语本曹植《七哀诗》:"君若清路尘,妾若浊水泥。浮沉各异势,会合何时谐?"

〔10〕为近臣:指自己曾供奉翰林。

〔11〕"屈原"句:据《楚辞·渔父》载,屈原被放逐后,"游于江潭,行吟泽畔,颜色憔悴,形容枯槁"。

〔12〕"亭伯"句:东汉崔骃,字亭伯,任权臣窦宪的主簿,因敢于指出窦宪的短处而被贬为长岑县长。骃自以为远去不得意,遂不之官而归。

见《后汉书·崔骃传》。辽海:指地处辽河流域的长岑(今辽宁省沈阳市东)。

〔13〕翮(hé):鸟羽上的茎。折翮,喻不得志。

〔14〕闻弦虚坠:用战国更羸事。《战国策·楚策四》载,有一次更羸为魏王引弓虚发而下雁,王惊问其故,更羸解释雁受箭伤失群,听到弦声而惊坠。

〔15〕青云士:德才高尚之士。张长公:西汉张挚,字长公,秉性公直,官至大夫而被罢免,"以不能取容当世,故终身不仕"。

送族弟凝至晏堌[1]单父三十里

雪满原野白,戎装出盘游[2]。挥鞭布猎骑,四顾登高丘。兔起马足间,苍鹰下平畴[3]。喧呼相驰逐,取乐销人忧。舍此戒禽荒,征声列齐讴[4]。鸣鸡发晏堌,别雁惊涞沟[5]。西行有东音[6],寄与长河流。

【注释】

〔1〕晏堌(gù):在今山东单县一带。

〔2〕盘游:游乐。

〔3〕畴(chóu):农田。

〔4〕禽荒:沉迷于田猎。征声:招歌者唱歌。齐讴:齐地歌谣。

〔5〕涞沟:即涞河,在单县东门外。

〔6〕东音:东方的音乐,即齐讴。

鲁城北郭曲腰桑下送张子还嵩阳[1]

送别枯桑下,凋叶落半空。我行懵道远,尔独知天风[2]。谁念张仲蔚[3],还依蒿与蓬?何时一杯酒,更与李膺同[4]?

【注释】

〔1〕嵩阳:嵩山之南。

〔2〕懵(měng):无知貌。知天风:语本古乐府《饮马长城窟行》:"枯桑知天风,海水知天寒。"

〔3〕张仲蔚:东汉高士,博学善文,隐身不仕,"闭门养性,不治荣名,时人莫识"。见皇甫谧《高士传》。此喻指张子。

〔4〕李膺:东汉名士,时称"天下模楷"。因反对宦官专权,遭当权者诬蔑,称其结党"诽讪朝廷",受罪禁锢终身,是为"党锢"之祸。后与窦武、陈蕃谋诛宦官,事败被杀。事见《后汉书·党锢列传》。

卷十六

送鲁郡刘长史迁弘农长史[1]

鲁国一杯水,难容横海鳞[2]。仲尼且不敬[3],况乃寻常人。白玉换斗粟,黄金买尺薪。闭门木叶下,始觉秋非春[4]。闻君向西迁,地即鼎湖邻[5]。宝镜匣苍藓,丹经埋素尘[6]。轩后上天时,攀龙遗小臣[7]。及此留惠爱,庶几风化淳。鲁缟如白烟,五缣不成束[8]。临行赠贫交,一尺重山岳。相国齐晏子,赠行不及言[9]。托阴当树李[10],忘忧当树萱[11]。他日见张禄,绨袍怀旧恩[12]。

【注释】

〔1〕弘农:虢(guó)州,天宝元年改为弘农郡,治所在今河南灵宝市西南。

〔2〕横海鳞:巨鲸。

〔3〕"仲尼"句:王琦注引沈约《辩圣论》:"当仲尼在世之时,世人不言为圣人也,伐树削迹,于七十君而不一值,或以为东家丘,或以为丧家犬。"

〔4〕"白玉"四句:言己历抵诸侯,却极不称意。

〔5〕鼎湖:《史记·封禅书》说黄帝铸鼎于荆山下,有龙垂胡髯迎黄帝上天,因名其处为鼎湖。

〔6〕宝镜:黄帝所用之镜。相传黄帝铸十五镜。丹经:传说黄帝曾登王屋山授丹经。

〔7〕"轩后"二句:传说黄帝荆山铸鼎成,有龙下迎,帝乘之升天,群官随。上者七十余人。余小臣不得上,乃攀龙髯。事见《史记·封禅书》。轩后,即黄帝。

〔8〕鲁缟(gǎo):鲁地生产的白绢。缣(jiān):细绢。不成束:唐制,帛以十端为束,今只五匹,故云"不成束"。

〔9〕"相国"二句:王琦注引《晏子春秋》:"曾子将行,晏子送之曰:'君子赠人以轩,不若以言。吾请以言乎?以轩乎?'曾子曰:'请以言。'"

〔10〕"托阴"句:《韩诗外传》卷七:"夫春树桃李,夏得阴其下,秋得食其实。"

〔11〕"忘忧"句:《诗·卫风·伯兮》:"焉得谖草,言树之背。"毛传:"谖草令人忘忧。背,北堂也。"谖(xuān),同萱。

〔12〕"他日"二句:《史记·范雎蔡泽列传》载:魏中大夫须贾使齐,范雎从。须贾疑范雎通齐,魏相使人笞击之,几死。后逃入秦国,为秦相,号曰张禄,而魏不知。魏闻秦将东伐韩魏,遣须贾使秦。范雎闻之,敝衣微行见须贾,须贾怜之,取一绨(厚缯)袍赐雎。后知张禄即范雎,大恐。范雎数其罪当死,然"以绨袍恋恋,有故人之意",故赦之。

送族弟单父主簿凝摄宋城主簿至郭南月桥却回栖霞山留饮赠之[1]

吾家青萍剑,操割有余闲[2]。往来纠二邑[3],此去何时还?鞍马月桥南,光辉歧路间。贤豪相追饯,却到栖霞山。群花散芳园,斗酒开离颜。乐酣相顾起,征马无由攀[4]。

【注释】
〔1〕单父:宋州属县。宋城:唐宋州治所,在今河南商丘。摄:代理。月桥:在单父城南。栖霞山:在单父东四里,相传梁孝王曾来此游赏。
〔2〕青萍:宝剑名。操割:喻处理公务。
〔3〕纠:督察。二邑:指单父和宋城。
〔4〕攀:牵挽使留之意。

鲁郡东石门送杜二甫[1]

醉别复几日,登临遍池台。何时石门路,重有金樽开[2]?秋波落泗水[3],海色明徂徕[4]。飞蓬各自远,且尽手中杯。

【注释】
〔1〕诗作于天宝四载(745)秋,时作者在兖州。石门:山名,在今山东曲阜东北,山有石峡对峙如门,故名。杜二甫:杜甫,行二。
〔2〕开:设。
〔3〕泗水:源出山东泗水县陪尾山,西流经曲阜、兖州。
〔4〕徂徕(cú lái):山名,在今山东泰安东南。

鲁郡尧祠送张十四游河北[1]

猛虎伏尺草,虽藏难蔽身。有如张公子,肮脏在风

487

尘[2]。岂无横腰剑,屈彼淮阴人[3]。击筑向北燕[4],燕歌易水滨[5]。归来太山上,当与尔为邻。

【注释】

〔1〕鲁郡:即兖州,州治在今山东省济宁市兖州区。尧祠,在兖州南。张十四:《全唐诗人名考证》谓即张谓,其游河北约在开元二十五年。河北:唐河北道,即古幽、冀二州之境,有孟、怀、魏、博等二十九州。

〔2〕肮脏:高亢刚直貌。

〔3〕"屈彼"句:用韩信忍受胯下之辱的故事。见《史记·淮阴侯列传》。淮阴,汉代县名,故城在今江苏省淮阴南。

〔4〕"击筑"句:用荆轲与高渐离事,《史记·刺客列传》载,荆轲到燕国后,"日与狗屠及高渐离饮于燕市,酒酣以往,高渐离击筑,荆轲和而歌于市中,相乐也,已而相泣,旁若无人者"。

〔5〕"燕歌"句:用荆轲高渐离易水送别事。高渐离击筑,荆轲和而歌曰:"风萧萧兮易水寒,壮士一去兮不复还!"事见《史记·刺客列传》。

杭州送裴大泽时赴庐州长史[1]

西江天柱远[2],东越海门深[3]。去割辞亲恋,行忧报国心。好风吹落日,流水引长吟。五月披裘者,应知不取金[4]。

【注释】

〔1〕庐州:治所在今安徽合肥市。

〔2〕天柱:山名,在今安徽潜山市西北。

〔3〕海门:钱塘江入海口,其地有二山,对峙于江之南北。

〔4〕"五月"二句:《论衡·书虚》:"延陵季子出游,见路有遗金。当夏五月,有披裘而薪者。季子呼薪者曰:'取彼地金来!'薪者投镰于地,瞋目拂手而言曰:'何子居之高,视之下,仪貌之壮,语言之野也!吾当夏五月,披裘而薪,岂取金者哉?'"

灞陵行送别[1]

送君灞陵亭,灞水流浩浩[2]。上有无花之古树,下有伤心之春草。我向秦人问路岐,云是王粲南登之古道[3]。古道连绵走西京,紫阙落日浮云生[4]。正当今夕断肠处,骊歌愁绝不忍听[5]。

【注释】

〔1〕诗作于天宝三载(744),时作者在长安。

〔2〕灞陵亭:在长安东灞水之滨,为古人饯别之地。灞水:源出陕西蓝田县东,北流入渭。

〔3〕路岐:即歧路,岔路。王粲:东汉末年人,献帝初因长安扰乱而南奔荆州,其《七哀诗》描写离开长安南奔情景,中有"南登灞陵岸,回首望长安"之句。

〔4〕紫阙:紫宫,皇宫。浮云:喻指朝中奸臣。

〔5〕骊歌:告别之歌。《汉书·王式传》:"客歌《骊驹》,主人歌《客毋庸归》。"颜师古注引文颖曰:"其辞云:骊驹在门,仆夫具存。骊驹在路,仆夫整驾。"

送贺监归四明应制[1]

久辞荣禄遂初衣,曾向长生说息机[2]。真诀自从茅氏得[3],恩波宁阻洞庭归[4]。瑶台含雾星辰满[5],仙峤浮空岛屿微[6]。借问欲栖珠树鹤[7],何年却向帝城飞[8]?

【注释】

〔1〕贺监:贺知章,字季真,曾任太子宾客,兼秘书监,后上疏请求还乡为道士,诏赐镜湖剡川一曲。四明,四明山,在浙江嵊州市东。一说此诗为晚唐人作,今姑存疑。

〔2〕初衣:初服,指未仕时的服装。息机:摆脱世俗事务。

〔3〕茅氏:即茅盈,西汉人,相传后得道成仙。见《史记·秦始皇本纪》司马贞《集解》引《太原真人茅盈内纪》。

〔4〕洞庭:太湖的别称。《吴地记》引《扬州记》:"太湖一名震泽,一名洞庭。"宁阻:一作"应许"。

〔5〕瑶台:神仙所居之地。

〔6〕仙峤:尖而高的仙山。浮空:谓海中仙山随波浮动。

〔7〕珠树:传说昆仑仙境有珠树。鹤:传说苏仙公得道成仙后,尝化为白鹤来归,见《神仙传》卷九。

〔8〕帝城:指长安。

送窦司马贬宜春[1]

天马白银鞍[2],亲承明主欢。斗鸡金宫里,射雁碧云端。堂上罗中贵,歌钟清夜阑[3]。何言谪南国[4],拂剑坐长叹。赵璧为谁点[5],随珠枉被弹[6]。圣朝多雨露,莫厌此行难。

【注释】

〔1〕宜春:即袁州,治所在今江西宜春。司马:郡守佐吏。

〔2〕天马:骏马。

〔3〕中贵:宦官。歌钟:古代打击乐器,即编钟。

〔4〕言:料。南国:指宜春。

〔5〕"赵璧"句:用青蝇乱玉典。赵璧,即和氏璧。

〔6〕"随珠"句:《庄子·让王》:"以随侯之珠,弹千仞之雀,世必笑之。"

送羽林陶将军[1]

将军出使拥楼船,江上旌旗拂紫烟。万里横戈探虎穴[2],三杯拔剑舞龙泉[3]。莫道词人无胆气,临行将赠绕朝鞭[4]。

【注释】

〔1〕羽林:禁军名。唐有左右羽林军,各置大将军、将军等。

〔2〕探虎穴:《三国志·吴书·吕蒙传》:"不探虎穴,安得虎子?"

〔3〕龙泉:宝剑名。

〔4〕绕朝鞭:《左传·文公十三年》载,士会归晋,临行,秦大夫绕朝"赠之以策,曰:'子无谓秦无人,吾谋适不用也。'"

送程刘二侍御兼独孤判官赴安西幕府[1]

安西幕府多才雄,喧喧唯道三数公[2]。绣衣貂裘明积雪,飞书走檄如飘风[3]。朝辞明主出紫宫,银鞍送别金城空[4]。天外飞霜下葱海[5],火旗云马生光彩[6]。胡塞尘清计日归[7],汉家草绿遥相待。

【注释】

〔1〕程刘二侍御、独孤判官:据《旧唐书·封常清传》载,夫蒙灵察为安西节度使时(在开元二十九年至天宝六载),麾下有"判官刘眺、独孤峻",或即其人。程则无考。判官,节度使僚属。安西:安西节度,治所在今新疆库车。

〔2〕喧喧:声名显著。

〔3〕绣衣:指御史。《汉书·百官公卿表上》:"侍御史有绣衣直指,出讨奸猾,治大狱。武帝所制,不常置。"颜师古注:"衣以绣者,尊宠之也。"飞书走檄:谓草拟军中文书之敏疾。

〔4〕紫宫:指皇宫。金城:指长安。

〔5〕葱海:指葱岭一带。

〔6〕火旗:指旗红似火。云马:指马多如云。

〔7〕胡塞尘清:指边塞安定。一本作"胡塞清尘"。计:一本作"几"。

送侄良携二妓赴会稽戏有此赠

携妓东山去[1],春光半道催。遥看若桃李,双入镜中开[2]。

【注释】

〔1〕"携妓"句:谢安隐居东山时,畜妓,携以游玩。见《世说新语·识鉴》。

〔2〕若:一作"二"。镜中:山阴南湖"白水翠岩互相映发,若镜若图,故王逸少(羲之)云:山阴路上行,如在镜中游"。见《初学记》引《舆地志》。山阴,唐越州会稽郡治所。

送贺宾客归越[1]

镜湖流水漾清波[2],狂客归舟逸兴多[3]。山阴道士如相见,应写《黄庭》换白鹅[4]。

【注释】

〔1〕诗作于天宝三载(744)正月,时作者在长安供奉翰林。贺宾客:贺知章,贺归乡时官太子宾客。

〔2〕镜湖:即鉴湖,在今浙江绍兴西南。

〔3〕狂客:贺知章自号"四明狂客"。

〔4〕"山阴"二句:《太平御览》卷二三八引何法盛《晋中兴书》:"山阴有道士养群鹅,(王)羲之意甚悦,道士云:'为写《黄庭经》,当举群相赠。'乃为写讫,笼鹅而去。"按:贺知章工草隶,故以羲之为喻。

送张遥之寿阳幕府[1]

寿阳信天险,天险横荆关。苻坚百万众,遥阻八公

493

山^[2]。不假筑长城,大贤在其间^[3]。战夫若熊虎^[4],破敌有余闲。张子勇且英,少轻卫霍孱^[5]。投躯紫髯将^[6],千里望风颜。勖尔效才略^[7],功成衣锦还^[8]。

【注释】

〔1〕寿阳:即寿春,东晋时尝改为寿阳。唐寿州寿春郡,治寿春,即今安徽寿县。

〔2〕"苻坚"二句:《晋书·苻坚载记》载,淝水之战时,苻坚望见八公山上草木,以为皆为伏兵。八公山,在寿州寿春县北四里。

〔3〕假:借助。大贤:指谢安,他是淝水之战中晋军的主帅。

〔4〕战夫:士兵。

〔5〕卫:卫青。霍:霍去病。二人均为汉代名将。孱(chán):懦弱。

〔6〕紫髯将:指孙权。《三国志·吴书·孙权传》裴注引《献帝春秋》:"张辽问吴降人:'向有紫髯将军,长上短下,便马善射,是谁?'降人答曰:'是孙会稽。'"此指寿阳军的主将。

〔7〕勖(xù):勉励。

〔8〕衣锦还:《南史·柳庆远传》:"出为雍州刺史,加都督。(梁武)帝饯于新亭,谓曰:'卿衣锦还乡,朕无西顾忧矣。'"

送裴十八图南归嵩山二首

何处可为别,长安青绮门^[1]。胡姬招素手,延客醉金樽^[2]。临当上马时,我独与君言。风吹芳兰折,日没鸟雀喧^[3]。举手指飞鸿,此情难具论^[4]。同归无早晚,颖水有清源^[5]。

【注释】

〔1〕诗作于天宝三载(744),时李白居翰林。青绮门:即青门,又叫霸城门,乃长安城东出南头第一门,色青,故称。见《三辅黄图》卷一。

〔2〕延:一作"留"。

〔3〕"风吹"二句:王琦注:"'风吹芳兰折',喻君子被抑不得伸其志也。'日没鸟雀喧',喻君暗而谗言竞作也。"

〔4〕飞鸿:晋郭瑀隐于山中,张天锡遣使征之,他指着飞鸿对使者说:"此鸟也,安可笼哉!"遂深逃绝迹。见《晋书·郭瑀传》。难具论:难以一一叙说。

〔5〕"颍水"句:相传尧欲让天下于许由,许由便逃到箕山之下、颍水之阳隐居。事见《吕氏春秋·求人》。

君思颍水绿,忽复归嵩岑[1]。归时莫洗耳[2],为我洗其心。洗心得真情,洗耳徒买名[3]。谢公终一起,相与济苍生[4]。

【注释】

〔1〕嵩岑:即嵩山。

〔2〕洗耳:用许由事,皇甫谧《高士传》卷上:"尧又召为九州长,由不欲闻之,洗耳于颍水滨。"

〔3〕买名:《高士传》载:巢父见许由洗耳于颍水,曰:"子若处高岸深谷,人道不通,谁能见子?子故浮游,欲闻求其名誉。"

〔4〕"谢公"二句:《世说新语·排调》载,晋谢安隐居东山,朝命屡降而不动,时人每相与言:"安石(谢安字)不肯出,将如苍生何!"后安出为桓温司马,官至宰相。

同王昌龄送族弟襄归桂阳二首[1]

秦地见碧草,楚谣对清樽。把酒尔何思,鹧鸪啼南园。

495

余欲罗浮隐[2]，犹怀明主恩。踌躇紫宫恋[3]，孤负沧洲言[4]。终然无心云，海上同飞翻。相期乃不浅，幽桂有芳根[5]。

【注释】

〔1〕诗题：一作"同王昌龄崔国辅送李舟归郴州"。王昌龄：唐代诗人。桂阳：唐郴(chēn)州，天宝元年改为桂阳郡，治所在今湖南郴州市。

〔2〕罗浮：山名，在今广东惠州市。

〔3〕紫宫：指皇宫。

〔4〕沧洲：泛指隐士居处。

〔5〕幽桂：《楚辞·招隐士》："桂树丛生兮山之幽。"

尔家何在潇湘川[1]，青莎白石长江边[2]。昨梦江花照江日[3]，几枝正发东窗前。觉来欲往心悠然，魂随越鸟飞南天。秦云连山海相接，桂水横烟不可涉[4]。送君此去令人愁，风帆茫茫隔河洲。春潭琼草绿可折，西寄长安明月楼。

【注释】

〔1〕潇湘：指湘江。

〔2〕青莎(suō)：莎草，多年生草本植物，多生在潮湿地区或河边沙地上。

〔3〕日：一作"月"，一作"国"。

〔4〕桂水：源出郴州桂东县小桂山，下流合于耒水，至衡州府城北与潇湘合流。

送外甥郑灌从军三首

六博争雄好彩来,金盘一掷万人开[1]。丈夫赌命报天子,当斩胡头衣锦回[2]。

【注释】

〔1〕"六博"二句:以博戏喻疆场立功。六博,古博戏名。
〔2〕衣锦回:衣锦还乡。

丈八蛇矛出陇西[1],弯弧拂箭白猿啼[2]。破胡必用《龙韬》策[3],积甲应将熊耳齐[4]。

【注释】

〔1〕丈八蛇矛:《晋书·刘曜载记》载陈安死后,陇上歌之曰:"陇上壮士有陈安……丈八蛇矛左右盘,十荡十决无当前。"
〔2〕"弯弧"句:用养由基事,《淮南子·说山》:"楚王有白猿,王自射之,则搏矢而熙。使养由基射之,始调弓矫矢,未发,则猿拥柱号矣。"
〔3〕龙韬:中国古代兵书《六韬》之一,相传为周代吕望(姜太公)所作。
〔4〕"积甲"句:《后汉书·刘盆子传》载:赤眉首领樊崇携刘盆子降光武帝时,"积兵甲宜阳城西,与熊耳山齐"。

月蚀西方破敌时,及瓜归日未应迟[1]。斩胡血变黄河水,枭首当悬白鹊旗[2]。

【注释】

〔1〕及瓜：《左传·庄公八年》："齐侯使连称、管至父戍葵丘，瓜时而往，曰：'及瓜而代。'"意谓瓜熟时赴戍，到明年瓜熟时派人接替。后因称任职期满为"及瓜"。

〔2〕白鹊旗：瞿、朱注："《唐六典》有白泽旗，鹊或即泽之误。"

送于十八应四子举落第还嵩山[1]

吾祖吹橐籥，天人信森罗[2]。归根复太素，群动熙元和[3]。炎炎四真人，摛辩若涛波[4]。交流无时寂，杨墨日成科[5]。夫子闻洛诵[6]，夸才才固多。为金好踊跃[7]，久客方蹉跎。道可束卖之，五宝溢山河[8]。劝君还嵩丘，开酌盼庭柯[9]。三花如未落[10]，乘兴一来过。

【注释】

〔1〕四子举：《通典》卷一五载，唐开元二十九年始置道举，举送课试与明经同。"京、都各百人，诸州无常员，习老、庄、文、列，谓之四子"。

〔2〕橐籥（tuó yuè）：冶炼时用以鼓风的器具。《老子》："天地之间，其犹橐籥乎？虚而不屈，动而愈出。"老子姓李，故谓之"吾祖"。天人：得道之人。森罗：众多。

〔3〕归根：返归其本性。太素：《列子·天瑞》："太素者，质之始也。"熙：嬉，乐。元和：阴阳和合。

〔4〕炎炎：美盛貌。四真人：天宝元年，尊庄子为南华真人，文子为通玄真人，列子为冲虚真人，庚桑子为洞虚真人。见《旧唐书·玄宗纪》。摛（chī）辩：铺张辞藻进行辩论。

〔5〕杨墨:前人疑当作"副墨"。副墨,谓文学翰墨,此指四子之书。科:考试的科目。

〔6〕洛诵:反复背诵。《庄子·大宗师》:"副墨之子,闻诸洛诵之孙。"

〔7〕"为金"句:《庄子·大宗师》:"今大冶铸金,金踊跃曰:'我且必为镆铘。'大冶必以为不祥之金。"

〔8〕五宝:《逸周书》卷一:"德有五宝。"

〔9〕盼庭柯:陶渊明《归去来兮辞》:"引壶觞以自酌,眄庭柯以怡颜。"

〔10〕三花:萧士赟注:"三花聚顶,五气朝元,道家修养法也。三花落则死矣,三花未落,乘兴来过,言有生之年未死之日,犹有再会之期也。"

送　别[1]

寻阳五溪水,沿洄直入巫山里[2]。胜境由来人共传,君到南中自称美[3]。送君别有八月秋,飒飒芦花复益愁。云帆望远不相见,日暮长江空自流。

【注释】

〔1〕诗约作于天宝九载(750),时诗人游寻阳。

〔2〕沿洄:回旋往返。

〔3〕南中:指蜀中地区。

送族弟绾从军安西[1]

汉家兵马乘北风,鼓行而西破犬戎[2]。尔随汉将出门去,剪虏若草收奇功[3]。君王按剑望边色[4],旄头已落胡天空[5]。匈奴系颈数应尽,明年应入蒲桃宫[6]。

【注释】
　　[1]安西:唐设安西都护府,治所在今新疆库车。
　　[2]鼓行:军队击鼓前进。《史记·项羽本纪》:"我引兵鼓行而西,必举秦矣。"犬戎:指西域少数民族。
　　[3]虏:敌兵。
　　[4]色:一作"邑"。
　　[5]旄头:星名,二十八宿之一。《汉书·天文志》:"昴曰旄头,胡星也。"此星为胡人的象征。旄头落,谓胡人败亡。
　　[6]系颈:指降服。数:天数。蒲桃宫:《汉书·匈奴传下》:"元寿二年,单于来朝。上以太岁厌胜所在,舍之上林苑蒲陶宫。"

送梁公昌从信安王北征[1]

入幕推英选,捐书事远戎[2]。高谈百战术,郁作万夫雄。起舞莲花剑,行歌明月宫[3]。将飞天地阵,兵出塞垣通。祖席留丹景,征麾拂彩虹[4]。旋应献凯入,麟阁伫深功[5]。

【注释】
　　[1]信安王:李祎(yī),唐太宗子吴王恪之孙。北征:开元二十年,以信安郡王祎为河东、河北两道行军副大总管,率兵讨契丹。三月,李祎大破奚、契丹于幽州之北山。见《旧唐书·玄宗纪》。
　　[2]捐:弃。

〔3〕莲花剑:剑把刻作未开之莲花形状的剑。明月宫:汉宫殿名,此指唐宫。宫,一作"弓"。

〔4〕祖席:饯别的宴席。丹景:指太阳。麾:旌旗。

〔5〕"麟阁"句:在汉未央宫内。汉宣帝甘露三年,画功臣霍光、张安世、苏武等十一人图像于阁上。见《汉书·苏武传》。

送白利从金吾董将军西征[1]

西羌延国讨,白起佐军威[2]。剑决浮云气[3],弓弯明月辉。马行边草绿,旌卷曙霜飞。抗手凛相顾,寒风生铁衣[4]。

【注释】

〔1〕金吾:《新唐书·百官志》:"左右金吾卫之职,掌宫中及京城昼夜巡警之法,以执御非违。"

〔2〕西羌:指吐蕃。延:招致。白起:战国时秦之名将,见《史记·白起王翦列传》。此借指白利。

〔3〕"剑决"句:《庄子·说剑》谓天子之剑,"上决浮云,下绝地纪。此剑一用,匡诸侯,天下服矣"。

〔4〕抗手:举手。铁衣:铁甲。

送张秀才从军[1]

六驳食猛虎[2],耻从驽马群。一朝长鸣去,矫若龙行云[3]。壮士怀远略,志存解世纷。周粟犹不顾[4],齐珪安肯分[5]?抱剑辞高堂,将投霍冠军[6]。长策扫河洛,宁亲归汝坟[7]。当令千古后,麟阁著奇勋。

【注释】

〔1〕秀才:唐代进士的通称。

〔2〕驳:兽名,《尔雅·释畜》:"驳,如马,倨牙,食虎豹。"虎:底本作"武",萧士赟注:"唐国讳虎,故以武易之。易代不讳,因校正焉。"

〔3〕矫:高举。

〔4〕周粟:用伯夷、叔齐义不食周粟之事。

〔5〕"齐珪"句:用鲁仲连助齐收复聊城,辞爵而逃隐于海上的故事。

〔6〕霍冠军:指西汉名将霍去病,他曾被封为冠军侯。此处借指唐军将领。

〔7〕汝坟:汝水之滨。《诗·周南·汝坟》序:"汝坟,道化行也。"后因以"汝坟"称美教化广被之国。

送崔度还吴度故人礼部员外国辅之子[1]

幽燕沙雪地[2],万里尽黄云。朝吹归秋雁,南飞日几群。中有孤凤雏[3],哀鸣九天闻。我乃重此鸟,彩章五色分。胡为杂凡禽,鸡鹜轻贱君。举手捧尔足,疾心若火焚。拂羽泪满面,送之吴江濆[4]。去影忽不见,踌躇日将曛[5]。

【注释】

〔1〕诗作于天宝十一载(752)冬,时李白初至幽燕。

〔2〕幽燕:指今北京市、河北北部及辽宁一带,古属幽州,战国时属燕国,故称幽燕。

〔3〕孤凤雏:喻指崔度。

〔4〕渍(fén):水边。

〔5〕曛(xūn):昏暗。

送祝八之江东赋得浣纱石^[1]

西施越溪女,明艳光云海〔2〕。未入吴王宫殿时,浣纱古石今犹在。桃李新开映古查〔3〕,菖蒲犹短出平沙〔4〕。昔时红粉照流水,今日青苔覆落花。君去西秦适东越,碧山清江几超忽〔5〕。若到天涯思故人,浣纱石上窥明月。

【注释】

〔1〕浣纱石:浙江绍兴南有若耶溪,一名浣纱溪,溪边有浣纱石,相传西施浣纱于此。

〔2〕光:照。

〔3〕查:即槎(chá),水中浮木。

〔4〕菖蒲:生长在水边的一种草。

〔5〕超忽:遥远貌。

送侯十一

朱亥已击晋,侯嬴尚隐身。时无魏公子,岂贵抱关人[1]?余亦不火食,游梁同在陈[2]。空余湛卢剑[3],赠尔托交亲。

【注释】

〔1〕"朱亥"四句:用魏公子信陵君及门客朱亥、侯嬴计夺兵权以救赵邯郸之围的故事。

〔2〕火食:熟食。同在陈:同当年孔子厄于陈、蔡时一样。《庄子·山木》:"孔子围于陈、蔡之间,七日不火食。"

〔3〕湛卢剑:宝剑名。风胡子对楚昭王说:"此谓湛卢之剑……五金之英,太阳之精,寄气托灵,出之有神,服之有威,可以折冲拒敌。"见《吴越春秋》卷四。

鲁中送二从弟赴举之西京[1]

鲁客向西笑[2],君门若梦中。霜凋逐臣发,日忆明光宫[3]。复羡二龙去[4],才华冠世雄。平衢骋高足[5],逸翰凌长风[6]。舞袖拂秋月,歌筵闻早鸿。送君日千里,良会何由同?

【注释】

〔1〕诗题:一作"送族弟锽"。诗作于天宝五载(746)秋,时李白居鲁中。

〔2〕鲁客:作者自指。向西笑:桓谭《新论·祛蔽》:"关东鄙语曰:人闻长安乐,则出门西向而笑。"

〔3〕逐臣:作者自指。明光宫:汉宫殿名,此借指唐宫。

〔4〕二龙:《后汉书·许劭传》:"许劭字子将,汝南平舆人也。少峻名节,好人伦,多所赏识……兄虔亦知名,汝南人称平舆渊有二龙焉。"此喻指二从弟。

〔5〕高足:良马之捷足。

〔6〕逸翰:高飞的鸟,喻才能出众的人。

奉饯高尊师如贵道士传道箓毕归北海[1]

道隐不可见[2],灵书藏洞天[3]。吾师四万劫[4],历世递相传。别杖留青竹[5],行歌蹑紫烟。离心无远近,长在玉京悬[6]。

【注释】

〔1〕道箓(lù):道教的秘文。北海:郡名,即青州,治所在今山东青州市。

〔2〕"道隐"句:王琦注:"《老子》:'道隐无名。'河上公注:'道潜隐使人无能指名也。'《庄子》:'道不可闻,闻而非也。道不可见,见而非也。'"

〔3〕灵书:指道教的秘文。

〔4〕劫:佛教言世界从生成到毁灭的一个周期,称为一劫。

〔5〕"别杖"句:用费长房事,《后汉书·费长房传》载,仙人壶公给费长房一竹杖,长房骑之,须臾还乡,将杖投于葛陂,即化为龙。

〔6〕玉京:道书言天上有白玉京,为天帝所居。

金陵送张十一再游东吴[1]

张翰黄花句,风流五百年[2]。谁人今继作,夫子世称贤。再动游吴棹,还浮入海船。春光白门柳[3],霞色赤城天[4]。去国难为别,思归各未旋。空余贾生泪,相顾共凄然[5]。

【注释】

〔1〕诗作于天宝八载(749),时李白在金陵。

〔2〕黄花句:张翰《杂诗》:"青条若总翠,黄花如散金。"五百年:张翰是西晋末年人,距李白生活的时代约有四百五十余年。此举其成数而言。

〔3〕白门:金陵城西门。

〔4〕赤城:指帝王宫城,因城墙色红,故称。一说山名。在浙江天台县北。土石皆赤,望之如霞。

〔5〕贾生泪:西汉贾谊上疏文帝,称当时天下事势,"可为痛哭者一,可为流涕者二,可为长太息者六"。见《汉书·贾谊传》。

送纪秀才游越

海水不满眼,观涛难称心。即知蓬莱石,却是巨鳌簪[1]。送尔游华顶[2],令余发舄吟[3]。仙人居射的[4],道士住山阴[5]。禹穴寻溪入[6],云门隔岭深[7]。绿萝秋月夜,相忆在鸣琴。

【注释】

〔1〕巨鳌(áo):巨龟。传说东南大海中有一巨龟,"以背负蓬莱山,周回千里"。见《初学记》卷三〇引《玄中记》。

〔2〕华顶:山名,在天台县北。

〔3〕舄(xì)吟:越人庄舄在楚国官至执珪,不忘故国,病中吟唱越国的歌曲寄托乡思。事见《史记·张仪列传》。

〔4〕"仙人"句:《后汉书·郑弘传》李贤注引孔灵符《会稽记》载,射的山南有白鹤山,此鹤为仙人取箭。

〔5〕"道士"句:用王羲之写经换山阴道士群鹅的故事。

〔6〕禹穴:《史记·太史公自序》:"上会稽,探禹穴。"《集解》引张晏曰:"禹巡狩至会稽而崩,因葬焉。上有孔穴,民间云禹入此穴。"

〔7〕云门:山名,在浙江绍兴城南。

送长沙陈太守二首[1]

长沙陈太守,逸气凌青松。英主赐五马,本是天池龙[2]。湘水回九曲,衡山望五峰[3]。荣君按节去[4],不及远相从。

【注释】

〔1〕长沙:郡名,即潭州,治所在今湖南长沙市。

〔2〕五马:汉代太守出行时乘坐五马之车,故以"五马"为太守的代

称。汉乐府《陌上桑》有"使君从南来,五马立踟蹰"之句。天池龙:庾信《春赋》:"马是天池之龙种。"

〔3〕五峰:指衡山最主要的五座山峰,即紫盖、天柱、芙蓉、石廪、祝融。

〔4〕按节:按辔徐行而节奏分明。

七郡长沙国[1],南连湘水滨。定王垂舞袖,地窄不回身[2]。莫小二千石[3],当安远俗人。洞庭乡路远,遥羡锦衣春[4]。

【注释】

〔1〕七郡:唐时潭州长沙郡、衡州衡阳郡、永州零陵郡等七郡,在秦、汉时均为长沙国故地。

〔2〕"定王"二句:汉景帝时,诸王来朝。长沙定王张袖小举手而舞,帝怪问之,对曰:"臣国小地狭,不足回旋。"帝乃以武陵等地益焉。事见《汉书·长沙定王发传》。

〔3〕二千石:指州郡长官。

〔4〕锦衣:谓衣锦还乡。

送杨燕之东鲁

关西杨伯起,汉日旧称贤[1]。四代三公族[2],清风播人天。夫子华阴居,开门对玉莲[3]。何事历衡霍[4],云帆今始还。君坐稍解颜,为我歌此篇。我固侯门士,谬登圣主筵[5]。一辞金华殿,蹭蹬长江边[6]。二子鲁门东[7],别来已经年。因君此中去,不觉泪如泉。

【注释】

〔1〕"关西"二句:杨震字伯起,弘农华阴人。博学,时称"关西孔子杨伯起"。

〔2〕四代:杨震曾为司徒、太尉,其子秉也曾官太尉,秉子赐历任司空、司徒、太尉,赐子彪也历任司空、司徒和太尉。由杨震至杨彪,四世为三公。三:一作"五"。

〔3〕华阴:县名,在今陕西华阴市。玉莲:指华山的莲花峰。

〔4〕历:游历。衡霍:指衡山。衡山一名霍山。

〔5〕"谬登"句:谓待诏翰林事。

〔6〕金华殿:汉宫殿名,在长安未央宫中。蹭蹬:遭遇挫折。

〔7〕二子:指李白女儿平阳与儿子伯禽。

送蔡山人

我本不弃世,世人自弃我。一乘无倪舟,八极纵远舵[1]。燕客期跃马,唐生安敢讥[2]?采珠勿惊龙[3],大道可暗归。故山有松月,迟尔玩清晖。

【注释】

〔1〕倪(ní):边际。八极:八方极远之地。

〔2〕"燕客"二句:《史记·范雎蔡泽列传》载,蔡泽请唐举看相,唐举曰:"先生之寿,从今以往者四十三岁。"蔡泽曰:"吾持粱刺齿肥,跃马疾驱,怀黄金之印,结紫绶于要(腰),揖让人主之前,食肉富贵,四十三年足矣!"跃马,谓飞黄腾达。燕客,指蔡泽。

〔3〕"采珠"句:《庄子·列御寇》:"夫千金之珠,必在九重之渊,而

骊龙颔下。"骊龙,黑龙。

送萧三十一之鲁中兼问稚子伯禽

六月南风吹白沙,吴牛喘月气成霞[1]。水国郁蒸不可处,时炎道远无行车。夫子如何涉江路,云帆裊裊金陵去[2]。高堂倚门望伯鱼,鲁中正是趋庭处[3]。我家寄在沙丘旁[4],三年不归空断肠。君行既识伯禽子,应驾小车骑白羊[5]。

【注释】

〔1〕吴牛喘月:言天气炎热。《太平御览》卷四引《风俗通》:"吴牛望见月则喘,使之苦于日,见月怖喘矣。"

〔2〕金陵去:离开金陵。

〔3〕倚门:《战国策·齐策六》载,王孙贾年十五,事闵王,其母曰:"女(汝)朝出而晚来,则吾倚门而望;女暮出而不还,则吾倚闾而望。"伯鱼:孔子的儿子,名鲤。此喻指伯禽。趋庭:《论语·季氏》:"(孔子)尝独立,鲤趋而过庭。曰:'学《诗》乎?'对曰:'未也。''不学《诗》,无以言。'鲤退而学《诗》。他日,又独立,鲤趋而过庭。曰:'学《礼》乎?'对曰:'未也。''不学《礼》,无以立。'鲤退而学《礼》。"

〔4〕沙丘:在今山东汶水附近,李白在鲁中时曾寓家于此。

〔5〕"应驾"句:以卫玠喻指伯禽,《世说新语·容止》注引《卫玠别传》:"龆龀(tiáo chèn)时,乘白羊车于洛阳市上,咸曰:'谁家璧人?'于是家门州党号为'璧人'。"

510

送杨山人归嵩山

我有万古宅,嵩阳玉女峰[1]。长留一片月,挂在东溪松。尔去掇仙草,菖蒲花紫茸[2]。岁晚或相访,青天骑白龙[3]。

【注释】

〔1〕玉女峰:嵩山东峰太室山二十四峰之一。峰北有石如女子,故名。

〔2〕菖蒲:相传菖蒲生石上,一寸九节以上,服之长生。紫花者尤善。紫茸:紫色小花。此二句:一作"君行到此峰,餐霞驻衰容"。

〔3〕白龙:《广博物志》载:东汉人瞿武,服用黄精、紫芝,得天竺真人秘诀,乘白龙而去。

送殷淑三首[1]

海水不可解,连江夜为潮。俄然浦屿阔[2],岸去酒船遥。惜别耐取醉[3],鸣榔且长谣[4]。天明尔当去,应有便风飘[5]。

【注释】

〔1〕殷淑:道门中人。

〔2〕浦:水滨。屿:小岛。

〔3〕耐:愿辞。耐取醉,犹云值得一醉。
〔4〕鸣榔:击船板以为歌声之节。榔,即船板。
〔5〕便风:顺风。

白鹭洲前月[1],天明送客回。青龙山后日[2],早出海云来。流水无情去,征帆逐吹开。相看不忍别,更进手中杯。

【注释】

〔1〕白鹭洲:古代长江中的沙洲,在今南京市水西门外。
〔2〕青龙山:又名青山,在今南京市东南。

痛饮龙筇下[1],灯青月复寒。醉歌惊白鹭,半夜起沙滩。

【注释】

〔1〕龙筇(qióng):竹名。

送岑征君归鸣皋山[1]

岑公相门子,雅望归安石[2]。奕世皆夔龙,中台竟三拆[3]。至人达机兆,高揖九州伯[4]。奈何天地间,而作隐沦客。贵道能全真,潜辉卧幽邻[5]。探元入窅默,观化游无垠[6]。光武有天下,严陵为故人。虽登洛阳殿,不屈巢由身[7]。余亦谢明主,今称偃蹇臣[8]。登高览万古,思与广成邻[9]。蹈海宁受赏[10],还山非问津[11]。西来一摇扇,共拂元规尘[12]。

【注释】

〔1〕征君:隐居不应朝廷征聘的人。鸣皋山:在今河南嵩县东北。

〔2〕相门子:征君盖与诗人岑参同族,故云。岑参《感旧赋序》:"国家六叶,吾门三相矣。"安石:东晋谢安,字安石。

〔3〕奕世:累世。夔龙:传说舜时的两位贤臣。中台:星名,三台(上台、中台、下台)之一。古谓三公上应三台。拆:通"坼",分开,裂开。《晋书·天文志下》载,永康元年三月,中台星坼。占曰:"台星失常,三公忧。"是月赵王伦斩司空张华。按,岑参所称"三相"中之二相(岑长倩、岑羲),相继于武后、睿宗时被杀。

〔4〕机兆:事机的先兆。揖:揖而不拜。九州伯:九州之长官。句指隐而不仕。

〔5〕潜辉:藏辉。邻:一作"鳞"。

〔6〕元:同"玄"。窅(yǎo)默:幽深难测。无垠:无形状之貌。

〔7〕"光武"四句:用严光事。《后汉书·严光传》载,严光曾与刘秀同学,刘秀即帝位,召至京城,拜谏议大夫,不受,旋归隐于富春江。

〔8〕偃蹇:傲世之意。

〔9〕广成:即广成子,古仙人。

〔10〕"蹈海"句:用鲁仲连事,《史记·鲁仲连邹阳列传》:"彼(指秦)即肆然而为帝,过而为政于天下,则连有蹈东海而死耳。"

〔11〕问津:《论语·微子》:"使子路问津焉。"

〔12〕西来:一作"终期"。元规尘:晋庾亮字元规。《晋书·王导传》:"时亮虽居外镇,而执朝廷之权,既据上流,拥强兵,趣向者多归之。导内不能平,常遇西风尘起,举扇自蔽,徐曰:'元规尘污人。'"此以"元规尘"喻权臣之盛气凌人。

513

送范山人归太山

鲁客抱白鹤[1],别余往太山。初行若片雪[2],杳在青崖间。高高至天门,日观近可攀[3]。云生望不及,此去何时还?

【注释】

〔1〕鹤:一作"鸡"。《续博物志》:"学道之士,居山宜养白鸡白犬,可以辟邪。"

〔2〕雪:一作"云"。汉马第伯《封禅仪记》:"是朝上(泰)山……至中观……遥望其人……或为白石,或雪,久之,白者移过树,乃知是人也。"

〔3〕天门:泰山有大天门、小天门等名胜。日观:泰山峰名,一作"海日"。

卷十七

送韩侍御之广德[1]

昔日绣衣何足荣[2],今宵贳酒与君倾[3]。暂就东山赊月色,酣歌一夜送泉明[4]。

【注释】
〔1〕本诗作于肃宗上元二年(761),时李白滞留于江南。韩侍御:韩云卿。广德:唐县名,属宣州,即今安徽广德县。
〔2〕绣衣:指御史。
〔3〕贳(shì):赊。
〔4〕泉明:即陶渊明,盖避唐高祖李渊讳改。此借指韩侍御。

送通禅师还南陵隐静寺[1]

我闻隐静寺,山水多奇踪。岩种朗公橘[2],门深杯渡松[3]。道人制猛虎[4],振锡还孤峰[5]。他日南陵下,相期谷口逢[6]。

【注释】

〔1〕南陵:唐县名,在今安徽南陵、繁昌境。隐静寺:在今繁昌区东南隐静山上,又名五峰寺。

〔2〕朗公:晋永嘉时禅师。旧志谓隐静寺有朗公橘。

〔3〕杯渡松:相传隐静寺为杯渡所建,寺外有十里松径,乃杯渡手植。杯渡:慧皎《高僧传》载,南朝宋时有一僧,不知其姓名,神力卓异,常乘木杯渡水。

〔4〕道人:得道之人,指僧人。制猛虎:用晋高僧于法兰事,《法苑珠林》卷六三载,晋僧于法兰夜坐禅,虎入其室,于法兰以手摩其头,虎扬耳而伏,数日乃去。

〔5〕振锡:指僧人出行。锡,锡杖,僧人所执,有金环绕之,动则作锡锡之声。

〔6〕相期:相约。

送 友 人

青山横北郭[1],白水绕东城。此地一为别,孤蓬万里征[2]。浮云游子意,落日故人情[3]。挥手自兹去,萧萧班马鸣[4]。

【注释】

〔1〕郭:外城。

〔2〕为别:作别。

〔3〕游子:指友人。故人:作者自指。王琦注:"浮云一往而无定迹,故以比游子之意。落日衔山而不遽去,故以比故人之情。"

〔4〕萧萧:马嘶叫声。班马:载人离去的马。《左传·襄公十八年》:

"邢伯告中行伯曰:'有班马之声,齐师其遁。'"杜预注:"班,别也。"

江上送女道士褚三清游南岳[1]

吴江女道士,头戴莲花巾[2]。霓衣不湿雨,特异阳台云[3]。足下远游履,凌波生素尘[4]。寻仙向南岳,应见魏夫人[5]。

【注释】

〔1〕南岳:即衡山。

〔2〕莲花巾:即"紫华芙蓉巾",道教传说谓玉女所佩。

〔3〕衣:一作"裳"。阳台云:宋玉《高唐赋》描写楚王梦与巫山神女欢会,神女去而辞曰:"妾在巫山之阳,高丘之阻。旦为朝云,暮为行雨。朝朝暮暮,阳台之下。"

〔4〕"足下"二句:以洛神喻女道士。曹植《洛神赋》:"践远游之文履,曳雾绡之轻裾……凌波微步,罗袜生尘。"吕向注:"远游,履名……微步,轻步也。步于水波之上,如生尘也。"

〔5〕魏夫人:《太平广记》卷五八引《南岳魏夫人传》,谓魏夫人为晋任城人,"幼而好道,静默恭谨……太乙玄仙遭飙车来迎,夫人乃托剑化形而去……位为紫虚元君,领上真司命南岳夫人,比秩仙公"。

送友人入蜀

见说蚕丛路[1],崎岖不易行。山从人面起,云傍马头生。芳树笼秦栈[2],春流绕蜀城[3]。升沉应已定,不必问君平[4]。

【注释】

〔1〕蚕丛:传说中的古代蜀国君王。蚕丛路,指蜀道。
〔2〕秦栈:即栈道,因是由秦入蜀之路,故称秦栈。
〔3〕蜀城:指成都。
〔4〕升沉:指人生仕途的荣枯进退。君平:严君平,西汉蜀郡人,卖卜于成都,日得百钱,足以自养,即闭肆下帘授《老子》,享年九十余。

送李青归华阳川[1]

伯阳仙家子[2],容色如青春。日月秘灵洞,云霞辞世人。化心养精魄,隐几窅天真[3]。莫作千年别,归来城郭新[4]。

【注释】

〔1〕华阳川:在虢州华阳山南。
〔2〕伯阳:老子,姓李,名耳,字伯阳。被道教尊为教主。
〔3〕隐几:凭几。窅(yǎo):深邃貌。
〔4〕"莫作"二句:用丁令威事,《搜神后记》卷一载,辽东人丁令威学道成仙,后化鹤归辽,时人不识,举弓欲射之。丁乃歌曰:"有鸟有鸟丁令威,去家千年今始归,城郭如故人民非……"

送 舍 弟

吾家白额驹[1],远别临东道。他日相思一梦君,应得池塘生春草[2]。

【注释】

〔1〕"吾家"句:王琦注:"即吾家千里驹之意。"《晋书·凉武昭王李玄盛传》载:玄盛少而好学,通涉经史,尤善文义。及长,颇习武艺。太史令郭黁(nún)尝曰:"李君(玄盛)有国士之分,家有骢草马生白额驹,此其时也。"

〔2〕"他日"二句:谢灵运在永嘉西堂,思诗竟日不就,忽梦见惠连,便得"池塘生春草"之句。自称"此语有神助,非我语也"。见钟嵘《诗品》卷中引《谢氏家录》。

送别 得书字

水色南天远,舟行若在虚。迁人发佳兴,吾子访闲居。日落看归鸟,潭澄羡跃鱼[1]。圣朝思贾谊,应降紫泥书[2]。

【注释】

〔1〕羡:一作"怜"。

〔2〕贾谊:贾谊为长沙王太傅,后岁余,文帝思谊,征之。紫泥书:皇帝诏书封袋用紫泥封口,泥上盖印,故称紫泥诏或紫泥书。

送鞠十少府

试发清秋兴,因为吴会吟[1]。碧云敛海色,流水折江心。我有延陵剑[2],君无陆贾金[3]。艰难此为别,惆怅一何深。

【注释】

〔1〕吴会吟:吴越一带吟唱诗歌的声调。

〔2〕延陵剑:用春秋时季札将宝剑挂于徐君墓前树上以表守信的故事。见《史记·吴太伯世家》。

〔3〕陆贾金:汉高祖时,陆贾出使南越,南越王"赐陆生橐中装直(值)千金"。见《史记·郦生陆贾列传》。

送张秀才谒高中丞[1]并序

余时系寻阳狱中,正读《留侯传》[2]。秀才张孟熊蕴灭胡之策,将之广陵谒高中丞。余喜子房之风,感激于斯人,因作是诗以送之。

秦帝沦玉镜[3],留侯降氛氲[4]。感激黄石老[5],经过沧海君[6]。壮士挥金槌,报仇六国闻[7]。智勇冠终古,萧陈难与群[8]。两龙争斗时[9],天地动风云。酒酣舞长剑,仓卒解汉纷[10]。宇宙初倒悬,鸿沟势将分[11]。英谋信奇绝,夫子扬清芬[12]。胡月入紫微,三光乱天文[13]。高公镇淮海[14],谈笑却妖氛。采尔幕中画,戡难光殊勋[15]。我无燕霜感[16],玉石俱烧焚[17]。但洒一行泪,临岐竟何云。

【注释】

〔1〕高中丞:即高适,时为扬州大都督府长史、淮南节度使,兼御史中丞。

〔2〕系寻阳狱:至德二载(757),李白坐璘事,被囚于寻阳(今江西九江市)狱中。诗当作于是时。《留侯传》:指《史记·留侯世家》。

〔3〕玉镜:喻清明之道。此句一作"六雄灭金虎"。

〔4〕氛氲:气盛貌。

〔5〕黄石老:即黄石公,他曾在下邳(pī)桥上传授《太公兵法》给张良。事见《史记·留侯世家》。

〔6〕沧海君:秦汉时隐士。张良曾学礼于淮阳,东见仓海君。仓,通"沧"。

〔7〕"壮士"二句:秦灭韩,张良以其先人五世相韩故,立志为韩报仇,乃尽散家财,求刺客。东见沧海君,得一力士,以铁锤击秦始皇于博浪沙,误中副车。事见《史记·留侯世家》。

〔8〕萧陈:刘邦谋士萧何、陈平。

〔9〕两龙:指楚汉。《史记·魏豹彭越列传》:"两龙方斗,且待之。"

〔10〕"酒酣"二句:用鸿门宴事,《史记·项羽本纪》载刘邦赴鸿门拜见项羽,饮宴中险遭暗算。用张良计乃得脱身。

〔11〕鸿沟:古运河名,故道自河南荥阳北引黄河水,曲折东流至淮阳入颖水。秦末刘邦、项羽曾划鸿沟为界,西为汉,东为楚。

〔12〕信:确。以上二句:一作"夫子称卓绝,超然继清芬"。

〔13〕"胡月"二句:谓安史之乱爆发,社会动荡不安。胡月,喻指胡兵。紫微,星座名,太一之精,天帝所居。见《史记·天官书》。三光,指日

月星。

〔14〕淮海:指扬州。高适时为淮南节度使,治扬州。

〔15〕戡(kān):胜,克。

〔16〕燕霜:用邹衍事,邹衍在燕,无罪被囚,时当五月,仰天而叹,天为之陨霜。见《论衡·感虚》。

〔17〕"玉石"句:《书·胤征》:"火炎昆冈,玉石俱焚。"

寻阳送弟昌峒鄱阳司马作[1]

桑落洲渚连[2],沧江无云烟。寻阳非剡水,忽见子猷船[3]。飘然欲相近,来迟杳若仙。人乘海上月,帆落湖中天。一睹无二诺,朝欢更胜昨。尔则吾惠连,吾非尔康乐[4]。朱绂白银章,上官佐鄱阳[5]。松门拂中道,石镜回清光[6]。摇扇及干越,水亭风气凉[7]。与尔期此亭[8],期在秋月满。时过或未来,两乡心已断。吴山对楚岸,彭蠡当中州[9]。相思定如此,有穷尽年愁。

【注释】

〔1〕鄱阳:唐郡名,即饶州,治所在今江西鄱阳县。昌峒:一作"昌岠"。郁贤皓考《新唐书·宗室世系表上》"辰锦观察使昌岠"等文,以为"昌峒"当为"昌岠",供参考。

〔2〕桑落洲:在今江西九江市东北长江中。

〔3〕"寻阳"二句:用王子猷雪夜访戴的故事,见《世说新语·任诞》。此以子猷喻昌峒。

〔4〕"尔则"二句:用谢灵运梦见惠连而有佳句的典故。

〔5〕朱绂(fú):指官服。银章:指官印。上官:就职上任。佐鄱阳:指

为鄱阳司马。司马为郡守佐吏。

〔6〕松门、石镜:谢灵运《入彭蠡湖口》:"攀崖照石镜,牵叶入松门。"石镜在庐山东,其地有石若镜,明可以照见人形。

〔7〕干越:亭名,在今江西余干县东南羊角山上。余干县西滨鄱阳湖。

〔8〕期:约会。

〔9〕彭蠡:古泽薮名,即今江西鄱阳湖。

饯校书叔云

少年费白日,歌笑矜朱颜。不知忽已老,喜见春风还。
惜别且为欢,徘徊桃李间。看花饮美酒,听鸟临晴山。
向晚竹林寂,无人空闭关[1]。

【注释】

〔1〕闭关:闭门。关,门栓。

送王孝廉觐省[1]

彭蠡将天合,姑苏在日边[2]。宁亲候海色[3],欲动孝廉船。窈窕晴江转,参差远岫连[4]。相思无昼夜,东注似长川。

【注释】

〔1〕孝廉:汉代选拔官吏的科目,唐时以孝廉为明经之称。

〔2〕将:与。姑苏:苏州之别称。在日边:姑苏近东海日出之地,故云。

〔3〕宁亲:使父母安宁,指省亲。

〔4〕岫(xiù):峰峦。

同吴王送杜秀芝举入京[1]

秀才何翩翩,王许回也贤[2]。暂别庐江守,将游京兆天。秋山宜落日,秀水出寒烟。欲折一枝桂[3],还来雁沼前[4]。

【注释】

〔1〕吴王:嗣吴王李祗,太宗第三子吴王恪之孙,时吴王为庐江太守。芝:王琦谓当作"才"。

〔2〕许:赞许。回也贤:《论语·雍也》:"子曰:'贤哉,回也!一箪食,一瓢饮,在陋巷。人不堪其忧,回也不改其乐。贤哉,回也!'"

〔3〕"欲折"句:《楚辞·招隐士》:"桂树丛生兮山之幽……攀援桂枝兮聊淹留。"

〔4〕雁沼:雁池。《西京杂记》载梁孝王筑兔园,园中有雁池。这里借指吴王的园林。

洞庭醉后送绛州吕使君杲流澧州[1]

昔别若梦中,天涯忽相逢。洞庭破秋月,纵酒开愁容。

赠剑刻玉字,延平两蛟龙[2]。送君不尽意,书及雁回峰[3]。

【注释】

〔1〕诗作于乾元二年(759),时诗人在巴陵。绛州:治所在今山西新绛县。澧(lǐ)州:治所在今湖南澧县。杲:一作"果"。

〔2〕两蛟龙:用宝剑干将莫邪跃入水中化龙而去的故事,见《晋书·张华传》。

〔3〕雁回峰:即回雁峰,旧传北雁南飞,至衡阳回雁峰而回北。

与诸公送陈郎将归衡阳并序[1]

仲尼旅人,文王明夷[2]。苟非其时,圣贤低眉。况仆之不肖者,而迁逐枯槁,固非其宜[3]。朝心不开,暮发尽白,而登高送远,使人增愁。陈郎将义风凛然,英思逸发。来下曹城之榻[4],去邀才子之诗。动清兴于中流,泛素波而径去。诸公仰望不及,连章祖之。序惭起予,辄冠名贤之首。作者嗤我,乃为抚掌之资乎[5]!

衡山苍苍入紫冥,下看南极老人星[6]。回飙吹散五峰雪[7],往往飞花落洞庭。气清岳秀有如此,郎将一家拖金紫[8]。门前食客乱浮云,世人皆比孟尝君[9]。江上送行无白璧,临岐惆怅若为分[10]?

【注释】

〔1〕郎将:唐诸卫、太子十率府官属有左右郎将。衡阳:唐郡名,即衡州,治所在今湖南衡阳。

〔2〕"仲尼"二句:《易·乾》王弼注:"文王明夷,则主可知矣;仲尼旅人,则国可知矣。"旅人,羁旅漂泊之人。

〔3〕非:疑当作"亦"。

〔4〕曹城:鄂州江夏县有曹公城,见《元和郡县图志》卷二七。下榻:用豫章太守陈蕃礼遇徐穉事,见《后汉书·徐穉传》。

〔5〕抚掌:拍手谈笑。

〔6〕南极老人:星名。《史记·天官书》:"狼比地有大星,曰南极老人。老人见,治安……常以秋分时候之于南郊。"

〔7〕五峰:指衡山最著名的祝融、天柱、芙蓉、紫盖、石廪五座山峰。

〔8〕金紫:金印与紫绶。代指高官显爵。

〔9〕孟尝君:战国四公子之一,曾相齐,门下养贤士食客数千人。事见《史记·孟尝君列传》。

〔10〕若为:犹言"怎能"。

送赵判官赴黔府中丞叔幕[1]

廓落青云心[2],结交黄金尽。富贵翻相忘,令人忽自哂。蹭蹬鬓毛斑[3],盛时难再还。巨源咄石生,何事马蹄间[4]?绿萝长不厌,却欲还东山。君为鲁曾子[5],拜揖高堂里。叔继赵平原[6],偏承明主恩。风霜推独坐[7],旌节镇雄藩[8]。虎士秉金钺,蛾眉开玉樽。才高幕下去,义重林中言[9]。水宿五溪月[10],霜啼三峡猿。东风春草绿,江上候归轩。

【注释】

〔1〕黔府：即黔州都督府，治所在今重庆彭水县。中丞叔：指赵判官之叔赵国珍，时为黔府都督兼本管经略等使，中丞是其兼衔。赵国珍为黔府都督在天宝十一载（752）以后，说见詹锳《李白诗文系年》。

〔2〕廓落：空寂。

〔3〕蹭蹬：困顿。

〔4〕巨源：山涛字巨源。曹魏末，山涛为部河南从事，时太傅司马懿与大将军曹爽争权。山涛与石鉴共宿，夜起蹴石鉴曰："今为何等时而眠邪！知太傅卧何意？"鉴曰："宰相三不朝，与尺一令归第，卿何虑也？"山涛曰："咄，石生！无事马蹄间邪！"投传而去。未二年，果有司马懿诛曹爽之事，遂隐身不交世务。见《晋书·宣帝纪》及《山涛传》。这里借指表达忧虑世乱之意。

〔5〕鲁曾子：即曾参，孔子弟子，事亲至孝。述《大学》，作《孝经》，以其学传子思，后世称为宗圣。

〔6〕赵平原：即平原君，战国赵武灵王之子，相赵惠王及孝成王，"喜宾客，宾客盖至者数千人"。事见《史记·平原君虞卿列传》。

〔7〕风霜：御史掌弹劾，为风霜之任。独坐：《后汉书·宣秉传》："光武特诏御史中丞与司隶校尉、尚书令会同并专席而坐，故京师号曰'三独坐'。"

〔8〕旌节：皇帝授予将帅刑赏大权的信物。《新唐书·车服志》："大将出，赐旌以颛赏，节以颛杀。"

〔9〕林中：用晋阮咸与其叔阮籍等为竹林之游事。见《晋书·阮籍传》。

〔10〕水宿：宿于舟中。五溪：杜佑《通典》：五溪谓酉、辰、巫、武、沅等五溪也。

送陆判官往琵琶峡[1]

水国秋风夜，殊非远别时。长安如梦里，何日是归期？

【注释】

〔1〕琵琶峡:在今四川巫山,形如琵琶,故名。

送梁四归东平[1]

玉壶挈美酒,送别强为欢。大火南星月[2],长郊北路难。殷王期负鼎[3],汶水起垂竿[4]。莫学东山卧,参差老谢安[5]。

【注释】

〔1〕东平:唐郡名,即郓州,治所在今山东郓城县。

〔2〕大火:即心宿二,夏夜星空中主要亮星之一。《诗·豳风·七月》:"七月流火。"朱熹注:"火,大火,心星也。以六月之昏,加于地之南方。至七月之昏,则下而西流矣。"

〔3〕殷王:指汤。负鼎:用伊尹事,《史记·殷本纪》载,伊尹"负鼎俎,以滋味说汤",汤任以国政,致于王道。

〔4〕汶水:源出山东莱芜市北,经新泰市、东平县南等,至梁山东南入济水。

〔5〕东山卧:《世说新语·排调》载,晋谢安隐居东山,朝命屡降而不动,时人有"安石不肯出,将如苍生何"之叹。

江夏送友人[1]

雪点翠云裘,送君黄鹤楼。黄鹤振玉羽,西飞帝王州[2]。凤无琅玕实[3],何以赠远游?徘徊相顾影,泪下汉江流。

【注释】

〔1〕江夏:即鄂州,治所在今湖北武汉市武昌。
〔2〕黄鹤:喻指友人。帝王州:指京城长安。
〔3〕凤:诗人自喻。琅玕实:传说凤凰食琼树之实,名曰琅玕。

送郄昂谪巴中[1]

瑶草寒不死[2],移植沧江滨。东风洒雨露,会入天地春[3]。予若洞庭叶,随波送逐臣。思归未可得,书此谢情人[4]。

【注释】

〔1〕郄(xì)昂:王琦注:"按《羊士谔诗集》有诗题云《乾元初严黄门自京兆少尹贬巴州刺史》云云,诗下注云:时郄詹事昂自拾遗贬清化尉,黄门年三十余,且为府主,与郄意气友善,赋诗高会,文字犹存。"严黄门即严武,武贬巴州刺史在乾元元年(758)六月,参见《通鉴》。巴州,治所在今四川巴中市,属古巴地。清化,唐县名,属巴州。诗题所云"谪巴中",盖即谓昂"贬清化尉"也。巴中:指古巴地。在今重庆一带。诗作于乾元元年秋,时作者正在流放途中。
〔2〕瑶草:仙草。此处喻指郄昂。
〔3〕地:一作"池"。
〔4〕情人:唐人常称友人为"情人"。

江夏送张丞[1]

欲别心不忍,临行情更亲。酒倾无限月,客醉几重春。藉草依流水[2],攀花赠远人。送君从此去,回首泣迷津。

【注释】

〔1〕诗约作于开元二十二年(734),时作者在江夏。
〔2〕藉草:坐卧于草上。

赋得白鹭鸶送宋少府入三峡[1]

白鹭拳一足,月明秋水寒。人惊远飞去,直向使君滩[2]。

【注释】

〔1〕赋得:凡摘取古人成句或以物为题之诗,题首多冠以"赋得"二字。
〔2〕使君滩:在四川省万县区东二里。《水经注·江水》:"(江水)又东迳羊肠虎臂滩。杨亮为益州,至此舟覆,惩其波澜,蜀人至今犹名之为使君滩。"

送二季之江东

初发强中作,题诗与惠连[1]。多惭一日长,不及二龙贤[2]。西塞当中路[3],南风欲进船。云峰出远海,帆影挂清川。禹穴藏书地[4],匡山种杏田[5]。此行俱有适,迟尔早归旋[6]。

【注释】

〔1〕强中:地名。谢灵运有《登临海峤初发强中作与从弟惠连见羊何共和之》诗。

〔2〕二龙:《后汉书·许劭传》载,许劭与兄许虔均有名,时人誉之"二龙"。此喻指二季。

〔3〕西塞:山名,在今湖北大冶市东长江边。

〔4〕禹穴:《史记·太史公自序》:"上会稽,探禹穴。"《集解》引张晏:"禹巡狩至会稽而崩,因葬焉。上有孔穴,民间云禹入此穴。"

〔5〕匡山:即庐山。种杏:用董奉事,《神仙传》卷十载,董奉居庐山,为人治病,不取钱,重病愈者使栽杏五株,轻者一株。数年后得十万余株,郁然成林。

〔6〕迟(zhì):等待。

江西送友人之罗浮[1]

桂水分五岭[2],衡山朝九疑[3]。乡关眇安西[4],流浪将何之？素色愁明湖，秋渚晦寒姿。畴昔紫芳意，已过黄发期[5]。君王纵疏散，云壑借巢夷[6]。尔去之罗浮，我还憩峨眉。中阔道万里，霞月遥相思。如寻楚狂子，琼树有芳枝[7]。

【注释】

〔1〕江西：江南西道，治所在洪州豫章，即今江西南昌市。罗浮：山名，在今广东增城、博罗、河源之间。

〔2〕桂水：即漓江下游桂江。五岭：指大庾岭、越城岭、骑田岭、萌渚岭、都庞岭，位于湘、赣、桂、粤交界处。

〔3〕九疑：山名，即苍梧山，在湖南宁远县南。其山九峰皆相似，故曰九疑。

〔4〕眇：同"渺"，遥远。

〔5〕畴昔：往日。紫芳：紫芝，能"疗饥"的一种草药。黄发：老人发白更黄。

〔6〕疏散：分离。指被赐金放还。巢夷：指巢父和伯夷。《高士传》卷上："巢父者，尧时隐人也，山居不营世利。年老，以树为巢而寝其上，故时人号曰巢父。"《史记·伯夷列传》载，殷商灭亡后，伯夷、叔齐耻食周粟，隐居首阳山采薇而食。

〔7〕楚狂：楚狂接舆，《论语·微子》："楚狂接舆歌而过孔子曰：'凤兮！凤兮！何德之衰？往者不可谏，来者犹可追。已而！已而！今之从政者殆而！'孔子下，欲与之言。趋而辟之，不得与之言。"又《列仙传》称楚狂接舆即陆通，好养生，在峨眉山数百年，后仙去。琼树：传说中的树名，生昆仑西。

宣州谢朓楼饯别校书叔云[1]

弃我去者昨日之日不可留，乱我心者今日之日多烦忧。

长风万里送秋雁,对此可以酣高楼[2]。蓬莱文章建安骨[3],中间小谢又清发[4]。俱怀逸兴壮思飞,欲上青天览明月[5]。抽刀断水水更流,举杯消愁愁更愁。人生在世不称意,明朝散发弄扁舟[6]。

【注释】

〔1〕诗题:一作"陪侍御叔华登楼歌"。诗作于天宝十二载(753)秋,时作者在宣城。宣州:今安徽宣城。谢朓楼:南齐诗人谢朓所建的楼阁,在宣城陵阳山上。校书:校书郎。

〔2〕酣高楼:在高楼上酣饮。

〔3〕蓬莱:传说中海上仙山,相传仙府难得的典籍俱存于此,汉时称官家藏书之东观为蓬莱山。又,唐人多以东观喻指秘书省。秘书省官属有校书郎。建安:东汉末献帝年号,当时曹操父子和王粲等七子写作诗文,刚健清新,形成了独特的风格,后代誉之为"建安风骨"。

〔4〕小谢:指谢朓,因他晚于谢灵运,故称谢灵运为大谢,谢朓为小谢。清发:清新秀发。

〔5〕逸兴:超逸豪迈的意兴。览:通"揽",摘取。

〔6〕散发:不冠不簪,谓隐居不出仕。扁舟:小舟。弄扁舟,用范蠡事,《史记·货殖列传》:"范蠡……乃乘扁舟,浮于江湖。"人生:一作"男儿"。散发弄扁舟:一作"举棹还沧洲"。

宣城送刘副使入秦

君即刘越石,雄豪冠当时[1]。凄清《横吹曲》,慷慨《扶风词》[2]。虎啸俟腾跃,鸡鸣遭乱离[3]。千金市骏马[4],万里逐王师。结交楼烦将,侍从羽林儿[5]。统

533

兵捍吴越,豺虎不敢窥。大勋竟莫叙,已过秋风吹[6]。秉钺有季公[7],凛然负英姿。寄深且戎幕,望重必台司[8]。感激一然诺,纵横两无疑。伏奏归北阙,鸣驺忽西驰[9]。列将咸出祖,英僚惜分离[10]。斗酒满四筵,歌笑宛溪湄[11]。君携东山妓,我咏《北门》诗[12]。贵贱交不易,恐伤中园葵[13]。昔赠紫骝驹,今倾白玉卮。同欢万斛酒,未足解相思。此别又千里,秦吴眇天涯[14]。月明关山苦,水剧陇头悲[15]。借问几时还,春风入黄池[16]。无令长相思,折断绿杨枝[17]。

【注释】

〔1〕刘越石:刘琨,字越石,西晋末年为并州刺史,进位大将军,都督并、冀、幽三州军事。

〔2〕"凄清"句:用刘琨奏胡笳以退敌事。扶风词:指刘琨《扶风歌》,载《文选》卷二八。

〔3〕"鸡鸣"句:用刘琨等闻鸡起舞事,刘琨、祖逖闻鸡起舞,励志健身,以图恢复中原。事见《晋书·祖逖传》。

〔4〕"千金"句:用郭隗为燕昭王招贤的故事,事见《战国策·燕策一》。

〔5〕楼烦:古代民族名,春秋末分布于今山西宁武、岢岚等地。其人善骑射。此以楼烦将指善骑射的武将。羽林:宫廷禁卫军。

〔6〕"统兵"四句:王琦注:"上元中,宋州刺史刘展举兵反,其党张景超、孙待封攻陷苏、湖,进逼杭州,为温晁、李藏用所败……刘副使于时亦在兵间,而功不得录,故有'统兵捍吴越,豺虎不敢窥。大勋竟莫叙,已过秋风吹'之句。"

〔7〕秉钺:执掌兵权。季公:指季广琛,上元二年正月为宣州刺史、浙江西道节度使。见《旧唐书·肃宗纪》。

〔8〕台司:即三公之位。

〔9〕北阙:皇宫北面的门楼,为大臣等候朝见或上书奏事之地。鸣驺:显贵出行时,随从的骑卒吆喝开道。

〔10〕祖:饯别送行。英僚:盖时刘副使在季广琛幕府中为节度副使,故云。

〔11〕宛溪:在宣城东。

〔12〕东山妓:谢安隐居东山时,畜妓,携以游玩。见《世说新语·识鉴》。北门诗:《诗·邶风·北门》:"出自北门,忧心殷殷。"《诗序》曰:"《北门》,刺仕不得志也。"

〔13〕"贵贱"二句:语本《古诗》:"采葵莫伤根,伤根葵不生。结交莫羞贫,羞贫交不成。"

〔14〕眇:同"渺",辽远。

〔15〕陇头悲:古乐府《陇头歌辞》:"陇头流水,鸣声幽咽。遥望秦川,心肝断绝。"

〔16〕黄池:河名,在宣城北一百二十里。

〔17〕"折断"句:《三辅黄图》卷六:"霸桥在长安东,跨水作桥。汉人送客至此桥,折柳赠别。"

泾川送族弟錞[1] 时卢校书草序,常侍御为诗

泾川三百里,若耶羞见之[2]。锦石照碧山,两边白鹭鸶。佳境千万曲,客行无歇时。上有琴高水,下有陵阳祠[3]。仙人不见我,明月空相知。问我何事来,卢敖结幽期[4]。蓬山振雄笔,绣服挥清词[5]。江湖发秀色,草木含荣滋。置酒送惠连,吾家称白眉[6]。愧无海峤作,敢阙河梁诗[7]。见尔复几朝,俄然告将离。中流漾

彩鹢,列岸丛金羁[8]。叹息苍梧凤[9],分栖琼树枝。清晨各飞去,飘落天南垂[10]。望极落日尽,秋深暝猿悲。寄情与流水,但有长相思。

【注释】
〔1〕泾川:即泾溪,在安徽泾县西南。
〔2〕若耶:溪名。
〔3〕琴高水:即琴溪,在泾县东北二十里。相传是仙人琴高控鲤之地。陵阳祠:在陵阳山,相传为汉窦子明升仙之处。
〔4〕卢敖:《淮南子·道应》载,卢敖游于北海,见深目玄发之人迎风而舞,卢敖与之结伴同游,其人曰:"吾与汗漫期于九垓之外,吾不可以久驻。"
〔5〕蓬山:蓬莱山,海中神山,仙家秘籍藏所,后用作宫廷藏书与著作之处的美称。唐指秘书省。绣服:指御史。上句谓卢校书草序,下句谓常侍御作诗。
〔6〕惠连:谢惠连,南朝宋人,"幼而聪敏,年十岁,能属文,族兄灵运深相知赏"(《宋书·谢方明传》)。此借指族弟锌。白眉:马良字季常,眉中有白毛。兄弟五人,皆有才名,乡里为之语曰:"马氏五常,白眉最良。"见《三国志·蜀书·马良传》。
〔7〕海峤作:指谢灵运《登临海峤初发强中作与从弟惠连见羊何共和诗》诗,诗中有"与子别山阿,含酸赴修畛(一作轸)。中流袂就判,欲去情不忍"之句。河梁诗:李陵《与苏武诗》:"携手上河梁,游子暮何之?"
〔8〕彩鹢(yì):彩船。金羁:金属制的马笼头。此指配有金羁的马。
〔9〕苍梧:即九疑山。
〔10〕垂:通"陲"。

五松山送殷淑[1]

秀色发江左[2],风流奈若何。仲文了不还[3],独立扬清波。载酒五松山,颓然《白云歌》。中天度落月,万里遥相过。抚酒惜此月,流光畏蹉跎^[4]。明日别离去,连峰郁嵯峨。

【注释】

〔1〕诗作于天宝十三载(754),时李白在宣州南陵。五松山:在宣州南陵(今安徽南陵县)铜井西五里。殷淑:李白友人,李白又有《三山望金陵寄殷淑》《送殷淑三首》等诗。

〔2〕江左:江东。

〔3〕仲文:殷仲文,晋人,"少有才藻,美容貌"。见《晋书·殷仲文传》。此喻指殷淑。

〔4〕流光:光阴。

送崔氏昆季之金陵[1]

放歌倚东楼[2],行子期晓发。秋风渡江来,吹落山上月。主人出美酒,灭烛延清光[3]。二崔向金陵,安得不尽觞?水客弄归棹[4],云帆卷轻霜。扁舟敬亭下[5],五两先飘扬[6]。峡石入水花,碧流日更长。思君无岁月,西笑阻河梁。

【注释】

〔1〕诗题:一作"秋夜崔八丈水亭送崔二"。诗约作于天宝十二载(753)秋,作者时在宣城。昆季:兄弟。

〔2〕放:一作"吴"。

537

〔3〕延:引。

〔4〕水客:指船夫。

〔5〕敬亭:山名,在今安徽宣城。

〔6〕五两:古代测风器。用鸡毛五两(或八两)系于高竿顶上,以观测风的方向与力量。

登黄山凌歊台送族弟溧阳尉济充泛舟赴华阴[1]

鸾乃凤之族[2],翱翔紫云霓。文章辉五色,双在琼树栖[3]。一朝各飞去,凤与鸾俱啼。炎赫五月中,朱曦烁河堤[4]。尔从泛舟役[5],使我心魂凄。秦地无草木[6],南云喧鼓鼙[7]。君王减玉膳,早起思鸣鸡[8]。漕引救关辅[9],疲人免涂泥。宰相作霖雨[10],农夫得耕犁。静者伏草间,群才满金闺[11]。空手无壮士,穷居使人低。送君登黄山,长啸倚天梯。小舟若凫雁,大舟若鲸鲵。开帆散长风,舒卷与云齐。日入牛渚晦[12],苍然夕烟迷。相思定何许,杳在洛阳西[13]。

【注释】

〔1〕诗题:一本下有"得齐字"三字。凌歊(xiāo)台:王琦注:"《太平府志》:黄山在郡治(今安徽当涂县)北五里……上有宋孝武避暑离宫及凌歊台遗址。"溧阳市:即今江苏溧阳市。华阴:即今陕西华阴市。李白《溧阳濑水贞义女碑铭》:"县尉广平宋涉、丹阳李济。"此诗所送即丹阳李济。

〔2〕鸾乃凤之族:《禽经注》:"鸾者,凤鸟之亚,始生类凤,久则五彩

变易。"

〔3〕文章:指毛羽之文。琼树栖:传说凤凰食琼树之实,名曰琅玕。

〔4〕朱曦:指日。

〔5〕泛舟役:指任漕运之役。

〔6〕"秦地"句:据《旧唐书·玄宗纪》载,天宝六载、九载、十三载,长安一带久旱无雨,关中大饥。

〔7〕喧鼓鼙(pí):指举行求雨的仪式。

〔8〕鸣鸡:王琦注:"当是民饥之讹。"

〔9〕漕引:犹漕运,指从水路运送粮食。关辅:关中三辅之地。此指京畿地区。

〔10〕作霖雨:殷高宗命傅说为相,曰:"若岁大旱,用汝作霖雨。"

〔11〕静者:虚静恬淡的人,是为"道德之至"。说见《庄子·天道》。金闺:金马门,汉未央宫门名。武帝铸铜马立于门外,因名。此代指朝廷。

〔12〕牛渚:山名,在安徽当涂县西北。

〔13〕定:一作"在"。许:一作"所"。洛阳西:指华阴一带。

送储邕之武昌[1]

黄鹤西楼月[2],长江万里情。春风三十度,空忆武昌城。送尔难为别,衔杯惜未倾。湖连张乐地[3],山逐泛舟行。诺为楚人重[4],诗传谢朓清。《沧浪》吾有曲,寄入棹歌声[5]。

【注释】

〔1〕诗约作于天宝十三载(754),时作者在池州。武昌:唐县名,在今湖北鄂州市。

〔2〕黄鹤西楼:即黄鹤楼。西:一作"高"。

〔3〕张乐地:《庄子·天运》:"帝张咸池之乐于洞庭之野。"詹锳《李白诗文系年》:"谢朓诗有'洞庭张乐地'之句,则送别之地似在巴陵附近。"

〔4〕"诺为"句:用季布事,谓楚人最重然诺,语本《史记·季布栾布列传》:"楚人谚曰:得黄金百斤,不如得季布一诺。"

〔5〕"沧浪"二句:《孟子·离娄》:"有孺子歌曰:'沧浪之水清兮,可以濯我缨;沧浪之水浊兮,可以濯我足。'"后人或以"沧浪"指此歌曲。沧浪,水滨之地,古代常用以指隐居之地。

卷十八

酬谈少府[1]

一尉居倏忽,梅生有仙骨[2]。三事或可羞[3],匈奴晒千秋[4]。壮心屈黄绶[5],浪迹寄沧洲。昨观荆岘作[6],如从云汉游。老夫当暮矣,蹀足惧骅骝[7]。

【注释】

〔1〕少府:即县尉。

〔2〕"梅生"句:西汉末年,梅福为南昌县尉,后弃官,得道成仙。事见《汉书·梅福传》。此指谈少府。

〔3〕三事:指三公(汉指丞相、太尉、御史大夫)。

〔4〕"匈奴"句:汉武帝时车千秋素无才能,仅凭一言博得皇帝的宠信,旬月之间即升为宰相。后来匈奴单于知道此事,说:"汉置丞相非用贤也。"见《汉书·车千秋传》。

〔5〕黄绶:系官印的黄色丝带,县尉之类的官吏所用。

〔6〕荆岘:指襄州的荆山、岘山。

〔7〕蹀足:顿足。骅骝(huá liú):赤色骏马,此喻指谈少府。

酬宇文少府见赠桃竹书筒[1]

桃竹书筒绮绣文[2],良工巧妙称绝群。灵心圆映三江月,彩质叠成五色云。中藏宝诀峨眉去[3],千里提携长忆君。

【注释】

〔1〕桃竹:蜀地特产,赤皮滑劲,可编为席。书筒:藏书之筒,唐时之书皆作卷轴装,故可入筒。

〔2〕文:花纹。

〔3〕峨眉:峨眉山,在今四川峨眉山市西南。

五月东鲁行答汶上翁[1]

五月梅始黄,蚕凋桑柘空[2]。鲁人重织作,机杼鸣帘栊[3]。顾余不及仕,学剑来山东[4]。举鞭访前途[5],获笑汶上翁。下愚忽壮士[6],未足论穷通。我以一箭书,能取聊城功。终然不受赏,羞与时人同[7]。西归去直道[8],落日昏阴虹。此去尔勿言[9],甘心如转蓬[10]。

【注释】

〔1〕诗约作于开元二十七年(739)五月,时作者由安陆初至东鲁(今

山东兖州一带)。汶上:指汶水流域。汶水在今山东省。翁:一作"君"。

〔2〕蚕凋:指蚕老作茧。柘:柘树,其叶可以饲蚕。

〔3〕机杼(zhù):指织布机。帘栊:门帘与窗户。栊(lóng),窗户。

〔4〕山东:指华山以东地区。

〔5〕访前途:问路。

〔6〕下愚:指汶上翁。壮士:作者自指。

〔7〕"我以"四句:用鲁仲连事,《史记·鲁仲连邹阳列传》载:"齐田单攻聊城岁余,士卒多死而聊城不下。鲁连乃为书,约之矢以射城中,遗燕将……燕将见鲁连书,泣三日,犹豫不能自决。"后守城燕将自杀而城破。田单"归而言鲁连,欲爵之。鲁连逃隐于海上,曰:吾与富贵而诎于人,宁贫贱而轻世肆志焉"。

〔8〕西归:指回长安求仕。

〔9〕此:一作"我"。

〔10〕转蓬:蓬草随风飘转,故称。此指四处漂泊。

早秋单父南楼酬窦公衡[1]

白露见日灭,红颜随霜凋。别君若俯仰[2],春芳辞秋条。太山嵯峨夏云在,疑是白波涨东海。散为飞雨川上来,遥帷却卷清浮埃。知君独坐青轩下,此时结念同所怀[3]。我闭南楼看道书,幽帘清寂若仙居。曾无好事来相访[4],赖尔高文一起予[5]。

【注释】

〔1〕单父:在今山东单县。窦公衡:开元二十三年为越州剡县尉,见《太平广记》卷二二二引《定命录》。

543

〔2〕俯仰:犹瞬息,表示时间之短。

〔3〕同所怀:一作"同怀者"。

〔4〕好事:好事者。《汉书·扬雄传》:"家素贫,耆(嗜)酒,人希至其门。时有好事者载酒肴从游学。"

〔5〕起予:能启发我,使我得到教益。《论语·八佾》:"子曰:'起予者,商也,始可与言《诗》已矣。'"

山中问答

问余何意栖碧山[1],笑而不答心自闲。桃花流水窅然去[2],别有天地非人间。

【注释】

〔1〕意:一作"事"。

〔2〕窅(yǎo)然:幽远貌。

答友人赠乌纱帽[1]

领得乌纱帽,全胜白接䍦[2]。山人不照镜[3],稚子道相宜。

【注释】

〔1〕乌纱帽:唐人的一种便帽。

〔2〕接䍦(lí):一种帽子。

〔3〕山人:诗人自指。

酬张司马赠墨

上党碧松烟〔1〕,夷陵丹砂末〔2〕。兰麝凝珍墨〔3〕,精光乃堪掇。黄头奴子双鸦鬟〔4〕,锦囊养之怀袖间〔5〕。今日赠余兰亭去〔6〕,兴来洒笔会稽山〔7〕。

【注释】

〔1〕上党:唐郡名,即潞州,治所在今山西长治市。碧松烟:晁贯之《墨经》:"古用松烟、石墨二种,石墨自晋魏以后无闻,松烟之制尚矣。汉贵扶风、隃糜、终南山之松……晋贵九江庐山之松……唐则易州、潞州之松。上党松心尤先见贵。"

〔2〕夷陵:唐郡名,即峡州,治所在今湖北宜昌市。

〔3〕兰麝:合墨所用之物。《齐民要术》卷九《合墨法》:"墨麹一斤,以好胶五两……可下鸡子白去黄五颗,亦以真朱砂一两,麝香一两,别治细筛,都合调下铁臼中,宁刚不宜泽,捣三万杵,杵多益善。"

〔4〕双鸦鬟:头上双髻,色黑如鸦。

〔5〕"锦囊"句:《墨经》:"凡蓄故墨,亦利频风,日时以手润泽之,时置于衣袖中弥善。"

〔6〕兰亭:晋穆帝永和九年三月三日,王羲之等四十二人于会稽山阴之兰亭宴集修禊,饮酒赋诗,汇为《兰亭集》,王羲之作《兰亭集序》。

〔7〕会稽山:在浙江绍兴市东南。

答湖州迦叶司马问白是何人[1]

青莲居士谪仙人[2],酒肆藏名三十春。湖州司马何须问,金粟如来是后身[3]。

【注释】

〔1〕湖州:治所在今浙江湖州。迦叶:王琦注引《通志·氏族略》:"迦叶氏,西域天竺人。"

〔2〕青莲居士:李白自号。谪仙人:李白《对酒忆贺监诗序》:"太子宾客贺公(知章)于长安紫极宫一见余,呼余为谪仙人。"

〔3〕金粟如来:佛名,即维摩诘之前身。

答长安崔少府叔封游终南翠微寺太宗皇帝金沙泉见寄[1]

河伯见海若,傲然夸秋水[2]。小物昧远图,宁知通方士[3]?多君紫霄意[4],独往苍山里。地古寒云深,岩高长风起。初登翠微岭,复憩金沙泉。践苔朝霜滑,弄波夕月圆。饮彼石下流,结萝宿溪烟。鼎湖梦渌水,龙驾空茫然[5]。早行子午关[6],却登山路远[7]。拂琴听霜猿,灭烛乃星饭[8]。人烟无明异,鸟道绝往返。攀崖倒青天,下视白日晚。既过石门隐[9],还唱石潭歌。涉雪骞紫芳[10],濯缨想清波[11]。此人不可见,此地君自过。为余谢风泉,其如幽意何!

【注释】

〔1〕翠微寺:在唐长安县南终南山太和谷。

〔2〕"河伯"二句:《庄子·秋水》:"秋水时至,百川灌河。泾流之大,两涘渚崖之间,不辨牛马。于是焉河伯欣然自喜,以天下之美为尽在己。顺流而东行,至于北海,东面而视,不见水端。于是焉河伯始旋其面目,望洋向若而叹曰:'野语有之曰:闻道百,以为莫己若者,我之谓也。'"河伯,河神。若,海神。

〔3〕昧:不明。通方士:通晓大道之人。《汉书·韩安国传》:"通方之士,不可以文乱。"颜师古注:"方,道也。"

〔4〕多:赞赏。

〔5〕鼎湖:《史记·封禅书》载黄帝铸鼎于荆山下,有龙垂胡髯迎黄帝上天,因其处为鼎湖。龙驾:指唐太宗的车驾。此二句借黄帝升天的传说指太宗驾崩。据《旧唐书·太宗纪》,太宗贞观二十三年四月幸翠微宫,五月,崩于宫中之含风殿。空,一作"何"。

〔6〕子午关:在唐长安县南一百里子午道上。子午道,即子午谷。为古时自关中至汉中的通道。始辟于西汉元始五年,北自杜陵(今西安市东南)穿越秦岭,南口在今安康市境,南朝梁时另开新路,南口改在今宁陕县。关:一作"间",又作"峰"。

〔7〕此句:一作"却叹山路远",又作"颇识关路远"。

〔8〕星饭:借着星光进餐。

〔9〕石门:在今陕西褒斜道(秦岭南北通道之一)上。

〔10〕骞(qiān):拔取。紫芳:紫芝。

〔11〕濯缨:《楚辞·渔父》:"渔父莞尔而笑,鼓枻而去,乃歌曰:'沧浪之水清兮,可以濯吾缨;沧浪之水浊兮,可以濯吾足。'遂去,不复与言。"

547

酬崔五郎中[1]

朔云横高天,万里起秋色。壮士心飞扬,落日空叹息。长啸出原野,凛然寒风生。幸遭圣明时[2],功业犹未成。奈何怀良图,郁悒独愁坐[3]。杖策寻英豪[4],立谈乃知我。崔公生民秀,缅邈青云姿[5]。制作参造化,托讽含神祇[6]。海岳尚可倾,吐诺终不移。是时霜飙寒,逸兴临华池。起舞拂长剑,四坐皆扬眉。因得穷欢情[7],赠我以新诗。又结汗漫期,九垓远相待[8]。举身憩蓬壶[9],濯足弄沧海。从此凌倒景[10],一去无时还。朝游明光宫,暮入阊阖关[11]。但得长把袂[12],何必嵩丘山[13]。

【注释】

〔1〕诗约作于开元十九年(731),时李白在长安。崔五郎中:即崔宗之。宗之作《赠李十二》诗(今存),白因作此诗答之。

〔2〕遭:遇。

〔3〕郁悒(yì):苦闷,忧愁。独愁坐:一作"空独坐"。

〔4〕"杖策"句:用邓禹事,邓禹幼与刘秀相善,刘秀起兵讨王莽,邓禹"杖策北渡,追及于邺。光武见之甚欢"。见《后汉书·邓禹传》。

〔5〕"崔公"二句:颜延之《五君咏》:"仲容青云器,实禀生民秀。"

〔6〕制作:指崔宗之的诗文。造化:创造化育,指天、自然。神祇(qí):古代称天神为神,地神为祇。

〔7〕穷:极尽。

〔8〕"又结"二句:《淮南子·道应》载,卢敖漫游北海时逢一士,希望他跟自己为友,其人曰:"吾与汗漫期于九垓之外,吾不可以久驻。"

〔9〕蓬壶:即蓬莱,传说中的海上仙山。

〔10〕凌倒景:此谓成仙。倒景,道家指天上最高处。

〔11〕明光:传说中在东极的仙山丹峦。见《楚辞·九怀》王逸注。阊阖:传说中的天门。

〔12〕把袂:握袖,指亲密相处。

〔13〕"何必"句:崔宗之《赠李十二白》:"我家有别业,寄在嵩之阳……子若同斯游,千载不相忘。"

以诗代书答元丹丘[1]

青鸟海上来[2],今朝发何处?口衔云锦字[3],与我忽飞去。鸟去凌紫烟,书留绮窗前。开缄方一笑,乃是故人传。故人深相勖,忆我劳心曲[4]。离居在咸阳,三见秦草绿。置书双袂间,引领不暂闲[5]。长望杳难见[6],浮云横远山。

【注释】

〔1〕诗约作于开元二十一年(733),时作者在长安。元丹丘:李白之友。

〔2〕青鸟:神话中鸟名,西王母的使者。见《山海经·大荒西经》。

〔3〕云锦:锦的一种。字:一作"书"。

〔4〕心曲:心之深处。

〔5〕引领:伸长脖子,形容盼望之殷切。

〔6〕望:一作"叹"。

金门答苏秀才[1]

君还石门日,朱火始改木[2]。春草如有情,山中尚含绿。折芳愧遥忆,永路当自勖[3]。远见故人心,平生以此足。巨海纳百川,麟阁多才贤[4]。献书入金阙,酌醴奉琼筵[5]。屡忝白云唱[6],恭闻《黄竹》篇[7]。恩光照拙薄,云汉希腾迁[8]。铭鼎倘云遂,扁舟方渺然[9]。我留在金门,君去卧丹壑。未果三山期[10],遥欣一丘乐[11]。玄珠寄罔象[12],赤水非寥廓[13]。愿狎东海鸥[14],共营西山药[15]。栖岩君寂灭[16],处世余龙蠖[17]。良辰不同赏,永日应闲居[18]。鸟吟檐间树,花落窗下书。缘溪见绿筱,隔岫窥红蕖。采薇行笑歌,眷我情何已[19]。月出石镜间,松鸣风琴里。得心自虚妙,外物空颓靡。身世如两忘[20],从君老烟水。

【注释】

〔1〕此诗作于李白供奉翰林之时。金门:即金马门,汉未央宫门名。武帝铸铜马立于门外,因名。

〔2〕朱火:即夏天。改木:古代不同的季节用不同的树木做钻火之材。

〔3〕永路:谓人生之长路。勖(xù):勉励。

〔4〕麟阁:麒麟阁的省称。麒麟阁为汉宫中阁名,是宫廷藏秘书、处贤才之所。唐人常借以指秘书省或翰林院。王琦注:"'巨海'二句,是正喻对写句法,言麟阁之广集才贤,犹巨海之受纳百川,甚言其多也。"

〔5〕金阙:宫阙。醴(lǐ):甜酒。琼筵:指皇帝宴群臣之席。

〔6〕白云唱:周穆王西游,与西王母宴于瑶池之上。西王母为穆王歌曰:"白云在天,丘陵自出。道里悠远,山川间之。将子无死,尚能复来。"见《穆天子传》卷三。

〔7〕黄竹篇:诗篇名。传说周穆王南游,"日中大寒,北风雨雪,有冻人,天子作诗三章以哀民"。其首句为"我徂黄竹",后世题为《黄竹诗》。见《穆天子传》卷五。

〔8〕拙薄:性拙才薄,诗人自谦之辞。云汉:天河。此指希求致身青云之上。

〔9〕铭鼎:《礼记·祭统》:"夫鼎有铭。铭者,自名也,自名以称扬其先祖之美,而明著之后世者也。"遂:成,如愿。扁舟:小船。范蠡佐越王勾践灭吴后"乘轻舟以浮于五湖,莫知其所终极"。见《国语·越语下》。

〔10〕三山:指传说中的东海三神山蓬莱、方丈、瀛洲。见《史记·封禅书》。

〔11〕一丘乐:隐居之乐,《汉书·叙传上》:"渔钓于一壑,则万物不奸其志;栖迟于一丘,则天下不易其乐。"

〔12〕"玄珠"句:《庄子·天地》:"黄帝游乎赤水之北,登乎昆仑之丘而南望,还归,遗其玄珠。使知索之而不得……乃使象罔,象罔得之。"

〔13〕寥廓:高远空阔。

〔14〕海鸥:《列子·黄帝》:"海上之人有好沤(鸥)鸟者,每旦之海上,从沤鸟游,沤鸟之至者百数而不止。其父曰:'吾闻沤鸟从汝游,汝取来,吾玩之。'明日之海上,沤鸟舞而不下也。"

〔15〕西山药:即仙药。曹丕《折杨柳行》谓西山之上有两仙童,"与我一丸药",服之即羽化登仙。

〔16〕寂灭:此指心无欲求、与世无争的境界。

〔17〕龙蠖(huò):指潜龙与尺蠖。《易·系辞下》:"尺蠖之屈,以求信(伸)也;龙蛇之蛰,以存身也。"

〔18〕永日:终日。

〔19〕"采薇"二句:意本《诗·召南·草虫》:"陟彼南山,言采其薇。

未见君子,我心伤悲。"

〔20〕身世:自身与人世。鲍照《咏史》:"君平独寂寞,身世两相弃。"

酬坊州王司马与阎正字对雪见赠[1]

游子东南来,自宛适京国[2]。飘然无心云,倏忽复西北。访戴昔未偶[3],寻嵇此相得[4]。愁颜发新欢,终宴叙前识。阎公汉庭旧,沉郁富才力。价重铜龙楼,声高重门侧[5]。宁期此相遇,华馆倍游息。积雪明远峰,寒城锁春色。主人苍生望[6],假我青云翼[7]。风水如见资[8],投竿佐皇极[9]。

【注释】

〔1〕诗作于开元十八年(730),时李白由邠(bīn)州来到坊(fāng)州。坊州:治所在今陕西黄陵东南。正字:唐宫司经局置正字二人,从九品上。王琦谓阎正字或即阎宽,天宝中为太子正字。参见《宝刻丛编》卷三、《金石录》卷七。

〔2〕宛:县名,即今河南南阳市。

〔3〕访戴:用王子猷雪夜访戴安道之典故。

〔4〕寻嵇:《晋书·嵇康传》:"东平吕安服康高致,每一相思,辄千里命驾。"

〔5〕铜龙楼:指东宫。《汉书·成帝纪》:"上尝急召,太子出龙楼门。"注:"门楼上有铜龙,若白鹤、飞廉之为名也。"重门:宫门。

〔6〕苍生望:百姓的期望。谢安隐居东山,朝命屡降而不起,时人语曰:"安石不肯出,将如苍生何?"见《世说新语·排调》。

〔7〕假:借。

〔8〕资:助。
〔9〕"投竿"句:用吕尚事,姜太公吕尚年老穷困,垂钓于渭水之滨。周文王出猎,遇之,与语,大悦,立为师。后佐武王兴周灭殷。事见《史记·齐太公世家》。皇极,指帝王或王室。

酬中都小吏携斗酒双鱼于逆旅见赠[1]

鲁酒若琥珀[2],汶鱼紫锦鳞。山东豪吏有俊气,手携此物赠远人。意气相倾两相顾,斗酒双鱼表情素[3]。双鳃呀呷鳍鬣张,跋剌银盘欲飞去[4]。呼儿拂机霜刃挥,红肌花落白雪霏[5]。为君下箸一餐饱[6],醉著金鞍上马归。

【注释】

〔1〕中都:唐县名。《新唐书·地理志》:"中都,上。本平陆,隶兖州,天宝元年更名。"在今山东汶上县。
〔2〕若琥珀:一作"琥珀色"。
〔3〕"斗酒"句:一本此下有"酒来我饮之,鲙作别离处"二句。
〔4〕呀呷:吞吐貌。跋剌:象声词,指鱼尾摆动之声。
〔5〕"红肌"句:王琦注:"张协《七命》:'命支离,飞霜锷。红肌绮散,素肤雪落。'太白意本于此,谓其红者如花,白者如雪也。"霏,雪貌。
〔6〕饱:一作"罢"。

酬张卿夜宿南陵见赠

月出鲁城东[1],明如天上雪。鲁女惊莎鸡,鸣机应秋节^[2]。当君相思夜,火落金风高^[3]。河汉挂户牖,欲济无轻舠^[4]。我昔辞林丘,云龙忽相见^[5]。客星动太微,朝去洛阳殿^[6]。尔来得茂彦^[7],七叶仕汉余^[8]。身为下邳客,家有圯桥书^[9]。傅说未梦时,终当起岩野^[10]。万古骑辰星^[11],光辉照天下。与君各未遇,长策委蒿莱。宝刀隐玉匣,绣涩空莓苔。遂令世上愚,轻我土与灰。一朝攀龙去,蛙黾安在哉^[12]?故山定有酒,与尔倾金罍。

【注释】

〔1〕鲁城:指兖州城。兖州天宝元年改为鲁郡。

〔2〕莎鸡:虫名,即"纺织娘"。王琦注:"惊,犹'趣织鸣,懒妇惊'之意。"鸣机:织机鸣,指纺织。

〔3〕火:星名,即二十八宿的心宿,至秋则西行而下落。金风:秋风。

〔4〕轻舠(dāo):小船。

〔5〕云龙:《易·乾》:"云从龙,风从虎。"喻君臣遇合。

〔6〕"客星"二句:用严光事,汉光武帝请严光出山,光拒之,帝与之共卧,夜中,光以足加帝腹上。明日,太史奏:"客星犯御坐甚急。"见《后汉书·严光传》。太微,星名,《晋书·天文志》:"太微,天子庭也,五帝之坐也。"此二句言己被放还山。

〔7〕尔来:自那时以来。茂彦:有才德的人。

〔8〕"七叶"句:汉金日䃅(mì dí)一门自汉武帝至平帝七代皆为贵官,十分显赫。见《汉书·金日䃅传》。七叶,七世。

〔9〕"身为"二句:用张良事。《史记·留侯世家》载,张良曾于邳(pī)圯(yí)上遇一老人,老人授以《太公兵法》。

〔10〕"傅说"二句:傅说操筑于傅岩(在今山西平陆县东),殷高宗得之,命为相,致殷中兴。见《书·说命》。

〔11〕骑辰星:《淮南子·览冥》:"此傅说之所以骑辰尾也。"高诱注:

"(傅说)为高宗成八十一符,致中兴也,死托精于辰尾星。"

〔12〕攀龙:依附帝王以建功立业。《易·乾》:"九五,飞龙在天。"蛙黾(miǎn):《楚辞·七谏》:"鸡鹜满堂坛兮,蛙黾游乎华池。"王逸注:"蛙黾(蛤蟆)喻谗谀弄口得志也。"

酬岑勋见寻就元丹丘对酒相待以诗见招[1]

黄鹤东南来,寄书写心曲。倚松开其缄,忆我肠断续。不以千里遥,命驾来相招[2]。中逢元丹丘,登岭宴碧霄。对酒忽思我,长啸临清飙[3]。蹇余未相知[4],茫茫绿云垂。俄然素书及,解此长渴饥。策马望山月,途穷造阶墀[5]。喜兹一会面,若睹琼树枝[6]。忆君我远来,我欢方速至。开颜酌美酒,乐极忽成醉。我情既不浅,君意方亦深。相知两相得,一顾轻千金[7]。且向山客笑,与君论素心[8]。

【注释】

〔1〕岑勋:詹锳《李白诗文系年》:"按勋盖李诗中岑征君也。"李白友人,因曾被朝廷征聘,故李白又称其为"岑征君"。

〔2〕命驾:命御者驾车,即刻动身之意。

〔3〕清飙:清风。

〔4〕蹇(jiǎn):发语词。

〔5〕阶墀(chí):台阶。

〔6〕琼树枝:形容风神之美。《世说新语·赏誉》载,王戎称美王衍"神姿高彻,如瑶林琼树,自然是风尘外物"。

555

〔7〕"一顾"句:《战国策·燕策二》:"人有卖骏马者,比三旦立市,人莫之知……伯乐乃还而视之,去而顾之,一旦而马价十倍。"

〔8〕素心:本心,平素之心。

答从弟幼成过西园见赠[1]

一身自潇洒,万物何嚣喧[2]。拙薄谢明时[3],栖闲归故园。二季过旧壑,四邻驰华轩[4]。衣剑照松宇,宾徒光石门。山童荐珍果,野老开芳樽。上陈樵渔事,下叙农圃言。昨来荷花满,今见兰苕繁[5]。一笑复一歌,不知夕景昏[6]。醉罢同所乐,此情难具陈。

【注释】

〔1〕诗约作于开元二十五年(737),时李白在安陆。

〔2〕嚣喧:喧哗,吵闹,指人事纷争。

〔3〕拙薄:性拙才薄,诗人自谦之辞。

〔4〕二季:指幼成、令问两位从弟。华轩:华美的车驾。

〔5〕兰苕(tiáo):春兰之花。郭璞《游仙诗》:"翡翠戏兰苕。"李善注:"兰苕,兰秀也。"

〔6〕夕景:夕阳。

酬王补阙惠翼庄庙宋丞泚赠别[1]

学道三十春,自言羲皇人[2]。轩盖宛若梦[3],云松长相亲。偶将二公合,复与三山邻[4]。喜结海上契,自为天外宾。鸾翮我先铩,龙性君莫驯[5]。朴散不尚古[6],时讹皆失真[7]。勿踏荒溪波[8],朅来浩然津[9]。薜带何辞楚[10],桃源堪避秦[11]。世迫且离别,心在期隐沦[12]。酬赠非炯诫[13],永言铭佩绅[14]。

【注释】

〔1〕王琦注:"诗题疑有舛错。按:睿宗子申王㧑,开元八年薨,谥惠庄太子。宋泚必以惠庄太子陵庙丞者也。翼则王补阙之名耳。'惠翼'当作'翼惠'为是。"

〔2〕羲皇人:陶渊明《与子俨等疏》:"常言五六月中,北窗下卧,遇凉风暂至,自谓是羲皇上人。"羲皇,传说中上古时代的伏羲氏。

〔3〕轩盖:指贵官所乘之车。

〔4〕三山:传说中的海上三座仙山。

〔5〕"鸾翮"二句:语本颜延年《五君咏》:"鸾翮有时铩,龙性谁能驯?"翮(hé),羽茎。铩(shā),伤残。

〔6〕朴散:王琦注:"谓淳朴之风散失也。"

〔7〕时讹:谓世风欺诈。

〔8〕荒溪波:喻指混乱的时政。

〔9〕朅(qiè)来:为何不来。张相《诗词曲语辞汇释》:"言何不来浩然津也。浩然津犹云宽闲之野,寂寞之滨。"

〔10〕薜带:屈原《楚辞·九歌·山鬼》:"若有人兮山之阿,被薜荔兮带女萝。"

〔11〕"桃源"句:用陶渊明《桃花源记》的典故。

〔12〕世迫:世事危急。隐沦:指隐居、隐士。

〔13〕炯(jiǒng)诫:即明戒。班固《幽通赋》:"既讯尔以吉象兮,又申之以炯戒。"

〔14〕铭佩绅：犹言铭佩，感念不忘之意。《论语·卫灵公》："子张书诸绅。"邢昺疏："子张以孔子之言书之绅带，意其佩服无忽忘也。"

酬裴侍御对雨感时见赠

雨色秋来寒，风严清江爽。孤高绣衣人[1]，萧洒青霞赏[2]。平生多感激，忠义非外奖[3]。祸连积怨生，事及徂川往[4]。楚邦有壮士，鄢郢翻扫荡。申包哭秦庭，泣血将安仰？鞭尸辱已及，堂上罗宿莽[5]。颇似今之人，蟊贼陷忠谠[6]。渺然一水隔，何由税归鞅[7]？日夕听猿愁，怀贤盈梦想。

【注释】

〔1〕绣衣人：谓御史，此指裴侍御。

〔2〕青霞：江淹《恨赋》："郁青霞之奇意。"李善注："青霞奇意，志言高也。"

〔3〕外奖：指外物的激励。

〔4〕徂川：逝去之水。

〔5〕"楚邦"六句：用伍子胥与申包胥事。《左传·定公四年》载，楚昭王。十年，吴军伐楚，入郢。昭王出奔，楚大夫申包胥求救于秦，哭于秦庭七日七夜，秦乃出兵救楚，击败吴军。《史记·伍子胥列传》："及吴兵入郢，伍子胥求昭王。既不得，乃掘楚平王墓，出其尸，鞭之三百然后已。"鄢(yān)，楚地，在今湖北宜城。宿莽，《离骚》王逸注："草冬生不死者，楚人名之曰宿莽。"

〔6〕蟊(máo)贼：害稼之虫，此喻奸恶之人。忠谠(dǎng)：忠直之士。

〔7〕"何由"句：语本谢朓《京路夜发》："无由税归鞅。"李周翰注："税,息。鞅,驾也。"

酬崔侍御[1]

严陵不从万乘游，归卧空山钓碧流。自是客星辞帝坐[2]，元非太白醉扬州[3]。

【注释】

〔1〕诗约作于天宝六载（747），时作者正在江南漫游。一本题后有"成甫"二字。

〔2〕"严陵"三句：用严光自比。《后汉书·严光传》载，严光少时与刘秀同游学，及刘秀即位为帝后，乃变名姓，隐身不见。又载，严光与光武帝共卧，光以足加帝腹上。明日，太史奏客星犯御坐甚急，帝笑曰："朕故人严子陵共卧耳。"

〔3〕"元非"句：崔成甫《赠李十二白》云："天外常求太白老，金陵捉得酒仙人。"本诗即答成甫此诗者。

玩月金陵城西孙楚酒楼达曙歌吹日晚乘醉著紫绮裘乌纱巾与酒客数人棹歌秦淮往石头访崔四侍御[1]

昨玩西城月，青天垂玉钩。朝沽金陵酒，歌吹孙楚楼。忽忆绣衣人[2]，乘船往石头。草裹乌纱巾，倒披紫绮裘。两岸拍手笑,疑是王子猷[3]。酒客十数公,崩腾醉中流。谑浪掉海客[4],喧呼傲阳侯[5]。半道逢吴姬,卷帘出揶揄[6]。我忆君到此,不知狂与羞。月下一见君,三杯便回桡[7]。舍舟共连袂,行上南渡桥。兴发歌《绿水》[8],秦客为之摇[9]。鸡鸣复相招,清宴逸云霄。赠我数百字,百字凌风飘。系之衣裘上,相忆每长谣[10]。

【注释】

〔1〕诗约作于天宝六载(747),时李白在金陵。乌纱巾:即乌纱帽,是唐人平时所戴的便帽。秦淮:秦淮河,长江下游支流,流经今江苏南京市。石头:石头城,故址在今江苏南京市清凉山。崔四侍御:即崔成甫。

〔2〕绣衣人:即崔成甫,时为监察御史。

〔3〕王子猷:晋人,为人旷放,有雪夜乘舟访戴的佳话。

〔4〕掉海客:指晋人谢安。据《晋书·谢安传》载:谢安曾与孙绰等人泛海远游,风起浪涌,诸人皆惧,唯谢安吟啸自若,众咸服其雅量。

〔5〕阳侯:波神。

〔6〕揶揄(yé yú):戏弄,侮弄。《东观汉记·王霸传》:"市人皆大笑,举手揶揄之。"

〔7〕月下:一作"一月"。桡(ráo):桨。

〔8〕绿水:乐曲名。

〔9〕摇:谓心动神摇。

〔10〕长谣:长歌。

江上答崔宣城[1]

太华三芙蓉,明星玉女峰[2]。寻仙下西岳,陶令忽相逢[3]。问我将何事,湍波历几重[4]?貂裘非季子[5],鹤氅似王恭[6]。谬忝燕台召,而陪郭隗踪[7]。水流知入海,云去或从龙。树绕芦洲月,山鸣鹊镇钟[8]。还期如可访,台岭荫长松[9]。

【注释】

〔1〕崔宣城:宣城县令崔钦,见李白《赵公西侯新亭颂》。

〔2〕太华:即西岳华山,在今陕西华阴市南,有芙蓉(莲花峰,上又有三峰)、明星、玉女三峰。

〔3〕陶令:陶渊明,曾为彭泽令。此喻指崔钦。

〔4〕湍(tuān)波:急流。

〔5〕季子:苏秦字季子。《战国策·赵策一》:"李兑送苏秦……黑貂之裘,黄金百镒,苏秦得以为用,西入于秦。"

〔6〕"鹤氅(chǎng)"句:《世说新语·企羡》:"孟昶未达时,家在京口。尝见王恭乘高舆,被鹤氅裘。于时微雪,昶于篱间窥之,叹曰:'此真神仙中人!'"

〔7〕燕台:即黄金台,故址在今河北易县东南。传说"燕昭王置千金于台上,以延天下之士",见《文选》鲍照《代放歌行》李善注引《上谷郡图经》。郭隗:燕昭王谋士。燕昭王采纳他的建议,筑台拜郭隗为师,于是"士争趋燕"。见《史记·燕召公世家》。二句指李白供奉翰林事。

〔8〕芦洲、鹊镇:皆地名,在今安徽南陵县附近。

〔9〕台岭:即天台山。孙绰《游天台山赋》:"苟台岭之可攀,亦何羡于层城?"又曰:"荫落落之长松。"

答族侄僧中孚赠玉泉仙人掌茶并序

余闻荆州玉泉寺近清溪诸山[1],山洞往往有乳窟,窟中多玉泉交流。其中有白蝙蝠,大如鸦。按《仙经》:蝙蝠一名仙鼠,千岁之后,体白如雪,栖则倒悬,盖饮乳水而长生也。其水边处处有茗草罗生[2],枝叶如碧玉。惟玉泉真公常采而饮之[3],年八十余岁,颜色如桃花。而此茗清香滑熟,异于他者,所以能还童振枯,扶人寿也[4]。余游金陵,见宗僧中孚,示余茶数十片,拳然重叠,其状如手,号为仙人掌茶。盖新出乎玉泉之山,旷古未觌[5],因持之见遗,兼赠诗,要余答之,遂有此作。后之高僧大隐知仙人掌茶发乎中孚禅子及青莲居士李白也。

常闻玉泉山,山洞多乳窟。仙鼠如白鸦,倒悬清溪月。茗生此中石,玉泉流不歇。根柯洒芳津,采服润肌骨。丛老卷绿叶,枝枝相接连。曝成仙人掌,似拍洪崖肩[6]。举世未见之,其名定谁传?宗英乃禅伯[7],投赠有佳篇。清镜烛无盐,顾惭西子妍[8]。朝坐有余兴,长吟播诸天[9]。

【注释】

〔1〕玉泉寺:在今湖北当阳市西玉泉山下,隋大业间建。《方舆胜览》卷二九:"玉泉寺,在当阳县西南二十里玉泉山。"清溪诸山:在当阳县西北。

〔2〕茗:茶。

〔3〕玉泉真公:王琦注:"吕温《南岳弥陀寺承远和尚碑》:'开元二十三年,至荆州玉泉寺谒兰若真和尚。'即玉泉真公也。"

〔4〕扶人寿:使人长寿。

〔5〕觌(dí):见。

〔6〕洪崖:仙人名。
〔7〕宗英:同宗之英杰,指中孚。
〔8〕无盐:古丑女名。西子:西施。二句自比无盐,而以西施誉中孚。
〔9〕诸天:佛教谓欲界有十天,色界有十八天,无色界有四天,合有三十二天,总称诸天。见《法苑珠林》卷二《诸天部》。

酬裴侍御留岫师弹琴见寄[1]

君同鲍明远,邀彼休上人[2]。鼓琴乱《白雪》[3],秋变江上春。瑶草绿未衰,攀翻寄情亲[4]。相思两不见,流泪空盈巾。

【注释】

〔1〕岫(xiù)师:僧人名。
〔2〕鲍明远:鲍照字明远。休上人:即僧人惠休。鲍照与休上人尝以诗相赠答。
〔3〕白雪:琴曲名,传说为师旷所作。
〔4〕攀翻:攀折。

张相公出镇荆州寻除太子詹事余时流夜郎行至江夏与张公相去千里公因太府丞王昔使车寄罗衣二事及五月五日赠余诗余答以此诗[1]

张衡殊不乐,应有《四愁诗》[2]。惭君锦绣段,赠我慰相思[3]。鸿鹄复矫翼,凤凰忆故池[4]。荣乐一如此,商山老紫芝[5]。

【注释】

〔1〕此诗作于乾元元年(758)。张相公:张镐。《旧唐书·张镐传》:"肃宗以镐不切事机,遂罢相位,授荆州大都督府长史……寻征为太子宾客,改左散骑常侍。"此云"詹事",当为传闻之误。太府丞:太府寺属官。使车:使者乘坐的车。

〔2〕"张衡"二句:东汉顺帝时,朝政昏暗。张衡出为河间相,"郁郁不得志,为《四愁诗》"。诗见《文选》卷二九。

〔3〕"惭君"二句:语本《四愁诗》:"美人赠我锦绣段。"

〔4〕故池:指凤凰池,即中书省。张镐出镇荆州前官中书侍郎、同中书门下平章事,故曰"忆故池"。

〔5〕"商山"句:传说秦末商山四皓退隐蓝田山时作《紫芝曲》,其中有"晔晔紫芝,可以疗饥"之句。

醉后答丁十八以诗
讥予搥碎黄鹤楼[1]

黄鹤高楼已搥碎,黄鹤仙人无所依[2]。黄鹤上天诉玉帝,却放黄鹤江南归。神明太守再雕饰,新图粉壁还芳菲。一州笑我为狂客,少年往往来相讥。君平帘下谁家子[3],云是辽东丁令威[4]。作诗调我惊逸兴,白云绕笔窗前飞。待取明朝酒醒罢,与君烂漫寻春晖。

【注释】
〔1〕搥碎黄鹤楼:李白《江夏赠韦南陵冰》云:"我且为君搥碎黄鹤楼,君亦为吾倒却鹦鹉洲。"
〔2〕黄鹤仙人:指仙人子安,传说他曾乘黄鹤过此,遂以名楼。见《南齐书·州郡志》。
〔3〕"君平"句:严君平为西汉蜀郡人,卖卜于成都,日得百钱,足以自养,即闭肆下帘授《老子》。事见《汉书·王吉传序》。
〔4〕丁令威:《搜神后记》卷一载,辽东人丁令威学道成仙,后化鹤归辽,时人不识,举弓射之。丁令威歌曰:"有鸟有鸟丁令威,去家千年今始归,城郭如故人民非……"此借指丁十八。

答裴侍御先行至石头驿以书见招期
月满泛洞庭[1]

君至石头驿,寄书黄鹤楼。开缄识远意,速此南行舟。

风水无定准,湍波或滞留。忆昨新月生,西檐若琼钩。今来何所似,破镜悬清秋[2]。恨不三五明[3],平湖泛澄流。此欢竟莫遂,狂杀王子猷[4]。巴陵定近远[5],持赠解人忧。

【注释】

〔1〕石头驿:郁贤皓引《求阙斋读书录》:"石头驿在嘉鱼之上,白螺矶之下,去岳州百五十里。"

〔2〕破镜:未圆之月。

〔3〕三五:农历每月十五日。《古诗十九首》其十七:"三五明月满。"

〔4〕狂:一作"枉"。

〔5〕巴陵:郡名,治所在今湖南岳阳。

答高山人兼呈权顾二侯

虹霓掩天光,哲后起康济[1]。应运生夔龙[2],开元扫氛翳。太微廓金镜,端拱清遐裔[3]。轻尘集嵩岳,虚点盛明意[4]。谬挥紫泥诏,献纳青云际[5]。谗惑英主心,恩疏佞臣计。彷徨庭阙下,叹息光阴逝[6]。未作仲宣诗,先流贾生涕[7]。挂帆秋江上,不为云罗制。山海向东倾,百川无尽势。我于鸱夷子[8],相去千余岁。运阔英达稀,同风遥执袂。登舻望远水,忽见沧浪枻[9]。高士何处来,虚舟渺安系[10]?衣貌本淳古,文章多佳丽。延引故乡人,风义未沦替。顾侯达语默[11],权子识通蔽[12]。曾是无心云,俱为此留滞。双萍易飘转,独鹤思凌厉[13]。明晨去潇湘,共谒苍梧帝[14]。

【注释】

〔1〕虹霓:杨齐贤注:"虹霓指太平公主辈,晢后指玄宗。"康济:安民济众。

〔2〕夔龙:舜之二臣。此指辅佐晢后的贤臣。

〔3〕太微:指太子之庭。金镜:喻明道。端拱:端坐拱手,旧时指帝王无为而治。遐裔:远方。以上六句写玄宗即位和开元之治。

〔4〕"轻尘"句:语本《隋书》:"涓流赴海,诚心屡竭;轻尘集岳,功力盖微。"点:通"玷"。

〔5〕挥:指起草。紫泥诏:即诏书,皇帝诏书封袋用紫泥封口,泥上盖印,故称紫泥诏或紫泥书。青云际:指朝廷。

〔6〕以上八句写诗人待诏翰林及被谗事。

〔7〕仲宣:王粲字仲宣,有《七哀诗》曰:"复弃中国去,委身适荆蛮……南登霸陵岸,回首望长安。"贾生涕:西汉贾谊上疏文帝,称当时天下事势,"可为痛哭者一,可为流涕者二,可为长太息者六"。事见《汉书·贾谊传》。

〔8〕鸱夷子:即鸱夷子皮,范蠡的别号,见《史记·货殖列传》。

〔9〕枻(yì):楫。"沧浪枻"用《楚辞·渔父》事。

〔10〕虚舟:《庄子·列御寇》:"巧者劳而知者忧,无能者无所求,饱食而敖游,泛若不系之舟,虚而敖游者也。"

〔11〕语默:《易·系辞》:"君子之道,或出或处,或默或语。"

〔12〕权子:疑指权昭夷。见李白《金陵与诸贤送权十一序》。通蔽:犹通塞。《易·节》:"象曰:不出户庭,知通塞也。"

〔13〕双萍:喻权、顾二人。独鹤:喻高山人。凌厉:疾飞。

〔14〕苍梧帝:指虞舜,《史记·五帝本纪》:"(舜)践帝位三十九年,南巡狩,崩于苍梧之野。葬于江南九疑,是为零陵。"

567

答杜秀才五松山见赠[1]

昔献《长杨赋》[2],天开云雨欢。当时待诏承明里[3],皆道扬雄才可观。敕赐飞龙二天马[4],黄金络头白玉鞍。浮云蔽日去不返,总为秋风摧紫兰。角巾东出商山道,采秀行歌咏芝草[5]。路逢园绮笑向人[6],两君解来一何好!闻道金陵龙虎盘[7],还同谢朓望长安[8]。千峰夹水向秋浦,五松名山当夏寒。铜井炎炉歊九天[9],赫如铸鼎荆山前[10]。陶公矍铄呵赤电[11],回禄睢盱扬紫烟[12]。此中岂是久留处,便欲烧丹从列仙。爱听松风且高卧,飕飕吹尽炎氛过。登崖独立望九州,《阳春》欲奏谁相和[13]?闻君往年游锦城,章仇尚书倒屣迎[14]。飞笺络绎奏明主,天书降问回恩荣。肮脏不能就珪组[15],至今空扬高蹈名。夫子工文绝世奇,五松新作天下推。吾非谢尚邀彦伯[16],异代风流各一时。一时相逢乐在今,袖拂白云开素琴,弹为《三峡流泉》音[17]。从兹一别武陵去,去后桃花春水深[18]。

【注释】

〔1〕题下旧注:"五松山,南陵铜坑西五六里。"五松山:在今安徽铜陵市南。

〔2〕长杨赋:汉成帝幸长杨宫,令胡客大校猎,扬雄献《长杨赋》。见

《汉书·扬雄传》。

〔3〕待诏：犹言候命。承明：承明庐，汉承明殿旁屋，侍臣值宿所居处。

〔4〕飞龙：王琦注："唐制，学士初入院，例赐飞龙厩马一匹。天马，御厩之马也。"

〔5〕"角巾"二句：商山四皓退隐蓝田山时曾作《紫芝曲》。秀，即芝草。

〔6〕园绮：指东园公与绮里季。此以四皓中的二人代指四皓。

〔7〕龙虎盘：形容金陵地势雄壮险要。

〔8〕望长安：谢朓《晚登三山还望京邑》："灞涘望长安，河阳视京县。"诗以谢朓望长安比喻自己还望金陵。

〔9〕铜井：山名，出铜，在今安徽铜陵市。炎炉：指炼铜的火炉。歊（xiāo）：热气上冲貌。

〔10〕铸鼎：《史记·封禅书》说黄帝铸鼎于荆山下，有龙垂胡髯迎黄帝上天，因名其处为鼎湖。

〔11〕陶公：即陶安公，传说是古代的一位铸冶师。《列仙传》卷下说他"数行火。火一旦散，上行，紫色冲天，安公伏冶下求哀。须臾，朱雀止冶上，曰：'安公安公！冶与天通。七月七日，迎汝以赤龙。'至期，赤龙到，大雨，而安公骑之东南上一城邑"。矍铄（jué shuò）：老而勇健貌。

〔12〕回禄：火神。睢盱（suī xū）：张目仰视貌。

〔13〕阳春：古雅曲名。

〔14〕锦城：指成都。章仇尚书：即章仇兼琼。《通鉴·唐纪》天宝五载："以剑南节度使章仇兼琼为户部尚书。"倒屣：倒穿了鞋子，形容热情迎客。《三国志·魏书·王粲传》："（蔡邕）闻粲在门，倒屣迎之。"

〔15〕肮脏（kǎng zǎng）：豪迈耿直貌。珪组：官员所佩之玉及绶带，此指官位。

〔16〕"吾非"句：《晋书·文苑传》载，袁宏字彦伯，有逸才，少孤贫，以运租为生。时谢尚镇守牛渚，秋夜泛舟江上，听到袁宏在运租船上吟诵其《咏史诗》，大加赞赏，即邀他过舟谈论，直到天亮，从此袁宏声誉日隆。

569

〔17〕三峡流泉:琴曲名,相传为晋阮咸所作。
〔18〕"从兹"二句:用陶渊明《桃花源记》典。

至陵阳山登天柱石酬韩侍御见招隐黄山〔1〕

韩众骑白鹿〔2〕,西往华山中。玉女千余人,相随在云空。见我传秘诀,精诚与天通。何意到陵阳,游目送飞鸿〔3〕。天子昔避狄〔4〕,与君亦乘骢〔5〕。拥兵五陵下,长策驭胡戎〔6〕。时泰解绣衣〔7〕,脱身若飞蓬。鸾凤翻羽翼〔8〕,啄粟坐樊笼。海鹤一笑之,思归向辽东〔9〕。黄山过石柱,巘崿上攒丛〔10〕。因巢翠玉树〔11〕,忽见浮丘公〔12〕。又引王子乔〔13〕,吹笙舞松风。朗咏《紫霞篇》〔14〕,请开蕊珠宫〔15〕。步纲绕碧落〔16〕,倚树招青童〔17〕。何日可携手,遗形入无穷〔18〕。

【注释】

〔1〕陵阳山:在今安徽泾县西南。天柱石:陵阳山之一峰。韩侍御:即韩云卿,详下注。

〔2〕韩众:古仙人。

〔3〕"游目"句:语本嵇康《赠秀才入军诗》:"目送归鸿,手挥五弦。"

〔4〕避狄:指安禄山陷长安,玄宗奔蜀。

〔5〕乘骢(cōng):东汉桓典为侍御史,执法严正,不避权贵。常乘骢马,京师畏惮,为之语曰:"行行且止,避骢马御史。"见《后汉书·桓典传》。

〔6〕"拥兵"二句:王琦注:"太白《武昌宰韩君碑》云:'云卿文章冠

世,拜监察御史,朝廷呼为子房。'李翱《韩夫人韦氏墓志铭》:'礼部郎中云卿,好立节义,有大功于昭陵。'……韩侍御之为云卿,殆无疑矣。"五陵,指唐高祖(献陵)、太宗(昭陵)、高宗(乾陵)、中宗(定陵)、睿宗(桥陵)五位皇帝的陵墓。驭,一作"遏"。胡戎,指安史叛军。

〔7〕绣衣:指侍御史。

〔8〕羽:一作"翕"。翕翼:敛翅。

〔9〕"海鹤"二句:用丁令威事,传说辽东人丁令威学道成仙后化鹤归还。见《搜神后记》卷一。

〔10〕巘崿(yǎn è):峰峦。

〔11〕巢:筑巢而居。翠玉树:树的美称。

〔12〕浮丘公:仙人名,接王子乔上嵩高山。

〔13〕王子乔:仙人名,好吹笙,作凤凰鸣。

〔14〕紫霞篇:即指《黄庭内景经》。

〔15〕蕊珠宫:道教传说天上有蕊珠宫。见《云笈七签》卷一一引《黄庭内景经》。

〔16〕步纲:安旗等注:"步纲,即步罡。道士朝拜星宿,遣神召灵,行走进退步位,转折略如北斗星象位置。亦际禹步。"碧落:道家所谓东方第一天,有碧霞遍布,故称。见《度人经》。

〔17〕青童:仙童。亦指道观里的道童。

〔18〕入无穷:《庄子·在宥》载,黄帝问道于广成子,广成子曰:"余将去女,入无穷之门,以游无极之野。吾与日月参光,吾与天地为常……人其尽死,而我独存乎!"

酬崔十五见招

尔有鸟迹书[1],相招琴溪饮[2]。手迹尺素中[3],如天落云锦。读罢向空笑,疑君在我前。长吟字不灭,怀袖且三年[4]。

【注释】

〔1〕鸟迹书:传说仓颉见鸟兽足迹而受到启发,乃创造文字。见许慎《说文解字·自叙》。

〔2〕琴溪:在安徽泾县东北二里,相传为琴高控鲤之所。

〔3〕尺素:指书信。

〔4〕"长吟"二句:语本《古诗十九首》其十七:"置书怀袖中,三岁字不灭。"

答王十二寒夜独酌有怀[1]

昨夜吴中雪,子猷佳兴发[2]。万里浮云卷碧山,青天中道流孤月。孤月沧浪河汉清[3],北斗错落长庚明[4]。怀余对酒夜霜白,玉床金井冰峥嵘[5]。人生飘忽百年内,且须酣畅万古情[6]。君不能狸膏金距学斗鸡[7],坐令鼻息吹虹霓[8]。君不能学哥舒,横行青海夜带刀,西屠石堡取紫袍[9]。吟诗作赋北窗里,万言不直一杯水。世人闻此皆掉头,有如东风射马耳[10]。鱼目亦笑我,请与明月同[11]。骅骝拳跼不能食,蹇驴得志鸣春风[12]。《折杨》《皇华》合流俗[13],晋君听琴枉《清角》[14]。巴人谁肯和《阳春》[15],楚地犹来贱奇璞[16]。黄金散尽交不成,白首为儒身被轻。一谈一笑失颜色,苍蝇贝锦喧谤声[17]。曾参岂是杀人者,谗言三及慈母惊[18]。与君论心握君手,荣辱于余亦何有[19]!孔圣犹闻伤凤麟[20],董龙更是何鸡狗[21]?一生傲岸苦不谐,恩疏媒劳志多乖[22]。严陵高揖汉天子[23],何必长剑拄颐事玉阶[24]。达亦不足贵,穷亦不足悲。韩信羞将绛灌比[25],祢衡耻逐屠沽儿[26]。君不见,李北海,英风豪气今何在[27]!君不见,裴尚书,土坟三尺蒿棘居[28]!少年早欲五湖去[29],见此弥将钟鼎疏[30]。

【注释】

〔1〕诗约作于天宝八载(749)冬,时作者在金陵。

〔2〕"昨夜"二句:用王子猷雪夜访戴的典故。此以王子猷喻王十二。

〔3〕沧浪:犹沧凉,寒凉的意思。河汉:银河。

〔4〕北斗:星座名,有星七颗,成斗形。错落:参互纷杂。长庚:星名,即太白星,黄昏时出现在西方天空。

〔5〕床:指井旁的栏杆。峥嵘:形容冰结得很厚。

〔6〕酣畅:饮酒尽兴。

〔7〕狸膏:狸能捕鸡,斗鸡时涂狸油于鸡头,使对方的鸡闻狸气而恐惧。金距:斗鸡时把金属芒刺装在鸡足上,以刺伤对方的鸡。

〔8〕坐令:遂使。鼻息吹虹霓:形容因斗鸡而获宠的人气焰嚣张的情状。

〔9〕哥舒:指哥舒翰。青海:湖名,在今青海省。夜带刀:《太平广记》卷四九五载西鄙人歌曰:"北斗七星高,哥舒夜带刀。"紫袍:唐制,三品以上服紫袍。哥舒翰于天宝八载六月攻下石堡城,获吐蕃兵数百,丧唐兵数万,朝廷为其加官进爵。事见两《唐书》中之《玄宗本纪》。

〔10〕掉头:不屑一顾之意。射:犹吹。马耳不畏风吹,比喻把别人的话当耳旁风。

〔11〕"鱼目"二句:鱼目混珠之意。明月,宝珠名。请:一作"谓"。

〔12〕骅骝(huá liú):良马。拳跼(jú):屈曲不伸貌。蹇(jiǎn):跛足。

〔13〕折杨、皇华:古代的两支通俗歌曲,为一般人所喜欢。《庄子·天地》:"大声不入于里耳,《折杨》《皇华》,则嗑然而笑。"

〔14〕清角:相传是黄帝所作的乐曲,只有有德之君才能听,德薄之君听了会遭难。春秋时晋平公强迫师旷为他演奏此曲,结果"晋国大旱,赤地三年,平公之身遂癃病"。事见《韩非子·十过》。

〔15〕"巴人"句:谓曲高和寡,叹世无知音者。巴人,俗曲名,此指鄙俗野夫。阳春,古代一种雅曲。

〔16〕"楚地"句:相传春秋时楚人卞和得玉,先后献给楚厉王、楚武王,皆被认为是行骗,直到楚文王才确认卞和所献是一块美玉。璞(pú),内藏美玉的石头。

〔17〕苍蝇:指进谗的小人。贝锦:有锦文的贝壳,这里指谗人的巧言。

〔18〕"曾参"二句:《战国策·秦策二》:"昔者曾子处费,费人有与曾子同名族者而杀人,人告曾子母曰:'曾参杀人。'曾子之母曰:'吾子不杀人。'织自若。有顷焉,人又曰:'曾参杀人。'其母尚织自若也。顷之,一人又告之曰:'曾参杀人。'其母惧,投杼逾墙而走。"后多以此事说明流言可畏。

〔19〕亦何有:又算得了什么。

〔20〕孔圣:孔丘。孔丘因自己的愿望不能实现,曾慨叹"凤鸟不至",又因鲁人猎获麒麟而叹息"吾道穷矣"。见《论语·子罕》及《史记·孔子世家》。

〔21〕董龙:《晋书·王堕载记》载:前秦苻生时,董荣(小名"龙")以佞幸进,官右仆射。宰相王堕性刚峻,十分鄙视董龙,略不与言。有人劝王堕"公宜降意",王堕说:"董龙是何鸡狗,而令国士与之言乎!"

〔22〕傲岸:高傲。不谐:与人合不来。媒劳:指引荐的人徒劳无功。乖:违背。

〔23〕"严陵"句:严陵即东汉隐士严光,字子陵,他少年时与汉光武帝

同学,后光武即位,与他相见,子陵长揖不拜,不行君臣之礼。

〔24〕长剑挂颐(yí):佩带的剑很长,上端几乎顶到面颊。事玉阶:在宫廷中侍奉皇帝。

〔25〕"韩信"句:韩信辅佐刘邦夺取天下,先被封为齐王,后降为淮阴侯,"信由此日夜怨望,居常鞅鞅,羞与绛、灌等列"。见《史记·淮阴侯列传》。绛,指绛侯周勃。灌,指颍阴侯灌婴。二人功绩远不及韩信,而同居侯位,故韩信羞与等列。

〔26〕祢衡:东汉末年人,性刚傲,好侮慢权贵。有一次他到许昌,别人劝他与陈群、司马朗交游,祢衡说:"吾焉能从屠沽儿耶?"屠沽儿:宰猪卖酒的人。

〔27〕李北海:北海太守李邕,性豪放,有文名。天宝六载(747),因李林甫陷害,被杖杀。

〔28〕裴尚书:裴敦复,官至刑部尚书,为李林甫所忌,贬淄川太守,与李邕同时被杖杀。蒿棘:泛指杂草。棘,一作"下"。

〔29〕五湖去:用范蠡功成身退、泛舟五湖的典故。

〔30〕钟鼎:比喻从政为官。

卷十九

游南阳白水登石激作[1]

朝涉白水源,暂与人俗疏。岛屿佳境色,江天涵清虚。目送去海云,心闲游川鱼。长歌尽落日,乘月归田庐。

【注释】

〔1〕南阳:唐县名,属邓州,在今河南南阳。白水:即古淯水,今河南白河,流经南阳城东。石激:石砌的水堰。在南阳城东淯水上,为一城之胜。

游南阳清泠泉[1]

惜彼落日暮,爱此寒泉清。西辉逐流水[2],荡漾游子情。空歌望云月,曲尽长松声。

【注释】

〔1〕清泠泉:王琦注引《一统志》:"丰山,在南阳府东北三十里,下有

泉,曰清泠泉。"

〔2〕西辉:落日余辉。

寻鲁城北范居士失道落苍耳中见范置酒摘苍耳作[1]

雁度秋色远,日静无云时。客心不自得,浩漫将何之[2]?忽忆范野人,闲园养幽姿[3]。茫然起逸兴,但恐行来迟。城壕失往路,马首迷荒陂[4]。不惜翠云裘[5],遂为苍耳欺。入门且一笑,把臂君为谁[6]?酒客爱秋蔬,山盘荐霜梨[7]。他筵不下箸,此席忘朝饥[8]。酸枣垂北郭,寒瓜蔓东篱[9]。还倾四五酌,自咏《猛虎词》[10]。近作十日欢,远为千载期[11]。风流自簸荡,谑浪偏相宜[12]。酣来上马去,却笑高阳池[13]。

【注释】

〔1〕诗作于天宝四载(745),时作者在兖州。失道:迷路。苍耳:植物名,又名卷耳,其嫩苗可食,亦可供药用。

〔2〕客:诗人自谓。浩漫:大水浩荡貌,形容愁思的宽广。

〔3〕野人:隐居于乡野的人。幽姿:幽雅之态。

〔4〕城壕:犹城池。陂(bēi):山坡。

〔5〕翠云裘:有青云图纹的皮衣。

〔6〕把臂:握住对方的手臂,亲热的表示。

〔7〕酒客:指自己。荐:进献。

〔8〕朝饥:指未吃早餐的饥饿。

〔9〕寒瓜:泛指秋瓜。

〔10〕猛虎词:即《猛虎行》,古乐府相和歌曲调名,内容多述贫士不因环境艰险而改变其坚贞的节操。

〔11〕十日欢:战国时秦昭王在给平原君的信中说:"寡人愿与君为十日之饮。"见《史记·范雎蔡泽列传》。千载期:指友情永久不变。

〔12〕簸荡:摇荡。谑浪:戏谑放浪。

〔13〕高阳池:西汉初年郦食其自称高阳酒徒,后山简镇襄阳时,常在习家鱼池边饮酒,并说:"此乃我高阳池也。"

东鲁门泛舟二首[1]

日落沙明天倒开,波摇石动水萦回[2]。轻舟泛月寻溪转[3],疑是山阴雪后来[4]。

【注释】

〔1〕诗作于开元二十八年(740)前后,时作者在兖州。东鲁门:兖州城的东门。

〔2〕天倒开:指天空倒映于水中。石动:指山石倒影在水波中晃动。

〔3〕泛月:月光照射水面,船像泛月而行。

〔4〕"疑是"句:用王子猷雪夜访戴的故事。

水作青龙盘石堤[1],桃花夹岸鲁门西。若教月下乘舟去,何啻风流到剡溪[2]。

【注释】

〔1〕盘:盘绕。

〔2〕何啻(chì):何止。剡(shàn)溪:在浙江嵊(shèng)州市南。

秋猎孟诸夜归置酒单父东楼观妓[1]

倾晖速短炬[2],走海无停川。冀餐圆丘草,欲以还颓年[3]。此事不可得,微生若浮烟。骏发跨名驹[4],雕弓控鸣弦。鹰豪鲁草白,狐兔多肥鲜。邀遮相驰逐,遂出城东田[5]。一扫四野空,喧呼鞍马前。归来献所获,炮炙宜霜天[6]。出舞两美人,飘飘若云仙。留欢不知疲,清晓方来旋。

【注释】

〔1〕孟诸:古泽薮名,在今河南商丘东北、虞城西北。单父:唐县名,在今山东单县。

〔2〕倾晖:西斜之日。

〔3〕圆丘草:郭璞《游仙诗》:"圆丘有奇草。"李善注:"《外国图》曰:'圆丘有不死树,食之乃寿。'"还颓年:返老还童。

〔4〕骏:疾。

〔5〕邀遮:拦截(野兽)。田:通"畋",猎也。

〔6〕炮(páo)炙:王琦注:"《韵会》:钱氏曰:凡肉置火中曰炮,近火曰炙。"

游泰山六首 天宝元年四月,从故御道上泰山[1]

其 一

四月上太山,石平御道开。六龙过万壑[1],洞谷随萦回。马迹绕碧峰,于今满青苔。飞流洒绝巘[2],水急松声哀。北眺崿嶂奇,倾崖向东摧[3]。洞门闭石扇[4],地底兴云雷。登高望蓬瀛,想象金银台[5]。天门一长啸[6],万里清风来。玉女四五人,飘飖下九垓[7]。含笑引素手,遗我流霞杯[8]。稽首再拜之,自愧非仙才。旷然小宇宙,弃世何悠哉!

【注释】

〔1〕诗作于天宝元年(742)四月。御道:指开元十三年,玄宗东封泰山所走过的道路。六龙:谓天子车驾。古御驾用六马,故云。

〔2〕巘(tǎn)绝:最高的山顶。

〔3〕崿(è)嶂:峰峦。摧:斜。

〔4〕石扇:石门。

〔5〕蓬瀛:代指海上仙山。金银台:传说仙人居处有金银台。

〔6〕天门:指南天门,在泰山十八盘尽头,再上即绝顶。

〔7〕玉女:仙女。九垓(gāi):九天。

〔8〕流霞杯:饮用仙酒的酒杯。流霞,仙酒,每饮一杯,数月不饥。见《论衡·道虚》。

其　二

清晓骑白鹿[1],直上天门山。山际逢羽人,方瞳好容颜[2]。扪萝欲就语,却掩青云关[3]。遗我鸟迹书[4],飘然落岩间。其字乃上古,读之了不闲[5]。感此三叹息,从师方未还。

【注释】

〔1〕白鹿:仙人所乘。

〔2〕羽人:飞仙。方瞳:《抱朴子·祛惑》:"《仙经》云:仙人目瞳皆方。"

〔3〕掩关:闭门。

〔4〕鸟迹书:传说仓颉见鸟兽足迹而受启发,创造了文字。此指道家典籍。

〔5〕闲:熟习。

其　三

平明登日观[1],举手开云关[2]。精神四飞扬,如出天地间。黄河从西来,窈窕入远山[3]。凭崖览八极[4],目尽长空闲。偶然值青童[5],绿发双云鬟。笑我晚学仙,蹉跎凋朱颜。踌躇忽不见,浩荡难追攀[6]。

【注释】

〔1〕日观:泰山东南峰顶,于此可以观日出。

〔2〕云关:谓云气拥蔽如门。

〔3〕窈窕:幽深。

〔4〕八极:八方极远之地。

〔5〕青童:仙童。

〔6〕浩荡:旷远貌。

其 四

清斋三千日[1],裂素写道经[2]。吟诵有所得,众神卫我形。云行信长风[3],飒若羽翼生。攀崖上日观,伏槛窥东溟。海色动远山[4],天鸡已先鸣[5]。银台出倒景[6],白浪翻长鲸。安得不死药,高飞向蓬瀛?

【注释】

〔1〕千:一作"十"。

〔2〕素:谓绢之精白者。

〔3〕信:听凭。

〔4〕海色:指海上晓色。

〔5〕天鸡:王琦注《述异记》:"东南有桃都山,上有大树名曰桃都,枝相去三千里,上有天鸡。日初出照此木,天鸡则鸣,天下之鸡皆随之鸣。"

〔6〕银台:指仙人所居之处。倒景:即倒影。景同"影"。

其 五

日观东北倾,两崖夹双石。海水落眼前,天光遥空碧[1]。千峰争攒聚[2],万壑绝凌历[3]。缅彼鹤上仙^[4],去无云中迹。长松入霄汉,远望不盈尺。山花异人间,五月雪中白^[5]。终当遇安期^[6],于此炼玉液^[7]。

【注释】

〔1〕天光:天色。遥:一作"摇"。

〔2〕攒聚:指山峦重叠。

〔3〕凌历:度越。

〔4〕缅:思貌。

〔5〕五月雪:王琦注:"《岁华纪丽》:泰山冬夏有雪。"

〔6〕安期:即安期生,传说中的仙人,居东海仙山。事见《史记·封禅书》及《列仙传》卷上。

〔7〕玉液:仙药名。江淹《杂体诗》:"道人读丹经,方士炼玉液。"

其 六

朝饮王母池^[1],暝投天门关^[2]。独抱绿绮琴^[3],夜行青山间。山明月露白,夜静松风歇。仙人游碧峰,处处笙歌发^[4]。寂静娱清辉^[5],玉真连翠微^[6]。想象鸾凤舞,飘飖龙虎衣。扪天摘匏瓜^[7],恍惚不忆归。举手弄清浅,误攀织女机^[8]。明晨坐相失^[9],但见五云飞^[10]。

【注释】

〔1〕王母池:一名瑶池,在泰山东南麓。

〔2〕暝:日暮。投:投宿。天门关:王琦注引《山东通志》:"上泰山,屈曲盘道百余,经南天门、东西三天门至绝顶,高四十余里。"

〔3〕绿绮琴:司马相如有良琴名绿绮,见傅玄《琴赋序》。后泛指

良琴。

〔4〕笙歌:吹笙伴歌。

〔5〕清辉:指月光。

〔6〕玉真:道观名。翠微:青苍的山色。

〔7〕扪天:用手抚摸青天。匏(páo)瓜:星名。

〔8〕清浅:《古诗十九首》:"河汉清且浅。"此处指银河。织女机:指织女星。

〔9〕坐:忽然、渺然之意。

〔10〕五云:五色云,象征喜庆祥瑞。

秋夜与刘砀山泛宴喜亭池[1]

明宰试舟楫[2],张灯宴华池。文招梁苑客[3],歌动郢中儿[4]。月色望不尽,空天交相宜。令人欲泛海,只待长风吹。

【注释】

〔1〕砀(dàng)山:唐县名,在今安徽砀山县。宴喜亭池:王琦注:"《江南通志》:宴喜台在徐州砀城县东五十步,台上有石刻三大字,相传唐李白笔。"

〔2〕明宰:指砀山令刘某。

〔3〕梁苑客:詹锳云:"梁苑客盖指李白、杜甫与高适等也。"(《李白诗文系年》)梁苑,故址在今河南商丘东南。汉梁孝王好宾客,筑梁苑,延司马相如、枚乘等辞赋家居园中。

〔4〕"歌动"句:宋玉《对楚王问》:"客有歌于郢中者,其始曰《下里》《巴人》,国中属而和者数千人……其为《阳春》《白雪》,国中属而和者不过数十人……是其曲弥高,其和弥寡。"

携妓登梁王栖霞山孟氏桃园中[1]

碧草已满地,柳与梅争春。谢公自有东山妓[2],金屏笑坐如花人。今日非昨日,明日还复来。白发对绿酒,强歌心已摧[3]。君不见梁王池上月[4],昔照梁王樽酒中。梁王已去明月在,黄鹂愁醉啼春风。分明感激眼前事[5],莫惜醉卧桃园东。

【注释】

〔1〕栖霞山:在今山东单县东四里,世传梁孝王尝游此。
〔2〕"谢公"句:谢安隐居东山时,畜妓,携以游玩。见《世说新语·识鉴》。
〔3〕强:勉强。
〔4〕梁王:指西汉梁孝王刘武,曾建梁苑,中有雁池。
〔5〕分明:犹言应须。

与从侄杭州刺史良游天竺寺[1]

挂席凌蓬丘[2],观涛憩樟楼[3]。三山动逸兴[4],五马同遨游[5]。天竺森在眼,松风飒惊秋。览云测变化,弄水穷清幽。叠嶂隔遥海,当轩写归流。诗成傲云月,佳趣满吴洲。

【注释】

〔1〕天竺寺:在浙江杭州天竺山上,分上、中、下三寺,唐之天竺寺即下天竺寺。

〔2〕蓬丘:即海中仙山蓬莱。

〔3〕樟楼:王琦注:"《浙江通志》:樟亭,在钱塘县(今杭州)旧治南五里,后改为浙江亭。今浙江驿,其故址也。"

〔4〕三山:指传说中的东海三神山蓬莱、方丈、瀛洲。见《史记·封禅书》。

〔5〕五马:汉代太守出行时乘坐五马之车,故以"五马"为太守的代称。此指杭州刺史李良。

同友人舟行[1]

楚臣伤江枫[2],谢客拾海月[3]。怀沙去潇湘[4],挂席泛溟渤。蹇予访前迹[5],独往造穷发[6]。古人不可攀,去若浮云没。愿言弄倒景[7],从此炼真骨。华顶窥绝冥[8],蓬壶望超忽[9]。不知青春度,但怪绿芳歇。空持钓鳌心[10],从此谢魏阙[11]。

【注释】

〔1〕诗题:一本下多"游台越作"四字。台越:台州(治所在今浙江临海)、越州(今绍兴)。

〔2〕楚臣:指屈原。江枫:《楚辞·招魂》:"湛湛江水兮上有枫,目极千里兮伤春心。"

〔3〕谢客:谢灵运,小字客儿。海月:海贝。谢灵运《游赤石进帆海》:"扬帆采石华,挂席拾海月。"

〔4〕怀沙:《史记·屈原贾生列传》:"(屈原)乃作《怀沙》之赋,其辞曰……于是怀石遂自沉汨罗以死。"

〔5〕塞:发语辞。

〔6〕造:往,到。穷发:极荒远之地。见《庄子·逍遥游》。

〔7〕倒景:道家称天上极高处为"倒景",由此处向下看日月,其影皆倒,故称。

〔8〕华顶:《方舆胜览》卷八:"华顶峰在天台县东北六十里,盖天台第八重最高处。高一万丈,绝顶东望沧海,俗号望海尖,草木薰郁。"

〔9〕蓬壶:即蓬莱。

〔10〕钓鳌:《列子·汤问》:"龙伯之国有大人,举足不盈数步而暨五山之所,一钓而连六鳌……至伏羲、神农时,其国人犹数十丈。"

〔11〕魏阙:《庄子·让王》:"中山公子牟谓瞻子曰:'身在江海之上,心居乎魏阙之下,奈何?'"

下终南山过斛斯山人宿置酒[1]

暮从碧山下,山月随人归。却顾所来径[2],苍苍横翠微[3]。相携及田家[4],童稚开荆扉。绿竹入幽径,青萝拂行衣[5]。欢言得所憩,美酒聊共挥[6]。长歌吟《松风》[7],曲尽河星稀。我醉君复乐,陶然共忘机[8]。

【注释】

〔1〕诗作于天宝二年(743),时作者在长安。终南山:在陕西西安市南,为秦岭山峰之一。广义亦指秦岭。

〔2〕却顾:回头看。

〔3〕翠微:青翠掩映的山峦深处。

〔4〕及:到达。田家:指斛斯山人家。
〔5〕青萝:即女萝,地衣类植物。
〔6〕挥:此处为尽情饮酒之意。
〔7〕松风:乐府琴曲有《风入松》。
〔8〕陶然:欢乐的样子。忘机:心地淡泊,与世无争。

朝下过卢郎中叙旧游[1]

君登金华省,我入银台门[2]。幸遇圣明主,俱承云雨恩。复此休浣时[3],闲为畴昔言[4]。却话山海事,宛然林壑存。明湖思晓月,叠嶂忆清猿。何由返初服[5],田野醉芳樽。

【注释】

〔1〕卢郎中:卢幼临,天宝初为刑部郎中。参见《全唐诗人名考证》。
〔2〕金华省:汉未央宫有金华殿,秘府图书藏于此。梁刘孝绰为秘书省著作郎时,作《归沐呈任中丞昉诗》云:"步出金华省,还望承明庐。"金华省盖指秘书省。此处疑指省华(尚书省),郎中为唐尚书省属官。银台门:唐翰林院在大明宫右银台门内。此指待诏翰林。
〔3〕休浣:唐时定制,官吏十天一次休息沐浴,每月分为上浣、中浣、下浣。
〔4〕畴昔:往日,往昔。
〔5〕初服:谓退职。《离骚》:"进不入以离尤兮,退将复修吾初服。"

侍从游宿温泉宫作[1]

羽林十二将[2],罗列应星文[3]。霜仗悬秋月[4],霓旌卷夜云[5]。严更千户肃[6],清乐九天闻[7]。日出瞻佳气[8],葱葱绕圣君[9]。

【注释】

〔1〕温泉宫:开元十一年建,天宝六载改名华清宫,故址在今陕西骊山。此诗作于天宝二年(743),说见詹锳《李白诗文系年》。

〔2〕羽林:禁军名。

〔3〕应星文:《晋书·天文志》:"羽林四十五星,在营室南,一曰天军,主军骑,又主翼王也。"

〔4〕霜仗:威严肃穆的仪仗。

〔5〕霓旌:缀以五彩羽毛的旌旗,望如虹霓,故称。

〔6〕严更:警夜行的更鼓。

〔7〕清乐:唐代九部乐之一。

〔8〕佳气:祥瑞之气。

〔9〕葱葱:形容佳气之旺盛。

邯郸南亭观妓[1]

歌鼓燕赵儿[2],魏姝弄鸣丝[3]。粉色艳日彩,舞袖拂花枝。把酒领美人,请歌邯郸词。清筝何缭绕,度曲绿云垂[4]。平原君安在[5],科斗生古池。座客三千人[6],于今知有谁?我辈不作乐,但为后代悲[7]。

【注释】

〔1〕邯郸:唐县名,在今河北邯郸市。

〔2〕鼓:一作"妓"。

〔3〕姝(shū):美女。弄鸣丝:指弹筝。

〔4〕度曲:唱曲。绿云垂:王琦注:"即响遏行云之意。"

〔5〕平原君:赵武灵王之子,"喜宾客,宾客盖至者数千人"。

〔6〕三千人:据《史记·平原君虞卿列传》载,平原君养敢死之士三千人。

〔7〕"我辈"二句:《古诗十九首》其十五:"为乐当及时,何能待来兹?愚者爱惜费,但为后世嗤。"

春日游罗敷潭[1]

行歌入谷口,路尽无人跻[2]。攀崖度绝壑,弄水寻回溪。云从石上起,客到花间迷。淹留未尽兴[3],日落群峰西。

【注释】

〔1〕诗约作于开元二十一年(733),时作者离长安东去途经华州(即今陕西华州区)。罗敷潭:王琦注:"王阮亭曰:罗敷谷水在华州。"

〔2〕跻(jī):攀登。

〔3〕淹留:久留。

春陪商州裴使君游石娥溪时欲东游遂有此赠[1]

裴公有仙标,拔俗数千丈[2]。澹荡沧洲云,飘飖紫霞想[3]。剖竹商洛间[4],政成心已闲。萧条出世表,冥寂闭玄关[5]。我来属芳节,解榻时相悦[6]。褰帷对云峰[7],扬袂指松雪。暂出东城边,遂游西岩前。横天耸翠壁,喷壑鸣红泉[8]。寻幽殊未歇,爱此春光发。溪傍饶名花,石上有好月。命驾归去来[9],露华生翠苔。淹留惜将晚,复听清猿哀。清猿断人肠,游子思故乡。明发首东路[10],此欢焉可忘。

【注释】

〔1〕商州:唐州名,治所在今陕西商洛市商州区。裴使君:疑即裴延庆,见《唐刺史考》。石娥溪:在商州西十里仙娥峰西岩下,又称仙娥溪、丹水。

〔2〕仙标:仙风道骨。亦指超凡脱俗的资质。拔俗:超越流俗。

〔3〕紫霞想:指向往学道。

〔4〕剖竹:即分符,指为州郡长官。商洛:商山、洛水,在商州境内。

〔5〕玄关:居室的外门。

〔6〕解榻:用陈蕃事,据《后汉书·徐穉传》载,陈蕃为豫章太守,"在郡不接宾客,唯穉来,特设一榻,去则悬之"。

〔7〕褰(qiān)帷:撩起帷幔。汉代贾琮为冀州刺史,升车言曰:"刺史当远视广听,纠察美恶,何有反垂帷裳以自掩塞乎?"乃命褰帷,贪官污吏闻风而逃。见《后汉书·贾琮传》。

〔8〕红泉:即指丹水。

〔9〕命驾:命御者驾车。

〔10〕首:首途,即启程上路之意。

陪从祖济南太守泛鹊山湖三首[1]

初谓鹊山近,宁知湖水遥?此行殊访戴[2],自可缓归桡。

【注释】

〔1〕济南:即齐州,天宝五载改为济南郡,治所在今山东济南市。鹊山湖:在今济南市北二十里,湖北岸有鹊山。

〔2〕访戴:用王子猷雪夜访戴的典故。

湖阔数十里,湖光摇碧山。湖西正有月,独送李膺还[1]。

【注释】

〔1〕"独送"句:用李膺与郭泰同舟而济事。据载,郭泰游洛阳,与河南尹李膺友善,"后归乡里,衣冠诸儒送至河上,车数千两。林宗唯与李膺同舟而济,众宾望之,以为神仙焉"。见《后汉书·郭泰传》。

水入北湖去,舟从南浦回。遥看鹊山转,却似送人来。

春日陪杨江宁及诸官宴北湖感古作[1]

昔闻颜光禄,攀龙宴京湖[2]。楼船入天镜[3],帐殿开云衢[4]。君王歌《大风》,如乐丰沛都[5]。延年献佳作[6],邈与诗人俱[7]。我来不及此,独立钟山孤[8]。杨宰穆清风[9],芳声腾海隅[10]。英僚满四座,粲若琼林敷[11]。鹢首弄倒景[12],蛾眉缀明珠[13]。新弦采梨园[14],古舞娇吴歈[15]。曲度绕云汉[16],听者皆欢娱。鸡栖何嘈嘈[17],沿月沸笙竽。古之帝宫苑,今乃人樵苏[18]。感此劝一觞,愿君覆瓢壶[19]。荣盛当作乐[20],无令后贤吁。

【注释】

〔1〕江宁:唐县名,肃宗上元二年更名上元,在今南京市。杨江宁:江宁令杨利物。北湖:即今南京玄武湖。

〔2〕颜光禄:南朝颜延之,字延年,曾为光禄大夫及金紫光禄大夫。攀龙:依附帝王。京:一作"重",一作"明"。

〔3〕天镜:指平静的湖面。

〔4〕帐殿:天子行幸在外,设帐以为殿。云衢(qú):大道。

〔5〕"君王"二句:汉高祖刘邦称帝后归故乡沛县,召故人父老欢宴,帝自击筑,作歌曰:"大风起兮云飞扬,威加海内兮归故乡,安得猛士兮守四方!"见《史记·高祖本纪》。

〔6〕献佳作:王琦注:"按颜延年有《应诏观北湖田收》诗,所谓献佳作者,未知是此诗否?"

〔7〕邈:远。诗人:指《诗经》的作者。

〔8〕钟山:即紫金山,在今南京市东。

〔9〕穆清风:《诗·大雅·烝民》:"吉甫作诵,穆如清风。"

〔10〕芳声:美名。

〔11〕敷:排列。

〔12〕鹢(yì)首:古时在船头上画鹢鸟,故称船首为"鹢首"。亦指船。

〔13〕蛾眉:指美女。

〔14〕采:一作"来"。梨园:唐玄宗时训练宫廷歌舞艺人的地方。玄宗曾选坐部伎子三百人和宫女数百人于梨园学歌舞,有时亲加教授,称为"皇帝梨园弟子"。见《新唐书·礼乐志十二》。

〔15〕吴歈(yú):吴地歌曲。

〔16〕曲度:曲之音节旋律。

〔17〕嘈嘈:喧闹之极。鸡栖:谓日暮之时。语本《诗·王风·君子于役》:"鸡栖于埘,日之夕矣,羊牛下来。"

〔18〕帝宫苑:江宁为东吴、东晋、宋、齐、梁、陈之都。樵苏:打柴割草。

〔19〕覆瓢壶:王琦注:"覆瓢壶,犹倾尊倒瓮之意。"

〔20〕荣盛:一作"盛时"。

宴郑参卿山池[1]

尔恐碧草晚,我畏朱颜移。愁看杨花飞,置酒正相宜。歌声送落日,舞影回清池[2]。今夕不尽杯,留欢更邀谁?

【注释】

〔1〕参卿:王琦注:"杜甫诗:'参卿休坐幄,荡子不还家。'耿㵎《送郭参军》诗:'人传府公政,记室有参卿。'皆谓参军也。疑唐时有此称谓。"

〔2〕回:旋转。

游谢氏山亭[1]

沦老卧江海,再欢天地清[2]。病闲久寂寞,岁物徒芬荣。借君西池游,聊以散我情。扫雪松下去,扪萝石道行。谢公池塘上,春草飒已生[3]。花枝拂人来,山鸟向我鸣。田家有美酒,落日与之倾。醉罢弄归月,遥欣稚子迎。

【注释】

〔1〕诗约作于上元二年(761)早春,时作者寓居金陵而往游当涂青山。谢氏山亭:在当涂青山。陆游《入蜀记》卷三:"(青山)山南小市有谢玄晖故宅基……环宅皆流泉、奇石、青林、文筱,真佳处也。遂由宅后登山,路极险巇。凡三四里……至一庵……庵前有小池,曰谢公池,水味甘冷,虽盛夏不竭。绝顶又有小亭,亦名谢公亭。"

〔2〕天地清:天下太平。

〔3〕"谢公"二句:谢灵运梦见惠连,遂有"池塘生春草"之句,谓有神助。见钟嵘《诗品》引《谢氏家录》。

把酒问月 故人贾淳令予问之

青天有月来几时,我今停杯一问之。人攀明月不可得,月行却与人相随。皎如飞镜临丹阙[1],绿烟灭尽清辉发[2]。但见宵从海上来,宁知晓向云间没?白兔捣药秋复春[3],嫦娥孤栖与谁邻[4]?今人不见古时月,今月曾经照古人。古人今人若流水,共看明月皆如此。唯愿当歌对酒时[5],月光长照金樽里。

【注释】

〔1〕丹阙:红色的宫门。指宫禁。

〔2〕绿烟:指暮霭。

〔3〕白兔捣药:乐府古辞《董逃行》:"教敕凡吏受言,采取神药若木端,白兔长跪捣药蝦蟆丸。奉上陛下一玉柈,服此药可得神仙。"

〔4〕嫦娥:神话中的月中女神,相传为后羿之妻,羿求不死之药于西王母,嫦娥窃之以奔月。见《淮南子·览冥》。

〔5〕当歌对酒:曹操《短歌行》:"对酒当歌,人生几何。"

同族侄评事黯游昌禅师山池二首[1]

远公爱康乐[2],为我开禅关[3]。萧然松石下,何异清凉山[4]?花将色不染[5],水与心俱闲。一坐度小劫[6],观空天地间[7]。

【注释】

〔1〕评事:官名,属大理寺,从八品下,掌出使审理刑狱。见《唐六典》卷一八。

〔2〕"远公"句:王琦注引《莲社高贤传》:"谢灵运为康乐公玄(之)孙,袭封康乐公。至庐山,一见远公(慧远),肃然心服,乃即寺筑台,翻《涅槃经》,凿池种白莲。"

〔3〕禅关:悟禅之门。

〔4〕清凉山:今山西五台山的别称,为文殊菩萨的道场。"以岁积坚冰,夏仍飞雪,曾无炎暑,故曰清凉"。见《华严经疏》。

〔5〕将:与。色:佛教指一切能变坏、有滞碍之事物。不染:谓心不为外物所垢染。

〔6〕小劫:《释迦氏谱》:"劫是何名?此云时也。若依西梵名曰'劫波',此土译之名大时也,一大时其年无数。"一般分为大劫、中劫、小劫。一小劫其年即无数。此泛指极长时间。

〔7〕观空:佛教宣扬诸法皆空(一切事物和现象皆虚幻不实),观空谓观察领悟诸法皆空之理。

客来花雨际[1],秋水落金池[2]。片石寒青锦,疏杨挂绿丝。高僧拂玉柄[3],童子献双梨。惜去爱佳景,烟萝欲暝时。

【注释】

〔1〕花雨:《法华经·分别功德品》载:佛祖说法时,"于虚空中雨曼陀罗华、摩诃曼陀罗华,以散无量百千万亿宝树下师子座上诸佛"。

〔2〕金池:《弥陀经》:"极乐国土有七宝池……池底纯以金沙布地。"此用以称美昌禅师山池。

〔3〕玉柄:谓麈尾。

金陵凤凰台置酒[1]

置酒延落景[2],金陵凤凰台。长波写万古,心与云俱开。借问往昔时,凤凰为谁来?凤凰去已久,正当今日回。明君越羲轩[3],天老坐三台[4]。豪士无所用,弹弦醉金罍。东风吹山花,安可不尽杯?六帝没幽草[5],深宫冥绿苔,置酒勿复道,歌钟但相催[6]。

【注释】

〔1〕凤凰台:在今南京市南保宁寺。相传南朝刘宋元嘉年间,有三只五色大鸟翔集山上,时人认为是凤凰,筑台于山上,称山为凤台山,台为凤凰台。

〔2〕延:邀。落景:落日余晖。

〔3〕越:超越。羲轩:伏羲和轩辕,与神农合称三皇。

〔4〕天老:相传为黄帝之臣,见《竹书纪年》卷上、《列子·黄帝》。后用作宰相重臣的代称。三台:计上台、中台、下台三星。古人认为它象征人世的三公。见《晋书·天文志》。

〔5〕六帝:指六朝帝王。

〔6〕歌钟:《国语》韦昭注:"歌钟,歌时通奏。"

秋浦清溪雪夜对酒客有唱鹧鸪者[1]

披君貂襜褕[2],对君白玉壶。雪花酒上灭,顿觉夜寒无。客有桂阳至[3],能吟《山鹧鸪》。清风动窗竹,越鸟起相呼[4]。持此足为乐,何烦笙与竽。

【注释】

〔1〕秋浦:唐县名,在今安徽池州市。以秋浦水得名。清溪:在今安徽池州市。鹧鸪:一作"山鹧鸪",乐府《羽调曲》名。

〔2〕君:一作"我"。襜褕(chān yú):短衣,非正朝之服。《史记·魏

其武安侯列传》:"元朔三年,武安侯坐衣襜褕入宫,不敬。"

〔3〕桂阳:郡名,治所在今湖南郴州市。

〔4〕越鸟:指鹧鸪,因其主要生活在南方,故谓之"越鸟"。

与周刚清溪玉镜潭宴别
潭在秋浦桃胡陂下,予新名此潭[1]

康乐上官去,永嘉游石门[2]。江亭有孤屿[3],千载迹犹存。我来游秋浦,三入桃陂源。千峰照积雪,万壑尽啼猿。兴与谢公合,文因周子论。扫崖去落叶,席月开清樽[4]。溪当大楼南[5],溪水正南奔。回作玉镜潭,澄明洗心魂。此中得佳境,可以绝嚣喧。清夜方归来,酣歌出平原。别后经此地,为予谢兰荪[6]。

【注释】

〔1〕玉镜潭:王琦注:"周必大《泛舟游山录》:清溪水正碧色,下浅滩数里,至玉镜潭,水自南来,触岸西折,弯环可喜,潭深裁二三丈。"桃胡陂:一本作"桃树陂"。

〔2〕康乐:谢灵运,曾为永嘉太守。上官:赴任。永嘉:郡名,治所在今浙江温州。石门:山名,在今浙江温州城北。

〔3〕亭:一作"中"。孤屿:在温州城北四里永嘉江中。谢灵运有《登石门最高顶》与《登江中孤屿》诗。

〔4〕席:一作"带"。

〔5〕大楼:山名。《江南通志》谓其在池州府城南六十里。

〔6〕兰荪:香草,此喻周刚。

游秋浦白笴陂二首[1]

何处夜行好,月明白笴陂。山光摇积雪,猿影挂寒枝。但恐佳景晚,小令归棹移。人来有清兴,及此有相思。

【注释】

〔1〕诗约作于天宝十三载(754)冬,时作者在宣州秋浦一带漫游。白笴(gě)陂:王琦注:"《江南通志》:白笴堰,在池州府城西南二十五里。"

白笴夜长啸,爽然溪谷寒。鱼龙动陂水,处处生波澜。天借一明月,飞来碧云端。故乡不可见,肠断正西看。

宴陶家亭子

曲巷幽人宅,高门大士家[1]。池开照胆镜[2],林吐破颜花[3]。绿水藏春日,青轩秘晚霞[4]。若闻弦管妙,金谷不能夸[5]。

【注释】

〔1〕大士:豪士。

〔2〕照胆镜:秦咸阳宫有方镜,能照见人五脏,知病之所在。宫女若有邪心,照镜则胆张心动,秦始皇杀之。见《西京杂记》卷三。

〔3〕破颜:《五灯会元》卷一:"世尊在灵山会上拈花示众,是时众皆默然,唯迦叶尊者破颜微笑。"

〔4〕青轩:指亭子。秘:藏。

〔5〕金谷:在河南洛阳市西北。晋太康中,石崇在此建庄园,极豪奢。

在水军宴韦司马楼船观妓[1]

摇曳帆在空,清流顺归风[2]。诗因鼓吹发[3],酒为剑歌雄。对舞青楼妓,双鬟白玉童。行云且莫去,留醉楚王宫[4]。

【注释】

〔1〕水军:指永王李璘的水师。此诗当是至德元载(756)冬末入永王璘幕府后所作。韦司马:韦子春。说见《全唐诗人名考证》。李白有《赠韦秘书子春》诗。

〔2〕流:一作"川"。

〔3〕鼓吹:即鼓吹乐。《艺文类聚》卷六八引《俗说》曰:"桓玄作诗,思不来,辄作鼓吹,既而思得,云:'鸣鹄响长皋。'叹曰:'鼓吹固自来人思。'"

〔4〕"行云"二句:化用楚王梦神女事,见宋玉《高唐赋》。

流夜郎至江夏陪长史叔及薛明府宴兴德寺南阁[1]

绀殿横江上[2],青山落镜中。岸回沙不尽,日映水成空。天乐流香阁,莲舟飏晚风。恭陪竹林宴[3],留醉与陶公[4]。

【注释】

[1]江夏:唐鄂州,天宝元年改为江夏郡,治所在今湖北武汉市武昌。此诗作于乾元元年(758)流放夜郎途经江夏时。

[2]绀(gàn)殿:指寺院。徐陵《孝义寺碑》:"绀殿安坐,莲花养神。"绀,青红色。

[3]竹林宴:《晋书·阮咸传》:"咸任达不拘,与叔父籍为竹林之游。"

[4]陶公:指陶渊明。此喻薛明府。

泛沔州城南郎官湖并序[1]

乾元岁秋八月,白迁于夜郎,遇故人尚书郎张谓出使夏口[2],沔州牧杜公、汉阳宰王公觞于江城之南湖[3],乐天下之再平也。方夜,水月如练,清光可掇。张公殊有胜概[4],四望超然,乃顾白曰:"此湖古来贤豪游者非一,而枉践佳景,寂寥无闻。夫子可为我标之嘉名,以传不朽。"白因举酒酹水[5],号之曰"郎官湖",亦犹郑圃之有"仆射陂"也[6]。席上文士辅翼、岑静以为知言,乃命赋诗纪事,刻石湖侧,将与大别山共相磨灭焉[7]。

张公多逸兴,共泛沔城隅。当时秋月好,不减武昌都[8]。四坐醉清光,为欢古来无。郎官爱此水,因号郎官湖。风流若未减,名与此山俱[9]。

【注释】

〔1〕作于乾元元年(758)。沔州:州治汉阳,即今湖北武汉市汉阳。郎官湖:原在汉阳城内,已涸。

〔2〕张谓:字正言,怀州河内(今河南沁阳)人。

〔3〕牧:指州刺史。宰:县令。

〔4〕胜概:美好的境界。

〔5〕酹(lèi):洒酒于地表示祭奠或立誓。

〔6〕郑圃:指李氏陂。《元和郡县图志》卷八郑州管城县:"李氏陂,县东四里。后魏孝文帝以此陂赐仆射李冲,故俗呼为仆射陂,周回十八里。"

〔7〕大别山:又称鲁山,在唐沔州汉阳县东北。

〔8〕武昌都:《世说新语·容止》载,庾太尉亮在武昌,秋夜气佳景清,佐吏殷浩等登南楼咏诗,兴致正高,忽闻庾亮至,众人欲起避之。庾亮说:"诸君少住,老子于此处兴复不浅。"因据胡床,"与诸人咏谑,竟坐,甚得任乐"。孙权尝建都于武昌,故称"武昌都"。

〔9〕此山:指大别山。

陪侍郎叔游洞庭醉后三首[1]

今日竹林宴[2],我家贤侍郎。三杯容小阮[3],醉后发清狂[4]。

【注释】

〔1〕这组诗作于乾元二年(759)秋,时作者在岳阳。侍郎叔:即刑部侍郎李晔,李白的族叔。

〔2〕竹林宴:西晋阮籍、嵇康、山涛、刘伶、阮咸、向秀、王戎,七人常集于竹林之下,肆意酣畅,世谓竹林七贤。见《世说新语·任诞》。此以竹林宴喻李晔与诗人的游宴。

〔3〕小阮:阮咸,竹林七贤之一,是阮籍的侄子。《晋书·阮咸传》:"咸任达不拘,与叔父籍为竹林之游。"此以阮籍比李晔,自比阮咸。

〔4〕清狂:纵情诗酒,无拘无束。

船上齐桡乐[1],湖心泛月归。白鸥闲不去,争拂酒筵飞。

【注释】

〔1〕桡(ráo):船桨。

划却君山好[1],平铺湘水流。巴陵无限酒[2],醉杀洞庭秋。

【注释】

〔1〕划(chǎn)却:铲平。君山:山名,在湖南岳阳西洞庭湖中。

〔2〕"巴陵"二句:郁贤皓《李白选集》:"谓欲使湖水都变成巴陵的酒,就可在秋天的洞庭边醉倒了。"巴陵,唐县名,今湖南岳阳。

夜泛洞庭寻裴侍御清酌

日晚湘水绿[1],孤舟无端倪[2]。明湖涨秋月,独泛巴陵西。遇憩裴逸人,岩居陵丹梯[3]。抱琴出深竹,为我弹《鹍鸡》[4]。曲尽酒亦倾,北窗醉如泥。人生且行乐,何必组与珪[5]?

【注释】
〔1〕湘水:洞庭湖主要由湘江注成,此处即以湘水指洞庭湖。
〔2〕端倪:边际。谢灵运《游赤石进帆海》诗:"溟涨无端倪,虚舟有超越。"
〔3〕丹梯:《文选》谢朓《敬亭山》李善注:"丹梯,谓山也。"吕延济注:"丹梯,谓山高峰入云霞处也。"
〔4〕鹍(kūn)鸡:古琴曲名。
〔5〕组:用丝织成的宽带子,古代用作系官印或佩玉的绶。珪:古代诸侯所执之玉版。组珪,代指官爵。

陪族叔刑部侍郎晔及中书贾舍人至游洞庭五首[1]

其一

洞庭西望楚江分[2],水尽南天不见云。日落长沙秋色远,不知何处吊湘君[3]。

【注释】
〔1〕这组诗作于乾元二年(759)秋,时作者在岳阳。贾舍人至:贾至

乾元二年秋为岳州司马。

〔2〕楚江分：长江由西而来，至今湖北石首市分两道入洞庭湖，故云"楚江分"。

〔3〕湘君：湘水之神。《列女传·母仪》载：尧的两个女儿娥皇、女英，死于江湘之间，俗谓之湘君。

其　二

南湖秋水夜无烟，耐可乘流直上天[1]。且就洞庭赊月色[2]，将船买酒白云边。

【注释】

〔1〕耐可：犹怎能、安得。

〔2〕就：一作"问"。

其　三

洛阳才子谪湘川[1]，元礼同舟月下仙[2]。记得长安还欲笑，不知何处是西天[3]。

【注释】

〔1〕洛阳才子：指贾谊，贾谊是洛阳人，贾至也是洛阳人，故以贾谊为比。湘川：即湘江。

〔2〕元礼：东汉河南尹李膺，字元礼。郭泰还乡时，到河边送行的人很多，郭泰独自与李膺同船而行，送行的人都很羡慕，以为神仙。此以李膺喻李晔。

〔3〕"记得"二句：桓谭《新论》："人闻长安乐，则出门西向而笑。"此

处化用其意,表示对长安的怀念。西天,指长安。

其　四

洞庭湖西秋月辉,潇湘江北早鸿飞[1]。醉客满船歌《白苎》[2],不知霜露入秋衣。

【注释】

〔1〕潇湘:潇水和湘水在湖南零陵合流,故称潇湘。

〔2〕白苎(zhù):即《白纻歌》,为六朝时吴地之舞曲。

其　五

帝子潇湘去不还[1],空余秋草洞庭间。淡扫明湖开玉镜[2],丹青画出是君山。

【注释】

〔1〕帝子:指娥皇、女英,为尧之二女。《楚辞·九歌·湘夫人》:"帝子降兮北渚。"

〔2〕玉镜:形容湖面清澄如镜。

楚江黄龙矶南宴杨执戟治楼[1]

五月分五洲[2],碧山对青楼。故人杨执戟,春赏楚江流。一见醉漂月[3],三杯歌棹讴[4]。桂枝攀不尽[5],他日更相求。

【注释】

〔1〕楚江:指长江。执戟:唐诸卫、太子十率府官属有执戟,诸卫正九品下,十率府从九品下。

〔2〕分:一作"入"。五洲:王琦注:"《水经注》:'江中有五洲相接,故以五洲为名。宋孝武帝举兵江中,建牙洲上,有紫云荫之,即是洲也。'胡三省《通鉴注》:'五洲当在今黄州、江州之间。'"

〔3〕醉:一作"波"。

〔4〕歌:一作"纵"。棹讴:鼓棹而歌。

〔5〕"桂枝"句:喻指功名谋求不尽。

铜官山醉后绝句[1]

我爱铜官乐,千年未拟还。要须回舞袖,拂尽五松山[2]。

【注释】

〔1〕铜官山:在今安徽铜陵市南。

〔2〕五松山:在铜陵市南。

与南陵常赞府游五松山 山在南陵铜井西五里,有古精舍[1]

安石泛溟渤,独啸长风还。逸韵动海上,高情出人间[2]。灵异可并迹,澹然与世闲。我来五松下,置酒穷跻攀[3]。征古绝遗老,因名五松山[4]。五松何清幽,胜境美沃洲[5]。萧飒鸣洞壑,终年风雨秋。响入百泉去,听如三峡流[6]。剪竹扫天花[7],且从傲吏游。龙堂若可憩[8],吾欲归精修。

【注释】

〔1〕南陵:唐县名,在今安徽南陵。赞府:县丞佐职之别称。

〔2〕"安石"四句:《晋书·谢安传》载,谢安曾与孙绰等人泛海远游,风起浪涌,诸人皆惧,唯谢安吟啸自若,众咸服其雅量。

〔3〕跻(jī):攀登。

〔4〕"征古"二句:王琦引胡震亨注:"观此诗,是五松非山本名,乃太白所名,亦如名九华也。"绝遗老,谓遗老皆已亡。

〔5〕沃洲:山名,在今浙江新昌县南。

〔6〕"萧飒"四句:王琦注:"萧飒、风雨、百泉、三峡,皆状五松涛声之美。"

〔7〕天花:《法华经》卷三:"时诸梵天王雨众天华……香风时来,吹去萎华,更雨新者。"

〔8〕龙堂:王琦注:"《江南通志》:'龙堂精舍,在南陵县五松山,李白与南陵常赞府游此有诗。'"

宣 城 清 溪[1]

清溪胜桐庐[2],水木有佳色。山貌日高古,石容天倾侧。彩鸟昔未名,白猿初相识。不见同怀人[3],对之空叹息。

【注释】

〔1〕诗题:一作"入清溪山"。宣城清溪:王琦注:"清溪,在池州秋浦县北五里,而此云宣城清溪者,盖代宗永泰元年始析宣州之秋浦、青阳及饶州之至德为池州,其前固隶宣城郡耳。"

〔2〕桐庐:此指桐庐水,即桐溪,在今浙江省桐庐东北。

〔3〕同怀:同志,同心。

与谢良辅游泾川陵岩寺[1]

乘君素舸泛泾西,宛似云门对若溪[2]。且从康乐寻山水[3],何必东游入会稽?

【注释】

〔1〕泾川:即泾溪,在安徽泾县西南。陵岩寺:即凌岩寺,在泾县西水西山上。

〔2〕云门:寺名,在浙江绍兴市南云门山。若溪:若耶溪。

〔3〕康乐:谢灵运,袭封康乐公。寻山水:《宋书·谢灵运传》:"出为永嘉太守。郡有名山水,灵运素所爱好。出守既不得志,遂肆意游邀,遍历诸县,动逾旬朔。民间听讼,不复关怀。所至辄为诗咏,以致其意焉。"

游水西简郑明府[1]

天宫水西寺,云锦照东郭[2]。清湍鸣回溪,绿竹绕飞阁[3]。凉风日潇洒,幽客时憩泊。五月思貂裘,谓言秋霜落。石萝引古蔓,岸笋开新箨[4]。吟玩空复情,相思尔佳作。郑公诗人秀,逸韵宏寥廓。何当一来游,惬我雪山诺[5]?

【注释】

〔1〕水西:即天宫水西寺。王琦注:"按《江南通志》有水西寺、水西首寺、天宫水西寺,皆在泾县西五里之水西山中。"

〔2〕云锦:指寺旁清泉。

〔3〕飞阁:凌空耸立的高阁。

〔4〕箨(tuò):从草木上脱落下来的皮或叶。这是指笋皮。

〔5〕雪山诺:王琦注:"《广弘明集》:案《文殊师利般涅槃经》云:佛灭度后四百五十年,文殊至雪山中,为五百仙人宣说十二部经讫,还归本土,入于涅槃。"雪山,即葱岭,秦汉以葱岭多雪,故号雪山。此借雪山以咏佛寺。

九日登山[1]

渊明归去来,不与世相逐[2]。为无杯中物,遂偶本州牧[3]。因招白衣人,笑酌黄花菊[4]。我来不得意,虚过重阳时。题舆何俊发[5],遂结城南期。筑土接响山,俯临宛水湄[6]。胡人叫玉笛[7],越女弹霜丝。自作英王胄[8],斯乐不可窥。赤鲤涌琴高,白龟道冰夷[9]。灵仙如仿佛,奠酹遥相知。古来登高人,今复几人在?沧洲违宿诺[10],明日犹可待。连山似惊波[11],合沓出溟海[12]。扬袂挥四座,酾酊安所知？齐歌送清觞,起舞乱参差。宾随落叶散,帽逐秋风吹[13]。别后登此台,愿言长相思。

【注释】

〔1〕九日：农历九月九日重阳节。王琦注："诗题应有缺文。"

〔2〕"渊明"二句：《宋书·陶潜传》载,陶潜任彭泽令,在官八十余日,"郡遣督邮至,县吏白,应束带见之。潜叹曰：'我不能为五斗米折腰向乡里小人。'即日解印绶去职,赋《归去来》。"

〔3〕"为无"二句：《晋书·陶潜传》载：江州刺史王弘十分钦慕渊明,自访之,渊明称疾不见。弘因使人携酒,候潜于道。潜既遇酒,便引酌野亭,欣然忘进。弘乃出与相见,遂欢宴穷日。

〔4〕"因招"二句：《艺文类聚》卷四引《续晋阳秋》："陶潜尝九月九日无酒,宅边菊丛中,摘菊盈把,坐其侧久,望见白衣至,乃王弘送酒也,即便就酌,醉而后归。"

〔5〕题舆：《太平御览》卷二六三引谢承《后汉书》："周景为豫州,辟陈蕃为别驾,不就。景题别驾舆曰：'陈仲举座也。'不复更辟。蕃惶惧,起视职。"

〔6〕响山：在安徽宣城南,下俯宛溪。宛水：宛溪。

〔7〕叫：吹奏。

〔8〕作：王琦谓"当是非字之讹"。英王胄：李白自谓为唐之宗室。

〔9〕"赤鲤"句：《搜神记》卷一："琴高,赵人也。能鼓琴……后辞入涿水中,取龙子,与诸弟子期之曰：'明日皆洁斋,候于水旁,设祠屋。'果乘赤鲤鱼出,来坐祠中。"白龟,安旗等注："宣城之南,响山之西,有柏山,'左难当拒辅公祏于此,时有白龟履雪之异,因名白龟城。'见《宁国府志》。句盖用此事。"冰：一作"冯"。冯夷：河伯。

〔10〕宿诺：旧时许下的诺言。

〔11〕"连山"句：木华《海赋》："波如连山。"

〔12〕合沓：高貌。

612

〔13〕"帽逐"句:用孟嘉事,《晋书·孟嘉传》载,桓温镇荆州,尝于九月九日游龙山,风至,参军孟嘉帽落而不觉,后人称为落帽台。

九　日^{〔1〕}

今日云景好,水绿秋山明。携壶酌流霞^{〔2〕},搴菊泛寒荣^{〔3〕}。地远松石古,风扬弦管清。窥觞照欢颜,独笑还自倾。落帽醉山月,空歌怀友生^{〔4〕}。

【注释】

〔1〕诗约作于宝应元年(762),时作者在当涂。
〔2〕流霞:仙酒。每饮一杯,数月不饥。见《论衡·道虚》。
〔3〕搴:摘取。泛寒荣:用菊花浸酒。
〔4〕友生:朋友。《诗·小雅·常棣》:"虽有兄弟,不如友生。"

九日龙山饮^{〔1〕}

九日龙山饮,黄花笑逐臣^{〔2〕}。醉看风落帽^{〔3〕},舞爱月留人。

【注释】

〔1〕此诗作期同前。龙山:在安徽当涂县南。
〔2〕黄花:菊花。逐臣:李白自谓。
〔3〕风落帽:用孟嘉事。

九月十日即事[1]

昨日登高罢[2],今朝更举觞。菊花何太苦,遭此两重阳[3]。

【注释】

〔1〕此诗作期同前。

〔2〕登高:古时有在重阳节登高饮菊花酒的习俗。

〔3〕"菊花"二句:王琦注:"《岁时杂记》:'都城重九后一日宴赏,号小重阳。'菊以两遇宴饮,两遭采掇,故有太苦之言。"

陪族叔当涂宰游化城寺升公清风亭[1]

化城若化出[2],金榜天宫开[3]。疑是海上云,飞空结楼台[4]。升公湖上秀[5],粲然有辩才。济人不利己,立俗无嫌猜。了见水中月[6],青莲出尘埃。闲居清风亭,左右清风来。当暑阴广殿,太阳为徘徊。茗酌待幽客,珍盘荐雕梅。飞文何洒落,万象为之摧。季父拥鸣琴[7],德声布云雷。虽游道林室[8],亦举陶潜杯。清乐动诸天[9],长松自吟哀。留欢若可尽,劫石乃成灰[10]。

【注释】

〔1〕当涂宰：郁贤皓谓李白有《夏日陪司马武公与群贤宴姑熟亭序》，提到"今陇西李公明化"，即此诗的"族叔当涂宰"。化城寺：在当涂。升公：《太平府志》："唐天宝间，寺僧清升能诗文，之舍利塔、大戒坛，建清风亭于寺旁西湖上，铸铜钟一。"又《化城寺大钟铭》曰："寺主升朝，闲心古容，英骨秀气，洒落毫素，谦柔笑言……常虚怀忘情，洁己利物。"安旗谓升朝、升公似为一人。

〔2〕化城：一时幻化的城郭，佛教用以比喻小乘境界。见《法华经·化城喻品》。

〔3〕金榜：金色的匾额。

〔4〕"疑是"二句：谓海市蜃楼。

〔5〕上：一作"山"。

〔6〕水中月：佛教用以比喻一切事物皆虚幻。见《大智度论·初品·十喻》。

〔7〕鸣琴：用宓（fú）子贱事，《吕氏春秋·察贤》："宓子贱治单（shàn）父，弹鸣琴，身不下堂而单父治。"

〔8〕道林：晋代名僧支遁。

〔9〕诸天：佛教谓欲界有十天，色界有十八天，无色界有四天，合有三十二天，总称诸天。见《法苑珠林》卷二《诸天部》。

〔10〕"劫石"句：《搜神记》卷一三载，汉武帝凿昆明池，极深，无土，悉是灰墨，举朝不解。至后汉明帝时，有西域道人入京，问之，道人云："天地大劫将尽，则劫烧。此劫烧之余也。"

卷二十

登锦城散花楼[1]

日照锦城头,朝光散花楼。金窗夹绣户[2],珠箔悬银钩[3]。飞梯绿云中,极目散我忧[4]。暮雨向三峡,春江绕双流[5]。今来一登望,如上九天游。

【注释】

〔1〕诗作于开元八年(720),时作者正游成都。锦城:即成都。散花楼:在成都摩诃池上,为隋末蜀王杨秀所建。

〔2〕绣户:雕绘华美的门户。

〔3〕珠箔:珠帘。银钩:银制之帘钩。银:一作"琼"。

〔4〕飞梯:极高的楼梯。忧:一作"愁"。

〔5〕双流:《水经注·江水》:"江水(岷江)又东迳成都县,县以汉武帝元鼎二年立。县有二江,双流郡下。"二江,指郫江、流江。

登峨眉山[1]

蜀国多仙山,峨眉邈难匹[2]。周流试登览[3],绝怪安可悉[4]。青冥倚天开[5],彩错疑画出[6]。泠然紫霞赏[7],果得锦囊术[8]。云间吟琼箫,石上弄宝瑟。平生有微尚[9],欢笑自此毕。烟容如在颜[10],尘累忽相失[11]。倘逢骑羊子[12],携手凌白日[13]。

【注释】

〔1〕诗作于开元八年(720)。峨眉山:在今四川峨眉山市西南。

〔2〕邈:渺邈绵远。

〔3〕周流:周游。

〔4〕悉:一一穷究。

〔5〕青冥:原指青天,此指青峰。开:一作"关"。

〔6〕彩错:错杂斑斓的色彩。

〔7〕泠然:轻举貌。紫霞:多指仙人居处。

〔8〕锦囊术:《汉武内传》载:汉武帝曾把西王母和上元夫人所传授的仙经放在以锦制成的袋子里,后因以"锦囊术"指成仙之术。

〔9〕微尚:微小的愿望,指学道求仙。

〔10〕烟容:古书中常说仙人托身云烟,因此脸上也带有云烟之色。

〔11〕尘累:世俗的牵累。

〔12〕骑羊子:指仙人葛由者,《列仙传》卷上:"葛由者,羌人也。周成王时,好刻木羊卖之。一旦骑羊而入西蜀,蜀中王侯贵人追之上绥山……随之者不复还,皆得仙道。"

〔13〕凌白日:谓升天成仙。

大 庭 库[1]

朝登大庭库,云物何苍然[2]!莫辨陈郑火[3],空霾邹鲁烟。我来寻梓慎,观化入寥天[4]。古木翔气多,松风如五弦。帝图终冥没[5],叹息满山川。

【注释】

〔1〕大庭库:在今山东曲阜。王琦注:"《太平寰宇记》:大庭氏库,高二丈,在曲阜县城内,县东一百五十步。"

〔2〕云物:日旁云气的颜色,古人凭以观测吉凶水旱。《周礼·保章氏》:"以五云之物辨吉凶水旱降丰荒之祲象。"

〔3〕陈郑火:《左传》昭公十八年:"宋、卫、陈、郑皆火。梓慎登大庭氏之库以望之,曰:'宋、卫、陈、郑也。'数日皆来告火。"杜预注:"大庭氏,古国名,在鲁城内。鲁于其处作库,高显,故登以望气。"

〔4〕寥天:《庄子·大宗师》:"安排而去化,乃入于寥天一。"郭象注:"安于推移而与化俱去,故乃入于寂寥而与天为一也。"

〔5〕帝图:犹云帝业。

登单父陶少府半月台[1]

陶公有逸兴,不与常人俱。筑台像半月,回向高城隅[2]。置酒望白云,商飙起寒梧[3]。秋山入远海,桑柘罗平芜。水色渌且明[4],令人思镜湖。终当过江去[5],爱此暂踟蹰。

【注释】

〔1〕半月台:王琦注:"《山东通志》:'半月台,在旧单县城东北隅,相传陶沔所筑。'"陶沔(miǎn),李白友人,"竹溪六逸"之一。

〔2〕回向:一作"回出"。

〔3〕商飙:秋风。商:一作"高"。

〔4〕明:一作"清"。

〔5〕过江:指往江东之地。

天台晓望[1]

天台邻四明[2],华顶高百越[3]。门标赤城霞[4],楼栖沧岛月[5]。凭高登远览,直下见溟渤。云垂大鹏翻[6],波动巨鳌没。风潮争汹涌,神怪何翕忽[7]。观奇迹无倪,好道心不歇。攀条摘朱实[8],服药炼金骨。安得生羽毛,千秋卧蓬阙[9]。

【注释】

〔1〕诗约作于天宝六载(747),时李白正在越地漫游。天台:山名,在今浙江东部。最高峰华顶山,在天台县东北。

〔2〕四明:山名,在今浙江宁波市西南。

〔3〕百越:古代越族所居之地,在今江浙闽粤一带。

〔4〕赤城:山名,在浙江天台县北,为天台之南门。孙绰《游天台山赋》:"赤城霞起而建标。"赤城山石色皆赤,状似云霞。

〔5〕沧岛:犹言海岛。

〔6〕"云垂"句:语本《庄子·逍遥游》:"鹏之背,不知其几千里也,怒而飞,其翼若垂天之云。"

〔7〕翕(xī)忽:迅疾貌。

〔8〕朱实:传说密山上生长一种丹木,结红色果实,食之可以延寿。见《山海经·西山经》。

〔9〕蓬阙:瞿蜕园、朱金城注:"盖即蓬莱宫阙之意。"

早望海霞边[1]

四明三千里,朝起赤城霞。日出红光散,分辉照雪崖。一餐咽琼液,五内发金沙[2]。举手何所待,青龙白虎车[3]。

【注释】

〔1〕此诗作期同前。

〔2〕琼液:玉液,道教称服之可长生。发:散。金沙:丹砂。

〔3〕青龙白虎车:仙人所乘之车。《神仙传》卷三载:吴郡人沈羲学道于蜀中,能消灾除病,救济百姓,其功德感天,天神识之。后派度世君司马生乘青龙车、送迎使者徐福乘白虎车前来迎接,载羲升天。

焦山望松寥山[1]

石壁望松寥,宛然在碧霄。安得五彩虹,架天作长桥?仙人如爱我,举手来相招。

【注释】

〔1〕焦山:在江苏镇江市东北长江中,传说东汉末焦光隐居于此,因名。松寥山:王琦注:"鲍天钟《丹徒县志》:'焦山之余支东出,分峙于鲸波渺淼中,曰海门山。唐诗称松寥,称夷山,即此。'"

杜陵绝句[1]

南登杜陵上,北望五陵间[2]。秋水明落日,流光灭远山。

【注释】

〔1〕杜陵:古县名,西汉元康元年(前65)改杜县置,因汉宣帝筑陵于此,故名。在今陕西西安市东南。

〔2〕五陵:汉高祖葬长陵,惠帝葬安陵,景帝葬阳陵,武帝葬茂陵,昭帝葬平陵,合称五陵,皆在长安周围。

登太白峰[1]

西上太白峰,夕阳穷登攀[2]。太白与我语[3],为我开天关。愿乘泠风去[4],直出浮云间[5]。举手可近月,前行若无山。一别武功去,何时复更还[6]?

【注释】

〔1〕诗作于开元十八年(730)秋,时作者出长安西游邠、岐一带,途中登上太白峰。太白峰:在今陕西西安市西南。

〔2〕夕阳:山之西面。《尔雅·释山》:"山西曰夕阳,山东曰朝阳。"

〔3〕太白:星名,即金星。

〔4〕泠风:轻风。

〔5〕出:一作"上"。

〔6〕武功:古县名,县治在今陕西武功县。

登邯郸洪波台置酒观发兵[1]

我把两赤羽[2],来游燕赵间。天狼正可射[3],感激无时闲。观兵洪波台,倚剑望玉关[4]。请缨不系越,且向燕然山[5]。风引龙虎旗,歌钟昔追攀[6]。击筑落高月[7],投壶破愁颜[8]。遥知百战胜,定扫鬼方还[9]。

【注释】

〔1〕洪波台:《元和郡县图志》卷一五河东道磁州邯郸县:"洪波台,在县西北五里。"

〔2〕赤羽:王琦注:"赤羽谓箭之羽染以赤者,《国语》所谓朱羽之矰是也。"

〔3〕天狼:星名。《晋书·天文志上》:"狼一星,在东井东南。狼为野将,主侵掠。"

〔4〕玉关:玉门关,此泛指边塞。

〔5〕燕然山:即今蒙古境内的杭爱山。永元元年(89),车骑将军窦宪,"与北匈奴战于稽落山,大破之,追至私渠比鞮海。窦宪遂登燕然山,刻石勒功而还"。见《后汉书·和帝纪》。

〔6〕昔:一作"忆",一作"共"。

〔7〕筑:古击弦乐器,形似筝,有十三弦。

〔8〕投壶:《后汉书·祭遵传》:"遵为将军,取士皆用儒术,对酒设乐,必雅歌投壶。"

〔9〕鬼方:《易·既济》:"高宗伐鬼方,三年克之。"鬼方是殷周时西

北部族名,其地在今陕西西部一带。

登新平楼[1]

去国登兹楼[2],怀归伤暮秋。天长落日远,水净寒波流。秦云起岭树,胡雁飞沙洲。苍苍几万里,目极令人愁。

【注释】

〔1〕诗作于开元十八年(730),时作者由长安来到邠州。新平:郡名,即邠州,治所在新平县(今陕西彬县)。

〔2〕去国:指离开长安。

秋日登扬州西灵塔[1]

宝塔凌苍苍[2],登攀览四荒。顶高元气合,标出海云长[3]。万象分空界,三天接画梁[4]。水摇金刹影[5],日动火珠光[6]。鸟拂琼檐度,霞连绣栱张[7]。目随征路断,心逐去帆扬。露浩梧楸白[8],霜催橘柚黄。玉毫如可见[9],于此照迷方[10]。

【注释】

〔1〕西灵塔:即栖灵寺塔,为"中国之尤峻峙者"(《太平广记》卷九

八引《独异志》)。

〔2〕苍苍:深青色,指天空。

〔3〕标:梢,此指塔尖。

〔4〕三天:佛家语,指欲界天、色界天、无色界天。

〔5〕金刹:塔上的金色相轮。

〔6〕火珠:宫殿、塔庙建筑正脊上作装饰用的宝珠。

〔7〕栱:即斗栱,我国传统木结构建筑中的一种承重结构。主要由斗形木块和弓形肘木纵横交错层叠而成。

〔8〕浩:一作"浴"。楸(qiū):树名,落叶乔木。

〔9〕玉毫:慧琳《一切经音义》卷十一:"玉毫者,如来眉间白毫毛也,皓白光润,犹如白玉。佛从毫相,放大光明,照十方界。"

〔10〕迷方:迷途。

登金陵冶城西北谢安墩

此墩即晋太傅谢安与右军王羲之同登,超然有高世之志,余将营园其上,故作是诗[1]

晋室昔横溃[2],永嘉遂南奔[3]。沙尘何茫茫,龙虎斗朝昏。胡马风汉草[4],天骄蹙中原[5]。哲匠感颓运[6],云鹏忽飞翻。组练照楚国[7],旌旗连海门[8]。西秦百万众[9],戈甲如云屯。投鞭可填江[10],一扫不足论[11]。皇运有返正,丑虏无遗魂[12]。谈笑遏横流[13],苍生望斯存[14]。冶城访古迹[15],犹有谢安墩。凭览周地险,高标绝人喧。想像东山姿,缅怀右军言[16]。梧桐识嘉树,蕙草留芳根。白鹭映春洲[17],青龙见朝暾[18]。地古云物在[19]，台倾禾黍繁[20]。我来酌清波，于此树名园[21]。功成拂衣去，归入武陵源[22]。

【注释】

〔1〕冶城：在金陵西，本吴铸冶之地。谢安墩：在金陵半山报宁寺之后，相传谢安与王羲之尝登此游览。

〔2〕横溃：指西晋末年社会动乱。

〔3〕"永嘉"句：晋永嘉五年，前汉刘曜陷洛阳，中原的贵族官僚，相率南迁避乱。见《晋书·孝怀帝纪》及《王导传》。

〔4〕风：放，奔逸。

〔5〕天骄：《汉书·匈奴传》："胡者，天之骄子也。"蹙：进逼。

〔6〕哲匠：指有才智的大臣。

〔7〕组练："组甲被练"的简称。军士所穿的两种衣甲，引申指精壮的军队。

〔8〕海门：指长江入海口。

〔9〕西秦：指前秦苻氏政权，建都于长安。

〔10〕"投鞭"句：苻坚议南侵，曰："虽有长江，其能固乎？以吾之众旅，投鞭于江，足断其流。"见《晋书·苻坚载记》。鞭：一作"策"。

〔11〕"一扫"句：一作"一朝为我吞"。

〔12〕"皇运"二句：指淝水之战，前秦战败，东晋得以保全。

〔13〕"谈笑"句：指谢安从容破敌事。苻坚率师南侵，号称百万。谢安为征讨大都督，夷然无惧色，围棋如常，而竟破敌。见《晋书·谢安传》。

〔14〕"苍生"句：谢安隐居东山，朝命屡降而不起，时人语曰："安石不肯出，将如苍生何？"见《世说新语·排调》。

〔15〕"冶城"句：一作"至今古城隅"。

〔16〕东山姿：指谢安的丰采。右军：指王羲之。《世说新语·言语》："王右军与谢太傅共登冶城，谢悠然远想，有高世之志。王谓谢曰：'夏禹勤王，手足胼胝；文王旰食，日不暇给。今四郊多垒，宜人人自效，而虚谈

625

废务,浮文妨要,恐非当今所宜。'谢答曰:'秦任商鞅,二世而亡,岂清言致患邪?'"

〔17〕白鹭:白鹭洲,在金陵城西大江中。上多聚白鹭,因名之。

〔18〕青龙:青龙山,在金陵东南。

〔19〕云物:犹景物。

〔20〕台:指谢安墩。

〔21〕树:建立。

〔22〕武陵源:用陶渊明《桃花源记》之典,指隐居之地。归入:一作"长啸"。

登瓦官阁[1]

晨登瓦官阁,极眺金陵城。钟山对北户[2],淮水入南荣[3]。漫漫雨花落,嘈嘈天乐鸣[4]。两廊振法鼓[5],四角吟风筝[6]。杳出霄汉上,仰攀日月行。山空霸气灭[7],地古寒阴生。寥廓云海晚,苍茫宫观平。门余阊阖字[8],楼识凤凰名[9]。雷作百山动,神扶万栱倾[10]。灵光何足贵[11],长此镇吴京[12]。

【注释】

〔1〕此诗重见李宾诗,题作《登瓦官寺阁》。诗当为李白作,说见詹锳《李白诗文系年》。诗约作于开元十三年(725),时作者初游金陵。瓦官阁:即瓦官寺阁,又名升元阁,梁代所建,高二十五丈,故址在今江苏南京市西南。

〔2〕北户:北门。

〔3〕淮水:指秦淮河。南荣:司马相如《上林赋》:"曝于南荣。"郭璞

注:"荣,屋南檐也。"

〔4〕雨花:《法华经·分别功德品》载,佛祖说法时,"于虚空中雨曼陀罗花、摩诃曼陀罗花,以散无量百十万亿众宝树下师子座上诸佛"。天乐:《法华经·化城喻品》:"四王诸天,为供养佛,常击天鼓;其余诸天,作天伎乐。"

〔5〕法鼓:指佛寺中的大鼓。

〔6〕风筝:即风铃,又称檐马,悬于檐间,风吹则相击而发声。

〔7〕霸气:帝王之气。金陵曾为六朝首都,故云。

〔8〕闾阖:南朝宋宫门名。

〔9〕凤凰:楼名。王琦注:"《江南通志》:按《宫苑记》:凤凰楼在凤台山上,宋元嘉中建。"

〔10〕神扶:《汉书·扬雄传》:"杭浮柱之飞榱兮,神莫莫而扶倾。"颜师古注:"言举立浮柱而驾飞榱,其形危竦,有神于闾莫之中扶持,故不倾也。"

〔11〕灵光:指鲁灵光殿。《文选》王延寿《鲁灵光殿赋序》:"鲁灵光殿者,盖景帝程姬之子恭王余之所立也。初,恭王始都下国,好治宫室,遂因鲁僖基兆而营焉。"

〔12〕吴京:指金陵。

登梅冈望金陵赠族侄高座寺僧中孚〔1〕

钟山抱金陵,霸气昔腾发。天开帝王居,海色照宫阙。群峰如逐鹿,奔走相驰突。江水九道来〔2〕,云端遥明没。时迁大运去,龙虎势休歇〔3〕。我来属天清,登览穷楚越〔4〕。吾宗挺禅伯,特秀鸾凤骨〔5〕。众星罗青天,明者独有月〔6〕。冥居顺生理,草木不剪伐。烟窗引蔷薇,石壁老野蕨。吴风谢安屐,白足傲履袜[7]。几宿一下山[8],萧然忘干谒。谈经演金偈[9],降鹤舞海雪。时闻天香来[10],了与世事绝。佳游不可得,春去惜远别。赋诗留岩屏,千载庶不灭。

【注释】

〔1〕梅冈:在金陵城南,晋豫章太守梅赜家于冈下,故有此名。高座寺:王琦注:"高座寺,在江宁府雨花台梅冈,晋永嘉中建,名甘露寺。西竺僧尸黎密据高座说法,世谓高座道人,葬此,故名。"

〔2〕九道:古谓长江至荆州界分为九道。

〔3〕大运:天运。龙虎势:指金陵龙蟠虎踞之势。

〔4〕楚越:王琦注:"金陵之地,古为吴地,其西为楚,其南为越。"

〔5〕"吾宗"二句:一作"吾宗道门秀,特异鸾凤骨"。

〔6〕明:一作"朗"。

〔7〕"白足"句:慧皎《高僧传》卷十载:释昙"始足白于面,虽跣涉泥水,未尝沾涅,天下皆称白足和上(尚)"。

〔8〕一下山:一作"下山来"。

〔9〕偈(jì):梵语"偈陀"的省称,义译为"颂"。佛所说之偈,谓之金偈。

〔10〕天香:《法华经·法师功德品》:"亦闻天上诸天之香。"

登金陵凤凰台[1]

凤凰台上凤凰游,凤去台空江自流。吴宫花草埋幽径[2],晋代衣冠成古丘[3]。三山半落青天外[4],一水中分白鹭洲[5]。总为浮云能蔽日[6],长安不见使人愁。

【注释】

〔1〕凤凰台:故址在今南京市凤凰山。相传南朝刘宋元嘉年间,有三只五彩缤纷的鸟飞到金陵东南的山上,时人认为是凤凰,遂在山上筑了一座台,山改名为凤凰山,此台即"凤凰台"。

〔2〕吴宫:指三国吴建都金陵所造的宫殿。幽径:僻静的小路。

〔3〕晋代:指东晋。东晋王朝也建都金陵。衣冠:指世族、士绅。古丘:古坟。

〔4〕三山:山名,在金陵城西南长江边上,三峰并列,南北相连,故名。

〔5〕一水:指因白鹭洲而分开的江水。白鹭洲:古代长江中的沙洲,在今南京水西门外。

〔6〕浮云蔽日:喻朝中近臣之蔽君。

望庐山瀑布二首[1]

西登香炉峰[2],南见瀑布水。挂流三百丈[3],喷壑数十里[4]。欻如飞电来[5],隐若白虹起。初惊河汉落[6],半洒云天里[7]。仰观势转雄,壮哉造化功[8]。海风吹不断,江月照还空[9]。空中乱潈射[10],左右洗青壁。飞珠散轻霞,流沫沸穹石[11]。而我乐名山,对之心益闲。无论漱琼液[12],且得洗尘颜。且谐宿所好[13],永愿辞人间。

【注释】

〔1〕诗作于开元十三年(725),时作者首游庐山。

〔2〕香炉峰:庐山北峰。峰尖圆,烟云聚散其上,远望状似香炉,因得名。

〔3〕百丈:一作"千匹"。

〔4〕壑:山沟。

〔5〕欻(xū):迅疾貌。电:一作"练"。

〔6〕河汉:一作"银河"。

〔7〕"半洒"句:一作"半泻金潭里"。

〔8〕造化功:大自然的功绩。

〔9〕江:一作"山"。

〔10〕漎(cōng):众水合在一起叫漎。

〔11〕穹石:大石。

〔12〕琼液:玉液,仙人所饮,以指清洁的泉水。

〔13〕谐:和合。宿:旧。

日照香炉生紫烟,遥看瀑布挂前川[1]。飞流直下三千尺,疑是银河落九天[2]。

【注释】

〔1〕香炉:香炉峰。紫烟:云雾在阳光照射下呈紫色。

〔2〕九天:九重天,即天空最高处。

望庐山五老峰[1]

庐山东南五老峰,青天削出金芙蓉[2]。九江秀色可揽结,吾将此地巢云松[3]。

【注释】

〔1〕此诗作期同上。五老峰:《太平寰宇记》卷一一一:"五老峰在(庐)山东,悬崖突出,如五人相逐罗列之状。"

〔2〕芙蓉:即莲花。五老峰峭拔秀丽而山岩色黄,故称之为"金芙蓉"。

〔3〕揽结:采取。巢云松:巢居于白云苍松之间,即隐居。

江上望皖公山[1]

奇峰出奇云,秀木含秀气。清宴皖公山[2],巉绝称人意[3]。独游沧江上,终日淡无味。但爱兹岭高,何由讨灵异?默然遥相许,欲往心莫遂。待吾还丹成[4],投迹归此地。

【注释】

〔1〕皖(wǎn)公山:一称皖山,在安徽潜山市西北。旧时通称山南为皖南,山北为皖北。

〔2〕清宴:即清晏,天空晴朗无云。

〔3〕巉(chán)绝:山势高险貌。陆游《入蜀记》:"北望正见皖山,太白《江上望皖公山》诗云:'巉绝称人意。'巉绝二字,不刊之妙也。"

〔4〕还丹:一种仙丹,服一刀圭即白日升天。见《抱朴子·金丹》。

望黄鹤山[1]

东望黄鹤山,雄雄半空出。四面生白云,中峰倚红日。岩峦行穹跨[2],峰嶂亦冥密[3]。颇闻列仙人[4],于此学飞术。一朝向蓬海,千载空石室。金灶生烟埃[5],玉潭秘清谧[6]。地古遗草木,庭寒老芝术[7]。蹇余羡攀跻[8],因欲保闲逸。观奇遍诸岳,兹岭不可匹。结心寄青松[9],永悟客情毕。

【注释】

〔1〕黄鹤山:又名黄鹄山,西北有黄鹄矶,即今湖北武汉市武昌蛇山。《南齐书·州郡志》:"夏口城(今武汉市武昌)据黄鹄矶,世传仙人子安乘黄鹄过此上也。"

〔2〕穹跨:高耸空中。

〔3〕冥密:连绵幽深。

〔4〕列仙人:指仙人子安等。

〔5〕金灶:仙人炼丹之具。

〔6〕清谧(mì):清静。

〔7〕芝、术:均为药草名。

〔8〕蹇(jiǎn):语首助词。

〔9〕结心:收心。结,收敛。

鹦鹉洲[1]

鹦鹉来过吴江水[2],江上洲传鹦鹉名。鹦鹉西飞陇山去^[3],芳洲之树何青青^[4]!烟开兰叶香风暖,岸夹桃花锦浪生^[5]。迁客此时徒极目^[6],长洲孤月向谁明?

【注释】

〔1〕诗约作于上元元年(760)春,时作者滞留江夏。鹦鹉洲:在汉阳一侧江中,与江夏(今武昌)之黄鹤矶隔江斜对。至明末已不存。

〔2〕吴江:此指武昌一带的长江。

〔3〕陇山:在今陕西、甘肃两省边境。相传陇山多鹦鹉。

〔4〕芳洲:谓洲上多芳草。

〔5〕锦浪:指落有花瓣的江水如锦绣一般。

〔6〕迁客:诗人自指。因其曾被流放夜郎,故云。

九日登巴陵置酒望洞庭水军

时贼逼华容县^[1]

九日天气清,登高无秋云。造化辟川岳,了然楚汉分^[2]。长风鼓横波,合沓蹙龙文^[3]。忆昔传游豫^[4],楼船壮横汾^[5]。今兹讨鲸鲵^[6],旌旆何缤纷!白羽落酒樽^[7],洞庭罗三军。黄花不掇手^[8],战鼓遥相闻。剑舞转颓阳,当时日停曛^[9]。酣歌激壮士,可以摧妖氛。握龊东篱下,渊明不足群^[10]。

【注释】

〔1〕诗作于乾元二年(759)九月,时作者在岳阳。巴陵:即巴丘山,在岳州巴陵县(今湖南岳阳)南。贼逼华容县:乾元二年(759)八月,康楚

元、张嘉延据襄州作乱。九月,张嘉延袭破荆州,事见《通鉴》。华容县:属岳州,在今湖南华容县。

〔2〕楚汉:指楚地之山和汉水。

〔3〕合沓:重重叠叠。蹙:聚集。龙文:指水的波纹。

〔4〕游豫:游乐。

〔5〕"楼船"句:语本汉武帝《秋风辞》:"泛楼船兮济汾河,横中流兮扬素波。"

〔6〕鲸鲵:喻指康楚元、张嘉延。

〔7〕白羽:指箭。以白羽为箭羽,故云。

〔8〕黄花:菊花。

〔9〕"剑舞"二句:用鲁阳挥戈返日的典故。《淮南子·览冥》:"鲁阳公与韩构难,战酣,日暮,援戈而抚之,日为之反三舍。"矄(xūn),昏暗。

〔10〕握龊:器量局狭,拘牵于小节。群:为伍。陶渊明诗有"采菊东篱下,悠然见南山"之句。

秋登巴陵望洞庭〔1〕

清晨登巴陵,周览无不极。明湖映天光,彻底见秋色。秋色何苍然,际海俱澄鲜。山青灭远树,水绿无寒烟。来帆出江中,去鸟向日边。风清长沙浦〔2〕,霜空云梦田〔3〕。瞻光惜颓发,阅水悲徂年〔4〕。北渚既荡漾〔5〕,东流自潺湲。郢人唱《白雪》〔6〕,越女歌《采莲》〔7〕。听此更肠断,凭崖泪如泉。

【注释】

〔1〕诗作于乾元二年(759)秋,时作者在巴陵(今湖南岳阳市)。

〔2〕长沙浦:指由长沙而入洞庭湖的湘水。

〔3〕云梦:云梦泽。古代所称的云梦泽大致包括今湖南益阳、湘阴以北,湖北江陵、安陆以南,武汉市以西地区。霜:一作"山"。

〔4〕瞻光、阅水:王琦注:"瞻光,瞻日月之光。阅水,阅逝去之水。"徂年:逝去的时光。

〔5〕"北渚"句:语本江淹《拟王征君养疾微》诗:"北渚有帝子,荡漾不可期。"

〔6〕"郢人"句:宋玉《对楚王问》:"客有歌于郢中者,其始曰《下里》《巴人》,国中属而和者数千人……其为《阳春》《白雪》,国中属而和者不过数十人……是其曲弥高,其和弥寡。"

〔7〕采莲:即《采莲曲》,乐府《清商曲》名。

与夏十二登岳阳楼[1]

楼观岳阳尽[2],川迥洞庭开[3]。雁引愁心去[4],山衔好月来[5]。云间连下榻[6],天上接行杯。醉后凉风起,吹人舞袖回。

【注释】

〔1〕此诗作于乾元二年(759)由江夏南游洞庭之时。

〔2〕岳阳:谓天岳山之阳。天岳山即巴陵山。在今岳阳市南。

〔3〕迥:远。

〔4〕"雁引"句:一作"雁别秋江去"。

〔5〕"山衔"句:指月亮刚从山后升起。

〔6〕连:一作"逢"。下榻:用陈蕃礼徐穉事,见《后汉书·徐穉传》。沈约《和谢宣城》:"宾至下尘榻。"王勃《滕王阁序》:"徐孺下陈蕃之榻。"

登巴陵开元寺西阁赠衡岳僧方外[1]

衡岳有开士[2],五峰秀真骨[3]。见君万里心,海水照秋月。大臣南溟去[4],问道皆请谒。洒以甘露言[5],清凉润肌发。明湖落天镜,香阁凌银阙[6]。登眺餐惠风[7],新花期启发。

【注释】

〔1〕开元寺:《唐会要》卷四八:"天授元年十月二十九日,两京及天下诸州各置大云寺一所。开元二十六年六月一日,并改为开元寺。"

〔2〕开士:佛经中称菩萨为开士,亦指高僧。

〔3〕"五峰"句:《五灯会元》卷一载:惠可大师返香山,终日宴坐,经八载,于寂默中见一神人谓曰:"将欲受果,何滞此耶?"翌日,觉头痛如刺,其师欲治之。空中有声曰:"此乃换骨,非常痛也。"师视其顶骨,即如五峰秀出矣。

〔4〕"大臣"二句:言朝中大臣往南海,皆向衡岳僧问道。

〔5〕甘露言:指佛语。《法华经》卷三:"如以甘露洒,除热得清凉。"

〔6〕香阁:佛家谓"有国名众香,佛号香积","其界一切,皆以香作楼阁"。见《维摩诘所说经》。银阙:指天上的宫阙。

〔7〕惠风:春风,和风。

与贾至舍人于龙兴寺剪落梧桐枝望灉湖[1]

剪落青梧枝,灉湖坐可窥。雨洗秋山净,林光澹碧滋。

水闲明镜转[2],云绕画屏移[3]。千古风流事,名贤共此时。

【注释】

〔1〕贾至:天宝末曾为中书舍人。龙兴寺:在巴陵(今岳阳)。《舆地纪胜》卷六九:"法宝寺,唐曰龙兴,下瞰滗湖。"滗(yōng)湖:在巴陵南。
〔2〕闲:静。明镜:指滗湖。
〔3〕画屏:指秋山。

挂席江上待月有怀[1]

待月月未出,望江江自流。倏忽城西郭,青天悬玉钩[2]。素华虽可揽,清景不同游[3]。耿耿金波里,空瞻鸤鹊楼[4]。

【注释】

〔1〕席:帆。
〔2〕玉钩:指月。
〔3〕素华:月光。
〔4〕此二句语本谢朓《暂使下都夜发新林至京邑赠西府同僚》:"金波丽鸤鹊。"金波,月光。鸤(zhī)鹊,汉观名,借指京邑金陵的宫观。

金陵望汉江[1]

汉江回万里,派作九龙盘[2]。横溃豁中国[3],崔嵬飞迅湍[4]。六帝沦亡后,三吴不足观[5]。我君混区宇[6],垂拱众流安[7]。今日任公子,沧浪罢钓竿[8]。

【注释】

〔1〕汉江:指长江。

〔2〕派:支流。郭璞《江赋》:"流九派乎浔阳。"李善注:"应劭《汉书》注曰:'江自庐江、浔阳分为九也。'"

〔3〕横溃:水泛滥冲决堤防。豁:空虚。

〔4〕崔嵬:高耸貌。此指波涛如山。

〔5〕六帝:指吴、东晋、宋、齐、梁、陈六代帝王。三吴:《水经注·江水》:"吴后分为三,世号'三吴',吴兴、吴郡、会稽也。"

〔6〕我君:指唐帝。混区宇:统一天下。

〔7〕垂拱:垂衣拱手,无为而治。《书·武成》:"崇德报功,垂拱而天下治。"

〔8〕"今日"二句:反用任公子钓大鱼事,隐指自己难于有所作为。

秋登宣城谢朓北楼[1]

江城如画里[2],山晚望晴空。两水夹明镜[3],双桥落彩虹[4]。人烟寒橘柚[5],秋色老梧桐。谁念北楼上,临风怀谢公[6]。

【注释】

〔1〕诗约作于天宝十二载(753)秋,时作者在宣城。谢朓北楼:即谢朓楼。南齐诗人谢朓所建的楼阁,在宣城陵阳山上。

〔2〕江城:指宣城。

〔3〕两水:指宛溪、句溪,二溪于宣城东北合流。
〔4〕双桥:指宛溪上的两座桥,一名凤凰,一名济川,皆隋开皇中建。
〔5〕人烟:人家的炊烟。
〔6〕谢公:谢朓。

望天门山[1]

天门中断楚江开[2],碧水东流至此回[3]。两岸青山相对出[4],孤帆一片日边来。

【注释】

〔1〕诗作于开元十三年(725),时作者出蜀后初次过天门山。天门山:在今安徽当涂县西南,东名博望山,西名梁山。两山夹江对峙,好似门户,故称"天门"。
〔2〕楚江:当涂一带古属楚地,故称流经这里的长江为"楚江"。
〔3〕至:一作"直"。
〔4〕两岸青山:指博望山与梁山。

望木瓜山[1]

早起见日出,暮见栖鸟还。客心自酸楚,况对木瓜山[2]。

【注释】

〔1〕诗作于天宝十三载(754),时作者在池州。木瓜山:在唐宣州青

阳县(今安徽青阳)。

〔2〕"客心"二句:王琦注:"《千金翼方》:木瓜实味酸。"

登敬亭北二小山余时送客逢崔侍御并登此地

送客谢亭北[1],逢君纵酒还。屈盘戏白马[2],大笑上青山。回鞭指长安,西日落秦关。帝乡三千里[3],杳在碧云间。

【注释】

〔1〕谢亭:即谢公亭,相传为谢朓送范云之零陵处,故址在今安徽宣城北。

〔2〕屈盘:曲折盘旋,指山路。

〔3〕帝乡:此指京城长安。

过崔八丈水亭[1]

高阁横秀气,清幽并在君。檐飞宛溪水[2],窗落敬亭云[3]。猿啸风中断,渔歌月里闻。闲随白鸥去,沙上自为群。

【注释】

〔1〕诗作于天宝十二载(753),时作者在宣城。

〔2〕宛溪:在今安徽宣城东。

〔3〕敬亭:山名,在今安徽宣城北。

登广武古战场怀古[1]

秦鹿奔野草,逐之若飞蓬[2]。项王气盖世,紫电明双瞳[3]。呼吸八千人,横行起江东[4]。赤精斩白帝[5],叱咤入关中。两龙不并跃,五纬与天同[6]。楚灭无英图,汉兴有成功。按剑清八极[7],归酣歌《大风》[8]。伊昔临广武,连兵决雌雄。分我一杯羹,太皇乃汝翁[9]。战争有古迹,壁垒颓层穹。猛虎啸洞壑,饥鹰鸣秋空。翔云列晓阵,杀气赫长虹。拨乱属豪圣,俗儒安可通?沉湎呼竖子,狂言非至公[10]。抚掌黄河曲,嗤嗤阮嗣宗[11]。

【注释】

〔1〕诗约作于开元二十一年(733)秋,时作者由梁宋西游经广武山。广武古战场:广武在今河南荥阳东北,有三皇山,上有二城,东曰东广武,西曰西广武,各在一山头,相去百步。汴水从涧中东南流。楚汉相争,两军曾相峙于此。见《元和郡县图志》卷八。

〔2〕"秦鹿"二句:《史记·淮阴侯列传》:"秦失其鹿,天下共逐之,于是高材疾足者先得焉。"

〔3〕紫电:喻眼睛有神。双瞳:重瞳。《史记·项羽本纪》:"闻项羽亦重瞳子。"

〔4〕呼吸:指极短时间。八千人:《史记·项羽本纪》:"籍与江东子

弟八千人渡江而西。"

〔5〕"赤精"句:《史记·高祖本纪》载,刘邦夜行丰邑西泽中,有大白蛇挡道,刘邦拔剑斩蛇。一老妇哭之,人问其故,答曰:"吾子,白帝子也,化为蛇,当道,今为赤帝子斩之,故哭。"

〔6〕"五纬"句:《汉书·高帝纪》:"元年冬十月,五星聚于东井。"是时秦亡。五纬,即五星。

〔7〕清八极:平定天下。八极,八方极远之地。

〔8〕歌大风:汉高祖刘邦称帝后归故乡沛县,召故人父老欢宴,帝自击筑,作歌曰:"大风起兮云飞扬,威加海内兮归故乡,安得猛士兮守四方!"见《史记·高祖本纪》。

〔9〕"伊昔"四句:《史记·项羽本纪》载:楚汉于广武对峙数月,项王为高俎,置太公(刘邦父)其上,告汉王曰:"今不急下,吾烹太公。"汉王曰:"吾与项羽俱北面受命怀王,曰'约为兄弟'。吾翁即若翁,必欲烹而翁,则幸分我一杯羹。"

〔10〕沉湎:沉溺于酒。呼竖子:《晋书·阮籍传》载:阮籍曾登广武,观楚汉战处,慨叹道:"时无英雄,使竖子成名。"竖子,小子,此指刘邦。狂言:指阮籍之言。

〔11〕抚掌:拍手笑貌。嗤嗤:讥笑。阮嗣宗:阮籍字嗣宗。

卷二十一

安州应城玉女汤作[1]

神女殁幽境[2],汤池流大川。阴阳结炎炭,造化开灵泉[3]。地底烁朱火[4],沙旁歊素烟[5]。沸珠跃明月,皎镜涵空天[6]。气浮兰芳满,色涨桃花然。精览万殊入[7],潜行七泽连[8]。愈疾功莫尚,变盈道乃全[9]。濯缨掬清泚[10],晞发弄潺湲[11]。散下楚王国,分浇宋玉田[12]。可以奉巡幸,奈何隔穷偏。独随朝宗水[13],赴海输微涓[14]。

【注释】

〔1〕安州:唐州名,治所在今湖北安陆市。应城:安州属县,即今湖北应城市。玉女汤:温泉名,即玉女泉,在应城市西五十里,传说玉女曾在此处炼丹。题下旧注:"《荆州记》云:常有玉女乘车投此泉。"

〔2〕神女:即传说中的玉女。

〔3〕"阴阳"二句:语本贾谊《鹏鸟赋》:"天地为炉兮造化为工,阴阳为炭兮万物为铜。"

〔4〕烁朱火:指玉女泉水热沸。

〔5〕歊(xiāo):热气上冲貌。

〔6〕涵:容纳。言汤池水明如镜,天空倒映入水中。

〔7〕精览:明察。万殊:万物。

〔8〕七泽:古书记载楚地有七泽。

〔9〕"变盈"句:语本《易·谦》:"地道变盈而流谦。"谓损盈而益虚,如桑田变沧海之类。

〔10〕濯缨:洗濯冠缨。此句语本《孟子·离娄上》:"沧浪之水清兮,可以濯我缨。"后以濯缨比喻超脱世俗,操守高洁。泚(cǐ):清。此句一作"濯濯气清泚"。

〔11〕晞发:指把洗净的头发晒干。

〔12〕宋玉田:指云梦之田。楚襄王与宋玉、唐勒、景差等登阳云之台,宋玉作《小言赋》,襄王赐以云梦之田。见宋玉《小言赋》。

〔13〕朝宗:《书·禹贡》:"江汉朝宗于海。"意为百川以海为归向,如诸侯或百官朝见帝王。

〔14〕微涓:细流。

之广陵宿常二南郭幽居[1]

绿水接柴门,有如桃花源。忘忧或假草[2],满院罗丛萱[3]。暝色湖上来,微雨飞南轩。故人宿茅宇,夕鸟栖杨园[4]。还惜诗酒别,深为江海言。明朝广陵道,独忆此倾樽。

【注释】

〔1〕广陵:郡名,即扬州,治所在今江苏扬州市。

〔2〕假:借。

〔3〕萱:忘忧草。

〔4〕杨园:《诗·小雅·巷伯》:"杨园之道。"毛传:"杨园,园名。"

夜下征虏亭[1]

船下广陵去,月明征虏亭。山花如绣颊[2],江火似流萤[3]。

【注释】

〔1〕诗作于开元十四年(726),时作者由征虏亭登舟往扬州(广陵)。征虏亭:故址在今南京市,东晋征虏将军谢石所建。

〔2〕绣颊(jiá):唐代女子以丹脂点颊,色如锦绣,称为绣颊。

〔3〕江火:江船的灯火。

下途归石门旧居[1]

吴山高,越水清,握手无言伤别情。将欲辞君挂帆去,离魂不散烟郊树。此心郁怅谁能论,有愧叨承国士恩[2]。云物共倾三月酒,岁时同钱五侯门[3]。羡君素书常满案[4],含丹照白霞色烂[5]。余尝学道穷冥筌[6],梦中往往游仙山。何当脱屣谢时去[7],壶中别有日月天[8]。俛仰人间易凋朽[9],钟峰五云在轩牖[10]。惜别愁窥玉女窗[11],归来笑把洪崖手[12]。隐居寺,隐居山,陶公炼液栖其间[13]。灵神闭气昔登攀,恬然但觉心绪闲。数人不知几甲子[14],昨来犹带冰霜颜[15]。我离虽则岁物改,如今了然识所在[16]。别君莫道不尽欢,悬知乐客遥相待[17]。石门流水遍桃花,我亦曾到秦人家。不知何处得鸡豕,就中仍见繁桑麻[18]。翛然远与世事间[19],装鸾驾鹤又复远[20]。何必长从七贵游[21],劳生徒聚万金产。挹君去[22],长相思,云游雨散从此辞。欲知怅别心易苦,向暮春风杨柳丝。

【注释】

〔1〕诗作于天宝十三载(754)春,时李白寓居金陵而往游石门。石门:王琦注:"按《太平府志》:横望山在当涂县东六十里,《春秋》'楚子重伐吴,至于横山',即此山也。实为金陵朝对之山。《真诰》称其石形瑰奇,洞穴盘纡。陶隐居尝栖迟此地炼丹,故有陶公读书堂、石门、古祠、灰井、丹炉诸遗迹。书堂今为澄心寺。石门山水尤奇,盘道屈曲,沿蹬而入,峭壁二里,夹石参天,左拥右抱,罗列拱揖,高者抗层霄,下者入衍奥。中有玉泉嵌空渊渊而来,春夏霖潦奔驰,秋冬澄流一碧,萦绕如练。观诗中所称隐居山寺、陶公炼液、石门流水诸句,知石门旧居,盖在其处矣。"

〔2〕叨承:自谦之辞,言不当承受而承受。国士:国家的栋梁之才。

〔3〕云物:景物。岁时:节候。五侯:河平二年,汉成帝同日封其舅王谭等五人为侯,世称五侯。见《汉书·元后传》。此泛指达官贵人。

〔4〕素书:古时以白绢写书,故称素书。

〔5〕"含丹"句:王琦注:"含丹者,书中之字以朱写之。白者绢色,丹白相映,烂然如霞矣。"

〔6〕冥筌:指道家之理与迹。

〔7〕脱屣:喻轻易抛弃一切。

〔8〕壶中日月天:即壶天,道家所说的仙境。《神仙传》卷九载,壶公卖药于汝南,常悬一壶,夜则跳入壶中,中有仙宫世界,"楼观五色,重门阁道"。

〔9〕俛(fǔ)仰:同"俯仰"。

〔10〕钟峰:钟山。在轩牖:言其距离之近。

〔11〕玉女窗:在嵩山,传说汉武帝曾在窗中窥见天上玉女。

〔12〕洪崖:仙人名。

〔13〕隐居山:王琦注引《因话录》:"宣州当涂隐居山岩,即陶贞白炼丹所也。炉迹犹在,后为佛舍。"陶公:即南朝人陶弘景,曾隐居茅山(一说横望山),自号华阳隐居,谥贞白先生。《南史》有传。

〔14〕甲子:古以干支纪年,六十年为一甲子。

〔15〕冰霜颜:仙人之貌。

〔16〕岁物:四季景物。

〔17〕悬知:预知。乐客:指好客的人。

〔18〕"石门"四句:用陶渊明《桃花源记》之事。

〔19〕翛然:自然往来,无拘无束。

〔20〕鸾、鹤:仙人所乘。

〔21〕七贵:指汉时吕、霍、上官等七家贵族,后泛指权贵。

〔22〕挹(yì):通"揖(yī)",古时拱手礼。

客 中 作[1]

兰陵美酒郁金香[2],玉碗盛来琥珀光[3]。但使主人能醉客,不知何处是他乡。

【注释】

〔1〕诗约作于开元二十七年(739),时作者初至东鲁后前往兰陵游览。

〔2〕兰陵:战国时始设县,辖今山东临沂、枣庄部分地区。郁金香:香草名。有浓烈香味。

〔3〕琥珀:松柏树脂的化石,色淡黄或赤褐。此处形容美酒的色泽。

太原早秋[1]

岁落众芳歇[2],时当大火流[3]。霜威出塞早,云色渡河秋[4]。梦绕边城月,心飞故国楼[5]。思归若汾水[6],无日不悠悠[7]。

【注释】

〔1〕诗作于开元二十三年(735),时李白往游太原。太原:在今山西太原市西南。

〔2〕岁落:早秋时,一年光阴已过半,故云"落"。歇:凋谢。

〔3〕大火:即心宿二,夏夜星空中主要亮星之一。《诗·豳风·七月》:"七月流火。"朱熹注:"火,大火,心星也。以六月之昏,加于地之南方。至七月之昏,则下而西流矣。"

〔4〕河:指黄河。

〔5〕故国:故乡。

〔6〕汾水:发源于山西宁武县管涔山,南流至河津市入黄河。

〔7〕悠悠:悠长貌。

奔亡道中五首[1]

其 一

苏武天山上[2],田横海岛边[3]。万重关塞断,何日是归年？

【注释】

〔1〕奔亡:指至德二载(757)春永王兵败后,李白南奔彭泽。

〔2〕"苏武"句:《汉书·苏武传》载,苏武出使匈奴,被扣留,不屈,徙至北海上牧羊。天山,在今新疆境内。按苏武牧羊在北海(今俄罗斯贝加尔湖),然古人误传在天山,刘删《苏武诗》云:"食雪天山近,思归海路长。"

〔3〕"田横"句:《史记·田儋列传》载,刘邦称帝后,田横惧诛而与其徒属五百余人入海,居岛中。高帝闻之,乃使使赦其罪而召之。田横乃与其客二人乘传诣洛阳,至尸乡而自刭,令客奉其头,从使者驰奏高帝。田横既葬,二客亦皆自刭,下从之。高帝大惊,闻其客尚有五百人在海中,使使召之。至则闻田横死,亦皆自杀,于是乃知田横兄弟能得士也。

其 二

亭伯去安在[1],李陵降未归[2]。愁容变海色[3],短服改胡衣[4]。

【注释】

〔1〕"亭伯"句:崔骃,字亭伯,汉和帝时为车骑大将军窦宪府掾,因数进谏,不为宪容,出为长岑长。事见《后汉书·崔骃传》。

〔2〕"李陵"句:《汉书·李陵传》载,汉武帝命贰师将军李广利击匈奴,李陵自请率部到兰干山南,以分单于兵,陵至浚稽山,被匈奴大军围困,兵败而降。

〔3〕海色:将晓的天色。

〔4〕短服:即胡服。胡人着窄袖短衣,以便于骑射。

649

其　三

谈笑三军却[1],交游七贵疏[2]。仍留一只箭,未射鲁连书[3]。

【注释】

〔1〕"谈笑"句:语本左思《咏史诗》:"吾慕鲁仲连,谈笑却秦军。"

〔2〕七贵:汉代时指吕、霍、上官等贵戚,后泛指权贵。

〔3〕"仍留"二句:《史记·鲁仲连邹阳列传》载,齐将田单破燕军,收复齐城,惟聊城不下,燕将固守岁余,士卒多死。鲁连乃为书,束之于矢,以射城中燕将。燕将得书,泣三日,乃自杀,齐军遂克聊城。

其　四

函谷如玉关,几时可生还[1]?洛阳为易水[2],嵩岳是燕山[3]。俗变羌胡语,人多沙塞颜。申包惟恸哭,七日鬓毛斑[4]。

【注释】

〔1〕函谷:关名,古关址在今河南灵宝市南。时函谷已为安禄山所据。玉关:玉门关。生还:《后汉书·班超传》:"臣不敢望到酒泉郡,但愿生入玉门关。"

〔2〕阳:一本作"川"。易水:在今河北易县南。

〔3〕嵩岳:即中岳嵩山。燕山:在今河北平原北侧。

〔4〕"申包"二句:楚昭王十年,吴军伐楚,入郢。昭王出奔,楚大夫

申包胥求救于秦,哭于秦庭七日七夜,秦乃出兵救楚,击败吴军。事见《左传·定公四年》。

其　五

淼淼望湖水[1],青青芦叶齐。归心落何处,日没大江西。歇马傍春草,欲行远道迷。谁忍子规鸟[2],连声向我啼。

【注释】

〔1〕淼(miǎo)淼:大水貌。
〔2〕子规:即杜鹃鸟,春暮即鸣,自夜达旦,其声哀切,似云"不如归去"。

郢门秋怀[1]

郢门一为客,巴月三成弦[2]。朔风正摇落[3],行子愁归旋。杳杳山外日,茫茫江上天。人迷洞庭水,雁度潇湘烟[4]。清旷谐宿好[5],缁磷及此年[6]。百龄何荡漾,万化相推迁。空谒苍梧帝[7],徒寻溟海仙。已闻蓬海浅[8],岂见三桃圆[9]?倚剑增浩叹,扪襟还自怜。终当游五湖[10],濯足沧浪泉[11]。

【注释】

〔1〕郢门:即荆门。在今湖北宜都西北。楚国都名郢,故称。

651

〔2〕弦:月半圆时,状如弓弦。农历每月七八日为上弦,二十二三日为下弦。三成弦,谓一月有余。

〔3〕摇落:指草木凋零。

〔4〕度:飞越。

〔5〕清旷:清朗开阔之地。《后汉书·仲长统传》:"欲卜居清旷,以乐其志。"

〔6〕缁磷:喻操守不变。《论语·阳货》:"不曰坚乎?磨而不磷。不曰白乎?涅而不缁。"

〔7〕苍梧帝:指虞舜,《史记·五帝本纪》:"(舜)践帝位三十九年,南巡狩,崩于苍梧之野。葬于江南九疑,是为零陵。"

〔8〕蓬海浅:用麻姑事,《神仙传》卷三载,仙女麻姑说曾见东海三为桑田,前到蓬莱,又见海水浅于往日略半,将复为陆地。

〔9〕三桃圆:用王母仙桃事,传说西王母园中有蟠桃,三千年一开花,三千年一结实。见《汉武帝内传》。

〔10〕游五湖:用范蠡功成归隐事,《国语·越语下》载,范蠡佐越王勾践灭吴后,乃辞别越王,"乘轻舟以浮于五湖,莫知其所终极"。

〔11〕濯足沧浪:《楚辞·渔父》:"渔父莞尔而笑,鼓枻而去,乃歌曰:'沧浪之水清兮,可以濯吾缨;沧浪之水浊兮,可以濯吾足。'遂去,不复与言。"

至鸭栏驿上白马矶赠裴侍御〔1〕

侧叠万古石,横为白马矶。乱流若电转,举棹扬珠辉。临驿卷缇幕〔2〕,升堂接绣衣〔3〕。情亲不避马〔4〕,为我解霜威〔5〕。

【注释】

〔1〕鸭栏驿:在今湖南临湘市。因吴建昌侯孙虑曾在此作斗鸭栏而得名。白马矶:在临湘市。

〔2〕缇幕:浅绛色帐幕。

〔3〕绣衣:指御史,《汉书·百官公卿表上》:"侍御史有绣衣直指,出讨奸猾,治大狱。武帝所制,不常置。"颜师古注:"衣以绣者,尊宠之也。"

〔4〕避马:即避骢,东汉桓典为侍御史,执法严正,不避权贵,常乘骢马,京师畏惮,为之语曰:"行行且止,避骢马御史。"见《后汉书·桓典传》。

〔5〕霜威:指御史的威严。

荆门浮舟望蜀江[1]

春水月峡来[2],浮舟望安极?正是桃花流[3],依然锦江色[4]。江色绿且明,茫茫与天平。逶迤巴山尽[5],摇曳楚云行。雪照聚沙雁,花飞出谷莺。芳洲却已转,碧树森森迎。流目浦烟夕,扬帆海月生。江陵识遥火[6],应到渚宫城[7]。

【注释】

〔1〕诗作于乾元二年(759),时作者遇赦东归行到荆门。蜀江:流经蜀地的长江。

〔2〕月峡:明月峡。

〔3〕桃花流:即桃花汛,农历二三月桃花盛开时,冰化雨积,河水猛涨,称为桃花汛。

〔4〕锦江:岷江分支之一。左思《蜀都赋》:"贝锦斐成,濯色江波。"刘逵注引谯周《益州志》曰:"成都织锦,既成,濯于江水,其文分明,胜于

初成。"

〔5〕巴山:大巴山的简称,在汉江支流任河谷地以东,四川、陕西、湖北三省边境。

〔6〕江陵:郡名,即荆州,治所在今湖北荆州市。

〔7〕渚宫:春秋时楚之别宫,在今江陵。

上 三 峡[1]

巫山夹青天,巴水流若兹[2]。巴水忽可尽,青天无到时。三朝上黄牛,三暮行太迟[3]。三朝又三暮,不觉鬓成丝。

【注释】

〔1〕诗作于乾元二年(759),时作者长流夜郎溯江而上行至三峡。

〔2〕巫山:山名,在今重庆巫山东。巴水:今四川东部、湖北西部一带流经三峡中的江水,古统称巴水。

〔3〕黄牛:黄牛峡,在湖北宜昌市西。山高滩险,江流迂回,民谣云:"朝发黄牛,暮宿黄牛。三朝三暮,黄牛如故。"见《水经注·江水二》。

自巴东舟行经瞿塘峡登巫山最高峰晚还题壁[1]

江行几千里,海月十五圆[2]。始经瞿塘峡,遂步巫山巅。巫山高不穷[3],巴国尽所历[4]。日边攀垂萝,霞外倚穹石^[5]。飞步凌绝顶,极目无纤烟。却顾失丹壑^[6],仰观临青天。青天若可扪^[7],银汉去安在^[8]?望云知苍梧^[9],记水辨瀛海^[10]。周游孤光晚^[11],历览幽意多^[12]。积雪照空谷,悲风鸣森柯^[13]。归途行欲曛,佳趣尚未歇^[14]。江寒早啼猿,松暝已吐月^[15]。月色何悠悠,清猿响啾啾^[16]。辞山不忍听,挥策还孤舟^[17]。

【注释】

〔1〕诗作于乾元二年(759)流夜郎遇赦东归途中。巴东:古郡名,即唐夔州,治所在今重庆奉节。瞿塘峡:长江三峡之一,在今巫山西,奉节东。巫山:在巫山东。

〔2〕十五圆:指历时十五个月。

〔3〕不穷:没有穷尽,极高。

〔4〕巴国:今四川、重庆地区,先秦时代为巴国地。历:经历。

〔5〕萝:松萝。穹石:大石。

〔6〕却顾:回头看。丹壑:赤色山谷。

〔7〕扪:摸。

〔8〕银汉:银河。

〔9〕"望云"句:《艺文类聚》卷一引《归藏》:"有白云出自苍梧,入于大梁。"

〔10〕记:识别。瀛海:浩瀚无边的大海。

〔11〕孤光:指日光。

〔12〕历览:一一观览。幽意:幽思逸怀。

〔13〕森柯:茂盛的树枝。

〔14〕曛:黄昏。歇:尽。

〔15〕暝:暗。

〔16〕清猿:指猿鸣凄清。

〔17〕策：竹杖。

早发白帝城[1]

朝辞白帝彩云间[2]，千里江陵一日还[3]。两岸猿声啼不尽[4]，轻舟已过万重山。

【注释】

〔1〕诗题：一作"白帝下江陵"。白帝城：东汉初公孙述据蜀称帝，色尚白，号白帝，故得名。在今重庆奉节东。诗作于乾元二年(759)春长流夜郎至白帝城获赦东归时。

〔2〕彩云间：白帝城地势高峻，如在云中。

〔3〕"千里"句：《水经注·江水》："自三峡七百里中，两岸连山，略无阙处。……有时朝发白帝，暮到江陵，其间千二百里，虽乘奔御风，不以疾也。"

〔4〕"两岸"句：《水经注·江水》："常有高猿长啸，属引凄异，空谷传响，哀转久绝。故渔者歌曰：'巴东三峡巫峡长，猿鸣三声泪沾裳。'"

秋下荆门[1]

霜落荆门江树空，布帆无恙挂秋风[2]。此行不为鲈鱼鲙，自爱名山入剡中[3]。

【注释】

〔1〕诗作于开元十三年(725),时作者出三峡初至江陵。荆门:山名,在今湖北宜都西北大江南岸,上合下开,其状如门;又与北岸之虎牙山相对,其间水势湍急,为江行绝险处。

〔2〕布帆无恙:顾恺之在荆州刺史殷仲堪幕为参军,因假还家。殷仲堪把布帆借给他使用,路遇大风,他写信告诉殷仲堪说:"行人安稳,布帆无恙。"事见《晋书·顾恺之传》。

〔3〕剡中:在今浙江嵊州、新昌一带。其地山水佳丽。

江行寄远

刳木出吴楚[1],危槎百余尺[2]。疾风吹片帆,日暮千里隔。别时酒犹在,已为异乡客。思君不可得,愁见江水碧。

【注释】

〔1〕刳(kū)木:凿木为舟。《易·系辞》:"刳木为舟。"吴楚:今长江中下游地区,古为吴、楚之地。

〔2〕槎(chá):用竹木编成的筏,此指船。

宿五松山下荀媪家[1]

我宿五松下,寂寥无所欢。田家秋作苦,邻女夜舂寒。跪进雕胡饭[2],月光明素盘[3]。令人惭漂母[4],三谢不能餐。

【注释】

〔1〕五松山:在今安徽铜陵市南。媪(ǎo):老妇人。
〔2〕雕胡:即菰米,可为饭。
〔3〕素盘:白盘。
〔4〕漂母:《史记·淮阴侯列传》:韩信年少时甚贫,常寄食于人,人多厌之者。"信钓于城下,诸母漂,有一母见信饥,饭信,竟漂数十日。"这里以漂母喻荀媪。

下泾县陵阳溪至涩滩[1]

涩滩鸣嘈嘈,两山足猿猱[2]。白波若卷雪,侧石不容舠[3]。渔子与舟人,撑折万张篙。

【注释】

〔1〕诗作于天宝十三载(754),时作者漫游于泾县。泾县:即今安徽泾县。涩滩:在今泾县西九十五里,《明一统志》说它"怪石峻立,如虎伏龙盘"。
〔2〕足:多。
〔3〕舠:小船。

下陵阳沿高溪三门六刺滩[1]

三门横峻滩,六刺走波澜。石惊虎伏起,水状龙萦盘。

何惭七里濑[2],使我欲垂竿。

【注释】

〔1〕陵阳:溪名。三门:山名,在泾县城西径溪上游,下临六刺滩。

〔2〕七里濑:又称七里滩,《浙江通志》一九引《严陵志》:"七里滩,在(桐庐)县西四十五里,与严陵濑相接。两山夹峙,水驶如箭。谚云:有风七里,无风七十里。"

夜泊黄山闻殷十四吴吟[1]

昨夜谁为吴会吟[2],风生万壑振空林。龙惊不敢水中卧,猿啸时闻岩下音。我宿黄山碧溪月,听之却罢松间琴。朝来果是沧洲逸[3],酤酒提盘饭霜栗[4]。半酣更发江海声,客愁顿向杯中失。

【注释】

〔1〕诗约作于天宝十三载(754),时作者在当涂一带漫游。黄山:又名浮丘山,在安徽当涂北,相传为浮丘翁牧鸡之处,非安徽省南部之黄山。吴吟:指唱吴地歌曲。

〔2〕吴会:吴郡、会稽之合称。

〔3〕沧洲:泛指隐士居处。阮籍《为郑冲劝晋王笺》:"临沧洲而谢支伯,登箕山以揖许由。"

〔4〕提:一作"醒"。

宿 虾 湖

鸡鸣发黄山,暝投虾湖宿[1]。白雨映寒山,森森似银竹[2]。提携采铅客[3],结荷水边沐。半夜四天开,星河烂人目。明晨大楼去[4],冈陇多屈伏。当与持斧翁,前溪伐云木。

【注释】
〔1〕黄山:指安徽池州市小黄山,在池州市南七十里。虾湖:在池州南六十里。见《贵池县志》。
〔2〕森森:雨落貌。
〔3〕采铅客:指炼丹人。
〔4〕大楼:山名,在今安徽池州市贵池区南。

西 施[1]

西施越溪女,出自苎萝山[2]。秀色掩今古,荷花羞玉颜。浣纱弄碧水[3],自与清波闲。皓齿信难开,沉吟碧云间[4]。勾践征绝艳,扬蛾入吴关[5]。提携馆娃宫[6],杳渺讵可攀?一破夫差国,千秋竟不还。

【注释】

〔1〕西施:吴王夫差灭越,越王勾践欲复仇,乃用美人计,得诸暨苎萝山卖薪女西施,献于夫差。夫差宠之,荒淫亡国。事见《吴越春秋·勾践阴谋外传》。

〔2〕苎(zhù)萝山:在今浙江诸暨市南。

〔3〕浣纱:浙江绍兴南有若耶溪,一名浣纱溪,溪边有浣纱石,相传西施浣纱于此。

〔4〕沉吟:沉思吟味。碧云间:指苎萝山上。

〔5〕扬蛾:扬眉。

〔6〕馆娃宫:春秋吴宫名,吴王夫差为西施所造。今江苏苏州灵岩山上有灵岩寺,即其故址。

王右军[1]

右军本清真,潇洒在风尘[2]。山阴遇羽客,要此好鹅宾。扫素写《道经》,笔精妙入神。书罢笼鹅去,何曾别主人[3]?

【注释】

〔1〕王右军:王羲之,东晋书法家,尝官右军将军,故称"王右军"。《晋书》有传。

〔2〕清真:纯洁质朴。在:一作"出"。

〔3〕"山阴"六句:咏羲之写经换鹅事。《晋书·王羲之传》:"山阴有一道士,养好鹅,羲之往观焉,意甚悦,固求市之。道士云:'为写《道德经》,当举群相赠耳。'羲之欣然写毕,笼鹅而归。"过,过访。羽客,指道士。

661

上元夫人[1]

上元谁夫人，偏得王母娇[2]。嵯峨三角髻，余发散垂腰。裘披青毛锦，身著赤霜袍[3]。手提嬴女儿，闲与凤吹箫[4]。眉语两自笑[5]，忽然随风飘。

【注释】

〔1〕上元夫人：传说中的仙女。《太平广记》卷五六引《汉武内传》："上元夫人，道君弟子也。"

〔2〕娇：宠爱。

〔3〕"嵯峨"四句：《汉武内传》记上元夫人："年可二十余，天姿精耀，灵眸绝朗。服青霜之袍，云彩乱色，非锦非绣，不可名字。头作三角髻，余发散垂至腰。"又《太平御览》卷六七八引《茅君传》称上元夫人"服赤霜之袍，披青锦裘，头作三角髻"。

〔4〕嬴女儿、凤吹箫：用弄玉事，春秋时萧史善吹箫，秦穆公女弄玉爱之，结为夫妻，每日教弄玉吹箫。数年后，声似凤鸣，有凤凰来止其屋，穆公为之作凤台。后夫妇皆成仙，随凤凰飞去。见《列仙传》卷上。

〔5〕"眉语"句：语本刘孝威《都县遇见人织率尔寄妇诗》："窗疏眉语度，纱轻眼笑来。"

苏台览古[1]

旧苑荒台杨柳新[2]，菱歌清唱不胜春[3]。只今惟有西江月^[4],曾照吴王宫里人。

【注释】

〔1〕诗约作于开元十四年(726),时作者在江南漫游。苏台:即姑苏台。位于姑苏山上,相传为吴王阖庐或夫差所筑。故址在今江苏苏州市吴江区西南。
〔2〕旧苑:指吴王所建长洲苑,故址在今苏州市西南。
〔3〕菱歌:采菱之歌。
〔4〕西江:指长江。长江由西而来,故云。

越中览古^[1]

越王勾践破吴归^[2],义士还家尽锦衣^[3]。宫女如花满春殿,只今惟有鹧鸪飞。

【注释】

〔1〕此诗作期同上。越中:指会稽,春秋时越国首都,在今浙江绍兴市。
〔2〕勾践:春秋时越国君主,曾被吴王夫差打败,后卧薪尝胆,任用贤能之士,终于灭掉吴国。
〔3〕家:一作"乡"。

商山四皓^[1]

白发四老人,昂藏南山侧^[2]。偃蹇松雪间,冥翳不可识[3]。云窗拂青霭,石壁横翠色。龙虎方战争,于焉自休息[4]。秦人失金镜[5],汉祖升紫极[6]。阴虹浊太阳[7],前星遂沦匿[8]。一行佐明两,欻起生羽翼[9]。功成身不居,舒卷在胸臆。窅冥合元化[10],茫昧信难测。飞声塞天衢,万古仰遗迹。

【注释】

〔1〕商山四皓:秦末四位须发皆白的老人东园公、绮里季、夏黄公、甪里先生,隐居于商山。汉高祖素慕其贤名,征之不得。吕后用张良计,卑辞安车迎四人至,与太子同见汉高祖。太子地位由此得以巩固。事见《史记·留侯世家》。

〔2〕昂藏:仪表雄伟、气宇不凡貌。

〔3〕偃塞:安卧,指隐居。一作"偃卧"。冥翳:幽深貌。

〔4〕龙虎:喻指楚汉。于焉:于此,指在商山。

〔5〕金镜:喻明道,刘孝标《广绝交论》:"盖圣人握金镜,阐风烈。"李善注:"《洛书》曰:'秦失金镜。'郑玄曰:'金镜,喻明道也。'"

〔6〕紫极:指皇宫。

〔7〕阴虹:王琦注:"《春秋潜潭巴》:'虹出日旁,后妃阴胁主。'杨齐贤注:'阴虹,以喻戚夫人。'"

〔8〕前星:指太子刘盈。《汉书·五行志下》:"心,大星,天王也;其前星太子,后星庶子也。"

〔9〕"一行"二句:咏四皓辅佐太子事,《史记·留侯世家》载,汉高祖见四皓辅佐太子,说:"羽翼已成,难动矣。"遂辍废太子之议。明两,《易·离》:"明两作离,大人以继明照于四方。"借指帝王或太子。两,一作"圣"。

〔10〕窅冥:深远貌。元化:造化。

过四皓墓[1]

我行至商洛[2],幽独访神仙。园绮复安在[3],云萝尚宛然。荒凉千古迹,芜没四坟连。伊昔炼金鼎[4],何年闭玉泉[5]?陇寒唯有月[6],松古渐无烟。木魅风号去,山精雨啸旋[7]。《紫芝》高咏罢[8],青史旧名传。今日并如此,哀哉信可怜!

【注释】

〔1〕四皓墓:在商州上洛县(今陕西商县)西。

〔2〕商洛:指商山、洛水,并在商州境内。

〔3〕园绮:东园公、绮里季。代指四皓。

〔4〕伊昔:从前。炼金鼎:鲍照《代淮南王》:"金鼎玉匕合神丹。"

〔5〕闭玉泉:谓死后葬于地下。

〔6〕陇:指坟墓。

〔7〕"木魅"二句:语本鲍照《芜城赋》:"木魅山鬼,野鼠城狐。风嗥雨啸,昏见晨趋。"

〔8〕紫芝高咏:即《紫芝曲》,传说秦末商山四皓退隐蓝田山而作。歌中有"晔晔紫芝,可以疗饥"之句,故名。

岘山怀古[1]

访古登岘首[2],凭高眺襄中[3]。天清远峰出,水落寒沙空。弄珠见游女[4],醉酒怀山公[5]。感叹发秋兴,长松鸣夜风。

【注释】

〔1〕岘(xiàn)山:在今湖北襄阳南。

〔2〕岘首:谓岘山之巅。

〔3〕襄中:襄阳。

〔4〕弄珠:《文选·南都赋》:"游女弄珠于汉皋之曲。"李善注引《韩诗外传》:"郑交甫将南适楚,遵彼汉皋台下,乃遇二女,佩两珠,大如荆鸡之卵。"

〔5〕山公:山简,《晋书·山简传》载,山简出镇襄阳,唯酒是耽。酒:一作"月"。

苏 武

苏武在匈奴,十年持汉节〔1〕。白雁上林飞,空传一书札〔2〕。牧羊边地苦,落日归心绝。渴饮月窟水〔3〕,饥餐天上雪。东还沙塞远,北怆河梁别〔4〕。泣把李陵衣,相看泪成血〔5〕。

【注释】

〔1〕"苏武"二句:《汉书·苏武传》载,苏武出使匈奴,被扣留,不屈,徙至北海上牧羊。武"杖汉节牧羊,卧起操持,节旄尽落"。

〔2〕"白雁"二句:苏武出使匈奴,被拘留。汉使求之,匈奴诡言武死。汉使称天子于上林苑射猎,得雁足所系帛书,言武在某泽中。匈奴信之,武乃得归。事见《汉书·苏武传》。

〔3〕月窟:古人认为月归宿于西方,故称极西之地为月窟。

〔4〕河梁别:李陵《与苏武诗》:"携手上河梁,游子暮何之?"梁,桥。

〔5〕"泣把"二句:《汉书·苏武传》载:苏武将归汉,李陵置酒为其送行,"泣下数行,因与武决"。李陵《答苏武书》云:"此陵所以仰天椎心而泣血也。"

经下邳圯桥怀张子房[1]

子房未虎啸,破产不为家。沧海得壮士,椎秦博浪沙。报韩虽不成,天地皆振动[2]。潜匿游下邳,岂曰非智勇?我来圯桥上,怀古钦英风。唯见碧流水,曾无黄石公[3]。叹息此人去,萧条徐泗空[4]。

【注释】

〔1〕诗约作于天宝五载(746),时作者由东鲁南下游吴越。下邳(pī):在今江苏邳州市。圯(yí)桥:在下邳沂水上。张子房:张良,字子房,曾在下邳圯桥遇黄石公,得授《太公兵法》。

〔2〕"子房"六句:秦灭韩,张良以其先人五世相韩故,立志为韩报仇,乃尽散家财,求刺客。东见沧海君,得一力士,以铁锤击秦始皇于博浪沙,误中副车。事见《史记·留侯世家》。

〔3〕黄石公:他曾在下邳桥上传授《太公兵法》给张良。

〔4〕此人:指张良。徐泗:徐州(今江苏徐州)和泗州(今江苏泗洪东南)。

金 陵 三 首

晋家南渡日[1],此地旧长安[2]。地即帝王宅,山为龙虎盘[3]。金陵空壮观,天堑净波澜[4]。醉客回桡去,吴歌且自欢[5]。

【注释】

〔1〕晋家南渡：晋愍帝建兴四年(316)，刘曜陷长安，晋室南渡。

〔2〕旧：一作"即"。

〔3〕"地即"二句：据《太平御览》卷一五六引张勃《吴录》载，诸葛亮使至京，叹曰："钟山龙盘，石头虎踞，此帝王之宅。"钟山，即紫金山，在南京市区东。石头，石头山，即今南京清凉山。一作"碧宇楼台满，青山龙虎盘"。

〔4〕天堑：天然的壕沟，言其险要不易越过。《南史·孔范传》："长江天堑，古来限隔。虏军岂能飞度？"一作"江塞"。

〔5〕"吴歌"句：一作"谁云行路难"。

地拥金陵势，城回江水流[1]。当时百万户[2]，夹道起朱楼。亡国生春草，王宫没古丘。空余后湖月[3]，波上对瀛洲[4]。

【注释】

〔1〕江：一作"汉"。

〔2〕当时：指六朝。六朝均建都于金陵。

〔3〕后湖：即玄武湖，在江苏南京市城东北玄武门外。

六代兴亡国[1]，三杯为尔歌。苑方秦地少[2]，山似洛阳多。古殿吴花草，深宫晋绮罗。并随人事灭，东逝与沧波[3]。

【注释】

〔1〕六代：即吴、东晋、宋、齐、梁、陈，均建都于金陵。

〔2〕方：比。少：一作"小"。

〔3〕与：一作"只"。

秋夜板桥浦泛月独酌怀谢朓[1]

天上何所有,迢迢白玉绳[2]。斜低建章阙[3],耿耿对金陵。汉水旧如练,霜江夜清澄[4]。长川泻落月,洲渚晓寒凝。独酌板桥浦,古人谁可征[5]？玄晖难再得,洒酒气填膺[6]。

【注释】

〔1〕板桥浦：在今南京市西南。谢朓：南齐诗人,曾为宣城太守、尚书吏部郎。

〔2〕玉绳：星名。

〔3〕建章：南朝宫名。谢朓《暂使下都夜发新林至京邑赠西府同僚》："金波丽鳷鹊,玉绳低建章。"

〔4〕"汉水"二句：化用谢朓《晚登三山还望京邑》"澄江静如练"之意。汉水,天汉之水,即银河。

〔5〕古人：指谢朓,他有《之宣城出新林浦向板桥》诗。

〔6〕玄晖：谢朓,字玄晖。

过彭蠡湖

谢公入彭蠡,因此游松门[1]。余方窥石镜,兼得穷江源。前赏迹可见,后来道空存。而欲继风雅,岂惟清心魂。云海方助兴,波涛何足论?青嶂忆遥月,绿萝愁鸣猿。水碧或可采[2],金膏秘莫言[3]。余将振衣去,羽化出嚣烦。

【注释】

〔1〕彭蠡:即鄱阳湖。松门:在今江西都昌南。石镜:在庐山东,近彭蠡湖(鄱阳湖)。其地有石若镜,明可以照见人形。谢公:谢灵运。其《入彭蠡湖口》云:"攀崖照石镜,牵叶入松门。"

〔2〕水碧:《山海经·东山经》:"耿山,无草木,多水碧。"郭璞注:"亦水玉类。"

〔3〕金膏:指仙药之类。

入彭蠡经松门观石镜缅怀谢康乐题诗书游览之志

谢公之彭蠡,因此游松门。余方窥石镜,兼得穷江源。将欲继风雅[1],岂徒清心魂。前赏逾所见,后来道空存。况属临泛美,而无洲渚喧。漾水向东去[2],漳流直南奔[3]。空濛三川夕[4],回合千里昏。青桂隐遥月,绿枫鸣愁猿。水碧或可采,金精秘莫论。吾将学仙去,冀与琴高言[5]。

【注释】

〔1〕将欲:一作"欲将"。风雅:指古人之雅兴。

670

〔2〕漾水:古水名。《尚书·禹贡》:"嶓冢导漾,东流为汉。"指汉水之源。水出今陕西宁强县嶓冢山,东北流经沔县(现勉县),合沔水;又东经褒城、南郑,称汉水。

〔3〕漳流:漳水,发源于山西东部,流经河北、河南两省边境,东入卫河。

〔4〕三川:即三江,是众多水道的总称,而非确指某几条水。

〔5〕琴高:仙人名。

庐江主人妇

孔雀东飞何处栖[1],庐江小吏仲卿妻[2]。为客裁缝君自见,城乌独宿夜空啼。

【注释】

〔1〕孔雀东飞:古乐府《孔雀东南飞》:"孔雀东南飞,五里一徘徊。"

〔2〕仲卿妻:《孔雀东南飞》又作《古诗为焦仲卿妻作》,其序云:"汉末建安中,庐江府小吏焦仲卿妻刘氏,为仲卿母所遣,自誓不嫁,其家逼之,乃没水而死。仲卿闻之,亦自缢于庭树。时人伤之,为诗云尔。"

陪宋中丞武昌夜饮怀古[1]

清景南楼夜,风流在武昌。庾公爱秋月,乘兴坐胡床[2]。龙笛吟寒水[3],天河落晓霜。我心还不浅,怀古醉余筋。

【注释】

〔1〕宋中丞:御史中丞宋若思。武昌:即今湖北鄂州市。

〔2〕"清景"四句:《世说新语·容止》载,庾太尉亮在武昌,秋夜气佳景清,佐吏殷浩等登南楼咏诗,兴致正高,忽闻庾亮至,众人欲起避之。庾亮说:"诸君少住,老子于此处兴复不浅。"因据胡床,"与诸人咏谑,竟坐,甚得任乐。"此以庾亮喻宋若思。

〔3〕"龙笛"句:马融《长笛赋》:"近世双笛从羌起,羌人伐竹未及已。龙鸣水中不见己,截竹吹之声相似。"

望鹦鹉洲怀祢衡[1]

魏帝营八极,蚁观一祢衡[2]。黄祖斗筲人,杀之受恶名[3]。吴江赋《鹦鹉》,落笔超群英。锵锵振金玉,句句欲飞鸣[4]。鸷鹗啄孤凤[5],千春伤我情。五岳起方寸,隐然讵可平[6]?才高竟何施,寡识冒天刑[7]。至今芳洲上,兰蕙不忍生。

【注释】

〔1〕诗作于乾元元年(758)夏,时作者在江夏。鹦鹉洲:原在湖北汉阳西南长江中,后沦于江。东汉末,江夏太守黄祖及其子黄射于此洲大宴宾客,有人献鹦鹉,祢衡作《鹦鹉赋》,故以名洲。

〔2〕魏帝:指曹操。营八极:经营天下。蚁观:小看,轻视。

〔3〕"黄祖"二句:祢衡侮慢曹操,操怒,因遣送刘表。刘亦不能容,遂转送江夏太守黄祖。祖大会宾客,衡出言不逊,祖怒而杀之。斗筲(shāo)人,器量狭小的人。

〔4〕"吴江"四句:祢衡作《鹦鹉赋》,"揽笔而作,文无加点,辞采甚丽"。见《后汉书·祢衡传》。

〔5〕鸷(zhì)鹗:猛禽,以喻黄祖。孤凤:喻指祢衡。

〔6〕隐然:隐痛。讵:岂。

〔7〕寡识:指黄祖,而非指祢衡。天刑:天的法则。

宿巫山下[1]

昨夜巫山下,猿声梦里长。桃花飞渌水,三月下瞿塘[2]。雨色风吹去,南行拂楚王[3]。高丘怀宋玉[4],访古一沾裳。

【注释】

〔1〕巫山:在四川、湖北接壤处。

〔2〕瞿塘:瞿塘峡,在今重庆奉节东,巫山西。

〔3〕"雨色"二句:用楚王与巫山神女事,见宋玉《高唐赋》。

〔4〕高丘:此指巫山。

金陵白杨十字巷[1]

白杨十字巷,北夹湖沟道[2]。不见吴时人,空生唐年草。天地有反覆,宫城尽倾倒。六帝余古丘[3],樵苏泣遗老[4]。

【注释】

〔1〕白杨:王琦注引《六朝事迹》:白杨路,《图经》云:县南十二里石山冈之横道是也。

〔2〕湖:王琦注:"当作潮。"潮沟:《大清一统志·江宁府》:"潮沟,在上元县(今南京市)西……《舆地志》云吴大帝所凿以引湖,接青溪,抵秦淮,西通运渎,北连后湖。"

〔3〕六帝:指六朝开国之帝。

〔4〕樵苏:打柴割草。

谢 公 亭

盖谢朓范云之所游[1]

谢亭离别处,风景每生愁。客散青天月,山空碧水流。池花春映日,窗竹夜鸣秋。今古一相接[2],长歌怀旧游。

【注释】

〔1〕诗作于天宝十二载(753)八月,时作者在宣城。谢公亭:在今安徽宣城北,南齐宣城太守谢朓置,为谢朓送别友人范云之处。见《方舆胜览》卷一五。

〔2〕今古:今人与古人,即自己与谢朓。相接:相交,共鸣。

纪南陵题五松山[1]

圣达有去就,潜光愚其德[2]。鱼与龙同池,龙去鱼不测[3]。当时板筑辈,岂知傅说情[4]?一朝和殷人,光气为列星[5]。伊尹生空桑[6],捐庖佐皇极[7]。桐宫放太甲,摄政无愧色。三年帝道明,委质终辅翼[8]。旷哉至人心,万古可为则[9]。时命或大谬,仲尼将奈何[10]?鸾凤忽覆巢,麒麟不来过[11]。龟山蔽鲁国,有斧且无柯[12]。归来归去来[13],宵济越洪波[14]。

【注释】

〔1〕南陵:唐县名,在今安徽南陵。

〔2〕潜光:指避世。愚其德:言有德而其貌若愚。

〔3〕龙:喻圣达。鱼:喻一般人。

〔4〕傅说:傅说操筑于傅岩,殷高宗得之,命为相,致殷中兴。见《书·说命》。

〔5〕和殷人:一作"和殷羹"。《书·说命》:"若作和羹,尔惟盐梅。"这是殷高宗命傅说作相之词,说他是国家极需要的人,后因用以称美相业。为列星:《晋书·天文志》曰:"傅说一星,在尾后。"相传说死后,其精神"乘东维,骑箕尾,而比于列星"(《庄子·大宗师》)。

〔6〕"伊尹"句:《水经注·伊水》:"昔有莘氏女采桑于伊川,得婴儿于空桑中,言其母孕于伊水之滨,梦神告之曰:'臼水出而东走。'母明视而见臼水出焉,告其邻居而走,顾望其邑,咸为水矣。其母化为空桑,子在其中矣。莘女取而献之,命养于庖,长而有贤德,殷以为尹,曰伊尹也。"

〔7〕"捐庖"句:《史记·殷本纪》载,伊尹"负鼎俎,以滋味说汤",汤任以国政,致于王道。

〔8〕"桐宫"四句:据《史记·殷本纪》载:汤去世后,伊尹历佐卜丙、仲壬二王。仲壬死后,由其侄太甲即位,因太甲破坏商汤法制,伊尹将他放逐到桐宫,自摄政。三年后太甲悔过,又接回复位。委质,屈膝为臣。

〔9〕则:法则,榜样。

〔10〕仲尼:孔子字仲尼。将,一作"其"。

〔11〕"鸾凤"二句:《孔子家语》卷五:"孔子自卫将入晋,至河,闻赵简子杀窦犨鸣犊及舜华,乃临河而叹曰:'丘闻之,刳胎杀夭,则麒麟不至其郊;竭泽而渔,则蛟龙不处其渊;覆巢破卵,则凤凰不翔其邑。何则?君子违伤其类者也。'遂还,息于邹。"

〔12〕"龟山"二句:孔子《龟山操》:"予欲望鲁兮,龟山蔽之。手无斧柯,奈龟山何!"相传季桓子受齐女乐,孔子欲谏不得,退而望鲁,鲁有龟山蔽之,乃作此曲,以喻季氏专政,若龟山之蔽鲁也。见《琴操》卷上。龟山,在今山东新泰市谷里镇南。

〔13〕"归来"句:一作"归去来归去"。

〔14〕宵济:夜渡。

夜泊牛渚怀古[1]

牛渚西江夜[2],青天无片云。登舟望秋月,空忆谢将军[3]。余亦能高咏,斯人不可闻[4]。明朝挂帆席[5],枫叶落纷纷[6]。

【注释】

〔1〕诗约作于开元十四年(726)。谢尚闻袁宏咏史:袁宏有逸才,少孤贫,以运租为生。时谢尚镇守牛渚,秋夜泛舟江上,听到袁宏在运租船上吟诵其《咏史诗》,大加赞赏,即邀宏过舟谈论,直到天亮。从此袁宏声誉日隆。事见《晋书·文苑传》。

〔2〕西江:古时称今江西九江至江苏南京这一段长江为西江。

〔3〕谢将军:即谢尚。

〔4〕斯人:指谢尚。

〔5〕挂帆席:一作"洞庭去"。

〔6〕落:一作"正"。

姑熟十咏——作李赤诗[1]

姑熟溪[2]

爱此溪水闲,乘流兴无极。漾楫怕鸥惊[3],垂竿待鱼食。波翻晓霞影,岸叠春山色。何处浣纱人,红颜未相识。

【注释】

〔1〕姑熟:古城名,东晋时筑,因城南临姑熟溪得名。故址在今安徽当涂。此诗重见《全唐诗》卷四七二李赤诗,题作《姑熟杂咏》。按,《文苑英华》收其中八首(其二、五未收)作李白,苏轼《书李白十咏》谓诗为李赤作,陆游《入蜀记》载苏轼以《十咏》为"赝物",郭功父"以为不然",则诗之归属宋时已有争议,今姑存疑。

〔2〕姑熟溪:一名姑浦,在当涂县南二里。

〔3〕漾:李赤诗作"击"。

丹阳湖[1]

湖与元气连[2],风波浩难止。天外贾客归,云间片帆起。龟游莲叶上[3],鸟宿芦花里。少女棹轻舟[4],歌声逐流水。

【注释】

〔1〕丹阳湖:在今安徽当涂县东南,南部伸入江苏省南京市高淳区。
〔2〕连:李赤诗作"通"。
〔3〕龟游莲叶:《史记·龟策列传》:"龟千岁乃游莲叶之上。"
〔4〕轻舟:李赤诗作"舟归"。

谢公宅[1]

青山日将暝,寂寞谢公宅。竹里无人声,池中虚月白。荒庭衰草遍,废井苍苔积。唯有清风闲,时时起泉石。

【注释】

〔1〕谢公宅:当涂县东南有青山,南朝齐诗人谢朓曾筑别宅于山南,即谢公宅。

陵歊台[1]

旷望登古台,台高极人目。叠嶂列远空,杂花间平陆[2]。闲云入窗牖[3],野翠生松竹。欲览碑上文,苔侵岂堪读?

【注释】

〔1〕陵歊(xiāo)台:在当涂县北黄山上,有石如案,高约五尺,顶平而圆,宋武帝曾在此建离宫避暑。
〔2〕"杂花"句:李赤诗作"闲花杂平陆"。
〔3〕闲:李赤诗作"白"。

桓公井[1]

桓公名已古[2],废井曾未竭。石甃冷苍苔,寒泉湛孤月[3]。秋来桐暂落,春至桃还发。路远人罕窥,谁能见清澈?

【注释】

〔1〕桓公井:东晋大司马桓温镇姑孰时所凿,在当涂东白纻山上。

〔2〕桓公:即桓温。

〔3〕湛:澄清。

慈姥竹[1]

野竹攒石生,含烟映江岛。翠色落波深,虚声带寒早。龙吟曾未听[2],凤曲吹应好[3]。不学蒲柳凋[4],贞心常自保。

【注释】

〔1〕慈姥竹:当涂县北四十里有慈姥山,盛产竹子,为制作箫管之佳材。

〔2〕龙吟:笛声。马融《长策赋》"龙鸣水中不见己,截竹吹之声相似"。

〔3〕凤曲:用萧史、弄玉事,见《列仙传》卷上。

〔4〕蒲柳凋:《世说新语·言语》:"顾悦与简文同年,而发早白。简文曰:'卿何以先白?'对曰:'蒲柳之姿,望秋而落;松柏之质,经霜弥茂。'"蒲与柳均早落叶,故用以喻人之早衰。

望夫山[1]

颙望临碧空[2],怨情感离别。江草不知愁[3],岩花但争发。云山万重隔,音信千里绝。春去秋复来,相思几时歇?

【注释】

〔1〕望夫山:王琦注引《太平寰宇记》:"望夫山,在太平州当涂县北四十七里,昔有人往楚,累岁不还,其妻登此山望夫,乃化为石。其山临江,周围五十里,高一百丈。"

〔2〕颙(yòng)望:仰望,企望。

〔3〕江:李赤诗作"芳"。

牛渚矶[1]

绝壁临巨川,连峰势相向。乱石流洑间[2],回波自成浪。但惊群木秀,莫测精灵状[3]。更听猿夜啼,忧心醉江上。

【注释】

〔1〕牛渚矶:《元和郡县图志》卷二八宣州当涂县:"牛渚山,在县北三十五里。山突出江中,谓之牛渚圻,津渡处也。……温峤至牛渚,燃犀照诸灵怪,亦在于此。"

〔2〕洑(fú):漩涡。

〔3〕精灵:《晋书·温峤传》载,峤借资备器,还于武昌(今湖北鄂城),至牛渚矶,水深不可测。世云其下多怪物,峤遂燃犀角照之,见各类

水族奇形异状,有乘马车着赤衣者。其夜,峤梦人谓己曰:"与君幽明道别,何意相照也?"意甚恶之。

灵墟山[1]

丁令辞世人[2],拂衣向仙路。伏炼九丹成[3],方随五云去[4]。松萝蔽幽洞,桃杏深隐处。不知曾化鹤,辽海归几度?

【注释】

〔1〕灵墟山:在当涂县东北三十五里,相传丁令威学道飞升于此。

〔2〕丁令:即丁令威。传说辽东人丁令威学道成仙,后化鹤归辽。见《搜神后记》卷一。

〔3〕九丹:九种丹药,道教称服之,"欲升天则去,欲且止人间亦任意,皆能出入无间,不可得而害之矣"(《抱朴子·金丹篇》)。

〔4〕五云:五色云。

天门山[1]

迥出江上山[2],双峰自相对。岸映松色寒,石分浪花碎。参差远天际,缥缈晴霞外。落日舟去遥,回首沉青霭。

【注释】

〔1〕天门山:在今当涂县西南,二山夹江,对峙如门,东曰博望山,西曰梁山。

〔2〕迥:远。山:李赤诗作"水"。

卷二十二

与元丹丘方城寺谈玄作[1]

茫茫大梦中,惟我独先觉[2]。腾转风火来,假合作容貌[3]。灭除昏疑尽,领略入精要。澄虑观此身,因得通寂照[4]。朗悟前后际,始知金仙妙[5]。幸逢禅居人,酌玉坐相召[6]。彼我俱若丧,云山岂殊调?清风生虚空,明月见谈笑。怡然青莲宫[7],永愿恣游眺。

【注释】

〔1〕元丹丘:李白友人。谈玄:指谈论禅理。

〔2〕"茫茫"二句:《庄子·齐物论》:"且有大觉,而后知此其大梦也。"

〔3〕"腾转"二句:王琦注:"释家以此身为地、水、火、风四大假合而成,坚者是地,润者是水,暖者是火,动者是风。"

〔4〕寂照:即定、慧。定谓禅定,慧即智慧。佛教讲定慧双修。定、慧与戒,合称"三学",它概括了全部佛教修习内容。

〔5〕前后际:佛家有三际之说,三际即三世,谓过去、未来和现在。金仙:即佛。

〔6〕玉:喻酒之清醇。

〔7〕青莲宫:指方城寺。青莲,花名,梵语优钵罗之译名。佛家以青莲花喻佛眼。

寻高凤石门山中元丹丘[1]

寻幽无前期[2],乘兴不觉远。苍崖渺难涉,白日忽欲晚。未穷三四山,已历千万转。寂寂闻猿愁,行行见云收。高松来好月,空谷宜清秋。溪深古雪在,石断寒泉流。峰峦秀中天[3],登眺不可尽。丹丘遥相呼,顾我忽而哂。遂造穷谷间[4],始知静者闲。留欢达永夜[5],清晓方言还。

【注释】

〔1〕高凤:后汉南阳叶人。好学,"遂为名儒,乃教授业于西唐山中"。终身不仕,卒于家。见《后汉书·高凤传》。石门山:王琦注:"庾信作《高凤赞》有'石门云度,铜梁雨来'云云……岂石门山即西唐山之异名哉?"

〔2〕前期:前约。

〔3〕中天:半天。

〔4〕穷谷:深谷。

〔5〕永夜:长夜。

安州般若寺水阁纳凉喜遇薛员外乂[1]

翛然金园赏[2],远近含晴光。楼台成海气[3],草木皆

683

天香。忽逢青云士,共解丹霞裳。水退池上热,风生松下凉。吞讨破万象,搴窥临众芳[4]。而我遗有漏[5],与君用无方[6]。心垢都已灭[7],永言题禅房。

【注释】

〔1〕安州:唐州名,治所在今湖北安陆市。般若:王琦注:"般若,读若百惹。释言般若,华言智慧也,寺依此立名。"薛乂:尝官温州刺史,见《新唐书·宰相世系表》三下。

〔2〕翛然:无拘无束、自由自在之貌。金园:佛寺的美称。《释氏要览》上:"金地或云金田,即舍卫国给孤长者侧布黄金,买祇陀太子园,建精舍,请佛居之。"

〔3〕"楼台"句:谓楼阁华丽如海市蜃楼。

〔4〕搴(qiān)窥:掀开帘子向外看。

〔5〕有漏:佛教名词。漏者,烦恼之异名。凡具烦恼导致流转生死之事物,谓之有漏。

〔6〕无方:《庄子·在宥》:"处乎无响,行乎无方。"郭象注:"随物转化。"

〔7〕心垢:王琦注:"《四十二章经》:心垢灭尽,净无瑕秽。《维摩诘所说经》:心垢,故众生垢。心净,故众生净。妄想是垢,无妄想是净。颠倒是垢,无颠倒是净。取我是垢,不取我是净。"

鲁中都东楼醉起作[1]

昨日东楼醉[2],还应倒接䍦[3]。阿谁扶上马[4],不省下楼时。

【注释】

〔1〕中都：唐县名，本平陆，天宝元年更名中都，在今山东汶上县。

〔2〕楼醉：一作"城饮"。

〔3〕倒接䍦：用山简故事。《世说新语·任诞》："山季伦为荆州，时出酣畅，人为之歌曰：'山公时一醉，径造高阳池。日暮倒载归，酩酊无所知。复能乘骏马，倒着白接䍦。举手问葛强，何如并州儿？'"还应：一作"归来"。

〔4〕阿谁：犹言何人。

对酒醉题屈突明府厅

陶令八十日，长歌《归去来》[1]。故人建昌宰[2]，借问几时回？风落吴江雪，纷纷入酒杯。山翁今已醉[3]，舞袖为君开。

【注释】

〔1〕"陶令"二句：《宋书·陶潜传》载：陶潜任彭泽令，在官八十余日，"郡遣督邮至，县吏白，应束带见之。潜叹曰：'我不能为五斗米折腰向乡里小人。'即日解印绶去职，赋《归去来》"。

〔2〕建昌：唐县名，在今江西修水县附近。

〔3〕山翁：指山简。此处自喻。

月下独酌四首

花间一壶酒[1]，独酌无相亲。举杯邀明月，对影成三人[2]。月既不解饮[3],影徒随我身。暂伴月将影[4],行乐须及春。我歌月徘徊,我舞影零乱。醒时同交欢,醉后各分散。永结无情游[5],相期邈云汉[6]。

【注释】

〔1〕间:一作"下";一作"前"。
〔2〕三人:指自己、月和影。
〔3〕不解:不懂得。
〔4〕将:与。
〔5〕无情游:月与影均无感情,李白与之交游,故称无情游。
〔6〕邈:遥远。云汉:天河。邈云汉:一作"碧岩畔"。

天若不爱酒,酒星不在天[1]。地若不爱酒,地应无酒泉[2]。天地既爱酒,爱酒不愧天。已闻清比圣,复道浊如贤[3]。贤圣既已饮,何必求神仙?三杯通大道[4],一斗合自然。但得酒中趣[5],勿为醒者传。

【注释】

〔1〕酒星:即酒旗星。《晋书·天文志上》:"轩辕右角南三星曰酒旗,酒官之旗也,主宴飨饮食。"
〔2〕酒泉:按《汉书·地理志》有酒泉郡,武帝太初元年置。颜师古注引应劭曰:"其水若酒,故曰酒泉也。"《三国志·魏书·崔琰传》裴松之注引张璠《汉纪》曰:"太祖制酒禁,而融书啁之曰:'天有酒旗之星,地列酒泉之郡,人有旨酒之德。'"李白诗意本此。
〔3〕清比圣、浊如贤:《三国志·魏书·徐邈传》:"平日醉客谓酒清者为圣人,浊者为贤人。"
〔4〕大道:天地间的法则。

〔5〕酒中趣:陶渊明《晋故征西大将军长史孟府君传》:"(桓)温尝问君:'酒有何好,而卿嗜之?'君笑而答曰:'明公但不得酒中趣耳。'"

三月咸阳城,千花昼如锦^[1]。谁能春独愁,对此径须饮^[2]。穷通与修短^[3],造化夙所禀^[4]。一樽齐死生^[5],万事固难审^[6]。醉后失天地,兀然就孤枕^[7]。不知有吾身,此乐最为甚。

【注释】

〔1〕城:一作"时"。此二句一作"好鸟吟清风,落花散如锦"。一作"园鸟语成歌,庭花笑如锦"。

〔2〕径:直。

〔3〕穷通:指仕途之窘困与显达。修短:指寿命之长短。

〔4〕造化:天地自然。夙:素来。

〔5〕齐死生:死生相同。

〔6〕审:明察。

〔7〕兀然:昏醉无所知貌。

穷愁千万端^[1],美酒三百杯^[2]。愁多酒虽少,酒倾愁不来。所以知酒圣,酒酣心自开。辞粟卧首阳^[3],屡空饥颜回^[4]。当代不乐饮,虚名安用哉?蟹螯即金液^[5],糟丘是蓬莱^[6]。且须饮美酒,乘月醉高台。

【注释】

〔1〕千万端:一作"有千端"。

〔2〕三百杯:一作"唯数杯"。

〔3〕"辞粟"句:用伯夷、叔齐事,《史记·伯夷列传》:"武王已平殷

乱,天下宗周,而伯夷、叔齐耻之,义不食周粟,隐于首阳山,采薇而食之。"首阳,一作"伯夷"。

〔4〕"屡空"句:《史记·伯夷列传》:"回也屡空,糟糠不厌。"

〔5〕蟹螯:用毕卓事,《世说新语·任诞》:"毕茂世(卓)云:'一手持蟹螯,一手持酒杯,拍浮酒池中,便足了一生。'"金液:指仙药。

〔6〕糟丘:酒糟堆成的小山。蓬莱:传说中东海三仙山之一。

春归终南山松龙旧隐[1]

我来南山阳[2],事事不异昔。却寻溪中水,还望岩下石。蔷薇缘东窗,女萝绕北壁。别来能几日,草木长数尺。且复命酒樽,独酌陶永夕[3]。

【注释】

〔1〕此诗作于初入长安之时,李白出游坊州归至终南山。

〔2〕南山:即终南山。

〔3〕陶:畅快。

冬夜醉宿龙门觉起言志[1]

醉来脱宝剑,旅憩高堂眠。中夜忽惊觉,起立明灯前。开轩聊直望,晓雪河冰壮。哀哀歌《苦寒》[2],郁郁独惆怅。傅说板筑臣[3],李斯鹰犬人[4]。欻起匡社稷[5],宁复长艰辛?而我胡为者,叹息龙门下!富贵未可期,殷忧向谁写[6]？去去泪满襟,举声《梁甫吟》[7]。青云当自致[8],何必求知音?

【注释】

〔1〕诗约作于开元二十一年(733)前后。龙门:又名伊阙,在今河南洛阳市南。

〔2〕苦寒:古乐府有《苦寒行》,因行役遇寒而作。

〔3〕"傅说"句:傅说(yuè)操筑于傅岩,殷高宗得之,命为相,致殷中兴。见《尚书·说命》。

〔4〕"李斯"句:《史记·李斯列传》:"斯出狱,与其中子俱执。顾谓其中子曰:'吾欲与若复牵黄犬,俱出上蔡东门,逐狡兔,岂可得乎?'遂父子相哭,而夷三族。"

〔5〕欻(xū)起:忽然而起。

〔6〕殷忧:深切的忧愁。《诗·邶风·柏舟》:"耿耿不寐,如有殷忧。"写:泻。《诗·邶风·泉水》:"驾言出游,以写我忧。"

〔7〕梁甫吟:古乐府有《梁甫吟》:"盖言人死葬此山(指泰山下之梁甫山),亦葬歌也。"

〔8〕青云:指高位。《史记·范雎蔡泽列传》:"不意君能自致于青云之上。"

寻山僧不遇作

石径入丹壑,松门闭青苔。闲阶有鸟迹,禅室无人开。窥窗见白拂[1],挂壁生尘埃。使我空叹息,欲去仍徘徊。香云遍山起[2],花雨从天来[3]。已有空乐好,况闻青猿哀[4]。了然绝世事,此地方悠哉。

【注释】

〔1〕白拂:白色拂尘。拂尘是用麈尾或马尾做成的拂除尘埃的器具。

〔2〕香云:王琦注:"《华严经》:乐音和悦,香云照耀。"

〔3〕"花雨"句:《法华经·分别功德品》载,佛祖说法时,"于虚空中雨曼陀罗花、摩诃曼陀罗花,以散无量百十万亿众宝树下师子座上诸佛"。

〔4〕青:当作"清"。

过汪氏别业二首[1]

游山谁可游,子明与浮丘[2]。叠岭碍河汉,连峰横斗牛[3]。汪生面北阜,池馆清且幽[4]。我来感意气,搥炰列珍羞[5]。扫石待归月,开池涨寒流。酒酣益爽气,为乐不知秋。

【注释】

〔1〕别业:即别墅。

〔2〕子明:即陵阳子明,相传窦子明弃官学道,钓得白龙,放之于宣州白龙潭,后龙来迎子明上陵阳山,遂成仙。浮丘:即浮丘公,《列仙传》载,王子乔好吹笙,仙人浮丘公接以上嵩山。

〔3〕斗牛:即二十八宿中的斗宿、牛宿。

〔4〕清且幽:一作"涵清幽"。

〔5〕搥:同"槌",指屠宰。炰(páo):烧烤。

畴昔未识君[1],知君好贤才。随山起馆宇,凿石营池台。星火五月中[2],景风从南来[3]。数枝石榴发,一丈荷花开。恨不当此时,相过醉金罍。我行值木落,月苦清猿哀。永夜达五更,吴歈送琼杯[4]。酒酣欲起舞,四座歌相催。日出远海明,轩车且徘徊。更游龙潭去,枕石拂莓苔。

【注释】

〔1〕畴昔:往昔。

〔2〕星火:《书·尧典》:"日永星火,以正仲夏。"蔡沈注:"星火,东方苍龙七宿。火谓大火,夏至昏之中星也。"星:一作"大"。

〔3〕景风:夏至后暖和之风。

〔4〕吴歈(yú):即吴歌。《太平御览》引《古乐志》:"齐歌曰讴,吴歌曰歈。"

待酒不至

玉壶系青丝,沽酒来何迟?山花向我笑,正好衔杯时。晚酌东窗下[1],流莺复在兹[2]。春风与醉客,今日乃相宜。

【注释】

〔1〕窗:一作"轩"。

〔2〕兹:此。

独　酌[1]

春草如有意,罗生玉堂阴[2]。东风吹愁来,白发坐相侵。独酌劝孤影,闲歌面芳林。长松尔何知[3],萧瑟为谁吟?手舞石上月,膝横花间琴。过此一壶外,悠悠非我心。

【注释】

〔1〕此诗一本云:春草遍绿野,新莺有佳音。落日不尽欢,恐为愁所侵。独酌劝孤影,闲歌面芳林。清风寻空来,岩松与共吟。手舞石上月,膝横花下琴。过此一壶外,悠悠非我心。

〔2〕罗生:罗列而生。《九歌·少司命》:"秋兰兮蘪芜,罗生兮堂下。"

〔3〕尔何知:一作"本无情"。

友人会宿

涤荡千古愁,留连百壶饮。良宵宜清谈,皓月未能寝[1]。醉来卧空山,天地即衾枕。

【注释】

〔1〕未:一作"谁"。

春日独酌二首

东风扇淑气[1],水木荣春晖。白日照绿草,落花散且飞。孤云还空山,众鸟各已归。彼物皆有托,吾生独无依[2]。对此石上月,长醉歌芳菲[3]。

【注释】

〔1〕淑气:春日温和之气。
〔2〕"彼物"二句:语本陶渊明《咏贫士》诗:"万族各有托,孤云独无依。"
〔3〕醉歌:一作"歌醉"。

我有紫霞想[1],缅怀沧洲间[2]。且对一壶酒[3],澹然万事闲。横琴倚高松,把酒望远山。长空去鸟没,落日孤云还。但恐光景晚,宿昔成秋颜[4]。

【注释】

〔1〕紫霞想:指学道求仙的志向。
〔2〕沧洲:泛指隐士居处。
〔3〕且:一作"思"。
〔4〕宿昔:谓时间之短暂。

金陵江上遇蓬池隐者时于落星石上以紫绮裘换酒为欢[1]

心爱名山游,身随名山远。罗浮麻姑台[2],此去或未返。遇君蓬池隐,就我石上饭。空言不成欢,强笑惜日晚。绿水向雁门[3],黄云蔽龙山[4]。叹息两客鸟,徘徊吴越间。共语一执手[5],留连夜将久。解我紫绮裘,且换金陵酒。酒来笑复歌,兴酣乐事多。水影弄月色,清光奈愁何!明晨挂帆席,离恨满沧波。

【注释】

〔1〕诗作于天宝六载(747),时李白在金陵。蓬池:在今河南开封东北,又称蓬泽。落星石:在金陵城西南,西临大江。

〔2〕罗浮:山名,在今广东惠州市西北。麻姑台:王琦注:"《广东通志》:麻姑峰在罗浮山之南,其前有麻姑台,下有白莲池,池水注朱明洞。"

〔3〕雁门:山名,在今南京城南。

〔4〕龙山:在今南京西南,以其山似龙形,因以为名。

〔5〕共:一作"一"。

月夜听卢子顺弹琴

闲夜坐明月[1],幽人弹素琴。忽闻《悲风》调[2],宛若

《寒松》吟[3]。《白雪》乱纤手,《绿水》清虚心[4]。钟期久已没,世上无知音[5]。

【注释】

〔1〕夜坐:一作"坐夜"。

〔2〕悲风:即《悲风操》,琴曲名。

〔3〕寒松:即《寒松操》,琴曲名。

〔4〕白雪、绿水:均为琴曲名。

〔5〕"钟期"二句:伯牙以钟子期为知音,子期死,"伯牙破琴绝弦,终身不复鼓琴,以为世无足复为鼓琴者"。见《吕氏春秋·本味》。钟期,即钟子期。

清溪半夜闻笛[1]

羌笛《梅花引》[2],吴溪陇水情[3]。寒山秋浦月,肠断玉关声[4]。

【注释】

〔1〕清溪:水名,在今安徽池州市北。

〔2〕梅花引:曲名,即《梅花落》,乐府旧题,属《横吹曲辞》。

〔3〕陇水情:古乐府《陇头歌辞》:"陇头流水,鸣声幽咽。遥望秦川,心肝断绝。"情:一作"清"。

〔4〕声:一作"情"。

日夕山中忽然有怀

久卧青山云[1],遂为青山客[2]。山深云更好,赏弄终日夕。月衔楼间峰,泉漱阶下石。素心自此得,真趣非外借。鼯啼桂方秋[3],风灭籁归寂。缅思洪崖术[4],欲往沧海隔。云车来何迟[5],抚己空叹息。

【注释】

〔1〕青:一作"名"。

〔2〕青:一作"名"。

〔3〕鼯:飞鼠,生长在林间。

〔4〕洪崖:古仙人名。

〔5〕云车:仙人所乘之车。

夏日山中

懒摇白羽扇,裸袒青林中。脱巾挂石壁[1],露顶洒松风。

【注释】

〔1〕巾:用以裹发的幅巾。

山中与幽人对酌

两人对酌山花开,一杯一杯复一杯。我醉欲眠卿且去,明朝有意抱琴来[1]。

【注释】

〔1〕"我醉"二句:用陶潜事,《宋书·陶潜传》:"贵贱造之者,有酒辄设,潜若先醉,便语客:'我醉欲眠,卿可去。'其真率如此。"

春日醉起言志

处世若大梦,胡为劳其生?所以终日醉,颓然卧前楹[1]。觉来盼庭前,一鸟花间鸣。借问此何时,春风语流莺。感之欲叹息,对酒还自倾。浩歌待明月[2],曲尽已忘情。

【注释】

〔1〕前楹:厅堂前部的柱子。
〔2〕浩歌:高歌。

庐山东林寺夜怀[1]

我寻青莲宇[2],独往谢城阙[3]。霜清东林钟,水白虎溪月[4]。天香生虚空,天乐鸣不歇[5]。宴坐寂不动[6],大千入毫发[7]。湛然冥真心,旷劫断出没[8]。

【注释】

〔1〕东林寺:晋僧慧远建,在庐山之麓。

〔2〕青莲宇:即佛寺。

〔3〕谢:告别。

〔4〕虎溪:在江西九江庐山。晋时高僧慧远居东林寺,每送客至此,辄有虎吼鸣,因名虎溪。见《莲社高贤传》。

〔5〕天乐:《法华经·化城喻品》:"四王诸天,为供养佛,常击天鼓;其余诸天,作天伎乐。"

〔6〕宴坐:又作燕坐。燕,安息貌。

〔7〕入毫发:须菩提答阿难曰:"我念一时入于三昧,此大千世界弘广若斯,置一毛端往来旋转如陶家轮。"见《法苑珠林》卷三六。

〔8〕真心、旷劫:安旗等注:"真心,释家所谓真心,即人之本心,亦即佛性。佛经以一世为一劫,极言过去时之长谓之旷劫,极言未来之时之长谓之永劫。"

寻雍尊师隐居

群峭碧摩天,逍遥不记年。拨云寻古道,倚树听流泉。

花暖青牛卧[1],松高白鹤眠。语来江色暮,独自下寒烟。

【注释】
〔1〕青牛:指花叶上的一种青虫。

与史郎中钦听黄鹤楼上吹笛[1]

一为迁客去长沙[2],西望长安不见家。黄鹤楼中吹玉笛,江城五月落梅花[3]。

【注释】
〔1〕诗作于乾元元年(758)夏,时作者流放夜郎,行至江夏。
〔2〕迁客:被贬之人。诗人自称。去长沙:用贾谊事,贾谊遭权贵谗毁,被汉文帝贬为长沙王太傅。事见《史记·屈原贾生列传》。
〔3〕落梅花:即《梅花落》,笛曲名。

对 酒

劝君莫拒杯,春风笑人来。桃李如旧识,倾花向我开。流莺啼碧树,明月窥金罍[1]。昨日朱颜子,今日白发催。棘生石虎殿[2],鹿走姑苏台[3]。自古帝王宅,城阙闭黄埃。君若不饮酒,昔人安在哉?

【注释】

〔1〕金罍:酒器。

〔2〕石虎:字季龙,东晋十六国时后赵君王。《晋书·佛图澄传》:"季龙大享群臣于太武前殿,澄吟曰:'殿乎殿乎,棘子成林,将坏人衣。'季龙令发殿石,下视之,有棘生焉。"

〔3〕"鹿走"句:《史记·淮南衡山列传》载,伍子胥谏吴王,不从,子胥叹曰:"臣今见麋鹿游姑苏之台也。"姑苏台,吴王夫差所建,故地在今苏州市西南。

醉题王汉阳厅[1]

我似鹧鸪鸟,南迁懒北飞[2]。时寻汉阳令,取醉月中归。

【注释】

〔1〕王汉阳:即汉阳令王某。

〔2〕"我似"二句:《禽经》引《异物记》:"鹧鸪白黑成文,其鸣自呼,象小雉,其志怀南不北徂也。"

嘲王历阳不肯饮酒[1]

地白风色寒,雪花大如手。笑杀陶渊明[2],不饮杯中酒。浪抚一张琴[3],虚栽五株柳[4]。空负头上巾[5],吾于尔何有?

【注释】

〔1〕诗约作于上元二年(761),时李白往游历阳(今安徽和县)。

〔2〕陶渊明:借指王历阳。

〔3〕"浪抚"句:《晋书·陶潜传》:"性不解音,而畜素琴一张,弦徽不具,每朋酒之会,则抚而和之,曰:'但识琴中趣,何劳弦上声?'"

〔4〕五株柳:晋陶渊明,宅边有五柳树,因自号五柳先生。见《五柳先生传》。

〔5〕头上巾:儒巾。陶渊明《饮酒》:"若复不快饮,空负头上巾。"

独坐敬亭山[1]

众鸟高飞尽,孤云独去闲。相看两不厌[2],只有敬亭山。

【注释】

〔1〕敬亭山:古名昭亭山,在今安徽宣城北。

〔2〕两:指诗人与敬亭山。

自　遣

对酒不觉暝[1],落花盈我衣。醉起步溪月,鸟还人亦稀。

【注释】

〔1〕暝:日暮。

访戴天山道士不遇[1]

犬吠水声中,桃花带露浓。树深时见鹿,溪午不闻钟。野竹分青霭,飞泉挂碧峰。无人知所去,愁倚两三松。

【注释】

〔1〕诗作于开元初年(713),时作者隐居于大匡山。戴天山:一名大匡山,亦作大康山,在绵州彰明县(今四川江油)北三十里。

秋日与张少府楚城韦公藏书高斋作[1]

日下空亭暮,城荒古迹余。地形连海尽,天影落江虚。旧赏人虽隔,新知乐未疏。彩云思作赋[2],丹壁问藏书。查拥随流叶[3],萍开出水鱼。夕来秋兴满,回首意何如?

【注释】

〔1〕少府:县尉的别称。楚城:唐县名,在今江西九江市。
〔2〕"彩云"句:王琦注:"用宋玉赋朝云事,是赞其才思之美。"
〔3〕查:同"槎",木筏。

秋夜独坐怀故山

小隐慕安石[1],远游学子平[2]。天书访江海[3],云卧起咸京。入侍瑶池宴[4],出陪玉辇行。夸胡新赋作[5],谏猎短书成[6]。但奉紫霄顾[7],非邀青史名。庄周空说剑[8],墨翟耻论兵[9]。拙薄遂疏绝,归闲事耦耕[10]。顾无苍生望[11],空爱紫芝荣[12]。寥落暝霞色,微茫旧壑情。秋山绿萝月,今夕为谁明。

【注释】

〔1〕小隐:王康琚《反招隐》:"小隐隐陵薮,大隐隐朝市。"安石:谢安,字安石。

〔2〕子平:东汉向长字子平,隐居不仕,屡辞征辟。建武中,为子女嫁娶毕,与同好游五岳名山,不知所终。见《后汉书·向长传》。

〔3〕天书:诏书。

〔4〕瑶池宴:传说西王母曾在瑶池宴请远道而来的周穆王。见《穆天子传》。瑶池,古代神话中神仙居住之地,在昆仑山上。

〔5〕"夸胡"句:汉成帝幸长杨宫,令胡客大校猎,扬雄献《长杨赋》。见《汉书·扬雄传》。

〔6〕"谏猎"句:《史记·司马相如列传》:"常从上至长杨猎,是时天子方好自击熊彘,驰逐野兽,相如上疏谏之。"

〔7〕紫霄:指朝廷。

〔8〕"庄周"句:《庄子》有《说剑篇》。

〔9〕"墨翟"句:《吕氏春秋·慎大》:"墨子为守攻,公输般服,而不肯以兵加。"高诱注:"不肯以善用兵见知于天下也。"参见《墨子·非攻》

《公输》。

〔10〕耦耕:二人各执一耜,相偶而耕。

〔11〕苍生望:用谢安事。谢安隐居东山,朝命屡降而不起,时人语曰:"安石不肯出,将如苍生何?"见《世说新语·排调》。

〔12〕紫芝荣:传说秦末商山四皓退隐蓝田后作《紫芝曲》,其中有"晔晔紫芝,可以疗饥"之句。

忆崔郎中宗之游南阳遗吾孔子琴抚之潸然感旧[1]

昔在南阳城,唯餐独山蕨[2]。忆与崔宗之,白水弄素月[3]。时过菊潭上[4],纵酒无休歇。泛此黄金花,颓然清歌发。一朝摧玉树[5],生死殊飘忽。留我孔子琴,琴存人已没。谁传《广陵散》[6],但哭邙山骨[7]。泉户何时明[8],长归孤兔窟[9]。

【注释】

〔1〕崔宗之:卒于天宝十载。孔子琴:又称夫子琴,古琴的一种式样。

〔2〕独山:又称豫山,在南阳府城东北十五里,孤峰峭立,下有三十六陂。

〔3〕白水:即淯水,在南阳城南。

〔4〕菊潭:唐邓州南阳郡菊潭县有菊水,其旁多菊,水极甘馨。见《元和郡县图志》卷二一。

〔5〕摧玉树:喻指崔宗之逝世。《世说新语·伤逝》:"庾文康亡,何扬州临葬云:'埋玉树著土中,使人情何能已已!'"

〔6〕广陵散:琴曲名。嵇康游洛西,暮宿华阳亭。夜分,忽有客诣之,授之以琴曲《广陵散》,嘱其誓不传人。后康为司马昭所害,临刑前,"顾视日影,索琴弹之,曰:'昔袁孝尼尝从吾学《广陵散》,吾每靳固之。《广陵散》于今绝矣!'"见《晋书·嵇康传》。

〔7〕邙山:即洛阳城北的北邙山。

〔8〕泉户:犹云黄泉。

〔9〕归:一作"扫"。

忆东山二首[1]

不向东山久,蔷薇几度花[2]。白云还自散,明月落谁家?

【注释】

〔1〕东山:在今浙江绍兴市西南,东晋谢安曾隐居于此。后泛指隐者所居之地。

〔2〕几度花:开了几次花,指过了几年。

我今携谢妓[1],长啸绝人群。欲报东山客,开关扫白云。

【注释】

〔1〕谢妓:谢安隐居东山时,畜妓,携以游玩。见《世说新语·识鉴》。

望月有怀

清泉映疏松,不知几千古。寒月摇清波,流光入窗户。对此空长吟,思君意何深。无因见安道[1],兴尽愁人心。

【注释】

〔1〕安道:戴安道,王子猷曾于雪夜访他,未得见,兴尽而归。见《世说新语·任诞》。

对酒忆贺监二首并序[1]

太子宾客贺公,于长安紫极宫一见余[2],呼余为谪仙人,因解金龟换酒为乐[3]。怅然有怀,而作是诗。

四明有狂客[4],风流贺季真[5]。长安一相见,呼我谪仙人。昔好杯中物[6],今为松下尘[7]。金龟换酒处,却忆泪沾巾。

【注释】

〔1〕天宝六载(747),作者游会稽过贺知章故宅,因作此诗。贺监:贺知章,越州永兴人,开元间为太子宾客秘书监。

〔2〕紫极宫:即供奉老子的玄元庙,天宝二年改名紫极宫。见《唐会

要》卷五〇。

〔3〕金龟:王琦注:"盖是所佩杂玩之类,非武后朝内外官所佩之金龟也。"一本此句下有"没后对酒"四字。

〔4〕四明:山名,在今浙江宁波市西南。贺知章晚年自号"四明狂客"。

〔5〕季真:贺知章,字季真。

〔6〕杯中物:指酒。

〔7〕今:一作"翻"。

狂客归四明,山阴道士迎[1]。敕赐镜湖水[2],为君台沼荣[3]。人亡余故宅[4],空有荷花生。念此杳如梦,凄然伤我情。

【注释】

〔1〕山阴:今浙江绍兴市。

〔2〕"敕赐"句:天宝初,贺知章表请回乡为道士,玄宗赐他镜湖剡川一曲,作为放生池。见《新唐书》本传。

〔3〕台沼:楼台池塘。

〔4〕故宅:知章故宅在会稽县(今浙江绍兴)东北。

重忆一首[1]

欲向江东去,定将谁举杯[2]?稽山无贺老[3],却棹酒船回[4]。

【注释】

〔1〕与上首诗同期之作。

〔2〕将:与。

〔3〕稽山:会稽山,在今浙江绍兴、嵊州、诸暨、东阳之间。贺老:贺知章。

〔4〕棹:船桨。此处作动词用,划船。

春滞沅湘有怀山中[1]

沅湘春色还,风暖烟草绿。古之伤心人,于此肠断续。予非《怀沙》客[2],但美《采菱曲》[3]。所愿归东山[4],寸心于此足。

【注释】

〔1〕沅湘:沅水、湘水,均经岳州入长江,故后人以沅湘为岳州之异称。

〔2〕怀沙客:指屈原。《史记·屈原贾生列传》:"(屈原)乃作《怀沙》之赋……于是怀石遂自沉汨罗以死。"

〔3〕采菱曲:楚国古歌名,见《楚辞·招魂》。

〔4〕东山:泛指隐居之地。

落日忆山中

雨后烟景绿,晴天散余霞[1]。东风随春归,发我枝上花。花落时欲暮,见此令人嗟。愿游名山去,学道飞丹砂。

【注释】

〔1〕余霞:谢朓《晚登三山还望京邑》:"余霞散成绮。"

忆秋浦桃花旧游时窜夜郎[1]

桃花春水生,白石今出没。摇荡女萝枝,半挂青天月。不知旧行径,初拳几枝蕨[2]。三载夜郎还,于兹炼金骨[3]。

【注释】

〔1〕诗作于乾元二年(759)春,时李白在流放夜郎的途中。

〔2〕蕨:植物名,初生如小儿拳,紫色而肥。

〔3〕炼金骨:指学道以求长生。

卷二十三

越中秋怀

越水绕碧山,周回数千里。乃是天镜中,分明画相似[1]。爱此从冥搜[2],永怀临湍游[3]。一为沧波客[4],十见红蕖秋。观涛壮天险[5],望海令人愁。路遐迫西照,岁晚悲东流。何必探禹穴[6],逝将归蓬丘[7]。不然五湖上,亦可乘扁舟[8]。

【注释】

〔1〕"越水"四句:一作"蹈海思仲连,游山慕康乐。攀云穷千峰,弄水涉万壑"。

〔2〕冥搜:《文选》孙绰《游天台山赋序》:"远寄冥搜。"李善注:"搜访幽冥。"

〔3〕游:一作"幽"。

〔4〕沧波客:四处漂泊之人。

〔5〕观涛:王琦注:"越地左绕浙江,江有涛水,昼夜再上。枚乘《七发》曰'观涛于广陵之曲江',正谓此江也。"

〔6〕禹穴:《史记·太史公自序》:"上会稽,探禹穴。"《集解》引张晏:"禹巡狩至会稽而崩,因葬焉。上有孔穴,民间云禹入此穴。"

〔7〕逝:去,一说通"誓"。《诗·魏风·硕鼠》:"逝将去女,适彼乐土。"蓬丘:仙山蓬莱。

〔8〕"不然"二句:用范蠡事,表达自己归隐的志向。《国语·越语下》载,范蠡佐越王勾践灭吴后,乃辞别越王,"乘轻舟以浮于五湖,莫知其所终极"。

效古二首〔1〕

朝入天苑中〔2〕,谒帝蓬莱宫〔3〕。青山映辇道〔4〕,碧树摇烟空。谬题金闺籍〔5〕,得与银台通〔6〕。待诏奉明主〔7〕,抽毫颂清风。归时落日晚,躞蹀浮云骢〔8〕。人马本无意,飞驰自豪雄。入门紫鸳鸯,金井双梧桐。清歌弦古曲,美酒沽新丰〔9〕。快意且为乐,列筵坐群公。光景不可留,生世如转蓬。早达胜晚遇,羞比垂钓翁〔10〕。

【注释】

〔1〕诗作于待诏翰林期间。

〔2〕天苑:即禁苑。

〔3〕蓬莱宫:即唐长安大明宫。

〔4〕辇道:犹"阁道",楼阁间的空中通道,后也指帝王车驾所经的路。

〔5〕金闺籍:金马门的门籍。金马门为汉未央宫门名,武帝铸铜马立于门外,因名。汉制,将记有姓名、年龄、身份的竹片挂在宫门外,经校对,合者乃得入宫,称为"门籍"。见《汉书·元帝纪》。

〔6〕银台:唐大明宫有银台门。唐翰林院在右银台门内。

〔7〕待诏:唐玄宗时置翰林待诏,除文章之士外,下至医卜术数之流皆纳之。

〔8〕蹀躞(dié xiè):小步貌。浮云:良马名。

〔9〕新丰:故址在今陕西西安市临潼区东北,产美酒,世称新丰酒。

〔10〕垂钓翁:指吕尚,姜太公吕尚年老穷困,垂钓于渭水之滨。周文王出猎,遇之,与语,大悦,立为师。后佐武王兴周灭殷。事见《史记·齐太公世家》。

自古有秀色,西施与东邻[1]。蛾眉不可妒,况乃效其颦[2]。所以尹婕妤,羞见邢夫人。低头不出气,塞默少精神[3]。寄语无盐子[4],如君何足珍。

【注释】

〔1〕东邻:宋玉《登徒子好色赋》:"天下之佳人莫若楚国,楚国之丽者莫若臣里,臣里之美者莫若臣东家之子。"后因以"东邻"指美女。

〔2〕效颦(pín):即效矉,《庄子·天运》载,西施病心而矉眉,其里之丑女见而美之,归亦捧心而矉眉,村里人皆避而不见。

〔3〕"所以"四句:《史记·外戚世家》褚先生补:武帝时,幸夫人尹婕妤,与邢夫人同时并幸,有诏不得相见。尹夫人自请武帝,愿望见邢夫人,帝许之。即令他夫人饰,从御者数十人,为邢夫人来前。尹夫人前见之,曰:"非邢夫人身也。"帝曰:"何以言之?"对曰:"视其身貌形状,不足以当人主矣。"于是帝乃诏使邢夫人衣故衣,独身来前。尹夫人望见之,曰:"此真是也。"于是乃低头俯而泣,自痛其不如也。

〔4〕无盐:战国时齐国一位相貌极丑的女子,宣王立之为后。见《新序》卷二。

拟古十二首

其 一

青天何历历,明星如白石[1]。黄姑与织女[2],相去不盈尺。银河无鹊桥[3],非时将安适?闺人理纨素,游子悲行役。瓶冰知冬寒[4],霜露欺远客。客似秋叶飞,飘飘不言归。别后罗带长,愁宽去时衣。乘月托宵梦,因之寄金徽[5]。

【注释】

〔1〕历历:分明可数。如白:一作"白如"。

〔2〕黄姑:星名,又称河鼓,即牵牛星。

〔3〕鹊桥:《白孔六帖·鹊部》引《淮南子》:"乌鹊填河成桥而渡织女。"《岁华纪丽》卷三引《风俗通》:"织女七夕当渡河,使鹊为桥。"按:今文《淮南子》《风俗通》无此文。

〔4〕"瓶冰"句:语本《淮南子·说山》:"睹瓶中之冰,而知天下之寒。"

〔5〕金徽:瞿蜕园、朱金城注:"金徽指琴。李商隐诗云'金徽自是无情物,不许文君忆故夫'是也。"

其 二

高楼入青天,下有白玉堂。明月看欲堕,当窗悬清光。

遥夜一美人,罗衣沾秋霜。含情弄柔瑟,弹作《陌上桑》[1]。弦声何激烈,风卷绕飞梁[2]。行人皆踯躅[3],栖鸟去回翔。但写妾意苦,莫辞此曲伤。愿逢同心者,飞作紫鸳鸯。

【注释】

〔1〕陌上桑:乐府《相和歌曲》,是汉代著名的民间叙事诗。内容写一太守在路上调戏采桑女子罗敷,被罗敷奚落拒绝的故事。

〔2〕绕飞梁:《列子·汤问》:"昔韩娥东之齐,匮粮,过雍门,鬻歌假食。既去,而余音绕梁㭔(lì),三日不绝。"

〔3〕踯躅(zhí zhú):徘徊不进貌。

其 三

长绳难系日[1],自古共悲辛。黄金高北斗[2],不惜买阳春。石火无留光[3],还如世中人。即事已如梦,后来我谁身。提壶莫辞贫,取酒会四邻。仙人殊恍惚,未若醉中真。

【注释】

〔1〕"长绳"句:傅玄《九曲歌》:"岁暮景迈群光绝,安得长绳系白日?"

〔2〕"黄金"句:王琦注:"《唐书·尉迟敬德传》:王曰:'公之心如山岳然,虽积金至斗岂能移之?'又唐人诗:'身后堆金柱北斗。'疑当时俚语有此。"

〔3〕石火:敲石发火,喻人生短暂。《文选》潘岳《河阳县作》:"人生天地间,百岁孰能要? 砰如槁石火,瞥若截道飙。"李善注:"古乐府诗曰:

凿石见火能几时?"

其　四

清都绿玉树[1],灼烁瑶台春[2]。攀花弄秀色,远赠天仙人[3]。香风送紫蕊,直到扶桑津[4]。取掇世上艳,所贵心之珍。相思传一笑,聊欲示情亲。

【注释】

〔1〕清都:天帝所居的宫阙,也指帝王所居的都城。
〔2〕灼烁:光彩貌。瑶台:神话中西王母居处,在昆仑山。见《太平御览》卷六七三引《登真隐诀》。
〔3〕天仙:《抱朴子·论仙》:"按《仙经》云:上士举形升虚,谓之天仙。"
〔4〕扶桑津:《文选》木华《海赋》:"翔阳逸骇于扶桑之津。"吕延济注:"扶桑之津,日出之处。"

其　五

今日风日好,明日恐不如。春风笑于人,何乃愁自居?吹箫舞彩凤[1],酌醴鲙神鱼[2]。千金买一醉,取乐不求余。达士遗天地,东门有二疏[3]。愚夫同瓦石,有才知卷舒。无事坐悲苦[4],块然涸辙鲋[5]。

【注释】

〔1〕"吹箫"句:用萧史吹箫致凤事,形容歌舞之盛。

〔2〕"酌醴"句:言酒肴之美。

〔3〕二疏:指疏广、疏受。汉宣帝时,疏广为太子太傅,其侄疏受为太子少傅。太子复朝,广在前,受在后,朝廷以为荣。后同时告老还乡,帝赐金,公卿大夫祖饯于长安东门外,送者车数百辆。见《汉书·疏广传》。

〔4〕坐:《诗词曲语辞汇释》:"犹徒也,空也,枉也……李白《拟古》诗:'……无事坐悲苦,块然涸辙鲋。'言不必徒悲苦也。"

〔5〕块然:孤独貌。涸辙鲋:干涸的车辙里的小鱼,比喻处于困境而待援助的人。事出《庄子·外物》。

其 六

运速天地闭[1],胡风结飞霜。百草死冬月,六龙颓西荒[2]。太白出东方[3],彗星扬精光[4]。鸳鸯非越鸟,何为眷南翔?惟昔鹰将犬[5],今为侯与王。得水成蛟龙,争池夺凤凰[6]。北斗不酌酒,南箕空簸扬[7]。

【注释】

〔1〕运速:指四时运行甚疾。天地闭:《礼记·月令》:"(孟冬之月)天气上腾,地气下降,天地不通,闭塞而成冬。"

〔2〕六龙:神话中为太阳驾车的六条龙。西荒:西方极远之地。

〔3〕太白:即金星。《汉书·天文志》:"(太白)出西方,失其行,夷狄败;出东方,失其行,中国败。"

〔4〕"彗星"句:古人称彗星为"妖星",认为彗星出现就会兴起战争和自然灾害。

〔5〕将:与。

〔6〕凤凰:即凤凰池,指中书省。《晋书·荀勖传》载,荀勖自中书省迁尚书令,有人向他祝贺,勖曰:"夺我凤皇池,诸君贺我耶?"

〔7〕"北斗"二句:《诗·小雅·大东》:"惟南有箕,不可以簸扬;惟

北有斗,不可以挹酒浆。"《大东》是"刺乱"之作,李白用此亦是抨击社会的动乱和人材不得其用的现实。

其 七

世路今太行[1],回车竟何托?万族皆凋枯[2],遂无少可乐。旷野多白骨,幽魂共销铄。荣贵当及时,春华宜照灼。人非昆山玉[3],安得长璀错[4]?身没期不朽,荣名在麟阁[5]。

【注释】

〔1〕"世路"句:刘孝标《广绝交论》:"世路险巇,一至于此!太行、孟门,岂云崭绝?"

〔2〕万族:万物。陶渊明《咏贫士》:"万族各有托,孤云独无依。"

〔3〕昆山:《韩诗外传》卷六:"玉出于昆山。"

〔4〕璀错:光辉灿烂。

〔5〕麟阁:即麒麟阁,在汉未央宫内。汉宣帝甘露三年,画功臣霍光、张安世、苏武等十一人图像于阁上。见《汉书·苏武传》。

其 八

月色不可扫,客愁不可道。玉露生秋衣,流萤飞百草。日月终销毁,天地同枯槁。蟪蛄啼青松[1],安见此树老?金丹宁误俗[2],昧者难精讨[3]。尔非千岁翁,多恨去世早。饮酒入玉壶[4],藏身以为宝。

【注释】

〔1〕蟪蛄:即寒蝉。

〔2〕金丹:道家之仙药。

〔3〕昧者:昧于仙道之人。精讨:求得其精髓。

〔4〕入玉壶:《神仙传》卷九载,壶公卖药于汝南,常悬一壶,夜则跳入壶中,中有仙宫世界,"楼观五色,重门阁道"。

其　九

生者为过客,死者为归人[1]。天地一逆旅[2],同悲万古尘。月兔空捣药[3],扶桑已成薪[4]。白骨寂无言,青松岂知春。前后更叹息,浮荣何足珍?

【注释】

〔1〕过客、归人:《列子·天瑞》:"古者谓死人为归人。夫言死人为归人,则生人为行人矣。"

〔2〕逆旅:客舍。

〔3〕"月兔"句:乐府古辞《董逃行》:"教敕凡吏受言,采取神药若木端,白兔长跪捣药蝦蟆丸。奉上陛下一玉柈,服此药可得神仙。"

〔4〕扶桑:神话中木名,为日出之处。《淮南子·天文》:"日出于旸谷,浴于咸池,拂于扶桑,是谓晨明。"

其　十

仙人骑彩凤,昨下阆风岑[1]。海水三清浅[2],桃源一见寻[3]。遗我绿玉杯,兼之紫琼琴。杯以倾美酒,琴以闲素心。二物非世有,何论珠与金?琴弹松里风,杯劝天上月。风月长相知,世人何倏忽[4]?

【注释】

〔1〕阆风:《水经注·河水》:"昆仑之山三级:下曰樊桐,一名板桐;二曰玄圃,一名阆风;上曰层城,一名天庭,是谓大帝之居。"

〔2〕"海水"句:《神仙传》卷三载,仙女麻姑说曾见东海三为桑田,前到蓬莱,又见海水浅于往日略半,将复为陆地。

〔3〕桃源:即陶渊明《桃花源记》所写之世外桃源。此指仙境。

〔4〕倏忽:指极短的时间。

其十一

涉江弄秋水,爱此荷花鲜。攀荷弄其珠,荡漾不成圆。佳期彩云重,欲赠隔远天。相思无由见,怅望凉风前[1]。

【注释】

〔1〕王琦校:"又《折荷有赠》云:涉江玩秋水,爱此红蕖鲜。攀荷弄其珠,荡漾不成圆。佳人彩云里,欲赠隔远天。相思无由见,惆怅凉风前。"

其十二

去去复去去,辞君还忆君。汉水既殊流,楚山亦此分。

人生难称意[1],岂得长为群?越燕喜海日[2],燕鸿思朔云[3]。别久容华晚,琅玕不能饭[4]。日落知天昏,梦长觉道远。望夫登高山,化石竟不返[5]。

【注释】

〔1〕"人生"句:鲍照《拟行路难》:"人生不得恒称意。"

〔2〕越燕:越地之燕。

〔3〕燕鸿:燕地之鸿。

〔4〕琅玕:《文选》张衡《南都赋》:"珍羞琅玕,充溢圆方。"李周翰注:"琅玕,玉名,饮食比之,所以为美。"

〔5〕"望夫"二句:《太平寰宇记》卷一〇五:"望夫山,在(太平州当涂)县北四十七里,昔人往楚,累岁不还,其妻登此山望夫,乃化为石。周回五十里,高一百丈,临江。"

感兴六首[1]

其一

瑶姬天帝女,精彩化朝云。宛转入梦宵,无心向楚君[2]。锦衾抱秋月,绮席空兰芬。茫昧竟谁测,虚传宋玉文[3]。

【注释】

〔1〕诗题:底本作"感兴八首",内二首与《古风》(见卷《古风》其三

十六、四十七)同,前已附注,不重录。

〔2〕"瑶姬"四句:《文选》宋玉《高唐赋》李善注引《襄阳耆旧传》曰:"赤帝女曰姚姬(《太平御览》卷三九九引作"瑶姬"),未行而卒,葬于巫山之阳,故曰巫山之女。楚怀王游于高唐,昼寝,梦见与神遇,自称是巫山之女。王因幸之,遂为置观于巫山之南,号为朝云。"

〔3〕宋玉文:指《高唐赋》《神女赋》。

其 二

洛浦有宓妃[1],飘飖雪争飞[2]。轻云拂素月[3],了可见清辉。解佩欲西去[4],含情讵相违。香尘动罗袜[5],渌水不沾衣。陈王徒作赋[6],神女岂同归?好色伤大雅,多为世所讥。

【注释】

〔1〕宓(fú)妃:伏羲氏女,相传溺死于洛水,遂为洛水之神。
〔2〕"飘飖"句:曹植《洛神赋》:"飘飖兮若流风之回雪。"
〔3〕"轻云"句:《洛神赋》:"仿佛兮若轻云之蔽月。"
〔4〕解佩:《洛神赋》:"愿诚素之先达兮,解玉佩以要之。"
〔5〕"香尘"句:《洛神赋》:"凌波微步,罗袜生尘。"
〔6〕陈王:即曹植,曾作《洛神赋》。

其 三

裂素持作书[1],将寄万里怀。眷眷待远信[2],竟岁无人来。征鸿务随阳[3],又不为我栖。妾之在深箧,蠹鱼坏其题[4]。何如投水中[5],流落他人开。不惜他人开,但恐生是非。

【注释】

〔1〕裂素:《后汉书·范式传》:"裂素为书,以遗巨卿。"素,白绢。

〔2〕眷眷:心向往貌。信:古称信使为信。

〔3〕"征鸿"句:《书·禹贡》:"阳鸟攸居。"孔安国传:"随阳之鸟,鸿雁之属。"

〔4〕题:王琦注:"古人谓书签为题,传所云'隋唐藏书,皆金题玉躞'是矣。此所云题者,乃书札面上手笔封题之处。"

〔5〕投水中:《世说新语·任诞》:"殷洪乔作豫章郡,临去,都下人因附百许函书,既至石头,悉掷水中。因祝曰:'沉者自沉,浮者自浮,殷洪乔不能作致书邮。'"

其　四

十五游神仙,仙游未曾歇。吹笙吟松风[1],泛瑟窥海月[2]。西山玉童子[3],使我炼金骨[4]。欲逐黄鹤飞,相呼向蓬阙[5]。

【注释】

〔1〕吟:一作"坐"。

〔2〕泛瑟:抚瑟。江淹《杂体诗》:"泛瑟卧遥帷。"

〔3〕"西山"句:曹丕《折杨柳行》:"西山一何高?高高殊无极。上有两仙童,不饮亦不食。"

〔4〕炼金骨:道教所谓炼骨成金,即成仙。

〔5〕蓬阙:即仙山蓬莱之宫阙。

其　五

西国有美女,结楼青云端。蛾眉艳晓月,一笑倾城欢。高节不可夺,炯心如凝丹[1]。常恐彩色晚,不为人所观。安得配君子,共乘双飞鸾。

【注释】

〔1〕炯:光明,明亮。

其　六

嘉谷隐丰草[1],草深苗且稀。农夫既不异[2],孤穗将安归?常恐委畴陇[3],忽与秋蓬飞。乌得荐宗庙[4],为君生光辉?

【注释】

〔1〕嘉谷:古称粟(小米)为嘉谷。
〔2〕异:区分。
〔3〕畴陇:田地。
〔4〕荐:进献。

寓 言 三 首

周公负斧扆,成王何夔夔[1]!武王昔不豫,剪爪投河湄^[2]。贤圣遇谗慝,不免人君疑。天风拔大木,禾黍咸伤萎。管蔡扇苍蝇,公赋《鸱鸮》诗^[3]。金縢若不启,忠信谁明之^[4]?

【注释】

〔1〕"周公"二句:谓成王年幼,周公摄王位。负斧扆(yǐ),扆是户牖间画有斧形的屏风。天子朝诸侯,负扆南面而坐。夔(kuí)夔,悚惧貌。

〔2〕"武王"二句:武王有疾,周公祷于先王,请以身代。后成王有疾,周公自剪其爪以沉于河,又请以身代。

〔3〕"管蔡"二句:周公佐武王灭商,武王死后,成王年幼,周公摄政。管叔及其群弟制造流言,诬陷周公图谋篡位。成王产生猜疑,于是周公避位不问政事。后管叔等发动叛乱,成王悔悟,迎周公回朝,命其率兵平叛。"公乃为诗以贻王,名之曰《鸱鸮》,王亦未敢诮公"。事见《书·金縢》及《史记·鲁周公世家》。

〔4〕"金縢(téng)"二句:周公因流言而避居东国,"秋大熟,未获,天大雷电以风,禾尽偃,大木斯拔,邦人大恐"。成王启匮,得周公所请愿以身代武王之祝文,执书以泣曰:"昔公勤劳王家,惟予冲人弗及知;今天动威,以彰周公之德。惟朕小子其新逆,我国家礼亦宜之。"成王出郊,天乃雨,反风,禾则尽起,岁则大熟。史纳其祝册于金縢之匮中。见《书·金縢》、《史记·鲁周公世家》及《蒙恬列传》。此合二事言之。縢,缄也。匮以金缄之,故称金縢。

遥裔双彩凤^[1],婉娈三青禽^[2]。往还瑶台里,鸣舞玉山岑^[3]。以欢秦娥意^[4],复得王母心。区区精卫鸟,衔木空哀吟^[5]。

【注释】

〔1〕遥裔(yì):犹逍遥。

〔2〕婉娈:美好貌。三青禽:即三青鸟。《山海经·西山经》:"三危之山,三青鸟居之。"郭璞注:"三青鸟,主为西王母取食者。"

〔3〕瑶台、玉山:均为西王母之居处。

〔4〕秦娥:指秦穆公女弄玉。春秋时萧史善吹箫,秦穆公女弄玉爱之,结为夫妻,每日教弄玉吹箫。数年后,声似凤鸣,有凤凰来止其屋,穆公为之作凤台。后夫妇皆成仙,随凤凰飞去。见《列仙传》卷上。

〔5〕区区:辛苦之意。精卫鸟:炎帝少女名女娃,游于东海,溺而不返,遂化为鸟,名曰精卫,常衔西山之木石,以填东海。见《山海经·北山经》。哀:一作"沉"。

长安春色归,先入青门道[1]。绿杨不自持,从风欲倾倒。海燕还秦宫,双飞入帝梁。相思不相见,托梦辽城东[2]。

【注释】

〔1〕青门:即霸城门,乃长安城东出南头第一门,门色青,故称。

〔2〕辽城东,即辽河以东,唐时为安东都护府之地。

秋夕旅怀

凉风度秋海,吹我乡思飞。连山去无际,流水何时归?目极浮云色,心断明月晖。芳草歇柔艳,白露催寒衣。梦长银汉落[1],觉罢天星稀。含悲想旧国[2],泣下谁能挥?

【注释】

〔1〕银汉:银河。

〔2〕旧国:故乡。

感遇四首

吾爱王子晋,得道伊洛滨[1]。金骨既不毁,玉颜长自春。可怜浮丘公[2],猗靡与情亲[3]。举手白日间,分明谢时人。二仙去已远,梦想空殷勤。

【注释】

〔1〕王子晋:周灵王太子晋,好吹笙,作凤凰鸣,仙人浮丘公接以上嵩山。三十余年后,对人说:"告我家,七月七日待我于缑氏山颠。"至时果乘白鹤驻山头,数日而去。后人立祠于缑氏山与嵩山。事见《列仙传》卷上。

〔2〕浮丘公:古仙人名。

〔3〕猗靡:相随貌。

可叹东篱菊[1],茎疏叶且微。虽言异兰蕙,亦自有芳菲。未泛盈樽酒[2],徒沾清露辉。当荣君不采,飘落欲何依?

【注释】

〔1〕东篱菊:陶渊明《饮酒》诗:"采菊东篱下。"

〔2〕泛:指以菊花浸酒。

昔余闻姮娥,窃药驻云发。不自娇玉颜,方希炼金骨。飞去身莫返,含笑坐明月[1]。紫宫夸蛾眉[2],随手会凋歇[3]。

【注释】

〔1〕"昔余"六句:相传姮娥(嫦娥)为后羿之妻,羿求不死之药于西王母,姮娥窃之以奔月。见《淮南子·览冥》。

〔2〕紫宫:天子所居之处。

〔3〕随手:短暂之意。

宋玉事楚王,立身本高洁。巫山赋彩云[1],郢路歌《白雪》。举国莫能和,巴人皆卷舌[2]。一惑登徒言,恩情遂中绝[3]。

【注释】

〔1〕"巫山"句:用宋玉《高唐赋》言巫山彩云事。

〔2〕"郢路"三句:宋玉《对楚王问》:"客有歌于郢中者,其始曰《下里》《巴人》,国中属而和者数千人……其为《阳春》《白雪》,国中属而和者不过数十人……其曲弥高,其和弥寡。"

〔3〕"一惑"二句:宋玉《登徒子好色赋》:"大夫登徒子侍于楚王,短宋玉曰:'玉为人体貌闲丽,口多微辞,又性好色,愿王勿与出入后宫。'"

翰林读书言怀呈集贤诸学士[1]

晨趋紫禁中[2],夕待金门诏[3]。观书散遗帙[4],探古穷至妙。片言苟会心,掩卷忽而笑。青蝇易相点[5],《白雪》难同调[6]。本是疏散人[7],屡贻褊促诮[8]。云天属清朗[9],林壑忆游眺。或时清风来,闲倚栏下啸[10]。严光桐庐溪[11],谢客临海峤[12]。功成谢人间[13],从此一投钓[14]。

【注释】

〔1〕翰林:指翰林院。集贤:指集贤院。《新唐书·百官志二》:"集贤殿书院:学士、直学士、侍读学士、修撰官,掌刊缉经籍。凡图书遗逸、贤才隐滞,则承旨以求之。谋虑可施于时,著述可行于世者,考其学术以闻。凡承旨撰集文章、校理经籍,月终则进课于内,岁终则考最于外。"诗当作于天宝二年(743)李白待诏翰林时。一本集贤下有"院内"二字。

〔2〕紫禁:指皇宫。

〔3〕金门:金马门之省称,指代宫廷或宫廷官署。

〔4〕帙:书套。散帙,解散书外之帙翻阅之。

〔5〕"青蝇"句:《诗·小雅·青蝇》:"营营青蝇,止于樊。岂弟君子,无信谗言。"又陈子昂《宴胡楚真禁所》:"青蝇一相点,白璧遂成冤。"谓青蝇遗粪于白玉之上,致成点污。

〔6〕白雪:言曲高和寡,见宋玉《对楚王问》。

〔7〕疏散:闲散。

〔8〕贻:招致。褊促:狭隘。诮:讥嘲。

〔9〕属:适值,正当。

〔10〕啸:撮口发出长而清越的声音。

〔11〕严光:严光少与刘秀同学,及刘秀即位为光武帝,尝入宫与之聚,除为谏议大夫,不受,旋归富春江隐居。事见《后汉书·严光传》。桐庐溪:指今浙江桐庐县富春江,江边有严光垂钓处。

〔12〕"谢客"句:谢灵运小字客儿,故称谢客,有《登临海峤初发强中作与从弟惠连可见羊何共和之》诗。

〔13〕谢:辞别。

〔14〕投钓:指过隐居生活。

寻阳紫极宫感秋作[1]

何处闻秋声,翛翛北窗竹[2]。回薄万古心[3],揽之不盈掬。静坐观众妙[4],浩然媚幽独[5]。白云南山来,就我檐下宿。懒从唐生决[6],羞访季主卜[7]。四十九年非[8],一往不可复。野情转萧散,世道有翻覆。陶令归去来,田家酒应熟[9]。

【注释】

〔1〕紫极宫:道宫名。据《旧唐书·玄宗纪》载:开元二十九年春正月丁丑制,两京、诸州各置玄元皇帝庙。天宝二年三月,改西京玄元庙为太清宫,东京为太微宫,天下诸郡为紫极宫。

〔2〕翛(xiāo)翛:风吹竹喧声。

〔3〕回薄:动荡。

〔4〕众妙:万物变化的奥妙。

〔5〕媚:喜爱。

〔6〕唐生:指唐举,善相。

〔7〕季主:《史记·日者列传》:"司马季主者,楚人也,卜于长安东市。"

〔8〕"四十"句:《淮南子·原道》:"蘧伯玉年五十,而有四十九年非。"

〔9〕陶令:指陶渊明,其《问来使》诗有"归去来山中,山中酒应熟"之句。

江上秋怀

餐霞卧旧壑[1],散发谢远游[2]。山蝉号枯桑,始复知天秋。朔雁别海裔[3],越燕辞江楼。飒飒风卷沙,茫茫雾萦洲。黄云结暮色,白水扬寒流。恻怆心自悲,潺湲泪难收。蘅兰方萧瑟[4],长叹令人愁。

【注释】

〔1〕餐霞:吞食霞气,道家修炼方法之一。
〔2〕散发:谓解冠隐居。
〔3〕海裔(yì):海边。
〔4〕蘅(héng):杜衡,香草名。

秋夕书怀[1]

北风吹海雁,南渡落寒声。感此潇湘客,凄其流浪情。海怀结沧洲[2],霞想游赤城[3]。始探蓬壶事[4],旋觉天地轻。澹然吟高秋[5],闲卧瞻太清[6]。萝月掩空幕[7],松霜结前楹[8]。灭见息群动[9],猎微穷至精[10]。桃花有源水[11],可以保吾生。

【注释】

〔1〕诗题:一作"秋日南游书怀"。诗当作于乾元二年(759),时李白在零陵。

〔2〕"海怀"句:一作"远心飞苍梧"。

〔3〕赤城:山名,在今浙江天台县北。霞:一作"遐"。

〔4〕蓬壶:仙山蓬莱。事:一作"术"。

〔5〕吟:一作"思"。

〔6〕太清:天空。

〔7〕掩:一作"隐"。

〔8〕结:一作"皓"。此句一作"松云散前楹"。

〔9〕息群动:语本陶渊明《饮酒》:"归人群动息。"

〔10〕微:精微之道。

〔11〕桃花:用陶渊明《桃花源记》事。

避地司空原言怀[1]

南风昔不竞[2],豪圣思经纶。刘琨与祖逖,起舞鸡鸣晨[3]。虽有匡济心,终为乐祸人[4]。我则异于是,潜光皖水滨[5]。卜筑司空原,北将天柱邻[6]。雪霁万里月,云开九江春。俟乎太阶平[7],然后托微身。倾家事金鼎[8],年貌可长新。所愿得此道,终然保清真。弄景奔日驭[9],攀星戏河津[10]。一随王乔去[11],长年玉天宾[12]。

【注释】

〔1〕司空原:即司空山,在今安徽岳西县西南。《明一统志》:"司空

山在安庆府太湖县西北一百六十里……山极高峻,山半有洗马池,即古司空原。"

〔2〕南风不竞:《左传·襄公十八年》:"晋人闻有楚师,师旷曰:'不害。吾骤歌北风,又歌南风,南风不竞,多死声,楚必无功。'"南风,南方的乐曲。不竞,声音微弱,喻国力衰微。

〔3〕"刘琨"二句:刘琨、祖逖闻鸡起舞,励志健身,以图恢复中原。事见《晋书·祖逖传》。

〔4〕乐祸:谓幸乱而就功名。《晋书·祖逖传》论曰:"祖逖散谷周贫,闻鸡暗舞,思中原之燎火,幸天步之多艰,原其素怀,抑为贪乱者矣。"

〔5〕潜光:隐名匿迹。皖水:源出大别山,经安徽岳西、潜山、怀宁等县入长江。

〔6〕天柱:天柱山,在今潜山市境内。

〔7〕太阶平:古人认为太阶平"则阴阳和,风雨时,社稷神祇咸获其宜,天下大安,是为太平"。见《汉书·东方朔传》注。太阶,三台六星,两两排列如阶梯,故名。

〔8〕金鼎:鲍照《代淮南王》:"金鼎玉匕合神丹。"

〔9〕景:同"影"。日驭:即日御,神话中为太阳驾车的羲和。

〔10〕河津:天河之津。

〔11〕王乔:即王子乔,见《列仙传》卷上。

〔12〕玉天:道教所谓玉清境之天,《灵宝太乙经》:"四人天外曰三清境:玉清、太清、上清。亦曰三天。"

上崔相百忧章[1]

时在寻阳狱

共工赫怒,天维中摧[2]。鲲鲸喷荡[3],扬涛起雷。鱼龙陷人,成此祸胎。火焚昆山,玉石相磓[4]。仰希霖雨,洒宝炎煨[5]。箭发石开[6],戈挥日回[7]。邹衍恸哭,燕霜飒来[8]。微诚不感,犹絷夏台[9]。苍鹰搏攫[10],丹棘崔嵬[11]。豪圣凋枯,《王风》伤哀[12]。斯文未丧,东岳岂颓[13]?穆逃楚难[14],邹脱吴灾[15]。见机苦迟,二公所哈[16]。骥不骤进,麟何来哉[17]?星离一门,草掷二孩[18]。万愤结缉[19],忧从中催。金瑟玉壶[20],尽为愁媒。举酒太息,泣血盈杯。台星再朗,天网重恢[21]。屈法申恩,弃瑕取材[22]。冶长非罪,尼父无猜[23]。覆盆倘举,应照寒灰[24]。

【注释】

〔1〕崔相:即崔涣。此诗作于至德二载(757),时李白被囚寻阳狱中。

〔2〕"共工"二句:《淮南子·天文》:"共工与颛顼争为帝,怒而触不周之山,天柱折,地维绝。"天维:系天之绳,此喻国家纲纪。

〔3〕鲲:传说中的大鱼。鲸:海中大鱼。此喻安禄山。

〔4〕"火焚"二句:《书·胤征》:"火炎昆冈,玉石俱焚。"相碓(duī),相撞。

〔5〕霖雨:喻指能解救灾难的力量。煨(wēi):烬。

〔6〕"箭发"句:用李广事,《史记·李将军列传》:"广出猎,见草中石,以为虎而射之,中石没镞,视之石也。因复更射,终不能复入石矣。"

〔7〕"戈挥"句:用鲁阳公事,《淮南子·览冥》:"鲁阳公与韩构难,战酣日暮,援戈而扔之,日为之反三舍。"

〔8〕"邹衍"二句:《淮南子》(佚文):"邹衍事燕惠王,尽忠。左右潜之,王系之。仰天而哭,夏五月天为之下霜。"见《初学记》卷二引。

〔9〕夏台:夏代监狱名。见《史记·夏本纪》。

〔10〕苍鹰:喻指酷吏。《史记·酷吏列传》:"郅都迁为中尉……是时

民朴,畏罪自重,而都独先严酷,致行法不避贵戚,列侯宗室见都侧目而视,号曰苍鹰。"搏攫(jué):用力抓取。

〔11〕丹棘:赤棘,棘分赤白。指监狱。

〔12〕"豪圣"二句:杨齐贤注:"豪圣,周公也。周公遭流言之变,王道凋枯,故《豳》以下诸诗哀伤之。"《王风》,此处指《诗》中哀伤周公的篇什。

〔13〕"斯文"二句:《论语·子罕》载,孔子被围于匡,有云:"天之未丧斯文也,匡人其如予何!"又《礼记·檀弓上》载,孔子死前七日尝作歌曰"泰山其颓乎"云云,此反用其意。

〔14〕穆:指穆生。《汉书·楚元王传》载:楚元王以穆生、白生、申公为中大夫,穆生不嗜酒,元王为设醴。及元王子戊即位,渐忘设醴。穆生以戊无道,遂谢病去。后戊果与吴王濞等发动叛乱,兵败身死。

〔15〕邹:邹阳。汉初,邹阳事吴王濞,吴王欲反,邹阳上书力谏,吴王不纳。于是邹阳离吴王至梁。后吴王发动叛乱被诛,邹阳因先走得免。

〔16〕二公:指穆生和邹阳。咍(hāi):讥笑。

〔17〕骥不骤进:宋玉《九辩》:"骥不骤进而求服兮。"麟何来哉:《孔子家语·辨物篇》载:叔孙氏之车士获麟,使人告孔子曰:"有麕而角者何也?"孔子往观之,曰:"麟也,胡为来哉!胡为来哉!"反袂拭面,涕泣沾襟。子贡问曰:"夫子何泣尔?"孔子曰:"麟之至为明王也,出非其时而见害,吾是以伤焉。"

〔18〕星离:星散。一门:指一家人。草掷:仓卒弃之。

〔19〕结绋:郁结不解。绋:一作"习"。

〔20〕金瑟:指音乐。玉壶:指美酒。

〔21〕台星:三台星,台星起文昌,列抵太微,共六星,两两相比,谓之三台。古代以天象征人世,"在人曰三公,在天曰三台"。(《晋书·天文志上》)时崔涣居相传,故此喻指崔相。天网:国法。恢:宽大。

〔22〕"屈法"二句:丘迟《与陈伯之书》:"主上屈法申恩,吞舟是漏。"陈琳《为袁绍檄豫州文》:"收罗英雄,弃瑕取用。"屈法,枉法。

〔23〕"冶长"二句:《论语·公冶长》:"子谓公冶长:'可妻也。虽在缧绁之中,非其罪也。'以其子妻之。"冶长,公冶长,孔子弟子。尼父,指

孔子。

〔24〕覆盆：《抱朴子·辨问》："是责三光不照覆盆之内也。"三光，指日、月、星光。寒灰：已冷却之灰。喻处于绝境之人。

万愤词投魏郎中[1]

海水渤潏，人罹鲸鲵[2]。蓊胡沙而四塞，始滔天于燕齐[3]。何六龙之浩荡，迁白日于秦西[4]。九土星分，嗷嗷凄凄[5]。南冠君子[6]，呼天而啼。恋高堂而掩泣[7]，泪血地而成泥。狱户春而不草，独幽怨而沉迷。兄九江兮弟三峡，悲羽化之难齐[8]。穆陵关北愁爱子，豫章天南隔老妻[9]。一门骨肉散百草，遇难不复相提携[10]。树榛拔桂，囚鸾宠鸡[11]。舜昔授禹，伯成耕犁。德自此衰，吾将安栖[12]？好我者恤我，不好我者何忍临危而相挤？子胥鸱夷[13]，彭越醢醯[14]。自古豪烈，胡为此繄[15]？苍苍之天，高乎视低。如其听卑[16]，脱我牢狴[17]。倪辨美玉，君收白珪[18]。

【注释】

〔1〕此诗作于至德二载（757），时李白被囚于浔阳狱中。魏郎中：疑指魏少游，时官左司郎中。见《新唐书·魏少游传》《房琯传》。

〔2〕"海水"二句：渤潏（yù），当作浡潏，海水沸涌貌。罹，遭遇。鲸鲵，喻指安史叛军。

〔3〕蓊（wěng）：聚。胡沙：指安史叛军。安禄山起兵于范阳，范阳属古燕地，古齐地与燕地毗邻，故云"始滔天于燕齐"。

735

〔4〕六龙:《初学记》卷一引《淮南子》注:"言日乘车驾以六龙。"秦西:指西蜀,蜀地在古秦地之西。此指明皇幸蜀。

〔5〕九土:九州之土。嗷嗷:哀愁声。

〔6〕南冠君子:《左传·成公九年》载:晋侯观于军府,见钟仪,问之曰:"南冠而絷者谁也?"有司对曰:"郑人所献楚囚也。"使与之琴,操南音。范文子闻之,以其不背本不忘旧,乃曰:"楚囚,君子也。"后世因以称囚人为南冠君子。

〔7〕高堂:此处指朝廷。

〔8〕九江:指寻阳。羽化:如仙人之化生羽翼。

〔9〕穆陵关:在今山东沂水县北大岘山上。豫章:郡名,即洪州,治所在今江西南昌市。

〔10〕提携:帮助,照顾。

〔11〕树:种植。榇、桂:两种贵贱悬殊的树木。鸾、鸡:两种贵贱悬殊的禽鸟。

〔12〕伯成:即伯成子高,尧时的诸侯。《庄子·天地》载:禹嗣舜位,伯成子高辞诸侯而耕于野,禹问其故,他说:"昔尧治天下,不赏而民劝,不罚而民畏。今子赏罚而民且不仁,德自此衰,刑自此立,后世之乱,自此始矣!"

〔13〕"子胥"句:春秋吴大夫伍员,字子胥,以忠谏而不见纳,又因谗臣之谮,吴王夫差乃赐剑令其自刎。子胥死前颇有怨言,吴王闻之大怒,乃取子胥尸盛以鸱夷革,浮之于江。鸱夷,盛尸之革囊,以其形似鸱鸟,故名。《国语·吴语》《史记·伍子胥列传》等均有记载。

〔14〕"彭越"句:《史记·黥布列传》载:西汉开国大将彭越被人告发要谋反,刘邦将其剁为肉酱遍赐诸侯。醢醢(hǎi xī),剁成肉酱。

〔15〕繄(yī):语气词。

〔16〕听卑:《史记·宋微子世家》:"天高听卑。"

〔17〕牢狴(bì):监狱。

〔18〕白珪:白玉。此处喻指自己的清白。

736

荆州贼乱临洞庭言怀作[1]

修蛇横洞庭,吞象临江岛[2]。积骨成巴陵[3],遗言闻楚老。水穷三苗国[4],地窄三湘道[5]。岁晏天峥嵘[6],时危人枯槁。思归阻丧乱,去国伤怀抱。郢路方丘墟[7],章华亦倾倒[8]。风悲猿啸苦,木落鸿飞早。日隐西赤沙[9],月明东城草[10]。关河望已绝,氛雾行当扫[11]。长叫天可闻,吾将问苍昊[12]。

【注释】

〔1〕诗作于乾元二年(759),时作者在巴陵。贼乱:据《通鉴·唐纪》载:乾元二年(759)八月,襄州将康楚元、张嘉延据州作乱,楚元自称南楚霸王。九月,张嘉延袭破荆州,有众万余人。澧、朗、郢、峡、归等州官吏,争潜窜山谷。十一月,商州刺史韦伦发兵讨之,生擒楚元,其众遂溃。

〔2〕"修蛇"句:《山海经·海内南经》:"巴蛇食象,三岁而出其骨。"

〔3〕"积骨"句:传说后羿斩巴蛇于洞庭,蛇骨堆积如丘陵,故名。见《太平寰宇记》卷一一三引《江源记》。

〔4〕三苗:古代部族名。今长沙、衡阳一带均为古三苗之地。

〔5〕三湘:泛指湘水流域。

〔6〕峥嵘:《文选》鲍照《舞鹤赋》:"岁峥嵘而愁暮。"李善注:"《广雅》曰:峥嵘,高貌。岁之将尽,犹物之高也。"

〔7〕郢:春秋战国时楚国的都城。楚文王自丹阳迁此。故址在今湖北江陵西北。

〔8〕章华:台名,楚灵王筑。旧址在今湖北监利市西北。

〔9〕赤沙:指赤沙湖,在今湖南华容县西南。

〔10〕城草:王琦注:"《一统志》:'青草湖,一名巴丘湖,北连洞庭,南接潇湘,东纳汨罗之水。每夏秋水泛,与洞庭为一,水涸则此湖先干,青草生焉。'琦按:城草恐是青草之讹,然青草在南,而诗云东城草,则又未敢定也。"

〔11〕氛雾:《文选》江淹《杂体三十首》:"天下横氛雾。"张铣注:"氛雾,喻乱贼也。"

〔12〕苍昊:苍天。

览镜书怀

得道无古今,失道还衰老。自笑镜中人,白发如霜草。扪心空叹息,问影何枯槁?桃李竟何言[1],终成南山皓[2]。

【注释】

〔1〕"桃李"句:古谚有"桃李不言,下自成蹊"之句,见《史记·李将军列传》。

〔2〕南山皓:即商山四皓。

田园言怀

贾谊三年谪[1],班超万里侯[2]。何如牵白犊,饮水对清流[3]。

738

【注释】

〔1〕"贾谊"句,贾谊遭权贵谗毁,被汉文帝贬为长沙王太傅。事见《史记·屈原贾生列传》。

〔2〕"班超"句:《后汉书·班超传》载,班超去看相,相者谓超"当封侯万里之外"。超问其状,相者指曰:"生燕颔虎颈,飞而食肉,此万里侯相也。"后果建功塞外,封定远侯。

〔3〕"何如"二句:《高士传》卷上载:尧召许由为九州长,由不欲闻之,洗耳于颍滨。时其友巢父牵犊欲饮之,见由洗耳,知晓缘故后曰:"子若处高岸深谷,人道不通,谁能见子?子故浮游,欲闻求其名誉,污吾犊口。"牵犊上流饮之。

江南春怀

青春几何时,黄鸟鸣不歇[1]。天涯失乡路,江外老华发。心飞秦塞云,影滞楚关月。身世殊烂漫[2],田园久芜没。岁晏何所从[3],长歌谢金阙[4]。

【注释】

〔1〕黄鸟:即黄莺。
〔2〕烂漫:杂乱多磨难。
〔3〕岁晏:晚年。
〔4〕谢:辞别。金阙:指朝廷。

听蜀僧濬弹琴[1]

蜀僧抱绿绮[2],西下峨眉峰。为我一挥手[3],如听万壑松。客心洗流水[4],遗响入霜钟。不觉碧山暮,秋云暗几重。

【注释】

〔1〕蜀僧濬:即李白《赠宣州灵源寺仲濬公》诗中之仲濬公。

〔2〕绿绮:琴名,汉代司马相如有琴名绿绮。

〔3〕挥手:指弹琴。

〔4〕客心:指诗人自己之心。流水:用伯牙事,《列子·汤问》:"伯牙善鼓琴,钟子期善听。伯牙鼓琴,志在登高山,钟子期曰:'善哉,峨峨兮若泰山!'志在流水,钟子期曰:'善哉,洋洋兮若江河!'"后世因以"高山流水"喻高雅的乐曲或知音难得。

鲁东门观刈蒲[1]

鲁国寒事早[2],初霜刈渚蒲[3]。挥镰若转月,拂水生连珠。此草最可珍,何必贵龙须[4]?织作玉床席[5],欣承清夜娱。罗衣能再拂,不畏素尘芜[6]。

【注释】

〔1〕诗作于开元二十八年(740)前后,时作者在兖州。刈(yì):割。蒲:水生植物,可以制席。

〔2〕鲁国:指今山东兖州、曲阜一带,春秋时属鲁国。

〔3〕渚:水中小洲。

〔4〕龙须:草名,可编席。

〔5〕玉床:床的美称。

〔6〕"罗衣"二句:语本谢朓《同咏坐上所见一物·席》:"但愿罗衣

拂,无使素尘弥。"

咏邻女东窗海石榴[1]

鲁女东窗下,海榴世所稀。珊瑚映绿水[2],未足比光辉。清香随风发,落日好鸟归。愿为东南枝,低举拂罗衣。无由一攀折,引领望金扉[3]。

【注释】

〔1〕海石榴:王琦注:"《太平广记》:新罗多海红并海石榴。唐赞皇李德裕言:花名中带'海'者,悉从海东来。"

〔2〕"珊瑚"句:潘岳《安石榴赋》:"似琉璃之栖邓林,若珊瑚之映绿水。"

〔3〕引领:伸颈远望。

南 轩 松

南轩有孤松,柯叶自绵幂[1]。清风无闲时,潇洒终日夕。阴生古苔绿,色染秋烟碧。何当凌云霄,直上数千尺。

【注释】

〔1〕绵幂(mì):枝叶稠密而相覆之意。

咏山樽二首[1]

蟠木不雕饰[2],且将斤斧疏。樽成山岳势,材是栋梁余。外与金罍并,中涵玉醴虚[3]。惭君垂拂拭,遂忝玳筵居。

【注释】

〔1〕诗题:一作"咏柳少府山瘿木樽"。山樽:山岳形状的酒器。
〔2〕蟠木:屈曲之木。
〔3〕醴(lǐ):甜酒。

拥肿寒山木[1],嵌空成酒樽[2]。愧无江海量,偃蹇在君门[3]。

【注释】

〔1〕拥肿:隆起不平直。《庄子·逍遥游》:"惠子曰:吾有大树,人谓之樗,其大本拥肿而不中绳墨。"
〔2〕嵌空:中空。嵌,开张貌。
〔3〕偃蹇(yǎn jiǎn):困顿。

初出金门寻王侍御不遇咏壁上鹦鹉[1]

落羽辞金殿,孤鸣托绣衣[2]。能言终见弃,还向陇西飞[3]。

【注释】

〔1〕诗题:一作"敕放归山留别陆侍御不遇咏鹦鹉"。金门:汉代宫门名。此借指唐翰林院。此诗作于天宝三载(744)李白被迫离开京城之际。

〔2〕托:一作"吒"。绣衣:指御史。

〔3〕陇西:《禽经注》:"鹦鹉,出陇西,能言鸟也。"西:一作"山"。

紫藤树[1]

紫藤挂云木[2],花蔓宜阳春。密叶隐歌鸟,香风留美人。

【注释】

〔1〕紫藤树:落叶木本植物,缠绕茎,叶似槐,花紫色,供观赏。

〔2〕云木:高树。

观放白鹰[1]

八月边风高,胡鹰白锦毛。孤飞一片雪,百里见秋毫[2]。

【注释】

〔1〕诗题:原作"观放白鹰二首",此诗第二首重见高适集,题作《见

薛大臂鹰作》。按,第二首当为高适所作,说见詹锳《李白诗论丛》、刘开扬《高适诗集编年笺注》。

〔2〕秋毫:鸟兽在秋天新长出的细毛。

观博平王志安少府山水粉图[1]

粉壁为空天,丹青状江海[2]。游云不知归,日见白鸥在。博平真人王志安,沉吟至此愿挂冠[3]。松溪石磴带秋色,愁客思归坐晓寒[4]。

【注释】

〔1〕博平:唐县名,在今山东聊城博平镇。少府:县尉。粉图:粉壁上的画图。图:一作"壁"。

〔2〕丹青:图画。

〔3〕挂冠:辞官而去。《后汉书·逢萌传》载,逢萌见王莽无道,"即解冠挂东都城门,归,将家属浮海,客于辽东"。

〔4〕愁客:李白自谓。

题雍丘崔明府丹灶[1]

美人为政本忘机[2],服药求仙事不违。叶县已泥丹灶毕[3],瀛洲当伴赤松归[4]。先师有诀神将助,大圣无心火自飞。九转但能生羽翼[5],双凫忽去定何依[6]?

【注释】

〔1〕雍丘:唐县名,在今河南杞县。明府:县令的别称。丹灶:炼丹之灶。

〔2〕美人:唐人常称友人为美人。此指崔明府。

〔3〕叶县:用王乔事,《后汉书·王乔传》载,王乔为叶县令,有神术,每月朔望,自县诣台朝,"临至,辄有双凫从东南飞来。于是候凫至,举罗张之,但得一只舄焉。乃诏尚方诊视,则四年中所赐尚书官属履也"。

〔4〕瀛洲:海中仙山。赤松:即赤松子,古仙人名。

〔5〕九转:指炼丹。《抱朴子·金丹》:"九转之丹服之,三日得仙。"

〔6〕双凫:用王乔事。

观元丹丘坐巫山屏风

昔游三峡见巫山,见画巫山宛相似。疑是天边十二峰[1],飞入君家彩屏里。寒松萧飒如有声,阳台微茫如有情[2]。锦衾瑶席何寂寂,楚王神女徒盈盈。高咫尺,如千里,翠屏丹崖粲如绮。苍苍远树围荆门[3],历历行舟泛巴水。水石潺湲万壑分,烟光草色俱氤氲[4]。溪花笑日何年发,江客听猿几岁闻?使人对此心缅邈[5],疑入高丘梦彩云[6]。

【注释】

〔1〕十二峰:巫山有十二峰。

〔2〕阳台:宋玉《高唐赋》描写楚王梦与巫山神女欢会,神女去而辞曰:"妾在巫山之阳,高丘之阻。旦为朝云,暮为行雨。朝朝暮暮,阳台

之下。"

〔3〕荆门：山名，在湖北宜都市西北。
〔4〕氤氲：云烟弥漫貌。
〔5〕缅邈：遥远貌。
〔6〕梦彩云：用楚王梦见巫山神女事。

求崔山人百丈崖瀑布图[1]

百丈素崖裂，四山丹壁开。龙潭中喷射，昼夜生风雷。但见瀑泉落，如潨云汉来[2]。闻君写真图，岛屿备萦回。石黛刷幽草[3]，曾青泽古苔[4]。幽缄倘相传[5]，何必向天台？

【注释】

〔1〕百丈崖：王琦注："《天台山志》：百丈岩，在天台县西北二十五里崇道观西北，与琼台相望，峭险束隘，四山墙立。下为龙湫，翠蔓蒙络，水流声潨然，盘涧绕麓，入为灵溪。由高视下，凄神寒骨。"
〔2〕潨（cōng）：众水相会。
〔3〕石黛：青黑色颜料。
〔4〕曾青：青色矿物颜料。《荀子·正论篇》："加之以丹矸，重之以曾青。"杨倞注："曾青，铜之精，形如珠者，其色极青，故谓之曾青。"
〔5〕幽缄（jiān）：密封。

见野草中有名白头翁者[1]

醉入田家去，行歌荒野中。如何青草里，亦有白头翁？

折取对明镜,宛将衰鬓同[2]。微芳似相诮,留恨向东风。

【注释】

〔1〕白头翁:草名。其近根处有白茸,状似白头老翁,故名。
〔2〕将:与。

流夜郎题葵叶[1]

惭君能卫足[2],叹我远移根。白日如分照,还归守故园[3]。

【注释】

〔1〕此诗作于乾元元年(758)流放夜郎时。
〔2〕卫足:自卫,自全。《左传·成公十七年》:"鲍庄子之知(智)不如葵,葵犹能卫其足。"杜预注:"葵倾叶向日,以蔽其根。"
〔3〕白日:喻指皇恩。故园:故乡。

莹禅师房观山海图

真僧闭精宇[1],灭迹含达观。列障图云山[2],攒峰入霄汉。丹崖森在目,清昼疑卷幔。蓬壶来轩窗,瀛海入几案。烟涛争喷薄,岛屿相凌乱。征帆飘空中,瀑水洒天半。峥嵘若可涉,想像徒盈叹。杳与真心冥,遂谐静者玩[3]。如登赤城里[4],揭涉沧洲畔[5]。即事能娱人,从兹得萧散。

【注释】

〔1〕精宇:指佛寺。

〔2〕障:屏风。

〔3〕静者:虚静恬淡的人,是为"道德之至"。说见《庄子·天道》。

〔4〕赤城:山名,在今浙江天台县北,传说山中有神仙洞府,为道教"十大洞天"之一。

〔5〕揭涉:《诗·邶风·匏有苦叶》:"深则厉,浅则揭。"毛传:"揭,褰衣也。"沧洲:泛指隐士居处。

白　鹭　鸶

白鹭下秋水,孤飞如坠霜。心闲且未去,独立沙洲傍。

咏　槿[1]

园花笑芳年,池草艳春色。犹不如槿花,婵娟玉阶侧。芬荣何夭促?零落在瞬息。岂若琼树枝,终岁长翕赩[2]。

【注释】

〔1〕诗题:原作"咏槿二首"。王琦注谓"前首是咏槿,次首乃咏桂

也",据改。槿:木槿,花如小葵,有白、红、紫等色,朝开而夕落。

〔2〕翕赩(xī xì):光色盛貌。江淹《清思诗》:"终岁如琼草,红华长翕赩。"

咏 桂

世人种桃李,多在金张门[1]。攀折争捷径,及此春风暄[2]。一朝天霜下,荣耀难久存。安知南山桂,绿叶垂芳根?清阴亦可托,何惜树君园?

【注释】

〔1〕金张:汉宣帝时权贵金日䃅、张安世。后泛指权贵。
〔2〕暄(xuān):暖。

白 胡 桃[1]

红罗袖里分明见,白玉盘中看却无。疑是老僧休念诵[2],腕前推下水精珠[3]。

【注释】

〔1〕胡桃:形似核桃而小,有坚硬的木质外壳。
〔2〕念诵:念经。
〔3〕水精珠:产于海中的一种无色透明的宝珠。《初学记》载沈怀远《南越志》:"海中有大珠、明月珠、水精珠。"

巫山枕障[1]

巫山枕障画高丘,白帝城边树色秋。朝云夜入无行处[2],巴水横天更不流。

【注释】

〔1〕枕障:放于枕边的屏障。
〔2〕朝云:用宋玉《高唐赋》中神女"旦为朝云,暮为行雨"的典故。

南奔书怀[1]

遥夜何漫漫[2]!空歌白石烂[3]。宁戚未匡齐[4],陈平终佐汉[5]。檖枪扫河洛[6],直割鸿沟半。历数方未迁[7],云雷屡多难[8]。天人秉旄钺,虎竹光藩翰[9]。侍笔黄金台,传觞青玉案[10]。不因秋风起,自有思归叹[11]。主将动谗疑,王师忽离叛[12]。自来白沙上[13],鼓噪丹阳岸[14]。宾御如浮云[15],从风各消散。舟中指可掬[16],城上骸争爨[17]。草草出近关,行行昧前算[18]。南奔剧星火,北寇无涯畔[19]。顾乏七宝鞭,留连道傍玩[20]。太白夜食昴,长虹日中贯[21]。秦赵兴天兵,茫茫九州乱[22]。感遇明主恩,颇高祖逖言。过江誓流水,志在清中原[23]。拔剑击前柱[24],悲歌难重论。

【注释】

〔1〕诗题：一作"自丹阳南奔道中作"。此诗作于至德二载(757)李白自镇江永王军中南逃路上。

〔2〕遥夜：长夜。

〔3〕白石烂：宁戚叩牛角而歌曰："南山矸(gān)，白石烂，生不逢尧与舜禅。短布单衣适至骭，从昏饭牛薄夜半，长夜漫漫何时旦？"见《汉书·邹阳传》注引应劭说。

〔4〕匡：辅助。

〔5〕陈平：汉高祖刘邦的谋士，最初为魏王咎太仆，后事项羽，最后投奔刘邦，位至丞相。见《史记·陈丞相世家》。

〔6〕欃(chán)枪：即彗星，古人以为妖星，其现即有兵乱。句指安史之乱爆发。

〔7〕历数：天数，天命。《论语·尧曰》："咨！尔舜，天之历数在尔躬。"

〔8〕云雷：用《易·屯》"象曰：云雷屯"之义。意谓乾坤始交而遇险难，指国家多难。

〔9〕天人：指永王李璘。旄：旄节，镇守一方的军政长官拥有旄节。钺：大斧。秉旄钺：执掌军权。虎竹：铜虎符与竹使符，皆朝廷遣使发兵之信符。藩翰：藩屏王室的重臣。天宝十五载七月，玄宗任命永王为山南东路、岭南、黔中、江南西路四道节度使，江陵大都督，出镇江陵。

〔10〕传觞：指饮酒。青玉案：镶嵌青玉的小几。

〔11〕"不因"二句：用张翰事，《晋书·张翰传》载，张翰仕于京师洛阳，"因见秋风起，乃思吴中菰菜、莼羹、鲈鱼脍，曰：'人生贵得适志，何能羁宦数千里，以要名爵乎！'遂命驾而归"。

〔12〕"主将"二句：至德元载十二月，永王璘引舟师东下，淮南采访使李成式、河北招讨判官李铣联军阻击。璘部将季广琛谓璘叛逆，于是诸部将如浑惟明、冯季康等均率众逃亡。主将，指季广琛。

〔13〕白沙:白沙洲,在今江苏仪征市长江边上。

〔14〕鼓噪:两军交战擂鼓呐喊。丹阳:即丹阳郡,治所在今江苏镇江市。

〔15〕宾御:指永王璘的幕僚。

〔16〕指可掬:《左传·宣公十二年》载:晋、楚交战于邲,晋军争先渡河,"中军、下军争舟,舟中之指可掬也。"

〔17〕骸争爨(cuàn):《左传·宣公十五年》载:楚围宋,宋人"易子而食,析骸以爨(炊)"。

〔18〕草草:慌乱貌。昧前算:缺乏事先的计划。

〔19〕剧星火:比星火更迅疾。北寇:指安史叛军。

〔20〕七宝鞭:《晋书·明帝纪》载:王敦将要谋反,晋明帝穿便衣骑马到王敦军营探察,被王敦部下发觉。明帝逃跑途中把七宝鞭交给在路边卖食的老妇,并用水浇马粪。追兵来到,老妇谎说人已逃远,并以七宝鞭示之,追兵传玩,稽留遂久。又见马粪冷,遂止不追,明帝因此得以逃脱。

〔21〕太白:即金星。太白食昴:指太白星运行时掩蔽昴(二十八宿之一)宿。长虹贯日:《战国策·魏策四》:"聂政之刺韩傀也,白虹贯日。"《史记·鲁仲连邹阳列传》:"昔者荆轲慕燕丹之义,白虹贯日,太子畏之。"古人认为这两种天文现象都是很不祥的,只在人间有不平凡的事变时才出现。

〔22〕秦赵:指今陕西、山西、河北一带。九州:指全国。

〔23〕祖逖:西晋末东晋初人。东晋初,逖为奋威将军,领兵北伐石勒,渡江时击楫起誓说:"祖逖不能清中原而复济者,有如大江!"见《晋书·祖逖传》。

〔24〕拔剑击柱:鲍照《拟行路难》:"拔剑击柱长叹息。"

卷二十四

题随州紫阳先生壁[1]

神农好长生[2],风俗久已成。复闻紫阳客,早署丹台名[3]。喘息餐妙气,步虚吟真声[4]。道与古仙合,心将元化并[5]。楼疑出蓬海,鹤似飞玉京[6]。松雪窗外晓,池水阶下明。忽耽笙歌乐,颇失轩冕情[7]。终愿惠金液,提携凌太清[8]。

【注释】

〔1〕随州:治所在今湖北随州市。紫阳先生:即道士胡紫阳。李白《汉东紫阳先生碑铭》:"先生姓胡氏。"

〔2〕神农:传说中农业和医药的发明者。《史记·五帝本纪》张守节《正义》:"《括地志》云:厉山,在随州随县北百里,山东有石穴。昔神农生于厉乡,所谓列山氏也,春秋时为厉国。"

〔3〕紫阳客:指紫阳真人周义山。道教传说,汉代周义山,入蒙山遇羡门子,得长生要诀,白日升天。参见《云笈七签》卷一〇六《紫阳真人周君内传》。丹台:指仙界。

〔4〕步虚:指备言众仙缥缈轻举之美的道曲《步虚词》。

〔5〕将:与。元化:造化。

〔6〕玉京:道书言天上有白玉京,为天帝所居。

〔7〕轩冕:古时卿大夫的车服。

〔8〕金液:元君传授给老子的仙丹,入口则其身皆金色。服半两成地仙,服一两为天仙。见《抱朴子·金丹》。太清:天空。

题元丹丘山居

故人栖东山[1],自爱丘壑美。青春卧空林[2],白日犹不起。松风清襟袖,石潭洗心耳[3]。羡君无纷喧,高枕碧霞里。

【注释】

〔1〕东山:泛指隐者所居之地。

〔2〕青春:春天。

〔3〕洗心耳:用许由事。《高士传》卷上:"尧又召为九州长,由不欲闻之,洗耳于颍水滨。"

题元丹丘颍阳山居[1]并序

丹丘家于颍阳,新卜别业。其地北倚马岭[2],连峰嵩丘,南瞻鹿台[3],极目汝海[4],云岩映郁,有佳致焉。白从之游,故有此作。

仙游渡颍水,访隐同元君。忽遗苍生望[5],独与洪崖群[6]。卜地初晦迹,兴言且成文。却顾北山断,前瞻南岭分。遥通汝海月,不隔嵩丘云。之子合逸趣,而我钦清芬[7]。举迹倚松石,谈笑迷朝曛[8]。益愿狎青鸟[9],拂衣栖江濆[10]。

【注释】

〔1〕颍阳:唐县名,在嵩山之南,颍水之北。

〔2〕马岭:《元和郡县图志》卷五河南府密县:"马岭山在(河南府密)县南十五里,洧水所出。"

〔3〕鹿台:山名,在今河南临汝北二十里,有台状若蹲鹿。

〔4〕汝海:汝水,称之为海,大言之也。

〔5〕苍生望:百姓的期望。谢安隐居东山,朝命屡降而不起,时人语曰:"安石不肯出,将如苍生何?"见《世说新语·排调》。

〔6〕洪崖:仙人名,或云三皇时伎人。见张衡《西京赋》、《神仙传》卷八。

〔7〕之子:指元丹丘。清芬:高洁的德行。

〔8〕迷朝曛:不知时间的流逝。曛,日暮。

〔9〕益:一作"终"。青鸟:《山海经·西山经》:"三危之山,三青鸟居之。"郭璞注:"三青鸟,主为西王母取食者。"

〔10〕濆(fén):沿河高地。

题瓜洲新河饯族叔舍人贲[1]

齐公凿新河[2],万古流不绝。丰功利生人,天地同朽灭。两桥对双阁,芳树有行列。爱此如甘棠[3],谁云敢攀折?吴关倚此固,天险自兹设。海水落斗门[4],潮平见沙汭[5]。我行送季父,弭棹徒流悦[6]。杨花满江来,疑是龙山雪[7]。惜此林下兴,怆为山阳别[8]。瞻望清路尘,归来空寂蔑[9]。

【注释】

〔1〕瓜洲:在长江北岸,今江苏扬州市邗江区南,与镇江市隔江相对。

〔2〕齐公:指齐澣。《旧唐书·玄宗纪》:开元二十六年,"润州刺史齐澣开伊娄河于扬州南瓜洲浦。"又见《旧唐书·齐澣传》。

〔3〕甘棠:用召公事。西周初,召公治陕之西,巡行乡邑,曾在棠树下处理政务。召公卒后,人民怀念他,爱其树而不敢伐,并作《甘棠》诗以颂其功德。见《史记·燕召公世家》。

〔4〕斗门:泄洪闸门。

〔5〕汭(ruì):河流弯曲处。

〔6〕弭棹:停船。流悦:耽乐。

〔7〕龙山:即逴龙山,在北方极北之地。鲍照《学刘公幹体》:"胡风吹朔雪,千里度龙山。"

〔8〕林下兴:《晋书·阮咸传》:"咸任达不拘,与叔父籍为竹林之游。"山阳:汉县名,在今河南修武县西北。

〔9〕寂蔑:寂寞。

洗　脚　亭[1]

白道向姑熟[2],洪亭临道傍。前有吴时井,下有五丈床[3]。樵女洗素足,行人歇金装[4]。西望白鹭洲[5],芦花似朝霜。送君此时去,回首泪成行。

【注释】

〔1〕洗脚亭:在金陵。

〔2〕白道:大路,人行迹多,草不能生,遥望白色,故云白道。姑熟:即当涂。

〔3〕床:井栏。

〔4〕金装:金饰之马鞍,此处指马。

〔5〕白鹭洲:在金陵城西大江中。上多聚白鹭,因名之。

劳劳亭[1]

天下伤心处,劳劳送客亭。春风知别苦,不遣柳条青[2]。

【注释】

〔1〕劳劳亭:故址在今南京市南,为古代送别之所。

〔2〕柳条:古时送别,有折柳赠行的习俗。

题金陵王处士水亭
此亭盖齐朝南苑,又是陆机故宅[1]

王子耽玄言[2],贤豪多在门。好鹅寻道士[3],爱竹啸名园[4]。树色老荒苑[5],池光荡华轩。北堂见明月,更忆陆平原[6]。扫拭青玉簟[7],为余置金尊。醉罢欲归去[8],花枝宿鸟喧。何时复来此,再得洗嚣烦。

【注释】

〔1〕水亭:《景定建康志》卷二二:"水亭有二:一在台城寺,即今法宝寺;一在齐南苑中,是陆机故宅,乃王处士水亭也,今凤台山南傍秦淮是其处。"

〔2〕玄言:指道家学说。

〔3〕好鹅:用晋王羲之写经换山阴道士群鹅事。

〔4〕爱竹:用王徽之事。《晋书·王徽之传》:"时吴中一士大夫家有好竹,欲观之,便出坐舆造竹下,讽啸良久。主人洒扫请坐,徽之不顾。"

〔5〕老:一作"秀"。

〔6〕北:一作"此"。陆平原:晋陆机,曾为平原内史。

〔7〕簟:竹席。

〔8〕罢:一作"后"。

题嵩山逸人元丹丘山居并序[1]

白久在庐霍[2],元公近游嵩山,故交深情,出处无间。岩信频及,许为主人。欣然适会本意,当冀长往不返,欲便举家就之,兼书共游,因有此赠。

家本紫云山[3],道风未沦落。沉怀丹丘志[4],冲赏归寂寞[5]。谒来游闽荒[6],扪涉穷禹凿[7]。夤缘泛潮海[8],偃蹇陟庐霍[9]。凭雷蹑天窗,弄景憩霞阁。且欣登眺美,颇惬隐沦诺。三山旷幽期[10],四岳聊所托[11]。故人契嵩颍[12],高义炳丹臒[13]。灭迹遗纷器〔14〕,终言本峰峦。自矜林湍好,不羡市朝乐。偶与真意并,顿觉世情薄。尔能折芳桂,吾亦采兰若〔15〕。拙妻好乘鸾,娇女爱飞鹤〔16〕。提携访神仙,从此炼金药〔17〕。

【注释】

〔1〕诗题:郭沫若《李白与杜甫》:"诗题和诗序不相应,序只言有意应邀,诗题却是已经到了山居,题诗壁上。看来,诗题是后人误加的,诗序即是诗的长题。"

〔2〕庐霍:庐山与霍山。

〔3〕紫云山:王琦注:"紫云山在绵州彰明县西南四十里,峰峦环秀,古木樛翠。地里书谓常有紫云结其上,故名……有道宫建其中,名崇仙观,观中有黄箓宝宫,世传为唐开元二十四年神人由他山徙置于此……太白生于绵州,所谓'家本紫云山'者,盖谓是山欤?"

〔4〕丹丘:传说中的神仙之地,昼夜长明。

〔5〕冲:虚。

〔6〕闽荒:指越中,其地近闽,故云。

〔7〕禹凿:大禹开凿的江河。

〔8〕夤(yín)缘:攀附上升,此指登船。

〔9〕偃蹇:高耸貌。

〔10〕三山:指传说中的东海三神山蓬莱、方丈、瀛洲。

〔11〕四岳:《左传·昭公四年》:"四岳三涂。"杜预注:"四岳:东岳岱,西岳华,南岳衡,北岳恒。"

〔12〕契:相投合。嵩颍:嵩山、颍水。

〔13〕丹雘(huò):赤色颜料。《书·梓材》:"惟其涂丹雘。"

〔14〕纷嚣:指世俗之事。

〔15〕若:杜若,香草名。

〔16〕乘鸾、飞鹤:皆游仙之事。

〔17〕金药:金丹之药。

题江夏修静寺 此寺是李北海旧宅[1]

我家北海宅,作寺南江滨。空庭无玉树[2],高殿坐幽人[3]。书带留青草[4],琴堂幂素尘[5]。平生种桃李[6],寂灭不成春。

【注释】

〔1〕李北海:李邕曾为北海太守,时人称为李北海。
〔2〕玉树:喻指李邕。《世说新语·伤逝》:"庾文康亡,何扬州临葬云:'埋玉树著土中,使人情何能已已!'"。
〔3〕幽人:隐士。
〔4〕书带:《太平御览》卷九九四引《三齐略记》:"不其城东有郑玄教授山,山下生草,如薤叶,长尺余,坚韧异常。士人名作'康成书带草'。"
〔5〕堂:一作"台"。幂:覆盖。
〔6〕种桃李:喻广交朋友。《韩诗外传》卷七:"夫春树桃李,夏得阴其下,秋得食其实。"

题宛溪馆[1]

吾怜宛溪好,百尺照心明[2]。何谢新安水[3],千寻见底清。白沙留月色,绿竹助秋声。却笑严湍上[4],于今独擅名。

【注释】

〔1〕诗作于天宝十二载(753)秋,时作者在宣城。宛溪:在宣城东门外。馆:客舍。

〔2〕"百尺"句:一作"久照心益明"。

〔3〕何谢:何让,犹言不减、不差。新安水:即新安江,为浙江之上游,水极清。

〔4〕严滩:即严陵濑,又名七里滩,《浙江通志》一九引《严陵志》:"七里滩,在(桐庐)县西四十五里,与严陵濑相接。两山夹峙,水驶如箭。谚云:'有风七里,无风七十里。'"

题东溪公幽居

杜陵贤人清且廉[1],东溪卜筑岁将淹[2]。宅近青山同谢朓[3],门垂碧柳似陶潜[4]。好鸟迎春歌后院,飞花送酒舞前檐。客到但知留一醉,盘中只有水精盐[5]。

【注释】

〔1〕杜陵:汉宣帝陵,在长安东南二十里。

〔2〕淹:迟,晚。

〔3〕青山:在当涂县东南三十里。谢朓曾筑室于青山南。

〔4〕"门垂"句:晋陶渊明,宅边有五柳树,因自号五柳先生。见《五柳先生传》。

〔5〕水精盐:王琦注:"《梁书》:中天竺国有真盐,色正白如水精。"水精,即水晶。

嘲鲁儒[1]

鲁叟谈五经[2],白发死章句[3]。问以经济策[4],茫如坠烟雾。足著远游履[5],首戴方山巾[6]。缓步从直道,未行先起尘。秦家丞相府,不重褒衣人[7]。君非叔孙通,与我本殊伦[8]。时事且未达,归耕汶水滨[9]。

【注释】

〔1〕诗约作于开元二十八年(740),时作者寓居东鲁。鲁:春秋时国名,故地在今山东西南部。

〔2〕五经:汉以《易》《书》《诗》《礼》《春秋》为"五经",立于学官。

〔3〕章句:章句之学,即对儒家经典分章、析句、训释字义的学问。

〔4〕经济:经世济民。

〔5〕远游履:古代的一种鞋子。

〔6〕方山巾:一种上下均平的帽子。

〔7〕秦家丞相:指李斯。褒衣:古代儒生穿的一种宽大的衣服。

〔8〕"君非"二句:《史记·刘敬叔孙通列传》载,西汉初,高祖命叔孙通制定朝廷礼仪,于是叔孙通使征鲁诸生三十余人,有两生不肯行,曰:"公所为不合古,吾不行。公往矣,无污我!"叔孙通笑曰:"若真鄙儒也,不知时变。"

〔9〕达:通达,明白。汶水:在今山东中部。

惧谗

二桃杀三士[1],讵假剑如霜[2]。众女妒蛾眉[3],双花竞春芳。魏姝信郑袖,掩袂对怀王。一惑巧言子,朱颜成死伤[4]。行将泣团扇[5],戚戚愁人肠。

【注释】

〔1〕"二桃"句:齐景公时,公孙接、田开疆、古冶子三勇士争功自傲,景公用晏子计,以二桃赐之,让他们以功之大小取食。三人互不相让,先后自杀。事见《晏子春秋·谏下二》。

〔2〕假:借助。

〔3〕蛾眉:指美女。《离骚》:"众女嫉余之蛾眉兮。"

〔4〕"魏姝"四句:《战国策·楚策四》载:魏王遗楚王美人,楚王悦之。夫人郑袖知王之悦新人也,甚爱新人,楚王大喜。郑袖知王以己为不妒也,因谓新人曰:"王爱子美矣,虽然,恶子之鼻。子为见王则必掩子鼻。"新人见王,因掩其鼻。王谓郑袖曰:"夫新人见寡人,则掩其鼻,何也?"郑袖曰:"其似恶闻王之臭也。"楚王大怒,令割其鼻。巧言子,指郑袖。死,一作"损"。

〔5〕泣团扇:汉成帝时,班婕妤失宠,供养于长信宫,乃作《怨诗》曰:"新裂齐纨素,皎洁如霜雪。裁为合欢扇,团团似明月……常恐秋节至,凉风夺炎热。弃捐箧笥中,恩情中道绝。"

观　猎

太守耀清威,乘闲弄晚晖。江沙横猎骑,山火绕行围[1]。箭逐云鸿落,鹰随月兔飞。不知白日暮,欢赏夜方归。

【注释】

〔1〕山火:王琦注:"庾信诗:'山火即时燃。'山火,猎者烧草以驱逼禽兽之火也。"围:打猎的围场。

观胡人吹笛[1]

胡人吹玉笛,一半是秦声。十月吴山晓,《梅花》落敬亭[2]。愁闻《出塞》曲[3],泪满逐臣缨[4]。却望长安道,空怀恋主情。

【注释】

〔1〕诗作于天宝十二载(753)十月,时作者由梁宋来到宣城。观:一作"听"。

〔2〕梅花:即笛曲《梅花落》。敬亭:山名,在今安徽宣城北。

〔3〕出塞:古乐府曲名。

〔4〕逐臣:诗人自谓。

从 军 行

百战沙场碎铁衣,城南已合数重围。突营射杀呼延将[1],独领残兵千骑归。

【注释】

〔1〕突营:突破敌人的营垒。呼延将:《晋书·匈奴传》载,匈奴贵族

有四姓,其中以呼延氏最显贵。此处呼延将指少数民族首领。

平虏将军妻[1]

平虏将军妇,入门二十年。君心自不悦,妾宠岂能专?出解床前帐,行吟道上篇。古人不吐井[2],莫忘昔缠绵[3]。

【注释】

〔1〕平虏将军妻:《玉台新咏》卷二载刘勋妻王宋《杂诗二首并序》:"王宋者,平虏将军刘勋妻也,入门二十余年。后勋悦山阳司马氏女,以宋无子出之,还于道中,作诗二首,曰:'翩翩床前帐,张以蔽光辉。昔将尔同去,今将尔共归。缄藏箧笥里,当复何时披?''谁言去妇薄,去妇情更重。千里不唾井,况乃昔所奉。远望未为遥,踟蹰不得共。'"

〔2〕不吐井:即上引王宋诗所云"千里不唾井",意谓曾饮此井水,后虽远走千里,亦不能向此井吐唾沫。比喻念旧不忘。

〔3〕缠绵:情意深厚。陆机《赠冯文罴迁斥丘令诗》:"畴昔之游,好合缠绵。"

春夜洛城闻笛[1]

谁家玉笛暗飞声,散入春风满洛城。此夜曲中闻《折柳》[2],何人不起故园情[3]?

【注释】

〔1〕诗作于开元二十三年(735)春,时作者客居洛阳。

〔2〕折柳:《折杨柳》,汉《横吹曲》名,内容多叙离愁别恨。

〔3〕故园:故乡。

嵩山采菖蒲者[1]

神人多古貌[2],双耳下垂肩。嵩岳逢汉武,疑是九疑仙。我来采菖蒲,服食可延年。言终忽不见,灭影入云烟。喻帝竟莫悟,终归茂陵田[3]。

【注释】

〔1〕嵩山采菖蒲:《神仙传》卷十:"汉武帝元封二年上嵩山,登大愚石室,起道宫,使董奉君、东方朔等斋洁思神。至夜,忽见仙人长二丈余,耳下垂至肩。武帝礼而问之,仙人曰:'吾九疑仙人也。闻中岳有石上菖蒲,一寸九节,服之可以长生,故来采。'言讫忽然不见。武帝顾谓侍臣曰:'彼非欲学道服食者,必是中岳之神以此教朕耳。'乃采菖蒲服之。"

〔2〕人:一作"仙"。

〔3〕茂陵:汉武帝墓,在长安西北八十里。

金陵听韩侍御吹笛

韩公吹玉笛,倜傥流英音[1]。风吹绕钟山[2],万壑皆龙吟[3]。王子停凤管[4],师襄掩瑶琴[5]。余韵渡江去,天涯安可寻。

【注释】

〔1〕倜傥:洒脱,不拘束。

〔2〕钟山:即紫金山,在今南京市东。

〔3〕龙吟:马融《长笛赋》:"近世双笛从羌起,羌人伐竹未及已。龙鸣水中不见己,截竹吹之声相似。"

〔4〕王子:指仙人王子乔。王子乔是周灵王太子,好吹笙,作凤凰鸣,道士浮丘公接以上嵩山。

〔5〕师襄:春秋时卫国乐官,又称师襄子。《孔子家语》卷八:"孔子学琴于师襄子,襄子曰:'吾虽以击磬为官,然能于琴。'"

流夜郎闻酺不预[1]

北阙圣人歌太康[2],南冠君子窜遐荒[3]。汉酺闻奏钧天乐[4],愿得风吹到夜郎。

【注释】

〔1〕酺:酺宴,古代不许臣民无故聚众饮酒,惟国家有吉庆事,皇帝乃诏赐臣民聚饮。预:参加。《旧唐书·肃宗纪》载,至德二载(757)十二月戊午(十五日),下制大赦,改蜀郡为南京,赐酺五日。本诗作于乾元元年(758)春,说见《李白诗文系年》。

〔2〕北阙:指朝廷。太康:指天下安乐。

〔3〕南冠君子:指囚徒,《左传·成公九年》:"晋侯观于军府,见钟仪,问之曰:'南冠而絷者谁也?'"遐荒:远方荒僻之地,指夜郎。

〔4〕汉酺:《汉书·文帝纪》:"赐酺五日。"此借指至德二载之赐酺。

钩天乐:即天上的音乐。《史记·赵世家》:"我之帝所甚乐,与百神游于钧天,广乐九奏万舞,不类三代之乐,其声动人心。"

放后遇恩不沾[1]

天作云与雷,霈然德泽开[2]。东风日本至,白雉越裳来[3]。独弃长沙国,三年未许回。何时入宣室,更问洛阳才[4]?

【注释】

〔1〕遇恩:《新唐书·肃宗纪》:乾元元年(758)"十月甲辰大赦"。遇恩不沾者,谓己不在被赦之列。诗作于乾元元年(758),时白因永王事长流夜郎。

〔2〕"天作"二句:《易·解》:"雷雨作,解。君子以赦过宥罪。"

〔3〕"白雉"句:周成王时,周公辅政,国泰民安,有越裳氏使者重九译而至,献白雉于周公,说是"天之不迅风疾雨也,海不波溢也,三年于兹矣,意者中国殆有圣人"。见《韩诗外传》卷五。

〔4〕"独弃"四句:用贾谊事,《史记·屈原贾生列传》载,贾谊出为长沙王太傅,"后岁余,贾生征见,孝文帝方受釐,坐宣室。上因感鬼神事,而问鬼神之本"。宣室,汉未央宫前正室。洛阳才,指贾谊,洛阳人也。

宣城见杜鹃花[1]

蜀国曾闻子规鸟,宣城还见杜鹃花[2]。一叫一回肠一断,三春三月忆三巴[3]。

【注释】

〔1〕诗作于天宝十四载(755),时作者在宣城。此诗重见《全唐诗》卷五一八杜牧集,题作《子规》。按,诗当是李白作,说见詹锳《李白诗文系年》。

〔2〕子规:一名杜鹃,蜀中最多,春暮而鸣,其声凄切。

〔3〕三巴:《华阳国志》:"建安六年……(刘)璋乃改永宁为巴郡,以固陵为巴东,徙(庞)羲为巴西太守,是为三巴。"

白田马上闻莺[1]

黄鹂啄紫椹[2],五月鸣桑枝。我行不记日,误作阳春时。蚕老客未归,白田已缫丝[3]。驱马又前去,扪心空自悲。

【注释】

〔1〕白田:王琦注:"白田,地名,今江南宝应县有白田渡,当是其处。"

〔2〕黄鹂:即黄莺。

〔3〕缫(sāo)丝:把蚕茧浸在热水里,抽出蚕丝。

三 五 七 言[1]

秋风清,秋月明。落叶聚还散,寒鸦栖复惊。相思相见知何日,此时此夜难为情。

【注释】

〔1〕三五七言:全篇三言、五言、七言各两句,故题作"三五七言"。唐韦縠《才调集》选录此诗,以为无名氏作。《沧浪诗话·诗体》作隋郑世翼诗。然宋本李白集已载此诗,今姑存疑。

杂　诗

白日与明月,昼夜尚不闲[1]。况尔悠悠人,安得久世间?传闻海水上,乃有蓬莱山。玉树生绿叶[2],灵仙每登攀。一食驻玄发[3],再食留红颜。吾欲从此去,去之无时还。

【注释】

〔1〕尚:一作"常"。

〔2〕玉树:据《列子·汤问》载:海上有五座仙山,蓬莱是其中之一。"其上台观皆金玉,其上禽兽皆纯缟,珠玕之树皆丛生,华实皆有滋味,食之皆不老不死。"

〔3〕驻玄发:指黑发不变白。

寄远十一首[1]

其　一

三鸟别王母,衔书来见过[2]。肠断若剪弦,其如愁思何。遥知玉窗里,纤手弄云和[3]。奏曲有深意,青松交女萝。写水山井中[4],同泉岂殊波？秦心与楚恨[5],皎皎为谁多？

【注释】
〔1〕诗题:原作"寄远十二首",其一与《长相思》(见卷五)同,前已附注,不重录。
〔2〕三鸟:即三青鸟,传说中西王母的使者。见:一作"相"。
〔3〕云和:琴、瑟,指音乐。《周礼·春官·大司乐》:"孤竹之管,云和之琴瑟。"注:"云和,地名也。"
〔4〕写:同"泻"。
〔5〕秦心、楚恨:谓二人相距甚远,同怀相思之情。

其　二

青楼何所在[1],乃在碧云中。宝镜挂秋水[2],罗衣轻春风。新壮坐落日,怅望金屏空[3]。念此送短书[4],

愿因双飞鸿[5]。

【注释】

〔1〕青楼:豪门显贵家的闺阁。曹植《美女篇》:"青楼临大路,高门结重关。"
〔2〕"宝镜"句:谓珍贵的镜子明如秋水。水:一作"月"。
〔3〕金屏:华丽的屏风。金:一作"锦"。
〔4〕短书:《文选》江淹《杂体诗》:"袖中有短书,愿寄双飞燕。"念此:一作"剪彩"。
〔5〕飞鸿:飞雁。古代有鸿雁传书的传说。

其 三

本作一行书,殷勤道相忆。一行复一行,满纸情何极?瑶台有黄鹤[1],为报青楼人[2]。朱颜凋落尽,白发一何新。自知未应还,离居经三春[3]。桃李今若为[4],当窗发光彩。莫使香风飘,留与红芳待。

【注释】

〔1〕瑶台:仙人居处,在昆仑山。
〔2〕青楼人:指诗人思念的女子。
〔3〕居:一作"君"。
〔4〕若为:如何。

其 四

玉箸落春镜[1],坐愁湖阳水[2]。闻与阴丽华[3],风烟接邻里。青春已复过,白日忽相催。但恐荷花晚^[4],令人意已摧。相思不惜梦,日夜向阳台^[5]。

【注释】

〔1〕玉箸:指眼泪。
〔2〕湖阳:唐县名,在今河南唐河县南湖阳镇。
〔3〕阴丽华:东汉光武帝之妻,光武微时闻其美,叹曰:"娶妻当得阴丽华。"事见《后汉书·光烈阴皇后纪》。
〔4〕荷:一作"飞"。
〔5〕阳台:宋玉《高唐赋》描写楚王梦与巫山神女欢会,神女去而辞曰:"妾在巫山之阳,高丘之阻。旦为朝云,暮为行雨。朝朝暮暮,阳台之下。"此借指相会之地。

其 五^[1]

远忆巫山阳,花明渌江暖。踌躇未得往,泪向南云满。春风复无情,吹我梦魂断。不见眼中人,天长音信短^[2]。

【注释】

〔1〕王琦注:"此诗与乐府《大堤曲》相同,惟首三句异耳,编者重入。"
〔2〕短:少。

其 六

阳台隔楚水,春草生黄河^[1]。相思无日夜,浩荡若流波。流波向海去,欲见终无因[2]。遥将一点泪,远寄如花人。

【注释】

〔1〕楚水、黄河:泛言相隔遥远。此二句一作"阴云隔楚水,转蓬落渭河"。

〔2〕"欲见"句:一作"定绕珠江滨"。无因:无原由、机缘。

其 七

妾在春陵东[1],君居汉江岛。百里望花光,往来成白道[2]。一为云雨别,此地生秋草。秋草秋蛾飞,相思愁落晖。何由一相见,灭烛解罗衣[3]。

【注释】

〔1〕春陵:汉县名,故城在唐随州枣阳县(今湖北枣阳市)。

〔2〕白道:大路。以上二句一作"日日采蘼芜,上山成白道"。

〔3〕"何由"二句:一作"昔时携手去,今时流泪归。遥知不得意,玉箸点罗衣"四句。

其 八

忆昨东园桃李红碧枝,与君此时初别离。金瓶落井无消息[1],令人行叹复坐思。坐思行叹成楚越[2],春风玉颜畏销歇。碧窗纷纷下落花,青楼寂寂空明月。两不见,但相思。空留锦字表心素,至今缄愁不忍窥。

【注释】

〔1〕金瓶落井:喻行人杳无音信。乐府《估客乐》古辞:"有信数寄书,无信心相忆。莫作瓶落井,一去无消息。"

〔2〕楚越:喻相距遥远。

其 九

长短春草绿,缘阶如有情。卷葹心独苦,抽却死还生[1]。睹物知妾意,希君种后庭。闲时当采掇[2],念此莫相轻。

【注释】

〔1〕卷葹(shī):草名,江淮间谓之宿莽,其草拔心不死,故以喻女子爱情的坚贞。

〔2〕采掇:采摘。

其 十

鲁缟如玉霜[1],笔题月支书[2]。寄书白鹦鹉,西海慰离居[3]。行数虽不多,字字有委曲。天末如见之,开缄泪相续。泪尽恨转深,千里同此心[4]。相思千万里,一书直千金。

【注释】

〔1〕鲁缟:鲁地生产的丝织品。

〔2〕月支:汉时西域国名,故地在今甘肃西部。
〔3〕"寄书"二句:王琦注:"用白鹦鹉寄书,事奇而未详所本。"
〔4〕"泪尽"二句:一作"千里若在眼,万里若在心"。

其十一

爱君芙蓉婵娟之艳色,若可餐兮难再得[1]。怜君冰玉清迥之明心,情不极兮意已深。朝共琅玕之绮食[2],夜同鸳鸯之锦衾。恩情婉娈忽为别[3],使人莫错乱愁心[4]。乱愁心,涕如雪。寒灯厌梦魂欲绝,觉来相思生白发。盈盈汉水若可越,可惜凌波步罗袜[5]。美人美人兮归去来,莫作朝云暮雨兮飞阳台[6]。

【注释】

〔1〕婵娟:美好貌。若可餐:陆机《日出东南隅行》:"鲜肤一何润,秀色若可餐。"
〔2〕琅玕之绮食:指美食。
〔3〕婉娈:缠绵。
〔4〕莫错:犹"错莫",纷烦。
〔5〕可惜:岂惜。凌波:曹植《洛神赋》:"凌波微步,罗袜生尘。"
〔6〕朝云暮雨:用宋玉《高唐赋》的典故。

长 信 宫[1]

月皎昭阳殿[2],霜清长信宫。天行乘玉辇[3],飞燕与君同[4]。更有欢娱处[5],承恩乐未穷。谁怜团扇妾,独坐怨秋风[6]。

【注释】

〔1〕长信宫:汉宫殿名。《三辅黄图》卷三:"长信宫,汉太后常居之。"班婕妤失宠于汉成帝,求供养太后于长信宫。

〔2〕昭阳殿:汉武帝时后宫八区中的宫殿。汉成帝时,皇后赵飞燕曾居其中,贵倾后宫。后因以昭阳借指受宠后妃居住的宫殿。见《三辅黄图》卷三。

〔3〕天行:皇帝出行。玉辇:皇帝之车驾。

〔4〕飞燕:赵飞燕,因其得幸,班婕妤及许皇后皆失宠。

〔5〕"更有"句:一作"别有留情处"。

〔6〕"谁怜"二句:汉成帝时,班婕妤失宠,供养于长信宫,乃作《怨诗》咏团扇:"常恐秋节至,凉风夺炎热。"见《玉台新咏》卷一。

长门怨二首[1]

天回北斗挂西楼[2],金屋无人萤火流[3]。月光欲到长门殿,别作深宫一段愁。

【注释】

〔1〕长门怨:乐府《相和歌·楚调曲》名。《乐府古题要解》卷下载:汉武帝陈皇后失宠,退居长门宫,愁闷悲思,以黄金百斤请司马相如作《长门赋》,帝见而伤之,复得亲幸。后人因其赋而作《长门怨》。

〔2〕挂西楼:谓北斗在天空回转,由东向西。指夜已深。

〔3〕金屋:《太平御览》卷八八引《汉武故事》:"若得阿娇作妇,当作

金屋贮之也。"

桂殿长愁不记春[1]，黄金四屋起秋尘[2]。夜悬明镜青天上，独照长门宫里人[3]。

【注释】

〔1〕桂殿：即桂宫，汉武帝时宫名，在未央宫之北，亦称北宫。见班固《西都赋》。

〔2〕黄金四屋：指金屋。

〔3〕"夜悬"二句：司马相如《长门赋》："悬明月以自照兮，徂清夜于洞房。"明镜，指月亮。

春　　怨

白马金羁辽海东[1]，罗帷绣被卧春风。落月低轩窥烛尽，飞花入户笑床空[2]。

【注释】

〔1〕辽海：指辽河以东地区，南临海，故称。

〔2〕"飞花"句：语本萧子范《春望古意》："落花徒入户，何解妾床空。"

代　赠　远

妾本洛阳人，狂夫幽燕客[1]。渴饮易水波，由来多感激[2]。胡马西北驰,香鬃摇绿丝。鸣鞭从此去,逐虏荡边陲。昔去有好言,不言久离别。燕支多美女[3],走马轻风雪。见此不记人,恩情云雨绝。啼流玉箸尽[4],坐恨金闺切。织锦作短书,肠随回文结[5]。相思欲有寄,恐君不见察。焚之扬其灰,手迹自此灭。

【注释】

〔1〕幽燕:今北京市及河北北部、辽宁一带,古为幽州,战国时属燕国,故称"幽燕"。其俗尚武,慷慨任侠。

〔2〕"渴饮"二句:暗用荆轲事,战国时,燕太子丹遣荆轲入秦谋刺秦王,众皆白衣冠以送之。至易水上,高渐离击筑,荆轲和而歌曰:"风萧萧兮易水寒,壮士一去兮不复还!"复为慷慨羽声,"士皆瞋目,发尽上指冠。"事见《史记·刺客列传》。感激,感动奋发。

〔3〕燕支:山名,即焉支山,又作胭脂山。本匈奴地。在今甘肃永昌县西、山丹县东南,绵延于祁连山和龙首山之间。《史记·匈奴列传》正义引《西河故事》云:"匈奴失祁连、焉支二山,乃歌曰:'亡我祁连山,使我六畜不蕃息;失我焉支山,使我妇女无颜色。'"

〔4〕玉箸:喻眼泪。

〔5〕"织锦"二句:用苏蕙事,前秦苻坚时,秦州刺史窦滔被徙流沙,其妻苏若兰思之,"织锦为回文旋图诗以赠滔,宛转循环以读之,词甚凄惋,凡八百四十字"。见《晋书·列女传》。

陌上赠美人[1]

骏马骄行踏落花,垂鞭直拂五云车[2]。美人一笑褰珠箔[3],遥指红楼是妾家。

【注释】

〔1〕诗题:一作"小放歌行"。

〔2〕五云车:仙人所乘者。

〔3〕褰:揭起。珠箔:珠帘。

闺 情

流水去绝国,浮云辞故关。水或恋前浦,云犹归旧山[1]。恨君流沙去[2],弃妾渔阳间[3]。玉箸夜垂流[4],双双落朱颜。黄鸟坐相悲[5],绿杨谁更攀?织锦心草草[6],挑灯泪斑斑。窥镜不自识,况乃狂夫还。

【注释】

〔1〕"水或"二句:张协《杂诗》:"流波恋旧浦,行云思故山。"

〔2〕流沙:泛指我国西北的沙漠地区。流:一作"龙"。

〔3〕渔阳:即幽州一带。

〔4〕夜垂:一作"日夜"。

〔5〕黄鸟:黄莺。坐:深也。张相《诗词曲语辞汇释》卷四:"李白《闺情》诗:'黄鸟坐相悲,绿杨谁更攀。'坐相悲,犹云深相悲也。"

〔6〕草草:不安貌。

代 别 情 人

清水本不动,桃花发岸旁。桃花弄水色,波荡摇春光。

我悦子容艳,子倾我文章[1]。风吹绿琴去[2],曲度紫鸳鸯[3]。昔作一水鱼,今成两枝鸟。哀哀长鸡鸣,夜夜达五晓[4]。起折相思树[5],归赠知寸心。覆水不可收[6],行云难重寻[7]。天涯有度鸟,莫绝瑶华音[8]。

【注释】

〔1〕倾:倾心。

〔2〕绿琴:即绿绮琴,司马相如的琴名。

〔3〕曲度:即度曲,按曲谱歌唱。紫鸳鸯:王琦注:"疑即所度之曲名。"

〔4〕五:一作"天"。

〔5〕相思树:宋康王舍人韩凭妻何氏貌美,为康王所夺,夫妻先后自尽。康王怒,令分而葬之。后两人坟上长出连理枝,根交于下,枝错于上,人称相思树。树上有雌雄鸳鸯一对,交颈悲鸣,音声感人。南人谓此鸟即韩凭夫妇之精魄也。事见《搜神记》卷十一。

〔6〕"覆水"句:传说姜太公妻马氏,不堪其贫而去。及太公既贵,妻求再合。太公取一盆水倾于地,令前妻收之,不得,太公乃语曰:"若言离更合,覆水定难收。"见《野客丛书》卷二八。

〔7〕行云:用宋玉《高唐赋》的典故。

〔8〕瑶华:《诗·卫风·木瓜》:"投我以木桃,报之以琼瑶。"

代　秋　情

几日相别离,门前生稆葵[1]。寒蝉聒梧桐,日夕长鸣悲。白露湿萤火,清霜零兔丝[2]。空掩紫罗袂[3],长啼无尽时。

【注释】

〔1〕穞(lǔ):谷物不待种而生。

〔2〕兔丝:即菟丝,一种蔓草。

〔3〕"空掩"句:一作"空闺掩罗袂"。

对　酒

蒲萄酒,金叵罗[1],吴姬十五细马驮[2]。青黛画眉红锦靴[3],道字不正娇唱歌。玳瑁筵中怀里醉[4],芙蓉帐里奈君何。

【注释】

〔1〕叵罗:又作"颇罗",胡语酒杯也。

〔2〕细马:小骏马。

〔3〕青黛:古代妇女用的一种青黑色的画眉颜料。

〔4〕玳瑁筵:指华贵的筵席。

怨　情

新人如花虽可宠,故人似玉犹来重。花性飘扬不自持,玉心皎洁终不移。故人昔新今尚故,还见新人有故时[1]。请看陈后黄金屋,寂寂珠帘生网丝[2]。

【注释】

〔1〕"故人"二句:江总《闺怨篇》:"故人虽故昔经新,新人虽新复应故。"

〔2〕"请看"二句:用汉武帝陈皇后事。

湖边采莲妇

小姑织白纻,未解将人语[1]。大嫂采芙蓉,溪湖千万重。长兄行不在,莫使外人逢。愿学秋胡妇[2],贞心比古松。

【注释】

〔1〕将:与。

〔2〕秋胡妇:《列女传·节义》载:鲁秋胡成婚五日即赴陈作官,五年后归家,在路上见一采桑妇,秋胡戏之,许之以金,被严词拒绝。至家,始知采桑妇乃其妻。秋胡大惭,其妻愤而投河自尽。

怨　情

美人卷珠帘,深坐颦蛾眉[1]。但见泪痕湿,不知心恨谁?

【注释】

〔1〕颦蛾眉:皱眉。

代寄情楚词体

君不来兮,徒蓄怨积思而孤吟[1]。云阳一去以远[2],隔巫山绿水之沉沉。留余香兮染绣被,夜欲寝兮愁人心。朝驰余马于青楼,悦若空而夷犹[3]。浮云深兮不得语,却惆怅而怀忧。使青鸟兮衔书[4],恨独宿兮伤离居。何无情而雨绝[5],梦虽往而交疏。横流涕而长嗟,折芳洲之瑶花[6]。送飞鸟以极目,怨夕阳之西斜。愿为连根同死之秋草,不作飞空之落花。

【注释】

〔1〕"徒蓄"句:《楚辞·九辩》:"蓄怨兮积思,心烦憺兮忘食事。"

〔2〕云阳:王琦注:"《子虚赋》:'于是楚王乃登阳云之台。'孟康注:'云梦中高唐之台,宋玉所赋者,言其高出云之阳也。'琦按:诗意正暗用《高唐赋》中神女事,知'云阳'乃'阳云'之误为无疑也。"

〔3〕夷犹:犹豫。《楚辞·九歌·湘君》:"君不行兮夷犹。"

〔4〕青鸟:神话中鸟名,西王母的使者,见《山海经·大荒西经》。

〔5〕雨绝:傅玄《昔思君》:"昔君与我兮形影潜结,今君与我兮云飞雨绝。"雨,一作"两"。

〔6〕芳洲:《楚辞·九歌·湘君》:"采芳洲兮杜若。"王逸注:"芳洲,香草丛生水中之处。"瑶花:传说中的仙花。《楚辞·九歌·大司命》:"折疏麻兮瑶华。"

学古思边[1]

衔悲上陇首,肠断不见君。流水若有情,幽哀从此分[2]。苍茫愁边色,惆怅落日曛[3]。山外接远天,天际复有云。白雁从中来,飞鸣苦难闻。足系一书札,寄言叹离群[4]。离群心断绝,十见花成雪[5]。胡地无春晖,征人行不归。相思杳如梦,珠泪湿罗衣。

【注释】

〔1〕学古思边:在题材上学古诗描写女子对征夫的思念。

〔2〕"衔悲"四句:《太平御览》卷五六引《三秦记》:"陇西关,其阪九回,不知高几里,欲上者七日乃越……上有清水四注,俗歌曰:'陇头流水,鸣声幽咽。遥望秦川,心肝断绝。'去长安千里,望秦川如带。又关中人上陇者,还望故乡,悲思而歌,则有绝死者。"衔悲:即含悲。陇首:即陇山。在今陕西陇县至甘肃平凉市一带。

〔3〕曛:落日之余光。

〔4〕"白雁"四句:用雁足传书事,苏武出使匈奴,被拘留。汉使求之,匈奴诡言武死。汉使称天子于上林苑射猎,得雁足所系帛书,言武在某泽中。匈奴信之,武乃得归。事见《汉书·苏武传》。

〔5〕花成雪:由春至冬。

思 边[1]

去年何时君别妾,南园绿草飞蝴蝶[2]。今岁何时妾忆君,西山白雪暗晴云[3]。玉关去此三千里[4],欲寄音书那可闻。

【注释】

〔1〕思边:一作"春怨"。

〔2〕绿草飞蝴蝶:指暮春时节。张协《杂诗》:"借问此何时?蝴蝶飞南园。"

〔3〕西山:王琦注:"西山即雪山,又名雪岭,上有积雪,经夏不消,在成都之西,正控吐蕃,唐时有兵戍之。"

〔4〕玉关:即玉门关。

口号吴王美人半醉[1]

风动荷花水殿香[2],姑苏台上见吴王[3]。西施醉舞娇无力,笑倚东窗白玉床。

【注释】

〔1〕口号:口占。吴王:王琦注:"琦按,吴王即为庐江太守之吴王也。以其所宴之地,比之姑苏;以其美人,比之西施,乃席上口占,以寓笑谑之意耳。若作咏古,味同嚼蜡。"

〔2〕水殿:水边的宫殿。

〔3〕姑苏台:位于姑苏山上,相传为吴王阖庐或夫差所筑。故址在今江苏苏州吴江区。

代美人愁镜二首

明明金鹊镜[1],了了玉台前[2]。拂拭皎冰月,光辉何清圆。红颜老昨日,白发多去年。铅粉坐相误[3],照来空凄然。

【注释】

〔1〕金鹊镜:绘有喜鹊的镜子。

〔2〕了了:清清楚楚。玉台:玉镜台。

〔3〕铅粉:搽脸的粉。坐:空,徒然。

美人赠此盘龙之宝镜,烛我金缕之罗衣。时将红袖拂明月,为惜普照之余晖。影中金鹊飞不灭[1],台下青鸾思独绝[2]。藁砧一别若箭弦[3],去有日,来无年。狂风吹却妾心断,玉箸并堕菱花前[4]。

【注释】

〔1〕"影中"句:《太平御览》卷七一七引《神异经》:"昔有夫妻将别,破镜,人执半以为信。其妻与人通,其镜化鹊飞至夫前,其夫乃知之。后人因铸镜为鹊安背上,自此始也。"

〔2〕"台下"句:传说孤鸾对镜,睹其影而悲,必哀鸣而舞,至死方休。见范泰《鸾鸟诗序》及《白孔六帖》卷九四。台,指镜台。

〔3〕藁砧(gǎo zhēn):稻草和砧板。古代行刑,犯人席藁伏砧,以铁(斧)斩之。铁与"夫"谐音,故用作"丈夫"的隐语。

〔4〕玉箸:喻眼泪。菱花:指镜。

赠段七娘

罗袜凌波生网尘[1],那能得计访情亲?千杯绿酒何辞醉,一面红妆恼杀人[2]。

【注释】

〔1〕罗袜凌波:曹植《洛神赋》:"凌波微步,罗袜生尘。"
〔2〕恼:引逗,撩拨。

别内赴征三首[1]

王命三征去未还[2],明朝离别出吴关[3]。白玉高楼看不见,相思须上望夫山[4]。

【注释】

〔1〕别内:别妻。此诗作于天宝元年(742)李白奉诏入京时,一说作于至德元载(756)应聘赴永王李璘幕府时。
〔2〕三征:三次征聘。
〔3〕吴关:詹锳《李白诗文系年》谓"当在溧阳或南陵境内"。
〔4〕望夫山:《太平寰宇记》卷一〇五:"望夫山,在(当涂)县西四十七里,昔人往楚,累岁不还,其妻登此山望夫,乃化为石。周回五十里,高一百丈,临江。"

出门妻子强牵衣,问我西行几日归。归时倘佩黄金印,莫见苏秦不下机[1]。

【注释】

〔1〕"归时"二句:《战国策·秦策一》:"(苏秦)说秦王,书十上而说不行……至家,妻不下纴,嫂不为炊,父母不与言。"机,织机。

翡翠为楼金作梯,谁人独宿倚门啼[1]。夜坐寒灯连晓月,行行泪尽楚关西[2]。

【注释】

〔1〕"谁人"句:一作"卷帘愁坐待鸣鸡"。
〔2〕楚关西:楚地之西。

秋浦寄内[1]

我今寻阳去[2],辞家千里余。结荷见水宿[3],却寄大雷书[4]。虽不同辛苦,怆离各自居。我自入秋浦,三年北信疏。红颜愁落尽,白发不能除。有客自梁苑,手携五色鱼[5]。开鱼得锦字[6],归问我何如。江山虽道阻,意合不为殊。

【注释】

〔1〕秋浦:唐县名,在今安徽池州市,以秋浦水得名。
〔2〕寻阳:郡名,治所在今江西九江市。

〔3〕结荷、水宿：以荷为屋，宿于水滨。鲍照《登大雷岸与妹书》："栈石星饭，结荷水宿。"见：一作"卷"。

〔4〕大雷书：即鲍照《登大雷岸与妹书》。此指家书。

〔5〕鱼：指家书。古乐府《饮马长城窟行》："客从远方来，遗我双鲤鱼。呼儿烹鲤鱼，中有尺素书。"

〔6〕锦字：前秦苻坚时，秦州刺史窦滔被徙流沙，其妻苏若兰思之，"织锦为回文旋图诗以赠滔，宛转循环以读之，词甚凄惋，凡八百四十字。"见《晋书·列女传》。

自代内赠

宝刀裁流水，无有断绝时。妾意逐君行，缠绵亦如之。别来门前草，秋巷春转碧[1]。扫尽更还生，萋萋满行迹。鸣凤始相得，雄惊雌各飞。游云落何山，一往不见归。估客发大楼[2]，知君在秋浦。梁苑空锦衾，阳台梦行雨[3]。妾家三作相[4]，失势去西秦。犹有旧歌管，凄清闻四邻。曲度入紫云，啼无眼中人[5]。妾似井底桃[6]，开花向谁笑？君如天上月，不肯一回照。窥镜不自识，别多憔悴深。安得秦吉了[7]，为人道寸心。

【注释】

〔1〕"秋巷"句：一作"春尽秋转碧"。王琦注："巷"当是"黄"字之讹。

〔2〕估客：商人。大楼：山名，在今安徽池州市，一作"东海"。

〔3〕"阳台"句：用宋玉《高唐赋》写巫山神女别楚王事。

〔4〕三作相：李白妻宗氏乃宗楚客孙女。据两《唐书》本传，宗楚客

于武后、中宗时曾三度为宰相,景云元年(710)被诛,故下句云"失势"。西秦:指长安。

〔5〕"啼无"句:此下一本有"女弟争笑弄,悲羞泪盈巾"二句。

〔6〕井底桃:王琦注:"井底桃即四卷'桃李出深井'(出《中山孺子妾歌》)之意。今庭中天井是也。"

〔7〕秦吉了:鸟名,形似八哥,能模仿人言,产于秦地,故名秦吉了。

秋浦感主人归燕寄内

霜凋楚关木,始知杀气严[1]。寥寥金天廓[2],婉婉绿红潜。胡燕别主人[3],双双语前檐。三飞四回顾,欲去复相瞻。岂不恋华屋?终然谢珠帘[4]。我不及此鸟,远行岁已淹[5]。寄书道中叹,泪下不能缄[6]。

【注释】

〔1〕杀气:秋日萧索之气。
〔2〕金天:秋天。秋于五行属金,故名。
〔3〕胡燕:犹云朔燕,北方之燕。
〔4〕谢:辞别。
〔5〕淹:迟、晚。
〔6〕缄:收束、停止。

送内寻庐山女道士李腾空二首[1]

君寻腾空子,应到碧山家。水舂云母碓[2],风扫石楠花[3]。若恋幽居好,相邀弄紫霞[4]。

【注释】

〔1〕内:妻。李腾空:宰相李林甫之女,后入庐山为女道士。见《庐山记》卷二。

〔2〕云母碓(duī):王琦注:"白居易诗有'何处水边碓,夜舂云母声',及'云碓无人水自舂'之句,自注云:'庐山中云母多,故以水碓捣炼,俗呼为云碓。'"

〔3〕石楠:植物名,亦称"千年红",常绿灌木或小乔木。花供观赏,叶可入药。

〔4〕弄紫霞:指学道。

多君相门女[1],学道爱神仙。素手掬青霭,罗衣曳紫烟。一往屏风叠[2],乘鸾著玉鞭[3]。

【注释】

〔1〕多:称美。相门女:宗氏为武则天及中宗时三次拜相的宗楚客之孙女。

〔2〕屏风叠:在庐山五老峰下,形状似九叠屏风。

〔3〕著玉鞭:一作"不著鞭"。

赠　内

三百六十日,日日醉如泥。虽为李白妇,何异太常妻[1]?

【注释】

〔1〕太常妻:用周泽事。《后汉书·周泽传》载,周泽为太常卿,常卧疾斋宫。其妻去看望他,他大怒,以妻干犯斋禁,遂收送诏狱谢罪。时人为之语曰:"生世不谐,作太常妻。一岁三百六十日,三百五十九日斋。"《汉官仪》此下云"一日不斋醉如泥"。

在寻阳非所寄内[1]

闻难知恸哭,行啼入府中[2]。多君同蔡琰,流泪请曹公[3]。知登吴章岭[4],昔与死无分。崎岖行石道,外折入青云。相见若悲叹,哀声那可闻[5]?

【注释】

〔1〕非所:监狱。此诗作于至德二载(757)初入寻阳狱时。
〔2〕行啼:边走边哭。
〔3〕"多君"二句:《后汉书·列女传》载:蔡文姬之夫董祀犯法当死,文姬诣曹操请之。时公卿名士及远方使驿坐者满堂。及文姬进,蓬首徒行,叩头请罪,音辞清辩,旨甚酸哀,众皆为改容。操曰:"诚实相矜,然文状已去,奈何?"文姬曰:"明公厩马万匹,虎士成林,何惜疾足一骑,而不济垂死之命乎?"操感其言,乃追赦祀罪。多,此处作感激解。
〔4〕吴章岭:山名,在今江西九江市与星子县之间,与庐山相接。
〔5〕那可闻:岂可闻。

南流夜郎寄内[1]

夜郎天外怨离居[2],明月楼中音信疏[3]。北雁春归看欲尽,南来不得豫章书[4]。

【注释】
　　[1] 此诗作于乾元二年(759)春流放夜郎途中。
　　[2] 天外:极言其遥远。
　　[3] 明月楼:指其妻宗氏所居之处。曹植《七哀诗》:"明月照高楼,流光正徘徊。上有愁思妇,悲叹有余哀。"
　　[4] 豫章:郡名,治所在今江西南昌。宗氏当时寓居于此。

越女词五首

其 一

长干吴儿女[1],眉目艳星月。屐上足如霜[2],不着鸦头袜[3]。

【注释】
　　[1] 长干(gān):即长干里。左思《吴都赋》刘渊林注:"江东谓山冈间为干。建邺(南京)之南有山,其间平地,吏民居之,故号为干。"吴儿女:即吴地(今长江下游江苏南部、浙江北部一带)女儿。
　　[2] 屐:木屐,古代吴越一带人多穿木屐。
　　[3] 鸦头袜:一种拇指与其他四指分开的布袜。

其　二

吴儿多白皙[1],好为荡舟剧[2]。卖眼掷春心[3],折花调行客[4]。

【注释】

〔1〕吴儿:吴地女子。白皙:白净。
〔2〕剧:游戏。
〔3〕卖眼掷春心:以眼色传情。
〔4〕调:戏弄。

其　三

耶溪采莲女[1],见客棹歌回[2]。笑入荷花去,佯羞不出来。

【注释】

〔1〕耶溪:即若耶溪,在今浙江绍兴市南。
〔2〕棹(zhào)歌:划船时所唱之歌。

其　四

东阳素足女[1],会稽素舸郎[2]。相看月未堕,白地断肝肠[3]。

【注释】

〔1〕东阳:唐婺州有东阳县,即今浙江东阳市。素足:白足。

〔2〕会稽:即今浙江绍兴市。素舸:简朴的小船。

〔3〕白地:犹云平白地。按,谢灵运《东阳溪中赠答二首》云:"可怜谁家妇,缘流洗素足。明月在云间,迢迢不可得。""可怜谁家郎,缘流乘素舸。但问情若为,月就云中堕。"此诗盖自两作点化而出。

其 五

镜湖水如月〔1〕,耶溪女如雪。新妆荡新波〔2〕,光景两奇绝。

【注释】

〔1〕镜湖:在今浙江绍兴。

〔2〕新波:指春水。

浣纱石上女〔1〕

玉面耶溪女,青蛾红粉妆〔2〕。一双金齿屐〔3〕,两足白如霜。

【注释】

〔1〕浣纱石:浙江绍兴南有若耶溪,一名浣纱溪,溪边有浣纱石,相传西施浣纱于此。

〔2〕青蛾:妇女用青黛画的眉。

〔3〕金齿屐:似指有铁齿的木屐。

示金陵子[1]

金陵城东谁家子[2],窃听琴声碧窗里[3]。落花一片天上来,随人直渡西江水。楚歌吴语娇不成,似能未能最有情。谢公正要东山妓[4],携手林泉处处行。

【注释】

〔1〕诗题:一作"金陵子词"。金陵子:金陵歌妓名。
〔2〕谁家:一作"金陵"。
〔3〕碧:一作"夜"。
〔4〕"谢公"句:《世说新语·识鉴》载,谢安隐居东山时,畜妓,携以游玩。

出妓金陵子呈卢六四首

安石东山三十春,傲然携妓出风尘。楼中见我金陵子,何似阳台云雨人[1]。

【注释】

〔1〕阳台云雨人:指巫山神女,用宋玉《高唐赋》的典故。

南国新丰酒[1],东山小妓歌。对君君不乐,花月奈愁何。

【注释】

〔1〕新丰:王琦注:"梁元帝诗:'试酌新丰酒,遥劝阳台人。'陆放翁《入蜀记》:'早发云阳,过新丰小憩。'李太白诗云:'南国新丰酒,东山小妓歌。'又唐人诗云:'再入新丰市,犹闻旧酒香。'皆谓此地,非长安之新丰也。"

东道烟霞主[1],西江诗酒筵[2]。相逢不觉醉,日堕历阳川[3]。

【注释】

〔1〕东道主:主人。"烟霞"言其为隐者。
〔2〕西江:指长江。
〔3〕历阳:唐和州历阳郡,治历阳县(今安徽和县)。历阳川:指历阳之长江。

小妓金陵歌楚声,家僮丹砂学凤鸣[1]。我亦为君饮清酒,君心不肯向人倾。

【注释】

〔1〕丹砂:据魏颢《李翰林集序》,李白有奴名丹砂。凤鸣:谓吹笙。梁武帝《凤笙曲》:"朱唇玉指学凤鸣。"

巴 女 词[1]

巴水急如箭[2],巴船去若飞。十月三千里,郎行几岁归？

【注释】

〔1〕巴:指古巴郡地,在今四川、重庆一带。
〔2〕巴水:指巴地的长江水,流经三峡,水势湍急。

哭晁卿衡[1]

日本晁卿辞帝都[2],征帆一片绕蓬壶[3]。明月不归沉碧海[4],白云愁色满苍梧。[5]

【注释】

〔1〕晁卿衡:即晁衡,日本国人,原名阿倍仲麻吕,两《唐书》作"仲满",尝官卫尉卿。天宝十二载(753)冬,晁衡乘船归国,海上遇大风,飘至安南,幸免于难。当时误传晁衡已溺死,故李白赋诗悼念。此诗当作于天宝十三载。
〔2〕帝都:指长安。
〔3〕蓬壶:即蓬莱。海中三神山之一。
〔4〕明月:即明月珠,喻指晁衡。
〔5〕苍梧:山名。《水经注·淮水》谓东海郡朐山县(今江苏东海县)东北海中有大洲,名郁洲或郁山,传说此山自苍梧飞徙而来,故又名苍梧山。

自溧水道哭王炎三首[1]

白杨双行行,白马悲路傍。晨兴见晓月,更似发云阳[2]。溧水通吴关,逝川去未央。故人万化尽[3],闭骨茅山冈[4]。天上坠玉棺[5],泉中掩龙章[6]。名飞日月上,义与风云翔。逸气竟莫展,英图俄夭伤。楚国一老人,来嗟龚胜亡[7]。有言不可道,雪泣忆兰芳[8]。

【注释】

〔1〕溧水:在今江苏南京市溧水区,东注入太湖。王炎:李白友人,李白《剑阁赋》自注云:"送友人王炎入蜀。"即此人。

〔2〕"晨兴"二句:语本谢灵运《庐陵王墓下作》:"晓月发云阳,落日次朱方。"

〔3〕万化:万物变化。此指死亡。任昉《哭范仆射》:"一朝万化尽,犹我故人情。"

〔4〕闭骨:指埋葬。江淹《恨赋》:"无不烟断火绝,闭骨泉里。"茅山:即句曲山,在今江苏镇江市东。

〔5〕玉棺:用汉王乔事。《后汉书·王乔传》:"后天下玉棺于堂前,吏人推排,终不摇动。乔曰:'天帝独召我邪!'乃沐浴服饰寝其中,盖便立覆。宿昔葬于城东,土自成坟,其夕,县中牛皆流汗喘乏,而人无知者。"

〔6〕泉中:地下。龙章:龙,衮龙之服;章,章甫之冠。

〔7〕"楚国"二句:《汉书·龚胜传》载:龚胜死,有老父来吊,哭甚哀,既而曰:"嗟乎!薰以香自烧,膏以明自销。龚生竟夭天年,非吾徒也。"

〔8〕雪泣:拭泪。

王公希代宝,弃世一何早。吊死不及哀,殡宫已秋草[1]。悲来欲脱剑,挂向何枝好[2]。哭向茅山虽未摧,一生泪尽丹阳道[3]。

【注释】

〔1〕不及哀:言不及其新哀之时。殡宫:临时停柩之所。

〔2〕"悲来"二句:用季札事。春秋时,季札出使过徐君,心许返回时将宝剑相赠。返回时,徐君已死,季札将剑挂于徐君墓树上。见《史记·吴太伯世家》。

〔3〕丹阳:溧水两汉时在丹阳郡之地,故云丹阳道。

王家碧瑶树[1],一树忽先摧。海内故人泣,天涯吊鹤来[2]。未成霖雨用,先天济川材[3]。一罢《广陵散》[4],鸣琴更不开。

【注释】

〔1〕碧瑶树:用王戎赞美王衍语。《世说新语·赏誉》载:王戎称美王衍"神姿高彻,如瑶林琼树,自然是风尘外物"。

〔2〕吊鹤:用陶侃事。陶侃母丧,有二客来吊,仪服鲜异,不哭而退。侃遣人视之,但见双鹤冲天而去。见《世说新语·贤媛》注引《陶侃别传》。

〔3〕霖雨用、济川材:用傅说事,殷高宗命傅说为相,曰:"若济巨川,用汝作舟楫。若岁大旱,用汝作霖雨。"见《书·说命上》。

〔4〕"一罢"句:用嵇康事。嵇康游洛西,暮宿华阳亭。夜分,忽有客诣之,授之以琴曲《广陵散》,嘱其誓不传人。后康为司马昭所害,临刑前,"顾视日影,索琴弹之,曰:'昔袁孝尼尝从吾学《广陵散》,吾每靳固之。《广陵散》于今绝矣!'"

哭宣城善酿纪叟

纪叟黄泉里,还应酿老春[1]。夜台无晓日[2],沽酒与何人[3]?

【注释】

〔1〕老春:酒名,唐时多以春名酒。《唐国史补》卷下:"酒则有郢州之富水,乌程之若下,荥阳之土窟春,富平之石冻春,剑南之烧春。"

〔2〕夜台:坟墓。墓穴一闭,不见光明,故称夜台。

〔3〕本诗一作"题戴老酒店",云:"戴老黄泉下,还应酿大春。夜台无李白,沽酒与何人?"

宣城哭蒋征君华[1]

敬亭埋玉树[2],知是蒋征君。安得相如草,空余封禅文[3]。池台空有月,词赋旧凌云。独挂延陵剑,千秋在古坟[4]。

【注释】

〔1〕征君:指朝廷征聘而不就之人。

〔2〕敬亭:敬亭山,在宣城北。埋玉树:《世说新语·伤逝》:"庾文康亡,何扬州临葬云:'埋玉树著土中,使人情何能已已!'"

〔3〕"安得"二句:用司马相如事。司马相如卒,汉武帝遣使取书,相如妻遵遗嘱献书一卷,即《封禅文》。见《史记·司马相如列传》。

〔4〕"独挂"二句:用季札事,见前《自溧水道哭王炎三首》注。

补　遗

月夜金陵怀古[1]

苍苍金陵月,空悬帝王州[2]。天文列宿在,霸业大江流。渌水绝驰道,青松摧古丘[3]。台倾鸧鹒观[4],宫没凤皇楼[5]。别殿悲清暑[6],芳园罢乐游[7]。一闻歌玉树[8],萧瑟后庭秋。

【注释】
〔1〕此诗见《文苑英华》卷三〇八。
〔2〕帝王州:指金陵。谢朓《入朝曲》:"江南佳丽地,金陵帝王州。"
〔3〕驰道:供帝王行驰车马的大道。古丘:指六朝帝王的陵墓。
〔4〕鸧鹒观:汉武帝所建观名,此借指金陵宫观。谢朓《暂使下都夜发新林至京邑赠西府同僚》:"金波丽鸧鹒,玉绳低建章。"
〔5〕凤皇楼:故址在今南京市。南朝宋元嘉中建。
〔6〕清暑:王琦注:"《景定建康志》:清暑殿,在台城内,晋孝武帝建。殿前重楼复道,通华林园,爽塏奇丽,天下无比,虽暑月常有清风,故以为名。"
〔7〕乐游:王琦注引《太平寰宇记》:"乐游苑在覆舟山南,北连山筑台观,苑内起正阳、林光等殿。"

〔8〕玉树:即《玉树后庭花》。《隋书·五行志》:"(陈)祯明初,后主作新歌,词甚哀怨,令后宫美人习而歌之,其辞曰:'玉树后庭花,花开不复久。'时人以歌谶(chèn),此其不久兆也。"

冬日归旧山[1]

未洗染尘缨,归来芳草平。一条藤径绿,万点雪峰晴[2]。地冷叶先尽,谷寒云不行。嫩篁侵舍密,古树倒江横。白犬离村吠,苍苔壁上生。穿厨孤雉过,临屋旧猿鸣。木落禽巢在,篱疏兽路成。拂床苍鼠走,倒箧素鱼惊[3]。洗砚修良策,敲松拟素贞。此时重一去,去合到三清[4]。

【注释】

〔1〕此诗见《文苑英华》卷一六〇。安旗等认为诗中之"旧山",指匡山,可参。

〔2〕雪峰:安旗等注:"雪峰,当指岷山,俗称雪山,在江油县西北三百里,四季常有积雪。"按:江油今已改为市。

〔3〕素鱼:即蠹鱼,因其色白,故名。

〔4〕三清:即玉清、上清、太清。道教指神仙所居的最高仙境。

望夫石[1]

仿佛古容仪,含愁带曙辉。露如今日泪,苔似昔年衣。

有恨同湘女[2],无言类楚妃[3]。寂然芳霭内,犹若待夫归。

【注释】

〔1〕此诗见《文苑英华》卷一六〇。

〔2〕湘女:即湘妃,尧之二女,舜之二妃,长曰娥皇,次曰女英。舜南巡,死于苍梧;二妃追之不及,死于江湘之间,世称湘妃。见《列女传》卷一。

〔3〕楚妃:指息夫人,名妫,春秋时息侯的夫人。楚文王灭息,房息君夫妇。文王宠妫,生堵敖及成王。然妫不与楚王言,后自杀。事见《左传·庄公十四年》。

对 雨[1]

卷帘聊举目,露湿草绵绵[2]。古岫披云毳[3],空庭织碎烟。水红愁不起[4],风线重难牵。尽日扶犁叟,往来江树前。

【注释】

〔1〕此诗见《文苑英华》卷一五三。

〔2〕绵绵:连绵不断貌。

〔3〕岫:山穴。云毳:指薄雾。毳(cuì),兽毛之缛细者。

〔4〕水红:即水荭,生长在池沼中的一种草。红:一作"纹"。

805

晓　晴[1]

野凉疏雨歇,春色偏萋萋[2]。鱼跃青池满,莺吟绿树低。野花妆面湿,山草纽斜齐[3]。零落残云片,风吹挂竹溪。

【注释】

〔1〕此诗见《文苑英华》卷一五五。晓晴:一作"晚晴"。
〔2〕偏:更。
〔3〕纽斜齐:安旗等注:"似谓山草雨后披拂之状。"

初　月[1]

玉蟾离海上[2],白露湿花时。云畔风生爪,沙头水浸眉[3]。乐哉弦管客,愁杀战征儿。因绝西园赏[4],临风一咏诗。

【注释】

〔1〕此诗见《文苑英华》卷一五一。
〔2〕玉蟾:指月。传说月中有蟾蜍,故称。
〔3〕"云畔"二句:安旗等注:"二句拟初月之状,上句仰望,下句俯视。"
〔4〕西园:即铜雀园,在文昌殿西,故称。曹氏父子及建安诸子常游

宴于此。故址在今河北临漳县西南。

雨后望月[1]

四郊阴霭散,开户半蟾生[2]。万里舒霜合,一条江练横[3]。出时山眼白,高后海心明[4]。为惜如团扇[5],长吟到五更。

【注释】

〔1〕此首见《文苑英华》卷一五二。
〔2〕半蟾:指从山后升起的月亮还未全部露出来。
〔3〕江练:如练之江。练,白绢。
〔4〕山眼白、海心明:均喻月。
〔5〕如团扇:汉成帝时,班婕妤失宠,供养于长信宫,乃作《怨诗》曰:"新裂齐纨素,鲜洁如霜雪。裁为合欢扇,团团似明月……常恐秋节至,凉风夺炎热。弃捐箧笥中,恩情中道绝。"

送史司马赴崔相公幕[1]

峥嵘丞相府,清切凤凰池[2]。羡尔瑶台鹤,高栖琼树枝。归飞晴日好,吟弄惠风吹。正有乘轩乐[3],初当学舞时[4]。珍禽在罗网,微命若游丝。愿托周周羽,相衔汉水湄[5]。

【注释】

〔1〕此诗见《文苑英华》卷二六九。《全唐诗》重见卷一九〇岑参集。一本诗题上有"赋得鹤"三字。按,王琦认为此诗或是"太白在寻阳狱中之作,所谓崔相公者即是崔涣"。但又指出"岑参集中亦载此诗,一云无名氏诗"。陈铁民、侯忠义认为此诗疑非李白作(《岑参集校注》);瞿蜕园、朱金城则认为当为李白作。安旗等更认为:"玩诗意,与李白情事皆相合,应是李白逸诗。"究为谁作尚待进一步研究。

〔2〕清切:清贵而接近皇帝的官职。凤凰池:中书省的美称。《晋书·荀勖传》载:荀勖自中书监迁尚书令,有人向他祝贺,勖曰:"夺我凤凰池,诸君贺我耶?"

〔3〕乘轩:《左传·闵公二年》:"卫懿公好鹤,鹤有乘轩者。"

〔4〕学舞:《初学记》引《相鹤经》:"鹤二年落子毛,易黑点,三年产伏,复七年羽翮具,复七年飞薄云汉,复七年舞应节。"

〔5〕周周:鸟名。相传此鸟"重首而屈尾,将欲饮于河则必颠,乃衔其羽而饮之"。见《韩非子·说林下》。汉:岑参集作"溪"。

送客归吴〔1〕

江村秋雨歇,酒尽一帆飞。路历波涛去,家唯坐卧归。岛花开灼灼〔2〕,汀柳细依依〔3〕。别后无余事,还应扫钓矶。

【注释】

〔1〕此诗见《文苑英华》卷二六九。

〔2〕岛花:王琦注:"一作山桃。"灼灼:盛貌。《诗·周南·桃夭》:"桃之夭夭,灼灼其华。"

〔3〕汀:水边平地。依依:盛貌。

送袁明府任长江[1]

别离杨柳青,樽酒表丹诚。古道携琴去,深山见峡迎。暖风花绕树,秋雨草沿城。自此长江内,无因夜犬惊[2]。

【注释】

〔1〕此诗见《文苑英华》卷二六九。《沧浪诗话·考证》认为非太白诗。唐剑南道遂州有长江县。

〔2〕夜犬惊:用刘宠事。《后汉书·刘宠传》载:刘宠为会稽太守,简除烦苛,禁察非法,郡中大化。后征为将作大匠,山阴县有五六老叟,龙眉皓发,自若耶山谷间出,人赍百钱以送宠。宠劳之曰:"父老何自苦?"对曰:"山谷鄙生,未尝识郡朝。它守时吏发求民间,至夜不绝,或狗吠竟夕,民不得安。自明府下车以来,狗不夜吠,民不见吏。年老遭值圣明,今闻当见弃去,故自扶奉送。"

邹衍谷[1]

燕谷无暖气,穷岩闭严阴。邹子一吹律,能回天地心。

【注释】

〔1〕此诗见《文苑英华》卷一六〇。邹衍谷:在今北京市怀柔区东。又名燕谷山、寒谷。《艺文类聚》卷九引刘向《别录》:"邹衍在燕,燕有谷,地美而寒,不生五谷。邹子居之,吹律而温气至,而谷生。今名黍谷。"

杂言用投丹阳知己兼奉宣慰判官[1]

客从昆仑来,遗我双玉璞[2]。云是古之得道者西王母食之余[3],食之可以凌太虚。爱之颇谓绝今昔,求识江淮人犹乎比石。如今虽在卞和手[4],□□正憔悴,了了知之亦何益?恭闻士有调相如[5],始从镐京还[6],复欲镐京去,能上秦王殿,何时回光一相盼?欲投君,保君年,幸君持取无弃捐。无弃捐,服之与君俱神仙。

【注释】

〔1〕丹阳:郡名,治所在今江苏镇江。宣慰判官:王琦注:"肃宗至德元载十一月,以崔涣为江南宣慰使。所谓宣慰判官,乃涣之僚属也。太白有《上崔相涣》诗数首,此诗乃与其僚属者欤?"安旗等注:此诗"两宋本有而萧本无,多有缺文讹字。详诗意,当是托言璞玉求人荐者,与上崔涣诸诗意绪颇相类"。《全唐诗》注:"以下见《诗纪》。第八句缺二字。"

〔2〕玉璞:指仙药。《抱朴子·仙药》:"玉亦仙药……《玉经》曰:服金者寿如金,服玉者寿如玉也。又曰:服玄真者,其命不极。玄真者,玉之别名也。令人身轻飞举,不但地仙而已……不可用已成之器,伤人无益,当得璞玉,乃可用也。"

〔3〕西王母:古代神话中的仙人,相传居于昆仑山。

〔4〕卞和:春秋楚人。相传他在荆山发现一块玉璞,先后献给楚厉王、武王,皆以为欺诈,被截去双脚。文王即位,卞和抱璞哭于荆山下。文王命玉工剖璞加工,果得宝玉,世称和氏璧。事见《韩非子·和氏》。

〔5〕相如:指蔺相如,赵有和氏璧,秦昭王遗赵王书,诈言愿以十五

城易璧。蔺相如使秦,献璧,见秦王无诚意,不肯交出城池,乃设计取回宝璧,使人送回赵国。事见《史记·廉颇蔺相如列传》。

〔6〕镐京:西周国都,故城在今陕西西安市西北。此代指秦国都城。

观 鱼 潭[1]

观鱼碧潭上,木落潭水清。日暮紫鳞跃,圆波处处生[2]。凉烟浮竹尽,秋月照沙明。何必沧浪去,兹焉可濯缨[3]。

【注释】

〔1〕此诗见宋乙本、缪本卷十七,王琦注本收入《诗文拾遗》。

〔2〕圆波:《文选》潘岳《河阳县作诗》:"游鱼动圆波。"刘良注:"圆波,谓鱼动波起而圆也。"

〔3〕"何必"二句:《楚辞·渔父》:"渔父莞尔而笑,鼓枻而去,乃歌曰:'沧浪之水清兮,可以濯吾缨;沧浪之水浊兮,可以濯吾足。'遂去,不复与言。"

自广平乘醉走马六十里至邯郸登城楼览古书怀[1]

醉骑白花骆[2],西走邯郸城。扬鞭动柳色[3],写鞚春风生[4]。入郭登高楼,山川与云平。深宫翳绿草[5],万事伤人情。相如章华巅,猛气折秦嬴[6]。两虎不可斗,廉公终负荆[7]。提携袴中儿,杵臼及程婴。空孤献白刃,必死耀丹诚[8]。平原三千客[9],谈笑尽豪英。毛君能颖脱,二国且同盟[10]。皆为黄泉土,使我涕纵横。磊磊石子冈[11],萧萧白杨声。诸贤没此地[12],碑版有残铭。太古共今时,由来互衰荣。伤哉何足道,感激仰空名。赵俗爱长剑,文儒少逢迎。闲从博徒游[13],畅饮雪朝醒。歌酣易水动[14],鼓震丛台倾[15]。日落把烛归,凌晨向燕京。方陈五饵策[16],一使胡尘清。

【注释】

〔1〕此诗见两宋本、缪本卷二十。《文苑英华》卷三一二亦载作李白。广平:郡名,即洺州,治所在今河北永年县东南。邯郸:洺州属县,即今河北邯郸市。

〔2〕骆:一作"马"。

〔3〕动:一作"度"。

〔4〕写:通"卸"。鞍:马勒。

〔5〕"深宫"句:一作"雄都半古冢"。

〔6〕"相如"二句:用蔺相如完璧归赵事。

〔7〕"两虎"二句:用廉颇负荆请罪事,《史记·廉颇蔺相如列传》载:蔺相如拜为上卿,廉颇不服,几次侮辱相如,相如均回避不计较,有人为相如抱不平,相如说:"强秦之所以不敢加兵于赵者,徒以吾两人在也。今两虎共斗,其势不俱生,吾所以为此者,以先国家之急而后私仇也。"廉颇闻之,乃负荆请罪。

〔8〕"提携"四句:晋景公时,屠岸贾杀赵朔,灭其族。朔妻产一男,置袴中,祝曰:"赵宗灭乎?若号;即不灭,若无声。"屠岸贾索儿时,竟无声。朔友程婴与朔客公孙杵臼合谋,取他人婴儿,使公孙杵臼负之匿山

中,程婴故告发,屠岸贾遂发师杀杵臼与婴儿,赵朔之孤乃得免。孤长,名曰武,攻屠岸贾而灭其族。程婴乃谓赵武曰:"昔下宫之难,皆能死,我非不能死,我思立赵氏之后。今赵武既立,为成人,复故位,我将下报赵宣孟(朔)与公孙杵臼。"遂自杀。见《史记·赵世家》。

〔9〕平原:战国时赵国公子平原君。

〔10〕毛君:毛遂,《史记·平原君虞卿列传》载:秦围邯郸,赵使平原君求救,合纵于楚,毛遂自请随行。至楚,与楚合纵,久谈而不决,毛遂持剑而前,对楚王说:"白起,小竖子耳……兴师以与楚战,一战而举鄢郢,再战而烧夷陵……而王弗知恶焉,合纵者为楚,非为赵也。"楚王点头称是,遂定纵于殿上,出兵救赵。

〔11〕石子冈:王琦注:"《太平寰宇记》:邯郸县有石子冈,《隋图经》云:历陵城西十里有石子冈,实山也,而高大,有冢如砚子,世谓之砚子冢,是赵简子冢。"

〔12〕诸贤:王琦注:"另指当时贤豪死葬于石子冈者,故下文以太古、今时双承言之。"

〔13〕徒:一作"陵"。

〔14〕"歌酬"句:暗用荆轲易水悲歌之事。事见《史记·刺客列传》。

〔15〕丛台:台名。战国时筑,在赵都邯郸城内。见《汉书·邹阳传》。

〔16〕五饵策:指盛服、丰食、声色、美宅、礼遇等五种引诱和软化对方的手段。《汉书·贾谊传赞》:"施五饵三表以系单于。"

宣城长史弟昭赠余琴
溪中双舞鹤诗以见志[1]

令弟佐宣城,赠余琴溪鹤。谓言天涯雪,忽向窗前落。白玉为毛衣,黄金不肯博[2]。当风振六翮[3],对舞临山阁。顾我如有情,长鸣似相托。何当驾此物,与尔腾寥廓[4]。

【注释】

〔1〕此诗载宋蜀本《李太白文集》卷二三。琴溪:在宣州泾县东北二里,相传为琴高控鲤之所。

〔2〕博:易,换。

〔3〕六翮:健羽。

〔4〕寥廓:指天空。

瀑　布[1]

断崖如削瓜,岚光破崖绿。天河从中来,白云涨川谷。玉案赤文字,落落不可读。摄衣凌青霄,松风拂我足。

【注释】

〔1〕此诗见周必大《二老堂诗话》。《诗话》云:"司空山在舒州太湖县界,初经重报寺,过马玉河,至金轮院,有僧本净肉身塔,及不受叶莲花池、连理山茶。自塔院乃上山,至本净坐禅岩,精巧天成。中途断崖绝壑,傍临万仞,号牛背石。宗室善修者言,石如剑脊中起,侧足覆身而过,危险之甚。度此步步皆佳。上有一寺及李太白书堂。一峰玉立,有太白《瀑布》诗云:'断岩如削瓜,岚光破崖绿。天河从中来,白云涨川谷。玉案赤文字,落落不可读。摄衣凌青霄,松风吹我足。'余兄子中守舒日,得此于宗室公霞。今胡仔《渔隐丛话》载,蔡絛《西清诗话》不言此山,但云太白仙去后,人有见其诗,略云:'断崖如削瓜,岚光破崖绿。天河从中来,白云涨川谷。玉案勒文字,世眼不可读。摄身凌青霄,松风吹我足。'又云:'举袖露条脱,招我饭胡麻。'既误以'断岩'为'断崖',与第二句相重;'赤文'作

'敕文','落落'作'世眼','摄衣'作'摄身',皆浅近,与前句大相远。当涂《太白集》本,元无此诗,因子中录寄,郡守遂刻于后。然皆从蔡絛误本,子中争之不从,仅能改敕为赤而已。"王琦注:"《唐诗纪事》:近世传白诗云:'断崖如削瓜,岚光破崖绿。天河从中来,白云涨川谷。玉案赤文字,落落不可读。摄衣凌清云,松风拂我足。'又不同者数字。"

金陵新亭[1]

金陵风景好,豪士集新亭。举目山河异,偏伤周颛情。四坐楚囚悲,不忧社稷倾。王公何慷慨,千载仰雄名[2]。

【注释】

〔1〕诗约作于至德元载(756),时作者在金陵。此诗载宋蜀本《李太白文集》卷二〇。新亭:在金陵南劳劳山上。

〔2〕"金陵"八句:《晋书·王导传》:"过江人士每至暇日,相要(邀)出新亭饮宴,周颛中座而叹曰:'风景不殊,举目有江河之异。'皆相视流涕,惟导愀然变色曰:'当共戮力王室,克复神州,何至作楚囚相对泣耶?'众收泪而谢之。"又见《世说新语·言语》。

题许宣平庵壁[1]

我吟传舍诗[2],来访真人居。烟岭迷高迹,云林隔太虚。窥庭但萧索,倚柱空踟蹰。应化辽天鹤,归当千

815

岁余[3]。

【注释】

〔1〕此诗见《诗话类编》，又载《全唐诗》八五六许宣平《见李白诗又吟》题下注中。《太平广记》卷二四引《续仙传》："许宣平，新安歙人也。唐睿宗景云中，隐于城阳山南坞，结庵以居。不知其服饵，但见不食，颜色若四十许人，行如奔马。时或负薪以卖，担常挂一花瓠及曲竹杖，每醉，腾腾拄之以归。独吟曰：'负薪朝出卖，沽酒日西归。路人莫问归何处，穿入白云行翠微。'尔来三十余年，或拯人悬危，或救人疾苦，城市人多访之，不见，但览庵壁题诗云：'隐居三十载，石室南山巅。静夜玩明月，明朝饮碧泉。樵人歌垅上，谷鸟戏岩前。乐矣不知老，都忘甲子年。'好事者多咏其诗。有时行长安，于驿路洛阳、同、华间传舍是处之。天宝中，李白自翰林出，东游经传舍，览诗吟之，嗟叹曰：'此仙诗也。'乃诘之于人，得宣平之实。于是游及新安，涉溪登山，累访之不得，乃题其庵壁。"

〔2〕传舍：客馆也。

〔3〕"应化"二句：用丁令威事，传说辽东人丁令威学道成仙，后化鹤归辽，时人不识，举弓欲射之。丁乃歌曰："有鸟有鸟丁令威，去家千年今始归，城郭如故人民非"云云。见《搜神后记》卷一。

戏赠杜甫[1]

饭颗山头逢杜甫，顶戴笠子日卓午[2]。借问别来太瘦生[3]，总为从前作诗苦。

【注释】

〔1〕此诗始见于孟棨《本事诗·高逸》，《唐摭言》、《唐诗纪事》等所

816

载,字句略异。前人或疑为伪作,或谓李白以之嘲讥杜甫。郭沫若《李白与杜甫》辩之,谓"白诗既非'嘲诮''戏赠',亦非后人伪作;诗题中之'戏'字,乃后人误加"。

〔2〕卓午:正午。

〔3〕别来:一作"因何"。太瘦生:欧阳修《六一诗话》:"太瘦生,唐人语也。至今犹以'生'为语助,如'作么生'、'何似生'之类是也。"

春 感 诗[1]

茫茫南与北,道直事难谐。榆荚钱生树[2],杨花玉糁街[3]。尘萦游子面,蝶弄美人钗。却忆青山上,云门掩竹斋[4]。

【注释】

〔1〕《唐诗纪事》卷一八所引《彰明逸事》载:白隐居戴天大匡山,往来旁郡,依潼江赵征君蕤。蕤亦节士,任侠有气,善为纵横学,著书号《长短经》。太白从学岁余,去游成都,赋此诗。益州刺史苏颋见而异之。

〔2〕榆荚:榆树的果实,形似钱而小,色白成串,俗称榆钱。

〔3〕糁(shēn):散粒状之物。此指纷散。

〔4〕云门:寺名,在越州。此借指"青山"之寺。

白微时募县小吏入令卧内尝驱牛经堂下令妻怒将加诘责白亟以诗谢云[1]

素面倚栏钩,娇声出外头。若非是织女,何得问牵牛?

【注释】

〔1〕《唐诗纪事》卷一八引《彰明逸事》曰:"闻唐李太白本邑人,微时募县小吏,入令卧内,尝驱牛经堂下,令妻怒,将加诘责。太白亟以诗谢。"

庭前晚开花[1]

西王母桃种我家,三千阳春始一花[2]。结实苦迟为人笑,攀折唧唧长咨嗟。

【注释】

〔1〕此诗据清编《全唐诗》卷八八二补遗一录入,原见两宋本、缪本卷二三。王琦认为它"语尤凡近,不类太白。"

〔2〕"西王母"二句:传说西王母园中有蟠桃,三千年一开花,三千年一结实。见《汉武帝内传》。

南陵五松山别荀七[1]

六即颍水荀[2],何惭许郡宾[3]?相逢太史奏,应是聚贤人[4]。玉隐且在石,兰枯还见春。俄成万里别,立德贵清真[5]。

【注释】

〔1〕此诗见两宋本卷十三,王琦注本编入《诗文拾遗》。荀七:瞿蜕

园、朱金城注:"卷二十二有《宿五松山下荀媪家》诗,荀七或即荀媪之子。"

〔2〕六即:王琦注:"六即,《唐诗类苑》作轩昂。琦按,'六'字恐是草书'君'字之讹。"颍水荀:谓荀淑,东汉颍川颍阴人。《后汉书》有传。

〔3〕许郡宾:谓陈寔,东汉颍川许人。《后汉书》有传。

〔4〕"相逢"二句:《异苑》卷四:"陈仲弓(寔)从诸子侄造荀季和(淑)父子,于时德星聚,太史奏:'五百里内有贤人聚。'"

〔5〕立德:《左传·襄公二十四年》:"太上有立德。"

暖 酒[1]

热暖将来宾铁文[2],暂时不动聚白云。拨却白云见青天,掇头里许便乘仙[3]。

【注释】

〔1〕此诗见两宋本、缪本卷二三。王琦注谓"语尤凡近,不类太白"。

〔2〕宾铁:即镔铁。

〔3〕掇头:探头。

寒 女 吟[1]

昔君布衣时,与妾同辛苦。一拜五官郎[2],便索邯郸女。妾欲辞君去,君心便相许。妾读蘼芜书[3],悲歌泪如雨。忆昔嫁君时,曾无一夜乐。不是妾无堪,君家妇难作。起来强歌舞,纵好君嫌恶。下堂辞君去,去后悔

819

遮莫[4]?

【注释】

〔1〕此诗见《才调集》六,王琦注本编入《诗文拾遗》。按,此诗自"忆昔"句以下,与敦煌写本伯三八一二高适《在哥舒大夫幕下请辞退托兴奉诗》大致相同,今姑存疑。

〔2〕五官郎:汉郎官掌宿卫诸殿门,分属五官、左、右三署。

〔3〕蘼芜书:指古诗《上山采蘼芜》。

〔4〕悔遮莫:犹云悔什么。

题峰顶寺[1]

夜宿峰顶寺,举手扪星辰。不敢高声语,恐惊天上人。

【注释】

〔1〕此诗王琦注本据《侯鲭录》、《苕溪渔隐丛话》等书收录。峰顶寺:在蕲州黄梅县(今湖北黄梅)。

阳春曲[1]

芣苢生前径[2],含桃落小园[3]。春心自摇荡,百舌更多言[4]。

【注释】

〔1〕此诗录自《万首唐人绝句》卷二〇。《乐府诗集》卷五一收作无名氏。阳春曲:乐府曲名。

〔2〕芣苢:草名,即车前。

〔3〕含桃:樱桃的别名。

〔4〕百舌:鸟名,善鸣,其声多变化,故称"百舌"。

舍 利 佛[1]

金绳界宝地[2],珍木荫瑶池。云间妙音奏,天际法蠡吹[3]。

【注释】

〔1〕此诗录自《万首唐人绝句》卷二〇。《乐府诗集》卷七八收作无名氏。舍利弗:乐府旧题,属《杂曲歌辞》。

〔2〕"金绳"句:佛教谓净土世界,"以琉璃为地,金绳界其道"。

〔3〕法蠡(lí):即法螺,佛教作法事用的乐器。

摩 多 楼 子[1]

从戎向边北,远行辞密亲。借问阴山候[2],还知塞上人?

【注释】

〔1〕此诗录自《万首唐人绝句》卷二〇。《乐府诗集》卷七八收作无名氏。摩多楼子:乐府《杂曲歌辞》名。

〔2〕候:侦察瞭望敌情者。

殷十一赠栗冈砚[1]

殷侯三玄士[2],赠我栗冈砚。洒染中山毫[3],光映吴门练[4]。天寒水不冻,日用心不倦。携此临墨池,还如对君面。

【注释】

〔1〕此诗王琦注本录自高似孙《砚笺》卷四,编入《诗文拾遗》。

〔2〕三玄士:指通晓老、庄、易的人。

〔3〕中山毫:王琦注:"王羲之《笔经》:诸郡毫,惟中山兔肥而毫长,可用练熟绢也。"

〔4〕吴门练:吴地所产之绢素。

普照寺[1]

天台国清寺[2],天下为四绝[3]。今到普照游,到来复何别?柟木白云飞,高僧顶残雪。门外一条溪,几回流岁月?

【注释】

〔1〕此诗王琦注本录自《咸淳临安志》卷八四。王琦注云:"苏东坡曰:'予旧在富阳,见国清院太白诗,绝凡近。'即此篇也。《渔隐丛话》:新安水西寺,寺依山背,下瞰长溪。太白题诗断句云:'槛外一条溪,几回流碎月?'今集中无之。琦按:《渔隐》所引即此篇末二句也。盖未睹全篇,故诡以为《题水西寺》断句耶?"普照寺:地址在今浙江杭州市北。

〔2〕国清寺:佛教名寺,在浙江天台县北。

〔3〕四绝:齐州灵岩寺、荆州玉泉寺、润州栖霞寺、台州国清寺,世称四绝。

题窦圌山[1]

樵夫与耕者,出入画屏中。

【注释】

〔1〕《方舆胜览》卷五四:"窦圌山,在绵州彰明县。李白《题窦圌山》诗:'樵夫与耕者,出入画屏中。'"

赠江油尉[1]

岚光深院里,傍砌水泠泠[2]。野燕巢官舍,溪云入古厅[3]。日斜孤吏过,帘卷乱峰青。五色神仙尉[4],焚香读道经。

823

【注释】

〔1〕此诗王琦注本录自杨慎《全蜀艺文志》。安旗等认为此诗乃李白早年所作,故系于开元六年。江油:唐县名,属龙州,在今四川江油市。

〔2〕砌:石阶。

〔3〕古:王琦注本阙,据米芾所书碑石补。

〔4〕神仙尉:用梅福事,西汉末年,梅福为南昌县尉,后弃官,得道成仙。事见《汉书·梅福传》。

桃源二首[1]

昔日狂秦事可嗟,直驱鸡犬入桃花。至今不出烟溪口,万古潺湲二水斜。

【注释】

〔1〕此二首瞿蜕园、朱金城《李白集校注》录自《舆地纪胜》卷六八《常德府》引《绵州志》。王琦注本《拾遗考证》谓"其句法皆与太白不相似",今姑存疑。

雾暗烟浓草色新,一番流水满溪春。可怜渔父重来访,只见桃花不见人。

阙 题[1]

庭中繁树乍含芳,红锦重重剪作囊。还合炎蒸留烁景,题来消得好篇章。

【注释】

〔1〕此诗及以下诸逸句,王琦云见于《海录碎事》、《锦绣万花谷》二书,"未详为谁氏之作,其句法皆与太白不相似,亦皆以为太白诗矣"。又推测或为南唐时另一翰林学士李白撰。参见王琦《李太白集辑注·诗文拾遗考证》。

秀 华 亭[1]

遥望九华峰,诚然是九华。苍颜耐风雪,奇态灿云霞。曜日凝成锦,凌霄增壁崖。何当余荫照,天造洞仙家。

【注释】

〔1〕此诗常秀峰等著《李白在安徽》录自《青阳县志·艺文志》及《九华山志》卷八。安旗等注:"诗之风格不似李白,集录亦晚,当系后人伪托。"今姑存疑。秀华亭:故址在九华山麓。

宿 无 相 寺[1]

头陀悬万仞,远眺望华峰。聊借金沙水[2],洗开九芙蓉。烟岚随遍览,踏屐走双龙。明日登高去,山僧孰与从?禅床今暂歇,枕月卧青松。更尽闻呼鸟,恍来报晓钟。

【注释】

〔1〕此诗李集诸本不收,常秀峰等著《李白在安徽》录自清道光十年刻《重建无相寺碑记》。无相寺:始建于唐初,在九华山头陀岭下。

〔2〕金沙:无相寺旁泉名。

炼 丹 井[1]

闻说神仙晋葛洪,炼丹曾此占云峰。庭前废井今犹在,不见长松见短松。

【注释】

〔1〕此诗常秀峰等著《李白在安徽》录自《宛陵郡志备要》卷一,又见嘉庆《宁国府志》卷二四。炼丹井:在九华山卧云庵北。

独坐敬亭山[1]

众鸟高飞尽,孤云独去闲。相看两不厌,只有敬亭山。合沓牵数峰[2],奔来镇平楚。中间最高顶,仿佛接天语。

【注释】

〔1〕此诗常秀峰等著《李白在安徽》录自《宛陵郡志备要》。

〔2〕合沓:重叠貌。

咏石牛[1]

此石巍巍活像牛,埋藏此地数千秋。风吹遍地无毛动,雨滴浑身似汗流。芳草齐眉带入口,牧童扳角不回头。鼻上自来无绳索,天地为栏夜不收。

【注释】

〔1〕安旗等注:"此诗诸本李集不收,录自宋苏易简书《石牛碑》。"

太华观[1]

石磴层层上太华,白云深处有人家。道人对月闲吹笛,仙子乘云远驾车。怪石堆山如坐虎,老藤缠树似腾蛇。曾闻玉井今何在?会见蓬莱十丈花。

【注释】

〔1〕安旗等注:"此诗诸本李集不收,录自《江油县志》。"

别匡山[1]

晓峰如画参差碧[2],藤影摇风拂槛垂。野径来多将犬伴,人间归晚待樵随[3]。看云客倚啼猿树,洗钵僧临失鹤池[4]。莫怪无心恋清境[5],已将书剑许明时。

【注释】

〔1〕安旗等注:"此诗诸本均未收录,仅见于《彰明县志》、《江油县志》及北宋《敕赐中和大明寺住持记》碑。碑载此诗无题,题始见于县志……文据宋碑。"并谓此诗为李白早年去蜀辞乡之作,系于开元十二年(724)。匡山:在今四川江油,李白曾于此读书。

〔2〕参差碧:县志作"色参差"。

〔3〕待:县志作"带"。

〔4〕失鹤池:县志作"饲鹤池"。

〔5〕莫怪:县志作"莫谓"。

句

玉阶一夜留明月,金殿三春满落花[1]。

【注释】

〔1〕此断句录自《全唐诗逸》卷上,云见《千载佳句》,题曰《瑞雪》。

焰随红日去,烟逐暮云飞[1]。

【注释】

〔1〕《唐诗纪事》卷一八引《彰明逸事》曰:"令一日赋山火诗,思轧不属,太白从傍缀其下句。令诗云:'野火烧山去,人归火不归。'太白继云:'焰随红日去,烟逐暮云飞。'令惭止。"

绿鬓随波散,红颜逐浪无。因何逢伍相,应是想秋胡[1]。

【注释】

〔1〕《唐诗纪事》卷一八引《彰明逸事》曰:"(白)从令观涨,有女子溺死江上,令赋诗云:'二八谁家女,漂来依岸芦。鸟窥眉上翠,鱼弄口旁珠。'令复苦吟,太白辄应声继之:'绿鬓随波散……'令滋不悦。"

举袖露条脱,招我饭胡麻[1]。

【注释】

〔1〕此句见《二老堂诗话》(前《瀑布》诗注〔1〕),观《唐诗纪事》卷一八。袖:一作"手"。

野禽啼杜宇,山蝶舞庄周[1]。

【注释】

〔1〕王琦注:"《渔隐丛话》:《法藏碎金》云:予记太白有诗云:'野禽啼杜宇,山蝶舞庄周。'后又见潘佑有感怀诗:'幽禽唤杜宇,宿蝶梦庄周。席地一尊酒,思与元化浮。但莫孤明月,何必秉烛游?'予谓才思暗合,古今无殊,不可怪也。"杜宇:杜鹃。

句[1]

霜结梅梢玉,阴凝竹干银。

竹粉千腰白,桃皮半颊红。
心为杀人剑,泪是报恩珠。
佳人微醉玉颜酡,笑倚妆楼澹小蛾。
借问单楼与同穴,可能银汉胜重泉。

【注释】

〔1〕此下五则逸句李集诸本不收,见于王琦注本《诗文拾遗考证》。

附　录

附录一　李白生平创作简表

纪年	生平创作要事
武周长安元年（701）	李白生，一岁。李白，字太白，号青莲居士。生于西域碎叶，其祖先为凉武昭王之后，后其先世窜居西域。
唐中宗神龙元年（705）	五岁。李白随家迁居蜀中彰明县（即今四川省江油市）青莲乡。发蒙读书，《上安州裴长史书》："五岁诵六甲。"六甲，即六十甲子，以天干地支相配而成，是古代初级识字课本。
唐睿宗景云元年（710）	十岁。攻读诸子百家著作及《诗》《书》，《上安州裴长史书》："十岁观百家。"《新唐书》本传："十岁通诗书。"《送从侄耑游庐山序》："余小时，大人令诵《子虚赋》，私心慕之。"
唐玄宗开元三年（715）	十五岁。已用功写作，《赠张相镐》："十五观奇书，作赋凌相如。"《拟恨赋》《明堂赋》《大猎赋》，均似此期所作。好剑术，喜任侠，《与韩荆州书》："十五好剑术。"范传正《李公新墓碑》："少以侠自任。"
开元八年（720）	二十岁。此前隐居匡山读书，有《访戴天山道士不遇》诗，并曾往梓州从赵蕤学纵横术。此年春，游成都，作《登锦城散花楼》诗，又曾拜谒苏颋，受其赞赏。此年之后，仍隐于匡山。

(续表)

纪年	生平创作要事
开元十二年(724)	二十四岁。离蜀远游。先游成都、峨眉,后顺水东下,经巴渝,出三峡,《峨眉山月歌》:"夜发清溪向三峡。"又经巫山,过荆门,至江陵,与道士司马承祯相遇,作《大鹏遇希有鸟赋》。离开江陵,南游洞庭,东游维扬,北上庐山,漫游襄汉。
开元十五年(727)	二十七岁。游历至安陆,与故相许圉师的孙女成婚。从此"酒隐安陆"。在定居安陆后,多次向地方长官上书,有《上安州李长史书》《上安州裴长史书》。
开元十八年(730)	三十岁。初入长安,《与韩荆州书》:"三十成文章,历抵卿相。"李白经南阳至长安,拜谒张说父子,但受到冷遇,有《玉真公主别馆苦雨赠卫尉张卿》诗。在长安时,曾游邠州(今陕西彬州市)、坊州(今陕西黄陵),有《登新平楼》诗。
开元二十一年(733)	三十三岁。离长安,行前作有《行路难》其二,后泛黄河,至梁园。又到嵩山,与道友元丹丘隐居于此。旋游荆州,拜谒韩朝宗,未受赏识,遂与友人元演游洛阳、太原,又至随州。后回安陆,继续以此为中心四处漫游。曾至襄阳,作有《赠孟浩然》《襄阳歌》等诗。
开元二十七年(739)	三十九岁。妻许氏病故,移家东鲁,寓居兖州。初至东鲁有《五月东鲁行答汶上翁》,后有《嘲鲁儒》等诗。冬,与孔巢父等隐于徂徕山,时号"竹溪六逸"。

832

(续表)

纪年	生平创作要事
唐玄宗天宝元年（742）	四十二岁。秋,应朝廷征召,由南陵(今属安徽)入京,有《南陵别儿童入京》诗。初至长安,与贺知章相见,颇受推重,复荐之于朝,故受到了玄宗优礼相待:"降辇步迎,如见绮皓。"遂命其待诏翰林,拟以重用。十月,玄宗幸温泉宫,诏命李白侍从,有《驾去温泉宫后赠杨山人》。
天宝二年（743）	四十三岁。待诏翰林,作有《宫中行乐词》《清平调词》等诗。
天宝三载（744,正月改年为载）	四十四岁。遭毁谤,上书请求还山,玄宗赐金遣之。临行,有《还山留别金门知己》诗。初夏,至洛阳,与杜甫相会。秋与高适、杜甫同游梁宋。此后以东鲁和梁园为中心四处漫游。
天宝五载（746）	四十六岁。由东鲁南游吴越,行前有《梦游天姥吟留别》。途经下邳,有《经下邳圯桥怀张子房》。
天宝六载（747）	四十七岁。游会稽,有《对酒忆贺监二首》《越女词》等诗。春后,至金陵。以后几年均以金陵为中心漫游各地,先后作有《登金陵凤凰台》《醉后赠从甥高镇》《闻王昌龄左迁龙标遥有此寄》等诗。
天宝十一载（752）	五十二岁。由开封出发,有幽州之行,有《留别于十一兄逖裴十三游塞垣》。十月,抵幽州,《经乱离后天恩流夜郎忆旧游书怀赠江夏韦太守良宰》:"十月到幽州。"

· 833 ·

(续表)

纪年	生平创作要事
天宝十二载(753)	五十三岁。离幽州,至梁宋,又经曹县往江南,有《留别曹南群官之江南》诗。八月,至宣城,随后在宣城一带盘桓。
天宝十三载(754)	五十四岁。游金陵、石门、广陵,在广陵与魏颢相遇,有《送王屋山人魏万还王屋》诗。又游南陵,有《书怀赠南陵常赞府》。游池州,有《清溪行》《秋浦歌》等。
天宝十四载(755)	五十五岁。冬,安禄山发动叛乱,时李白正在东南一带漫游,其子尚在鲁中,门人武谔许北去接其南来,有《赠武十七谔》诗。后自往梁园接妻子宗氏。
康肃宗至德元载(756)	五十六岁。其时两京陷落,李白携宗氏避乱江南,有《奔亡道中》诗。至宣城,又经溧阳南下剡中,途中有《猛虎行》《赠溧阳宋少府陟》《扶风豪士歌》。秋,至庐山,隐于屏风叠,有《赠王判官时余归隐居庐山屏风叠》。
至德二载(757)	五十七岁。正月,永王水师东下经浔阳,征召李白入幕,反复犹豫,终下山入永王幕府,有《别内赴征》诗。在永王幕府,有《永王东巡歌》《在水军宴赠幕府诸侍御》。二月,永王军队与肃宗军队接战不久即在镇江溃败,永王被杀。李白被系浔阳狱中,多次上书申诉求援,有《狱中上崔相涣》《上崔相百忧章》。经御史中丞宋若思等人营救,终于得以出狱,有《中丞宋公以吴兵三千赴河南军次寻阳脱余之囚参谋幕府因赠之》。但不久仍因"从璘"而长流夜郎。

(续表)

纪年	生平创作要事
康肃宗乾元元年（758，二月改元，复以载为年）	五十八岁。流夜郎,自浔阳首途,经江夏、沔洲、江陵,冬天进入三峡。途中作《流夜郎赠辛判官》《赠易秀才》《放后遇恩不沾》等。
乾元二年（759）	五十九岁。三月,至白帝城,因天旱而遇赦,兴奋异常,立即返江陵,有《早发白帝城》。至江夏,仍望朝廷起用,但没有结果,有《江夏赠韦南陵冰》《赠从弟南平太守之遥》诗。秋,至岳阳,有《与夏十二登岳阳楼》。逢康楚元作乱,作《荆州赋乱临洞庭言怀作》。与贾至、李晔相遇,同游洞庭,有《陪族叔刑部侍郎晔及中书贾舍人游洞庭五首》。归至江夏。
唐肃宗上元元年（760）	六十岁。春,在江夏,有《早春寄王汉阳》《鹦鹉洲》。秋,上庐山,有《庐山谣寄卢侍御虚舟》。岁末,归豫章,与家人团聚。
上元二年（761）	六十一岁。重游宣城、金陵等地。秋,闻李光弼出镇临淮,欲立功报国,毅然请求参军,但因病半途折回,不胜怅恨,有《闻李太尉大举秦兵百万出征东南懦夫请缨冀申一割之用半道病还留别金陵崔侍御十九韵》。冬,往依当涂县令李阳冰。
唐代宗宝应元年（762）	六十二岁。在当涂养病,曾短期去宣城、金陵漫游。秋冬之际,卒于当涂,有绝笔诗《临路歌》。

附录二 李白诗集古代版本与今人整理本简目

年代	版别	名称	主要内容	备注
宋元丰三年（1080）	宋敏求编，曾巩编次。苏州毛渐校正刊行，世称"苏本"。	李太白文集	收入诗歌1001篇，文65篇，共三十卷，无注。	此为李白集的第一个刻本，北宋年间又有据此翻刻的蜀本。
元　代	坊刻本	唐翰林李太白诗集	共二十六卷，无注。	
元至大辛亥（1311）	宋杨齐贤注，元萧士赟补注。建安余氏勤有堂刊本。	分类补注李太白诗	收入古赋八篇为一卷，诗歌二十四卷，世称"萧本"，有注。	明人郭云鹏将此本加以删减，成三十卷重刊。
明正德十年乙亥（1515）	李文敏、彭佑编。解州刊本。	分类李太白诗	收诗992篇，共二十五卷，无注。	
明嘉靖	元范椁批点，郑鼎刻本。	李翰林诗范德机批选	共四卷，有评点，无注。	

(续表)

年代	版别	名称	主要内容	备注
明嘉靖二十一年(1542)	邵勋编,万虞恺刊本。	唐李杜诗集	收诗八卷,无注。	此书北京、上海图书馆均有入藏,台湾大通书局有影印本。
明嘉靖二十四年(1545)	明朱谏选注,刻本。	李诗选注	本书十三卷,有注。此本有《辨疑》二卷。	
明嘉靖二十四年(1545)	明张含选,杨镇批,张氏家塾刻本。	李诗选	收诗160余首,五卷,有注,并有各名家评语。	
明万历二年(1547)	明李齐芳、李茂年编,《李杜诗合刻》本。	李翰林分类诗	收诗八卷,赋一卷,无注。	
明万历十七年(1589)	明梅鼎祚选辑,屠隆集评,《唐二家诗抄评林》刻本。	李诗抄评林	选集类,共四卷,收有各家评语。	
明万历四十年(1612)	明刘世教编校,《合刻分体李杜全集》本。	李翰林全集	共四十二卷,有目录四卷,附年谱一卷。	

837

(续表)

年代	版别	名称	主要内容	备注
清康熙十七年(1678)	应时、丁谷云编,《李杜诗纬》刻本。	李诗纬	收诗137首,共四卷,无注,有评。	
清代	明胡震亨编撰,朱茂时《李杜诗通》刻本。	李诗通	共二十一卷,有注。	
清乾隆二十四年(1759)	清王琦辑注,聚锦堂刻本。	李太白全集	共三十六卷,有注。	此书1977年中华书局据重印本标点,排印出版。
清乾隆二十九年(1764)	清李调元、邓在珩编订,清廉学舍刻本。	重刻李太白全集	共十六卷,无注。	
清乾隆四十年(1775)	佚名辑注,沈寅、朱昆补辑,朱凤楼刻《李诗杜诗直解合刻本》。	李诗直解	收诗171首,共六卷,有注。	
1928年	高铁郎校点,上海新华书局出版。	李白诗选	此书以《十八家诗抄》中所选李白诗为底本,进行校点,无注。	
1929年	傅东华选注,商务印书馆出版	李白诗	收诗219首,有注。	

838

(续表)

年代	版别	名称	主要内容	备注
1932年	胡云翼选编,罗芳洲、唐绍吾注释,上海亚细亚书局出版。	李白诗选	收诗252首,有注。	
1934年	余研因选注,上海民智书局出版。	白话注解李白诗选	收诗42首,有注及白话今译。	
1954年	舒芜选注,人民文学出版社。	李白诗选	收诗228首,有注。	
1955年	苏仲翔选注,上海春明出版社出版。	李杜诗选	收李白诗207首,有注。	此书1983年浙江文艺出版社修订重印。
1961年	复旦大学古典文学教研组选编,人民文学出版社出版。	李白诗选	收诗263首,有注。	1977年修订再版。
1978年	上海师范大学中文系、上海市纺织工业局《李白诗选注》编选组编选,上海古籍出版社出版。	李白诗选注	收诗180首,有注。	

(续表)

年代	版别	名称	主要内容	备注
1980年	瞿蜕园、朱金城撰注,上海古籍出版社出版。	李白集校注	共三十卷,有注。	
1980年	李晖编著,黑龙江人民出版社出版。	李白诗选读	收诗81首,有译注和说明。	
1982年	马里千选注,香港三联书店出版。	李白诗选	收诗220首,有注释、串解、评述及考证。	
1985年	刘忆萱、王玉璋编著,辽宁人民出版社出版。	李白诗选讲	收诗134首,有注释和赏析。	
1988年	刘开杨、周维杨、陈子健选注,上海古籍出版社出版。	李白诗选注	收诗134首,有注释和说明。	
1990年	安旗主编,巴蜀书社出版。	李白全集编年注释	此书为迄今第一种李集编年本,分编年诗、未编年诗、编年文、未编文排列。	

（续表）

年代	版别	名称	主要内容	备注
1990年	郁贤皓选注,上海古籍出版社出版。	李白选集	收诗314首,文18篇,有注释、评笺、按语。	
1996年	裴斐选注,人民文学出版社出版。	李白选集	收诗276首,有注。	此书为该社"世界文学名著文库"中的一种。
1996年	詹锳主编,天津百花文艺出版社出版。	李白全集校注汇释集评	共三十卷,此书以静嘉堂藏宋本为底本,并参多本校勘,是首部带有集校、集注、集评性质的整理本。	
2015年	郁贤皓校注,凤凰出版社出版。	李太白全集校注	共三十卷,有题解、注释、评笺。	

附录三　旧题李白诗存目

说明：王琦注本中少量署名李白的诗作，凡经前贤今人考订，实非李白所作，概从正文中删去，仅保留存目如下，简列理由于备考一栏；部分尚有争议的篇目，仍在正文中保留，说明见正文篇下注释。

诗题	首句	王琦注本原收卷次	备考
长干行二首（其二）	忆妾深闺里	卷四	《文苑英华》题下注：《类诗》作张潮。当为张潮诗。
去妇词	古来有弃妇	卷六	《才调集》载为顾况诗。
永王东巡歌十一首（其九）	祖龙浮海不成桥	卷八	此诗自宋人杨齐贤以来皆以为伪作。萧士赟谓："合十一篇而观，此篇用事非伦，句调鄙俗，别是一格，伪赝无疑。"
留别贾至舍人二首	（其一）大梁白云起（其二）秋风吹胡霜	卷十五	此诗王琦及今人詹锳均疑为他人之作而误入李白集中，说见王琦《李太白文集辑注》和詹著《李白诗论丛》。
送别	斗酒渭城边	卷十八	《文苑英华》《唐百家诗选》载为岑参诗，岑参明抄本（源于宋本）亦载此诗。
谒老君庙	先君怀圣德	卷二十一	《文苑英华》载为唐玄宗诗。
观放白鹰二首（其二）	寒冬十二月	卷二十四	《河岳英灵集》载为高适诗。

(续表)

诗题	首句	王琦注本原收卷次	备考
改九子山为九华山联句（并序）	妙有分二气	卷二十五	"妙有分二气，灵山开九华"；"青荧玉树色，缥缈羽人家"此四句为李白作，余非。
军行	骝马新跨白玉鞍	卷二十五	《文苑英华》载为王昌龄诗。
会别离	结发生别离	卷三十	《箧中集》载为孟云卿诗。
入清溪行山中	轻舟去何疾	卷三十	《会稽掇英总集》载为崔颢诗，《崔颢集》亦载此诗。
日出东南隅行	秦楼出佳丽	卷三十	《乐府诗集》载为陈殷谋诗。
代佳人寄翁参枢先辈	等闲经夏复经寒	卷三十	詹锳《李诗辨伪》云："按《文苑英华》编次体例，各类之中，一以时代先后为序。此诗置于张祜、李洞、方干与李群玉、陈陶之间，与太白时代相去悬远，定是晚唐之作。"
送友生游峡中	风静杨柳垂	卷三十	《全唐诗》载为张籍诗。
战城南	战地何昏昏	卷三十	王琦注：《文苑英华》一百九十六卷太白"去年战，桑乾源"之后载此一首，不录作者姓名。后人采太白遗诗，兼入此作。

843

(续表)

诗题	首句	王琦注本原收卷次	备考
胡无人行	十万羽林儿	卷三十	王琦注:《文苑英华》一百九十六卷太白"严风吹霜海草凋"之后,载此一首,不录作者姓名,后人采入太白遗诗。然考陈陶集中亦载此作,当是(陈)陶诗。
鞠歌行	丽莫似汉宫妃	卷三十	《文苑英华》载为罗隐诗。
钓台	磨尽石岭墨	卷三十	王琦疑此诗为南唐另一翰林学士李白所作。
小桃园	黟县小桃源	卷三十	王琦谓此诗为南唐徐坚诗。